MIA WINTER
Janusmond

MIA WINTER

Janus mond

Roman

Originalausgabe April 2015 bei LYX
verlegt durch EGMONT Verlagsgesellschaften mbH,
Gertrudenstr. 30–36, 50667 Köln
Copyright © 2015 bei EGMONT Verlagsgesellschaften mbH
Alle Rechte vorbehalten.

2. Auflage
Redaktion: Uta Dahnke
Satz: Greiner & Reichel, Köln
Printed in Germany (670421)
ISBN 978-3-8025-9790-9
www.egmont-lyx.de

Die EGMONT Verlagsgesellschaften gehören als Teil der EGMONT-Gruppe zur
EGMONT Foundation – einer gemeinnützigen Stiftung, deren Ziel es ist, die sozialen,
kulturellen und gesundheitlichen Lebensumstände von Kindern und Jugendlichen zu
verbessern. Weitere ausführliche Informationen zur EGMONT Foundation unter:
www.egmont.com

*Für meine große Liebe, denn seit es dich gibt,
haben meine Briefe einen Adressaten.*

Freitag, 1. Juni

Leon schwitzte. Immer wieder benutzte er das bereits durchtränkte Taschentuch in seiner Hand, um sich über die Stirn zu wischen. Die Schweißflecken auf seinem grauen Hemd glänzten dunkel, das Jackett auf seinen Knien war zerknittert.

Es gab nur ein vergittertes Fenster in diesem schmalen Wartezimmer. Die ehemals weißen Plastikstühle hatten vergilbte Sitzflächen und ausgeleierte Lehnen. Ihm gegenüber saß eine fette Frau, die gleichgültig strickte und ihn ignorierte. Zwei junge Frauen waren vor zwanzig Minuten hinzugekommen und flüsterten miteinander. Ihr französischer Singsang mischte sich mit dem trägen Surren des Ventilators, der lahm über ihren Köpfen rotierte.

Leon spürte, dass sie sich über ihn unterhielten. Er lächelte die Frauen an. Das mochte er, diesen Moment. Die Zeit, da sie noch nicht ahnten, wie er in Wirklichkeit war. Seine feinen Gesichtszüge, die hellbraunen Augen, der androgyne Körper und das immer etwas zu lange dunkelblonde Haar verliehen ihm eine Ausstrahlung, die Menschen gern adelig nannten und die ihn für Frauen attraktiv machte. Immer wieder erfasste er damit einen Zipfel dessen, was die Gesellschaft normal nannte. Ein paar Atemzüge lang war er ein normaler Mann unter normalen Frauen, die mit ihm flirteten und die er hätte begehren sollen.

Leon Bernberg seufzte. Schon seit Stunden wartete er im Kommissariat von Louisson auf jemanden, der ihm würde helfen können. Ein wenig ungelenk hatte er sein Anliegen vorgetragen, denn seit dem Tod seiner französischen Mutter hatte er diese Sprache nicht mehr gesprochen. Er suchte Lune Bernberg, seine Schwester. Oder wollte vielmehr einen Beleg für den Tod seiner Zwillingsschwester.

Vor elf Jahren war Lune im September nach Louisson gefahren. Sie hatte sich immatrikuliert an der Universität La Valuse, aber niemals exmatrikuliert. Er brauchte etwas Offizielles, um Lune für tot erklären zu lassen.

»Ein Schreiben der Polizei wäre super«, hatte sein Freund und Anwalt Mark gesagt. »Viele bunte Stempel. Das hilft.«

Die Schwüle der Stadt setzte Leon mehr als erwartet zu. Es war, als schwebten in der feuchten Hitze die Blaupausen seiner Erinnerungen. Er stand auf, ging ein paarmal auf und ab und setzte sich auf einen anderen Stuhl. Einen kurzen Moment fühlte die Sitzfläche sich kühl an. Das dämmerige Licht des Raumes, das gleichmäßige Surren des Ventilators und die französischen Gesprächsfetzen, die gelegentlich vom Flur hereindrangen, mal ein Fluch, mal ein Zuruf, mal ein Lachen, erinnerten ihn an den Film »Casablanca«.

»Monsieur Bernberg?«

Leon drehte den Kopf. »Ja, das bin ich.«

»Guten Tag. Ich bin Inspektor Mirambeau. Bitte folgen Sie mir.«

Der große und kräftige Polizeibeamte ging durch den Flur voran, ehe er sich zu Leon umwandte und mit der Hand eine Treppe hinunterwies. »Kommen Sie bitte mit in mein Büro.«

Ein Stockwerk tiefer war die Luft des Polizeigebäudes merklich kühler, aber nicht weniger staubig und verbraucht. Die dicken Mauern speicherten nicht nur die Hitze des Tages, sondern auch den Schweiß der Menschen, die darin arbeiteten. Das Büro des Inspektors maß vielleicht vier Quadratmeter. Eine Tür zu einem schmalen Innenhof stand offen. Feuchte

Kellerluft drang in den Raum. Papiere lagen kreuz und quer auf dem Schreibtisch verteilt. Eine Tasse, in der ein Rest Kaffee eingetrocknet war, lag auf der Seite, als ob sie schliefe. In der Ecke, wo der Papierkorb stand, raschelte es.

Inspektor Mirambeau stampfte mit dem Fuß auf. Etwas Beiges, Felliges huschte auf den Hinterhof hinaus. »Ratten«, sagte er teilnahmslos.

Leon schauderte. Ratten!

Die dunkle Uniform des Inspektors glänzte speckig und verdreckt, Mirambeaus Gesicht überzog ein Gemisch aus Schweiß und Staub. Schweigend räumte er einen Stuhl frei und wies Leon an, sich zu setzen. Mit einem Arm schob er das Durcheinander auf dem Schreibtisch zusammen und nahm Leon gegenüber Platz.

»Entschuldigen Sie die lange Wartezeit. Wir hatten einen Großeinsatz. Was kann ich für Sie tun? Man sagte mir, Sie vermissen jemanden?«

Leon zwang sich zu einer entspannten Körperhaltung. Der große, kräftige Mann mit den prankenartigen Händen schüchterte ihn ein. An der linken Hand des Inspektors zog sich eine knotige Narbe vom Daumen bis zum Handgelenk. Wie immer, wenn Leon so etwas sah, dachte und fühlte er als Erstes, dass die Verletzung, die das hinterlassen hatte, bestimmt schmerzhaft gewesen war.

Leon wurde nervös. Er konzentrierte sich auf die dunklen Augen und das wache, von schwarzen Haaren umrahmte Gesicht seines Gegenübers.

»Monsieur?«

»Ja, ich meine … nein, ich …« Leon setzte sich gerade hin, schlug die Beine übereinander und sagte seinen auswendig gelernten Text auf: »Meine Zwillingsschwester, Lune Bernberg, kam im September vor elf Jahren nach Louisson, um eine Weile an der Universität La Valuse zu studieren. Sie war dort immatrikuliert, hier in der Stadt angemeldet und hatte eine *carte de séjour*. Seit Juni des darauffolgenden Jahres ist sie spurlos verschwunden.« Leon bemerkte ein irritiertes Aufflackern in den Augen des Inspektors und senkte den Blick, bevor er fortfuhr: »Nach zehn Jahren Wartezeit hat unsere Familie sich entschieden, die Hoffnung aufzugeben und Lune für tot erklären zu lassen. Die Universität hat uns bestätigt, dass Lune sich nie exmatrikuliert hat. Wir nehmen an, dass sie sich bei den Behörden ebenfalls nicht abgemeldet hat.«

Inspektor Mirambeau stützte die Ellenbogen auf den Schreibtisch, verschränkte die Finger und ließ sie geräuschvoll knacken. Er schüttelte die Hände aus, senkte sie auf die unter seinen Fingern winzig wirkende Tastatur des Computers, gab etwas ein, wartete und schüttelte den Kopf.

Leon bemerkte, dass der Inspektor an der linken Hand einen großen Siegelring trug, von dem eine eigentümliche Dominanz ausging. Links neben dem Telefon stand ein Foto, augenscheinlich von der Familie des Polizisten. Eine schlanke Frau mit langem Haar legte darauf schützend ihre gebräunten Arme um drei Kinder. Gemeinsam lachten sie in die Kamera. Es war eine heile Welt, die Leon unwiderstehlich anzog.

Er reichte Mirambeau einen Zettel mit Lunes Daten, beobachtete, wie sich die kräftigen Finger des Inspektors über die Computertastatur bewegten, und wartete geduldig.

»Ich habe hier nichts über Ihre Schwester. Sie wurde nicht als vermisst gemeldet. Warum nicht?«

Auch die Antwort auf diese Frage hatte Leon einstudiert. »Lune verschwand öfter. Mal nur für ein paar Tage, mal auch für ein paar Wochen. Irgendwann hatten wir es aufgegeben, es den Behörden zu melden. Denn sie tauchte ja immer wieder auf. In diesem Fall allerdings nicht, und so haben wir sie nach ein paar Monaten in Deutschland als vermisst gemeldet. Man sagte uns damals, die Polizei hier würde automatisch informiert.«

Mirambeau trommelte mit den Fingern auf der Schreibtischplatte. »Und warum kommen Sie jetzt nach zehn Jahren hierher?«

»Zehn Jahre Wartezeit sind in Deutschland gesetzlich vorgeschrieben.«

»Die werden das kennen«, hatte Mark beteuert und es abgelehnt, Leons Wunsch nachzukommen und mitzufahren. »Das wirkt dann direkt so, als wären wir unsicher. Du schaffst das schon.«

»Was benötigen Sie jetzt von uns?« Mirambeau blickte auf seine Uhr.

Ein Kollege von ihm erschien in der Tür. »Christian, das Rugbyspiel Louisson gegen Montpellier beginnt in einer Stunde, oder willst du deine Tribünenkarte günstig verkaufen?« Der Beamte grinste.

»Keine Sorge, Uldis, zieh ab, und lass schon mal das Auto warm laufen.«

Leon Bernberg räusperte sich. »Ich brauche eine Bestätigung, dass Lunes letztes Lebenszeichen von hier stammt. Und dass sie seit zehn Jahren vermisst wird.«

Leon spürte den argwöhnischen Blick des Inspektors und zwang sich, ruhig sitzen zu bleiben. Er hatte selbst bemerkt, wie irritierend kalt seine Worte klangen. Eher wie eine Drohung als eine Bitte. Er versuchte sich an einem Lächeln.

»Wie soll ich das bestätigen? Vielleicht ist Ihre Schwester einfach abgereist?«, antwortete Mirambeau.

»Nein, sie ist nie wieder irgendwo aufgetaucht. Sie hat das letzte Mal Geld an einem Geldautomaten hier an der Place de la Concorde abgehoben. Hier, sehen Sie?« Leon zog einen

Kontoauszug aus seinem durchweichten Jackett und reichte ihn über den Tisch.

»Wo hat Ihre Schwester gewohnt, also hier in Louisson?«

»Erst in einem Wohnheim, Victor Hugo. Danach in einem kleinen Haus am Stadtrand.« Leon reichte die Adressen, als Absender sichtbar auf zwei Briefumschlägen, über den Schreibtisch und wischte sich mit dem nassen Taschentuch über die Stirn. Sein Hemd klebte an seinem Rücken. Er fragte sich, wie der Inspektor es in seiner dicken Uniform aushielt.

»Das genügt nicht. Ich muss mich bei den zuständigen Stellen erkundigen, ob Ihre Schwester wirklich dort gemeldet war. Ob sie überhaupt je dort gelebt hat. Vielleicht wohnt sie ja auch noch da oder anderswo in Louisson. Das könnte doch sein?«

»Sie denken, Lune könnte noch hier sein?« Leon hörte den schrillen Ton in seiner Stimme.

»Menschen verschwinden und tauchen wieder auf. So ist das eben!« Mirambeau legte die Umschläge vor sich auf den Schreibtisch, betrachtete sie einen Moment, dann drehte er sie um. »Ist das Ihre Adresse in Deutschland?«, fragte er.

»Ja.« Leon zögerte. »Nein, also nicht genau. Sie schrieb mir an ein Postfach, weil mein Wohnort häufiger wechselte.«

Der Polizist blickte hoch. »Warum wollen Sie Ihre Schwester für tot erklären lassen?«

»Es gibt ein Haus in Berlin, das ihr gehört und für dessen Unterhalt ich aufkomme. Ich möchte es gern verkaufen.« Leon lehnte sich auf dem Stuhl zurück und schob als Begründung nach: »Es frisst mir die Haare vom Kopf.«

Mirambeau legte den Kopf schräg. »Nach zehn Jahren? Sie haben zehn Jahre für ein Haus bezahlt, das Ihnen nicht gehört, und wollen es jetzt plötzlich verkaufen?«

»Ich brauche Geld!« Leon atmete flach.

»Wenn es sich irgendwie vermeiden lässt, erwähne den Tod

deiner Mutter nicht«, hatte Mark ihm als Freund und Anwalt dringend geraten.

»Aha«, antwortete Mirambeau.

»Also, helfen Sie mir oder nicht?« Leon knetete sein Taschentuch in der linken Hand. »Es ist doch nur ein Stück Papier, das für Sie nichts bedeutet.«

»Woher wollen Sie wissen, was mir etwas bedeutet?«, fragte der Inspektor mit einem lauernden Unterton.

»Entschuldigung, ich wollte Ihnen nichts unterstellen. Ich dachte nur, na ja, Sie kannten Lune ja schließlich nicht.«

»Das stimmt. Trotzdem muss ich mich ein wenig schlau machen und mit den Behörden Kontakt aufnehmen.«

»Und was werden die wissen wollen? Und geht das heute noch? Ich wollte heute Abend zurückfliegen nach Berlin.«

Mirambeaus Kollege namens Uldis klopfte wieder an den Türrahmen und dann auf seine Armbanduhr.

»Ich komme gleich!«, sagte Mirambeau zu ihm, ehe er sich erneut Leon zuwandte. »Monsieur Bernberg, ich muss mir wenigstens ein paar Unterlagen besorgen über Ihre Schwester. Könnten Sie Montag noch einmal wiederkommen?«

»Heute ist Freitag, arbeiten Sie samstags nicht?«

»Doch.« Mirambeau nickte. »Wir arbeiten auch am Samstag. Verbrecher halten sich selten an Wochenenden. Aber die Ämter haben geschlossen. Sagen wir … Montagnachmittag, so gegen sechzehn Uhr. Passt Ihnen das?« Ohne eine Antwort abzuwarten, stand er auf, schob die Briefumschläge und den Kontoauszug in das oberste Fach seines Schreibtischs und reichte Leon seine kräftige Hand.

»Sicher.« Leon stand ebenfalls auf. »Vielen Dank, dass Sie mir helfen. Bis Montag.«

Mirambeau geleitete ihn zum Eingang des Kommissariats. »Wünschen Sie ein Taxi? Brauchen Sie ein Hotel?«

»Ja, bitte, ein Taxi. Ich fahre zum Crowne Plaza, ich werde dort wohnen, wenn es noch ein Zimmer gibt.«

Leon ging schon mal die Treppe zur Straße hinunter. Der Canal du Midi roch so moderig wie das Rattenloch, in dem er gerade gesessen hatte.

Der von der heißen Sonne hervorgelockte Geruch der Fäulnis, hatte Lune geschrieben.

Christian Mirambeau gab dem Pförtner ein Zeichen, ein Taxi zu bestellen, und sah Leon Bernberg nach. Die Uhr über dem Haupteingang zeigte halb sieben.

»Wer ist das?« Inspektor Uldis Melville aus der Abteilung für Tötungsdelikte, den sie alle nur bei seinem unverwechselbaren Vornamen nannten, trat neben Christian und zeigte auf Bernberg, der jetzt unten auf dem Bürgersteig hin und her ging.

Christian sah zu Bernberg hinunter und antwortete: »Er behauptet, dass seine Schwester hier vor zehn Jahren verschwunden sei, und will genau das von uns bestätigt haben. Lune Bernberg heißt sie und soll in Louisson gelebt haben. Wir haben nichts im Computer.«

»Wir suchen doch schon genug französische Frauen!«

Christian schüttelte den Kopf. »Jeder Mensch verdient, dass man sich wenigstens ein bisschen kümmert. Und irgendwie berührt mich dieser Mann. Er hat so etwas Trauriges in den Augen. Also, was ist, fährst du oder ich?«

Uldis warf seinen Autoschlüssel in die Luft und fing ihn wieder auf. Die beiden Männer gingen zum Parkplatz des Kommissariats und fuhren los.

Als das Taxi kam, stieg Leon ein. Er hatte geglaubt, Lune für tot erklären zu lassen, sei alles. Aber jetzt benahm dieser Polizeibeamte sich so, als wäre seine Zwillingsschwester noch irgendwo. Es war wie ein Schlag vor den Kopf.

Leon verlor sich augenblicklich in Erinnerungen; sie überrannten ihn. Die Sätze aus ihren Briefen wirbelten in seinem Hirn, gehorchten keiner Ordnung, entzogen sich seinem Willen.

Lune hatte seitenlang geschwärmt von dem seltsamen Abendlicht dieser Stadt. Wenn die flimmernde Hitze sich langsam auf den Asphalt senkte und die alten Häuser die Strahlen der untergehenden Sonne reflektierten. Lunes Worten nach hielt das sanfte Leuchten der Fassaden im Zusammenspiel mit dem gelben Licht der Gaslaternen die ganze Nacht an. *Das Zwielicht des Südens* hatte sie es genannt. Eine Stadt mit einer zweitausend Jahre alten Geschichte, die ihren kulturellen Reichtum kokett zur Schau stellte.

Sie passierten mit dem Taxi die Garonne, die Louisson mit dem Atlantik verband wie der Canal du Midi die Stadt mit dem Mittelmeer. Das Taxi hielt im Kreisverkehr der Place de la Concorde, denn die Zufahrt zur Place du Capitol, wo sich das Hotel befand, war versperrt. Leon zahlte und stieg aus. Der Kreisverkehr hier führte zu einigen Seitenstraßen. Zwei davon verbanden diesen Platz mit der Place du Capitol. Lune, erinnerte er sich, hätte diese Straßen längst gezählt. Es war ihre Art gewesen, sich zu beruhigen oder vielmehr … sich in der Realität zu halten: irgendetwas zu zählen. Türschlösser, Autos, die Stühle eines Restaurants, Treppenstufen. Das hatte sie bereits als Kind getan, wenn ihre Mutter Monique ihr einreden wollte, irgendein Ereignis habe sich ganz anders zugetragen. *Unsere Mutter ist eine Diebin,* hatte sie Leon oft zugeflüstert, *sie klaut Wirklichkeiten wie andere das Silberbesteck oder ein Portemonnaie.* Wenn Monique loslegte, hielt Lune sich mit Zählen an ihrer Wirklichkeit fest. Sie zählte einfach alles, was zählbar war. Die Bücher im Regal gegenüber vom Esstisch, die Perlen, die ihre Großmutter um den Hals trug, manchmal die Regentropfen auf den Fensterscheiben.

Alle Cafés rund um den Platz schienen besetzt mit Menschen, die Aperitifs tranken. Leon verstand, warum seine Zwillingsschwester diese Stadt geliebt hatte. Louisson war bunt, lebendig, und man spürte eine latente Anspannung, so als ob jeden Augenblick etwas passieren könnte. *Eine Stadt mit einem eigenen Herzschlag,* hatte Lune geschrieben, *den du auch dann noch hörst, wenn sich der Strom der Menschen in den Morgenstunden ein wenig beruhigt. Mein Herz schlägt mit und folgt einem neuen Rhythmus.*

Leon wusste bis heute nicht, ob sie ihn mit diesen Zeilen wirklich hatte beruhigen wollen. Früher, wenn sie nachts wach lag und nicht schlafen konnte, weil sie fürchtete, ihr Herz könnte stehen bleiben, ohne dass sie es bewusst spürte, hatte sie ihm oft ins Ohr geflüstert: *Wenn ich sterbe, stirbst du mit mir.*

Das Bild des erstickenden Kaninchens, dessen Herzschlag sich verlangsamte, kam aus den dunkelsten Winkeln seiner Erinnerungen hervor.

Leon betrat eine Bar, ging an die Theke und bestellte sich einen Whiskey.

Was, wenn sie wirklich noch hier lebt, in dieser Stadt, und ich gar nicht groß suchen muss, fragte er sich. Er spürte keine Verbindung zur ihr. Das machte ihn unsicher. Ist es möglich, fragte er sich weiter, dass ich in den sedierten Jahren in der Klinik die Verbindung zu meiner Zwillingsschwester verloren habe? Er wischte sich Stirn und Nacken trocken, kippte den Whiskey, legte das Geld neben das Glas und ging in Richtung Hotel. Eine Juniorsuite war noch frei und die Formalitäten schnell erledigt.

Als er das klimatisierte Restaurant im Wintergarten des Hotels betrat, atmete Leon ein paarmal tief ein und aus. Die künstliche Atmosphäre entsprach seinem abgezirkelten Leben der letzten zehn Jahre und gab ihm für den Moment Sicherheit.

Als Lune damals verschwunden war, war sein Leben völlig aus dem Tritt geraten, und seine Mutter hatte ihn, wie Jahre vor ihm seine Schwester, einweisen lassen. Gegen Gespräche mit den Psychologen hatte Leon sich gewehrt und sich in der Welt des Schweigens eingerichtet. Lune hatte ihn mit dieser Kraft vertraut gemacht. Es war absurd, was Menschen sagten oder auch taten, wenn sie keine Antworten mehr bekamen. *Es ist die einfachste Form der Machtübernahme in der Kommunikation zwischen zwei Menschen*, hatte Lune ihn belehrt. *Schweigen.*

Bilder der Vergangenheit tanzten durch seinen Kopf, und als der Kellner nach der Bestellung fragte, sagte Leon nichts, sondern zeigte auf das Menü des Tages. Während er auf sein Essen wartete, schickte er seiner Frau Martha eine SMS, dass er länger bleiben müsse, wenigstens noch bis Dienstag, ein Zimmer im Crowne Plaza genommen habe, und schaltete das Handy aus.

Damals, als Lune nach Frankreich gegangen war, hatten alle gehofft, dass er jetzt endlich aus ihrem Schatten heraustreten, sich, nicht mehr von ihr bevormundet, auf sich selbst besinnen würde. Er lächelte und schüttelte den Kopf. Niemand hatte je ihre Symbiose verstanden.

Als er sich, noch aus der Klinik heraus, mit Martha anfreundete, dachten die Psychologen und seine Mutter, dass er auf einem guten Weg sei. Dabei hatte er mit Martha lediglich Lune dazu provozieren wollen, dass sie zurückkam. Martha liebte ihn zwar, wie es auch seine Zwillingsschwester Lune getan hatte, nur wusste Martha nicht, was in ihm vorging. Das machte es weniger grausam für Martha, als es für Lune gewesen war.

Martha, so glaubte Leon, blieb bei ihm, weil sie das Maximum für sich herausholen wollte, und das hieß Geld, Besitz, noch mehr Geld und noch mehr Besitz. Lune aber hatte es aus anderen Gründen getan. Sie war auf der Suche nach einem Menschen, der so war wie sie, und weil sie ihn nicht fand, versuchte sie, Leon zu diesem Menschen zu machen und zugleich die Welt vor ihm zu schützen.

Es war ihm genauso unmöglich gewesen, ihren Verführungskünsten zu widerstehen, wie es ihm unmöglich war, zu dem Menschen zu werden, den sie suchte und brauchte. Sein Leben war seit Lunes Verschwinden auf eine schnöde Art leichter geworden und auf eine schlimme, schmerzhafte Art leer.

Lune erlaubte es nicht, dass Tage einfach vorbeigingen. Das war wunderbar und schrecklich, weil kaum einer diese Intensität aushalten konnte. Mark war daran zugrunde gegangen. Und Martha hasste Lune, ohne ihr je begegnet zu sein. Dieser Hass, wie nur Lune ihn erzeugen konnte, einte seinen besten Freund und seine Ehefrau, und das umso mehr, als sich nach dem Tod seiner Mutter im letzten Jahr herausstellte, dass Lune den größten Teil erbte.

Ironie des Schicksals, dachte Leon, dass ausgerechnet Martha und Mark mir geholfen haben, dass ich jetzt in Louisson bin und Lune näher als seit Jahren.

Als er sich später auf der Dachterrasse seiner Suite mit dem Blick auf die belebte Place du Capitol betrank, bemerkte er den Mond. Es war der erste Vollmond in diesem Monat; ein zweiter würde am 30. Juni folgen. In manchen Jahren gab es dreizehn Monde. Seines und Lunes Geburtsjahr war so eines gewesen; ihr Geburtsmonat hatte zwei Monde gehabt. Seine Großmutter schwor, dass in Monaten mit zwei Monden die grausamsten Dinge geschahen. Unheilvoll hatte sie die Kinder auch die Januszwillinge genannt. Dabei hatte sie all die Jahre an das Gute in ihm und das Böse in Lune geglaubt und nie geahnt, dass – genau wie der Janusmond seine Umlaufbahn um den Saturn alle vier Jahre mit Epimetheus tauscht – die Zwillinge die gute und die böse Rolle wechselten. Ihre Mutter hatte an die Kraft des Mondes geglaubt, und diesem Umstand verdankte seine Schwester den Namen Lune.

»Im Französischen ist der Mond nun einmal weiblich«, hatte seine Mutter ihm als Kind immer wieder erklärt, wenn die Eifersucht ihn quälte, weil seine Schwester solch einen besonderen Namen trug. Dafür erhielt er den stattlichen Namen Leon, als noch niemand geahnt hatte, wie zynisch das bei einem Charakter wie seinem klang, jedes Mal, wenn jemand den Namen aussprach.

Er sehnte sich nach Lune, selbst nach all den vielen, endlosen Jahren, gestand Leon sich, vom Alkohol benebelt, ein. Er dachte an ihre Neugier auf skurrile Menschen. Ihren Mut, den Dingen auf den Grund zu gehen. Sich dem Extremen, ja … dem Leben hinzugeben. Nicht zuletzt, weil sie keine Angst vor dem Tod, keine Angst vor Schmerzen hatte.

Sie hätte, ohne zu zögern, diesen großen Polizeibeamten gefragt, woher die Narbe an seiner Hand stammte. Wie es dazu gekommen war. Was er dabei empfunden hatte.

Als sie damals ging, ihn gleichsam verließ, hatte es Leon zerrissen und zugleich erleichtert. Endlich bin ich frei, hatte er damals gedacht und es doch besser gewusst. Ein Lachen stieg in seiner Kehle auf, das den Geschmack von Galle mit sich brachte. »Frei«, schrie er in den Nachthimmel, »frei, frei, frei!« Das Whiskeyglas fiel auf die Fliesen der Terrasse und zersprang. Leon fixierte einen Moment die im Mondlicht glitzernden Scherben. »Wie trügerisch das Leben ist«, murmelte er und lehnte sich über das Geländer. »Frei«, sagte er leise, »frei bin ich erst, wenn ich tot bin!«

Er verlagerte sein Gewicht nach vorn und spürte, wie sich das Geländer in seinen Magen drückte. Einen kurzen Moment sah er seinen eigenen Körper hinunterstürzen, spürte das Flattern seines Hemdes im freien Fall, fühlte den Aufprall zwischen den Tischen zu seinen Füßen, hörte den Aufschrei der Menschen, sah sie wegspringen und dann mit entsetzten Gesichtern erstarren.

Leon zog sich erschrocken vom Geländer zurück. Sein Herz schlug wild. »Ich habe zu viel getrunken«, sagte er zu sich selbst, »das verträgt sich nicht mit den Medikamenten.« Er ging hinein, schloss sorgfältig die Terrassentür, zog die Vorhänge vor, stellte die Klimaanlage auf dreiundzwanzig Grad und streckte sich nackt auf dem Bett aus.

Erinnerungsfragmente glitten viel zu schnell durch seine Gedanken. Er konnte sie nicht unterdrücken. *Wann habe ich Lune zuletzt gesprochen, wann zuletzt gesehen, wann hat sie zuletzt geschrieben?* Seine Hände zitterten. Er drehte sich dem Nachttisch zu und nahm den Tablettendispenser. Es reichte gerade für heute Abend und morgen früh. Morgen Abend musste er in die Klinik, um sein Blut testen zu lassen und die Medikamente für zwei weitere Tage zu bekommen.

Leon seufzte. Hier war niemand, der ihn kontrollierte. Keine Martha neben ihm, die zusah, wie er die Pillen schluckte. Hier war er frei, wie Lune es gewesen war. Er warf die Tabletten für den Abend in den Papierkorb neben dem Schreibtisch, löschte das Licht und schlief bald darauf ein.

Samstag, 2. Juni

Das Klingeln des Zimmertelefons klang wie ein Gurren, sodass Leon es zunächst in seinen Traum einbauen konnte. Erst als es zu lange anhielt, tastete er im Dunkeln nach dem Apparat und nahm den Hörer ab, das Freizeichen ertönte. Der Anrufer hatte aufgegeben.

Leon öffnete die Augen und schielte zum Wecker auf seinem Nachttisch. 11:30 Uhr. Er schloss die Augen wieder. Die Klimaanlage summte, auf dem Flur hörte er die Reinigungsfrauen schimpfen. Wie immer hatte er das Schild »Nicht stören« an seine Tür gehängt.

Leon überlegte und hoffte, dass der Polizeibeamte fand, was er brauchte, um ihm das offizielle Papier auszustellen. Ein paar Millionen Euro reicher würde er damit sein, das hofften zumindest Mark und Martha. Ein kurzes Frösteln überlief Leon.

Er streckte behutsam seine Glieder, stellte die Füße vor das Bett, betätigte einen Schalter an der Nachttischkonsole, und mit einem Surren öffneten sich die lichtundurchlässigen Vorhänge und gaben den Panoramablick auf die Dächer rund um den Platz frei. Leon fuhr sich mit den Händen übers Gesicht, strich sich die dunkelblonden Haare hinter die Ohren, stand auf und wickelte sich eines der Bettlaken um den Leib. Sein Blick fiel auf den Tablettendispenser. Leon stand auf, nahm ihn, warf ihn in den Mülleimer und trat auf die Terrasse hinaus. Die Sonne brannte, die Terrakottafliesen unter seinen Füßen waren heiß.

»Lebst du noch, Lune?«, fragte er in den blauen Himmel hinein und wunderte sich, dass er so viele Jahre einfach angenommen hatte, Lune sei irgendwo allein verstorben. Zumindest in meinen Gedanken, dachte er, ist sie dabei wiederaufzuerstehen.

Bildfragmente aus dem Urlaub in Spanien erwachten in seinem Kopf und fügten sich nach und nach zu einer klaren Erinnerung. Damals hatte alles angefangen. Er und Lune waren zehn Jahre alt gewesen. An einem Nachmittag hatten sie draußen auf der Straße gespielt, und der alte Mann aus dem Haus gegenüber hatte Lune zu sich gelockt und in sein Haus. Leon hatte ihre Schreie gehört, hatte gesehen, wie sie mit Blut zwischen den Beinen wieder herausstürzte, Schutz und Hilfe im Haus ihrer Eltern suchte. Er hatte die Schreie ihrer Mutter Monique vernommen, die Lune beschimpfte und wegsperrte in den dunklen Abstellraum, bis das Kind sich beruhigt hatte. Beim gemeinsamen Abendessen an diesem Tag hatte ihre Mutter gesagt, der arme Mann habe Lune nur lieb in den Arm genommen und Lune habe wie immer eine Lügengeschichte daraus gemacht.

Von da an hatte Lune begonnen, sich an ihrer Mutter zu rächen, an jedem einzelnen Tag und mit der ihr eigenen Ausdauer. Ihr Gespür für Menschen – Lune sah, begriff, verstand mehr und schneller als andere – setzte sie fortan gezielt gegen ihre Mutter ein.

Leon schlief auch mit zehn Jahren noch im elterlichen Bett. Nach Spanien drohte Lune, es in der Schule zu erzählen. Der Kampf der zwei Frauen nahm seinen Anfang, und Leon war ihr Spielball. Er hatte geglaubt, es sei normal, im elterlichen Bett zu schlafen. Dort war sein Schlafplatz.

»Was ist daran normal?«, hatte Lune gefragt.

Sie war in der Lage, ein Wort aus einem Satz herauszulösen und es dann so zu behandeln, als läge es unter einem Mikroskop. Lune begann immer damit, das jeweilige Wort auf verschiedene Weise auszusprechen, und wenn sie dann den passenden Klang gefunden hatte, baute sie es in verschiedene Sätze ein. Sie formulierte genau, differenziert. Sie fragte nicht »Findest du das oder das normal?«, um sich dann mit einem knappen »Ja« oder »Nein« abspeisen zu lassen.

Und so hatte sie kurz nach Spanien beim gemeinsamen Mittagessen an einem Sonntag in die Runde gefragt: »*Was,* bitte, ist daran normal, dass ein zehnjähriger Junge im Bett zwischen Mama und Papa schläft?«

Ein kurzes, eisiges Schweigen hatte sich ausgebreitet. Dem folgte ein verstohlener Blick zwischen seiner Großmutter und seiner Mutter, und sein Vater lachte dröhnend, als Lune ruhig nachsetzte: »Ich will das morgen in der Schule fragen.«

Von diesem Tag an hatte Leon in seinem eigenen Zimmer geschlafen. Es war seine persönliche Vertreibung aus dem Paradies gewesen. Lange fror er nachts, weil die Wärme spendenden Körper seiner Eltern ihn nicht mehr wie einen Kokon schützten.

Mit diesem Tag begannen auch die Streitereien, die sie Nacht für Nacht aus dem Elternschlafzimmer hörten. Ein halbes Jahr später war ihr Vater ausgezogen und nach ein paar halbherzigen Versuchen, zu den Zwillingen Kontakt zu halten, mit einer neuen Frau unbekannt verzogen.

Leon hatte viel länger als Lune gebraucht, um zu begreifen, dass seine Mutter ihn gebraucht hatte, um die körperlichen Annäherungen des Vaters abzuwehren. Das triumphale Grinsen im Gesicht seiner Zwillingsschwester, als sie den ersten Morgen nur noch zu viert am Frühstückstisch saßen, hatte ihre Mutter dazu gebracht, Lune den kochend heißen Tee über die Beine zu schütten. Wann immer sich Leon an diese Szene erinnerte, hatte er das sichere Gefühl, Lune hätte es verhindern können. Er ahnte, nein, er wusste, dass Lune es hatte geschehen lassen, um ihre Mutter weiter zu quälen. Alle Versuche, es als unglücklichen Unfall darzustellen, waren im Schweigen seiner Schwester verhallt. Das Schlimmste war, so fand Leon bis heute, dass Lune ihrer Mutter nie einen Vorwurf gemacht hatte. Sie schwieg einfach, und zwar fast ein ganzes Jahr.

»Das Kind bildet sich alles nur ein! Ich habe ihr nie etwas getan. Sie nicht angefasst. Das mit dem Tee war ein Unfall. Dieses Kind gehört in eine Anstalt!«

Lune hatte in dieser Zeit das Machtvolle am Schweigen entdeckt. Sie schwieg tagein, tagaus, beim Frühstück, beim Mittagessen, am Abend, egal, wie oft sie von ihrer Mutter angesprochen wurde.

Leon hatte zunächst versucht zu vermitteln, aber schnell begriffen, dass es für ihn besser war, nicht zwischen Mutter und Schwester zu geraten. Lunes Schweigen brachte die Brutalität in seiner Mutter zum Vorschein.

Noch bevor das Jahr zu Ende ging, hatte ihre Mutter es nicht mehr ertragen können, wie Lune bei jeder Mahlzeit aufrecht auf ihrem Stuhl saß, kaute, schluckte, stur geradeaus blickte und schwieg. Bei einem Mittagessen im Winter passierte es dann. Ihre Mutter sprang plötzlich auf, langte über den Tisch und nahm den Suppentopf, den die Großmutter ihr geistesgegenwärtig aus der Hand schlug. Aber Moniques aufgestaute Wut war so groß und explosiv, dass sie die schwere silberne Kelle ergriff und damit auf Lunes linke Hand schlug, die neben dem Teller ruhte. Das durchdringende Knacken der brechenden Mittelhandknochen ließ jeden am Tisch erstarren. In Lunes Gesicht zuckten nur ein paar Muskeln. Der gequälte Laut eines sterbenden Tieres kam aus der Kehle ihrer Großmutter. Die verschüttete dampfende Suppe lief durch die Ritzen des alten Holztisches und tropfte auf den Steinfußboden.

Lune rührte sich zuerst nicht, doch schließlich tauchte sie ihren Suppenlöffel wieder in den vor ihr stehenden Teller, füllte ihn, und als sie ihn zum Mund führte, begann seine Mutter laut und hysterisch zu lachen. Leon und die Großmutter blickten so entsetzt auf Monique, die sich mit den Händen den Bauch hielt, während Lachtränen über ihre Wangen rannten, dass sie zunächst nicht wahrnahmen, dass Lune in dieses Lachen eingestimmt hatte. Die Großmutter bekreuzigte sich, zog Leon vom Stuhl und mit sich fort.

Er erinnerte sich, dass er seine Mutter und seine Schwester noch lange von seinem Zimmer aus hatte lachen hören. Sie hatten ihn damit ausgeschlossen. Später an diesem Tag fuhr die Großmutter mit Lune in ein Krankenhaus, um die Hand schienen zu lassen. Lune kam von dort nicht zurück. Als Leon fragte, wo Lune sei, sagte seine Großmutter bedeutungsschwer: »Dieses Mädchen bringt das Schlechteste in den Menschen zum Vorschein, das wird ihr jetzt ausgetrieben«, und legte dabei schützend ihre Hand auf seinen Kopf.

Lune blieb ein paar Wochen weg und kam, aus seiner Sicht unverändert, wieder. Mit einer winzigen Ausnahme: Lune nannte ihre Mutter fortan nur noch bei ihrem Vornamen: Monique.

Das Erbe musste eine Wiedergutmachung sein, dachte Leon zum hundertsten Mal seit dem Tod ihrer Mutter vor einem Jahr, denn er hatte den zwar üppigen Pflichtteil bekommen, aber Lune, obwohl spurlos verschwunden, den Löwenanteil.

Leon hatte das verwirrt. Er war froh, endlich frei zu sein von seiner Mutter, der viel zu großen Nähe zwischen ihnen unter dem Deckmantel der heilen Familie. Sie nie wieder um Geld bitten zu müssen. Nie wieder in ihren Augen zu sehen, dass sie genau wusste, dass er sie schon allein des Geldes wegen nie verlassen würde.

So hatte ihr Tod ihn still erleichtert. Eigentlich reichte ihm das ererbte Geld, es garantierte ihm ein gutes Auskommen. Aber Martha und Mark hatten ihn gedrängt, die 8,2 Millionen seiner Zwillingsschwester nicht einfach, wie sie es nannten, vergammeln zu lassen.

Unten auf dem Platz fiel ein Tablett mit Geschirr zu Boden, der spitze Schrei der Kellnerin schallte zu ihm hinauf. Leon stützte seine Hände auf das Geländer und beugte sich vorsichtig vor, um die Szene genau zu betrachten.

Eine Detektei hatte letztes Jahr noch einmal nach Lune gesucht, weil sie nach Meinung seiner Großmutter die Hauptverdächtige war, obwohl seit zehn Jahren verschwunden. Seine Großmutter, verbittert über den verfrühten Tod ihres einzigen Kindes, hatte bei der Polizei genauso geschworen, dass ihre Tochter keinen Selbstmord begangen hatte wie auf Lune als Mörderin.

Als Leons Alibi diente die Klinik. Dort hatten sie ihn verhört, in den weißen, lärmgedämpften Räumen der Privatklinik am Scharmützelsee, unter Aufsicht des Chefarztes.

Von dem erstickten Kaninchen hatte Leon den Polizisten berichtet, und sie hatten fassungslose Gesichter gezeigt, spürbar ungern nachgefragt, wie es dazu gekommen war.

»Meine Schwester hatte wissen wollen, wie es aussieht, wie es sich anfühlt, wenn ein Herz langsamer schlägt, ein Lebewesen erstickt, die Seele entweicht. Sie wollte auf ihren eigenen Tod vorbereitet sein. Es heißt, Ersticken sei die qualvollste Art zu sterben. Wussten Sie das?«

In seiner Erinnerung hatte Lune ihn gezwungen, das Kaninchen festzuhalten und dem Tier die Luft abzudrücken, während ihre Hand auf dem Herzen des Tieres lag. Diese Erinnerung war falsch, das wusste er und verschwieg sie deshalb.

»Wie hat Ihre Schwester das Tier getötet?«

Leon hatte lange zu Boden geschaut – er wusste noch heute, dass am linken Schuh des einen Polizisten Lehm geklebt hatte – und geantwortet: »Erwürgt. Sie hat es erwürgt.«

Niemand hatte ihn wirklich verdächtigt.

Die Detektei indes hatte Lune auch im vergangenen Jahr nicht finden können.

Leon streckte die Arme in den Himmel, und das Laken glitt zu Boden und legte seine weiße Haut frei.

Ob Lune einem Menschen begegnet war, der sie verstehen konnte? Der war wie sie selbst? Die Frage quälte Leon.

Er ließ das Bettlaken auf der Terrasse liegen, ging nach drinnen, wickelte sich in seinen seidenen Morgenmantel und bestellte beim Zimmerservice schwarzen Kaffee, um den Whiskeygeschmack aus seinem Mund zu spülen. Schon jetzt spürte er, dass er gestern Abend nichts eingenommen hatte und wie sich der Nebel in seinem Kopf lichtete, und das fühlte sich richtig an. Er trat, den Scherben der letzten Nacht ausweichend, erneut auf die Dachterrasse. Ein bleierner Himmel lag über Louisson, und die hohe Luftfeuchtigkeit machte das Atmen schwer. Augenblicklich klebte die Seide an seiner Haut.

Louisson liegt in einem Kessel, hatte Lune geschrieben, *deshalb staut sich hier die Hitze. Sie drückt auf die Menschen, die sich immer irgendwann unvermittelt mit einer wilden Geste, einem Schrei von der bleiernen Schwere zu befreien suchen.*

Ihre Briefe, dachte Leon, unzählige Seiten detaillierter Beschreibungen der Stadt, der Menschen, ihrer Erlebnisse, hatten ihn in der Realität gehalten. Manchmal kamen ein oder zwei Monate gar keine Briefe, dann wieder einer, der umso länger war, aber eines Tages blieben sie ganz aus.

Ein paarmal hatte Leon damals Mark gegenüber den Gedanken ausgesprochen, vielleicht gehe es ihr nicht gut. »Unsinn«, hatte Mark geantwortet, »wenn ein Mensch gut auf sich aufpassen kann, dann deine verdammte Schwester!« Mark hatte auch behauptet, erleichtert zu sein, als von Lune nichts mehr kam.

Das Klopfen des Zimmerservices holte Leon aus seinen Gedanken zurück. Er fror, als er in das klimatisierte Hotelzimmer trat. Den schwarzen, süßen Kaffee in der Hand ging er zurück auf die Terrasse und observierte das Stück Louisson zu seinen Füßen. Das Café unter den Arkaden war gefüllt, über den weitläufigen Platz eilten Menschen, alle mit irgendwelchen Zielen. Darum beneidete Leon sie. Er hatte keine Ziele, nie welche gehabt. Diese Menschen da unten ahnten einer wie der andere nicht, wie leidenschaftslos ein Leben ohne Ziele war. Dabei hatte er die Leidenschaft seiner Schwester auch stets gefürchtet, wie sie alle in der Familie Lune fürchteten.

»Das Mädchen ist ein Monster«, hatte die Mutter wieder und wieder zur Großmutter gesagt und sich die immer gleiche Antwort anhören müssen: »Was musst du auch Zwillinge gebären in einem Monat mit zwei Monden? Jeder Bauer weiß, dass Jahre mit dreizehn Monden keine gute Ernte verheißen. Ich habe dich gewarnt, und jetzt sieh zu, wie du damit klarkommst. Lune ist das Januskind, die Doppelgesichtige. Sie sät den Zwiespalt, aber nicht in sich, sondern in anderen. Solange sie bei dir ist, wirst du kein Glück mehr finden.« So hatte das Unglück seiner Mutter einen Namen bekommen: Lune.

Bei Lune ließen im Alter von 12 Jahren die schulischen Leistungen nach. Die Welt der Lehrer hatte den Begriff »hochbegabt« entdeckt und mit großer Gewissheit Lune damit belegt. Doch dem folgte keine Schule für Kinder mit außerordentlichen Begabungen, sondern eine weitere Trennung von seiner Schwester und eine weitere Rache der Mutter, die Leon als solche erkannte. Als Erziehungsberechtigte brachte sie Lune in einem Internat für Minderbegabte auf einer kleinen

Insel in der Nordsee unter. Flucht unmöglich. Instinktiv hatte ihre Mutter genau das gefunden, womit sie Lune am meisten verletzen konnte: ihren Geist zu unterfordern.

Zwei Monate später rief die Schule an und informierte seine Mutter, dass Lune in ärztlicher Begleitung auf dem Heimweg sei. Seine Mutter bot der Schule sehr viel Geld, damit sie Lune trotz der Herzschwäche behielten. Sie schlugen ihr den Wunsch ab. Seine Mutter legte auf, lehnte ihre Stirn an die Wand hinter dem Telefon, und zunächst hatte Leon angenommen, sie lachte, aber dann schüttelte sich ihr ganzer Körper. Ihre Augen quollen hervor, sie biss sich die Lippe blutig und bekam keine Luft mehr. Daraufhin war seine Großmutter herbeigeeilt und hatte ihre Tochter mit der flachen Hand ein paarmal ins Gesicht geschlagen.

Leons Zimmertelefon läutete erneut und holte ihn in die Gegenwart zurück. Er starrte auf den kleinen weißen Apparat und fürchtete, es könnte Martha sein, die nicht willens war zu akzeptieren, dass sein Handy ausgeschaltet blieb.

»Guten Morgen, alter Kumpel, wie läuft es denn so? Du musst länger bleiben, sagt Martha. Schaffst du das denn?« Marks Stimme klang ausgeruht und äußerst gut gelaunt.

Wie auch nicht, dachte Leon, er würde ja einen Teil der Beute abbekommen. Beute? Ja, Martha hatte es so genannt.

Leon gab Mark bereitwillig Auskunft über das, was bisher geschehen war.

»Hm, das gefällt mir, ehrlich gesagt, nicht. Es bekommt einen sehr offiziellen Charakter«, murrte Mark.

»Das sollte es doch!«

»Ja, offizielle Stempel, aber bitte keinen Weg durch diverse Instanzen der Polizei. Das hatte ich nicht gemeint.«

Leon schob sich mit einer ärgerlichen Geste die Haare aus dem Gesicht. »Ich glaube trotzdem, dieser Mirambeau will mir helfen. Er wirkte ein bisschen schroff, aber dennoch umgänglich. Rufst du Martha an und sagst ihr, dass alles in Ordnung ist?«

»Sicher, mach ich.« Mark schluckte. »Und lass dir nichts aus der Nase ziehen. Schon gar nicht, dass es um ein Erbe von ein paar Millionen Euro geht, hörst du?«

»Nein, keine Sorge. Sonst noch etwas?«

»Warum bist du so kurz angebunden?«

»Ich bin nur müde«, log Leon. Er wollte nicht unhöflich sein, doch störte Mark seine Erinnerungen.

Der aber kannte ihn gut. »Du denkst über Lune nach, nicht wahr?«

»Ein bisschen. Sie ist mir hier so nah wie schon lange nicht mehr.«

»Lass es nicht zu dicht an dich heran!«, warnte Mark. »Sie ist tot, sonst hätte sie sich gemeldet.«

»Und falls doch nicht?«, fragte Leon trotzig zurück und hörte, wie Mark tief ein- und ausatmete, weil er jetzt wiederholen würde, was er Leon schon so oft gesagt hatte: »Wenn sie nicht tot wäre, würden wir es wissen. Es war nicht ihr Naturell, einfach zu verschwinden. Sie hätte es nie lassen können, dich weiter mit ihren Geschichten zu quälen. Sie hätte dich immer wieder an das Desaster von damals erinnert. Sie hätte dich nicht kampflos eurer Mutter überlassen. Sie hätte Martha nie erlaubt, dich zu heiraten.«

»Schon gut«, maulte Leon, und etwas in ihm wollte wie immer glauben, dass Mark recht hatte.

»Du nimmst deine Tabletten?«

»Ja!«

»Hast du überhaupt genug mit?«

»Verdammt, ja!«

»Leon, ich will dich nicht kontrollieren, aber vergiss nicht, dass es nur deshalb gelungen ist, dich wieder für mündig erklären zu lassen.«

»Ich weiß, Mark, ich werde Dienstag zurück sein, dann kann der Professor mir Blut abnehmen, und alles ist gut.«

Mark wechselte das Thema: »Was ist der Inspektor für ein Typ?«

»Ein großer, schwerer Mann, Mitte vierzig, trägt einen Ehe- und einen Siegelring. Ein Familienvater mit glücklichen Kindern und einer entzückenden Frau.«

»Das klingt nicht so vielversprechend. Wenn's hilft, bezahl ihm einen guten Puff. Sex ist für dieses Alter eine gute Währung und nicht so problematisch wie Schwarzgeld. Also, mach's gut! Und kein Wort über die Summe oder den Tod deiner Mutter! Und schluck die Tabletten!«

Leon legte den Hörer in die Station und blieb auf dem Bett sitzen. *Und wenn Mark nicht recht hat*, fragte er sich.

Mark hasste Lune seit damals. Sie hatte den eitlen und in der Damenwelt überaus beliebten Mark, der Frauen nur als Zeitvertreib und weitere Striche auf seiner Liste betrachtete, verführt. Ihn in sich verliebt gemacht, betört, ihm anzügliche Verlockungen ins Ohr geflüstert und sich nicht von ihm anfassen lassen. Lune ließ sich nie von irgendetwas oder irgendwem wirklich berühren. Das war ihr Dilemma und zugleich so, als wäre das Wort »unnahbar« eigens für sie erfunden worden. Mark zerbrach daran. Es gab viele Jungen und später Männer wie Mark, die sich von Lune angezogen fühlten, sich in sie verliebten und scheiterten. Jeder, der es überlebte, das hatte Leon immer wieder beobachtet, fand den Weg nicht zurück zu »normalen Frauen«, wie er sie nannte. Mit Lune war kein Tag wie der andere, auch nach Jahren nicht. Ihre Intensität machte die Menschen erst süchtig und zerstörte sie dann. Das wusste keiner besser als ihr Zwillingsbruder.

Leon stand auf, duschte, zog sich an, zögerte einen Moment, als er an dem Mülleimer vorbeiging, in den er den Tablettendispenser geworfen hatte, zuckte mit den Schultern und bestellte sich einen Fahrer für den Tag. Wenn ich schon bis nächste Woche bleiben muss, dachte er, kann ich mir auch die Orte noch einmal ansehen, die ich aus Lunes Briefen kenne.

Im Geiste hörte er Mark sagen: Lass das! Das bringt doch nichts!, und Martha: Warum machst du so einen Unsinn? Weißt du, was so ein Fahrer kostet?

»Ja«, antwortete Leon leise, »er kostet *mein* Geld!«, und schob in Gedanken hinterher: *Das Geld meiner Mutter!*

Einmal hatte Martha gekeift: »Ich kann dir gar nicht sagen, wie froh ich bin, dass deine Zwillingsschwester tot ist! Wenn sie schon als Tote einen so großen Einfluss auf dich hat, möchte ich nicht wissen, wie es war, als sie noch lebte!«

»Anders war es«, hatte er lakonisch geantwortet, »ganz anders. Und du, liebe Martha, wärst nie eine Bernberg geworden. Dafür hätte Lune schon gesorgt!«

»Du Waschlappen!«

Leon hatte aus vollem Herzen gelacht.

Wie lange war das her, fragte sich Leon, und warum fiel ihm das jetzt alles wieder ein?

Martha hatte damals daraufhin Mark angerufen, der ihr bestätigte, dass Lune die Hochzeit nie zugelassen hätte. Martha hatte mit naiver Ratlosigkeit vor dem Phänomen gestanden, dass ein Mensch so viel Macht über einen anderen haben konnte, und gedroht, Leon zu verlassen.

An diesem Tag hatte Martha entdeckt, dass auch in ihm Lunes Grausamkeit lebte. Gab es in der Liebe eine schlimmere Demütigung, als zu drohen, man werde gehen, und dann auch noch die Tür geöffnet zu bekommen?

Leon würde das Flehen in Marthas Augen nie vergessen,

diese drängende Bitte, sie zurückzuhalten. Er hatte damals an das sterbende Kaninchen gedacht. Hilflos, ergeben und ohne Hoffnung. Wer in einem solchen Moment blieb, hatte nichts mehr zu erwarten. Und seine Hartherzigkeit hatte ihn nicht einmal beschämt. »Jeder von uns trägt alle Eigenschaften in sich«, hatte Lune stets behauptet und ihn damit beruhigt.

Leon prüfte im Spiegel des Flurs, ob der reichlich genossene Alkohol die ersten Spuren in seinem Gesicht hinterlassen hatte. Bei der ersten Schwellung der Tränensäcke oder einer leichten Aufgedunsenheit des Gesichts würde er dem Alkohol abschwören.

Heute war es noch nicht so weit. Er strich sein feuchtes Haar zurück und lächelte bei dem Gedanken, dass er schon am Dienstag mit dem begehrten Dokument in der Tasche nach Berlin zurückfliegen würde. Dabei verdrängte er, wie oft und zu wie vielen Anlässen er schon gedacht hatte, mit Lune endlich abschließen zu können.

Christian Mirambeau wollte gerade sein Auto an der Place de la Concorde parken, um in der Boulangerie de la Concorde Brot zu kaufen, als Leon Bernberg in einer schwarzen Limousine an ihm vorbeifuhr. Mirambeau startete sein Auto und folgte Bernberg in angemessenem Abstand.

Leon kannte Lunes Briefe auswendig und wollte ihren Worten folgen. Er nannte dem Fahrer das erste Ziel: das Studentenwohnheim Victor Hugo auf der Ile de cœur. Zwei Seitenarme der Garonne trennten diese und andere Inseln von Louisson. *Durch die Flüsse getrennt, durch die Brücken verbunden mit der Stadt, ein Platz, der unserem Zwiespalt entspricht, werter Bruder,* hatte Lune vor elf Jahren geschrieben.

Als er dort ankam, bat Leon den Fahrer, auf das Gelände zu fahren und zu parken. Er verließ das schützende Auto und ging auf eines der Gebäude zu, die wie Wespennester in der trägen Mittagshitze lagen. Studenten saßen und standen hier und da allein oder in kleinen Gruppen im Schatten. Zu seiner Linken gab es einen Waschsalon, aus dem seifige Luft kam. Zwei junge Frauen stritten um einen Trockner. *Ein trostloses Braun,* hatte Lune geschrieben, *aber wenigstens schaue ich von meinem Zwei-quadratmeter-Balkon auf einen lächerlichen Bach.*

Leon ging die Stufen zur ersten Etage hoch. Aus manchen Zimmern drangen Stimmen, ein Telefon schellte, im Radio kommentierte ein engagierter Reporter das Rugbyspiel vom vergangenen Abend – Louisson hatte verloren.

Wie konnte sie hier leben, dachte Leon. Der Gang war dunkel, alles wirkte lieblos und signalisierte, dass Menschen sich hier nur vorläufig einrichteten, einrichten sollten. Aber genau aus diesem Grund hatte es Lune wohl gefallen. Sie brauchte das Gefühl, auf der Durchreise zu sein, mit leichtem Gepäck. Leon spähte in eines der Zimmer. Neun Quadratmeter. Der Schrank war gleichzeitig die Wand zum Nachbarzimmer, gegenüber das Bett, an dessen Kopfende das Waschbecken, am Fußende der Schreibtisch. Toilette und Dusche auf dem Flur.

Deprimiert verließ Leon das dunkle Gebäude und versuchte, sich damit zu trösten, dass Lune ja nur knapp vier Monate hier gelebt hatte. Trotzdem tat ihm die Enge der Räume für Lunes freiheitsliebenden Geist auch im Nachhinein noch geradezu körperlich weh. Zum Glück, dachte er, war sie ja dann in das Haus am Stadtrand gezogen. Er stieg wieder ein und nannte dem Fahrer die neue Adresse.

Als sie sich dem Stadtrand näherten, fragte sein Fahrer: »Monsieur, kann es sein, dass Ihnen jemand folgt?«

Leon blickte sich um, einen viel zu kurzen Moment von der

Hoffnung erfüllt, Lunes Gesicht zu entdecken. »Nein«, sagte er, »hier gibt es niemanden, der mir folgen könnte. Aber danke, dass Sie so aufmerksam sind.«

»Darauf sind wir trainiert. Wir sind da, möchten Sie aussteigen?«

Leon blickte auf das kleine Haus. Ein Stück von der Straße zurückgesetzt, weiße Kiesel in der kleinen Einfahrt, alle Fensterläden geschlossen, lag es in der Mittagshitze wie eine geschlossene Auster. Tief in seinen Erinnerungen vergraben, regten sich die Blaupausen dieses Hauses.

»Nein, fahren Sie mich bitte zum Hotel zurück. Ich habe genug gesehen.«

Christian Mirambeau wartete, bis die Limousine mit Leon Bernberg hinter der nächsten Straßenbiegung verschwunden war, dann stieg er aus, ging an die Tür des kleinen Hauses und klopfte. Ein Poltern aus dem Flur des Nachbarhauses ließ ihn aufhorchen. Die Tür desselben öffnete sich einen Spaltbreit, und eine alte Frau beäugte ihn misstrauisch. »Die Leute nebenan sind verreist. Ist etwas passiert?«

Christian lächelte sie an. »Nein, keine Sorge.« Er stellte sich vor und zeigte ihr seinen Ausweis. »Wohnen Sie schon lange hier?«

»Seit sechsundsiebzig Jahren. Ist das lange?«

»Ich denke schon.« Christian trat näher an den grünen Drahtzaun, der die beiden Häuser und deren Grundstücke trennte. »Ich brauche Informationen über eine Frau, die vor zehn Jahren hier gelebt hat. Lune Bernberg, kannten Sie die?«

Die alte Frau spuckte auf den Boden. »Ich kannte sie nicht. Leider hatten wir ihr das Haus vermietet. Es gehört meinem verstorbenen Mann und mir.«

»Wieso leider?«

»Mit der stimmte etwas nicht. Sie war eine Hexe.« Wieder spuckte sie aus. Die zwei Schleimbrocken trockneten augenblicklich auf den dunklen, von der Sonne aufgeheizten Steinen.

»Könnten Sie mir das ein bisschen ausführlicher erklären?«, fragte Christian.

Nachdenklich schürzte die Alte die Lippen. »Na schön. Kommen Sie doch einfach rüber. Ich habe noch Kaffee und erzähle Ihnen, woran ich mich noch erinnere.«

Eine Mischung aus schlecht belüftet, Staub und Putzmitteln schlug Christian Mirambeau in dem vollgestellten Flur entgegen, und er war redlich überrascht, als er an dessen Ende auf eine schattige Terrasse trat, wo es nach frischem Erdbeerkuchen roch.

»Ich habe den Garten nie aufgegeben, obwohl es ohne meinen Mann viel zu viel Arbeit ist. Setzen Sie sich«, sagte die alte Frau, die sich Christian inzwischen als Madame Colombas vorgestellt hatte, und verschwand noch einmal im Haus.

Sie kam mit Tassen und Kaffee wieder, schenkte ihnen beiden ein und setzte sich umständlich. Sie zeigte mit ihrer gichtigen Hand auf die kleine Wiese, die sich an das Nachbarhaus anschloss. »Dort hat sie manchmal in der Sonne gelegen und gelesen. Dann war es ruhig. Aber an anderen Tagen hatte sie das Haus voller Menschen. Algerier und so ein Abschaum, hauptsächlich Männer. Mit Musikinstrumenten. Die ganze Nacht Lärm. Danach war es wieder so still, dass wir glaubten, sie sei heimlich weg oder tot.« Madame Colombas bekreuzigte sich.

Christian nippte an dem bitteren Kaffee, dessen Geruch schon verriet, dass er Stunden auf der Wärmeplatte zugebracht hatte. »Können Sie sich noch genau erinnern, seit wann Lune Bernberg weg ist?«

Madame Colombas gab drei Stücke Zucker in ihren Kaffee, rührte um, leerte die Tasse in einem Zug und antwortete: »Ja, es war Juli oder August desselben Jahres. Ich wollte, dass wir direkt im September wieder vermieten. Aber mein Mann nicht. Er hatte einen Narren an der deutschen Hexe gefressen. Dabei hasste er die Deutschen seit dem Zweiten Weltkrieg. Er hoffte, dass sie vielleicht zurückkommen würde. Denn im Frühling war sie auch einmal für ein paar Wochen mit ihrem kleinen blauen Wagen verschwunden. Als sie bis Ende September nicht zurückkam, sind wir in das Haus und haben aufgeräumt. Obwohl es nicht viel aufzuräumen gab, nur ein paar Sachen hatte sie dortgelassen.« Unvermittelt stand die alte Frau auf und schlurfte davon.

Christian nutzte die Gelegenheit und schüttete seinen Kaffee neben sich in den Blumenkübel mit Hortensien. »Hoffentlich seid ihr robust genug«, murmelte er.

Die Alte kam zurück mit einem Schuhkarton, den ein paar Fettflecken und dichte Spinnweben zierten. Sie wischte ihn mit einer energischen Geste ab und reichte ihn Christian. »Das ist alles, was wir noch im Haus gefunden haben. Nehmen Sie es mit, dann bin ich es endlich los.«

»Es war nie jemand hier, der es abgeholt hat?«

»Nein, nie! Meinen Mann hat es gewundert, mich nicht. Die Familie war sicher froh, sie los zu sein.«

Staub rieselte von dem Karton auf Christians Hose, als er den Deckel abnahm. Drei ungeöffnete Briefe, eine Postkarte, zwei Bücher, eine Zigarettenspitze, ein paar Fotos, ein kupferfarbenes Haarband und eine getrocknete Orchidee waren der ganze Inhalt.

»In den ersten Jahren kam immer mal jemand und fragte nach Lune. Zuletzt war die deutsche Polizei da und hat Lune Bernberg gesucht, so vor gut einem Jahr.«

Christian blickte überrascht auf. »Wissen Sie, warum man sie suchte?«

»Ihre Mutter, irgendwas mit ihrer Mutter. Sie haben es mir nicht genau gesagt.«

Christian runzelte die Stirn. »Darüber hat der Polizeicomputer nichts gesagt. Dabei hätten die deutschen Kollegen doch Amtshilfe beantragen müssen. Waren die deutschen Polizisten allein oder in Begleitung von unseren Leuten?«

Madame Colombas zuckte mit den Schultern und wies wieder auf den geöffneten Karton. »Die Briefe kamen erst, als sie schon weg war.«

»Und die Polizisten wollten die nicht?«

Frau Colombas schüttelte den Kopf: »Die hatten es eilig. Haben einen Blick in den Karton geworfen und sind wieder weg.«

»Warum haben Sie ihn nicht weggetan? Das Zeug ist doch nichts wert, und wenn die Familie es eh nicht haben wollte?«

»Für irgendwen ist es immer was wert. Ich schmeiße nichts weg. Andere Generation!« Sie blickte Christian mit zusammengekniffenen Augen an.

»Ich kenne diese Worte von meinen Großeltern, Madame. Ich werfe auch nichts weg.« Christian lächelte. »Zum Leidwesen meiner Frau.«

Madame Colombas nickte grimmig.

»Als Lune Bernberg sich hier eingemietet hat, hat sie Ihnen da keine Adresse in Deutschland genannt?«

»Nein, warum auch? Sie hat im Voraus bezahlt und uns eine Kopie ihrer carte de séjour gegeben.« Frau Colombas räumte mechanisch die Kaffeetassen zusammen, hielt inne und sagte: »Im August damals kamen immer mal wieder Männer, die nach ihr fragten. Ein gut erzogener Farbiger, der war oft da. Ein paarmal in Begleitung eines Mannes, der aber nichts sagte.

Dann war Mademoiselle Bernberg verschwunden und mit ihr diese Männer, die nach ihr suchten. Aber komisch war: ein paar Wochen nach ihrem Verschwinden tauchte hier ein kleiner Spanier auf, mit einem Foto von der Deutschen.«

»Hat er Lune Bernberg gesucht?«

»Ja.« Madame Colombas schüttelte den Kopf. »Aber er kannte nur ihren Vornamen. Das war seltsam.«

»Haben Sie ihm den vollen Namen gesagt?«

»Natürlich nicht.«

»Und Sie sind sicher, dass es um dieselbe Frau ging?«

»Oh ja, es waren dieselben gelben Augen. So eine Farbe hatte ich nie zuvor gesehen und auch danach nie wieder. Wolfsaugen.«

»Haben Sie dem Mann irgendetwas über diese Frau gesagt?«

»Na, hören Sie mal! Natürlich nicht!« Entrüstet straffte sie die Schultern.

»Woher wissen Sie, dass es ein Spanier war?«

»Mein Mann kannte ihn. Er verkaufte damals Blumen in der Innenstadt. Er hatte einen kleinen Stand auf dem Wochenmarkt, und abends zog er mit seinen Orchideen durch die teuren Restaurants. Ein kleinwüchsiger, hässlicher Mann.«

»Enthält dieser Karton Lune Bernbergs gesamte Habe?«

»Das Haus war möbliert. Ob sie mehr Bücher hatte, weiß ich nicht. Ihre Anziehsachen hat sie wohl mitgenommen.«

»Als Lune Bernberg dann weg war, haben Sie auch nicht versucht, ihre Verwandten in Deutschland zu erreichen?«

»Warum hätten wir das tun sollen? Im Haus war kein Blut, es war sauber, sie hatte bezahlt. Was geht es mich an, wohin meine Mieter ziehen?«

»Das haben Sie recht, Madame«, antwortete Christian. »Und vielen Dank, dass Sie sich die Zeit genommen haben. Ich werde dann mal wieder gehen.«

»Warten Sie!« Madame Colombas verschwand überraschend flink im Haus und kam kurz darauf mit einem kleinen Paket wieder. »Ist gerade fertig. Am besten schmeckt Erdbeerkuchen lauwarm.«

»Danke, das wird meine Frau und meine Kinder freuen.«

Sie brachte ihn zur Tür.

»Madame Colombas, wenn Sie Lune Bernberg beschreiben müssten, was würden Sie sagen?«

»Sie war unkonventionell, das ist das Beste, was ich über sie sagen kann.« Sie zögerte einen Moment, ehe sie hinterherschob: »Wenn man sie ansah, spürte man, dass diese Frau keine Angst kannte, auch nicht vor dem Teufel! Ich schwöre Ihnen, sie hatte etwas Grausames in ihren Augen und«, sie hielt Christian am Arm fest, »Narben.«

»Wie bitte?«

»Das erste Mal, als wir wussten, dass sie im Haus war, und wir tagelang nichts hörten, bat mein Mann mich, nachzusehen. Sie lag nackt im Bett, fieberte und klammerte sich an meine Hand. Da tat sie mir leid, und ich rieb sie mit einem feuchten Tuch ab. Ihre Oberschenkel waren vernarbt, wie von einer schlecht verheilten Verbrennung, und am Oberkörper hatte sie eine Narbe, als hätte man ihr das Herz herausgeschnitten. Schrecklich. Sie hat sich später wohl nicht an mich erinnert, zumindest hat sie sich nie bedankt.«

Einen kurzen Moment blieb Christian vor dem kleinen Nachbarhaus stehen, den Karton in der einen, den warmen, in Alufolie gewickelten Erdbeerkuchen in der anderen Hand, und betrachtete es.

»Kein Blut im Haus«, murmelte er vor sich hin. »Sie ist abgereist, aber wieso verschwunden?«

Als Christian zu Hause ankam, liefen ihm seine Kinder im

Alter von drei, vier und sechs Jahren entgegen und eroberten das Paket mit dem Erdbeerkuchen. Er begrüßte seine Frau mit einem zärtlichen Kuss auf ihren Scheitel.

»Hast du an das Brot gedacht?«, fragte Jeanne und reckte sich auf Zehenspitzen, um ihren Mann zu küssen.

Christian zog die Schultern hoch. »Nein, tut mir leid, es ist mir etwas dazwischengekommen.«

Jeanne lächelte ihn verliebt an. »Nicht schlimm, ich habe noch was in der Tiefkühltruhe.«

Christian verabschiedete sich in sein Arbeitszimmer. Er stellte den Schuhkarton auf den alten Schreibtisch aus Olivenholz, das die Luft im Zimmer mit einem dezenten Duft durchsetzte. Mit dem Arm schob er alle Papiere, die auf dem Tisch lagen, an die Seite und knipste die Stehlampe neben dem Schreibtisch an. Er setze sich, hielt einen Moment inne, hob schließlich den Deckel des Kartons ab und studierte den Inhalt. Behutsam nahm er die zwei Bücher aus dem Karton und legte sie nebeneinander. Beide waren gleichermaßen abgegriffen, ausgebessert mit Klebestreifen am Buchrücken und hatten zahllose Eselsohren. Erst auf den zweiten Blick bemerkte Christian, dass es sich um ein und dasselbe Buch handeln musste, eine deutsche und eine französische Version. Er kannte den Autor nicht und blätterte unschlüssig durch die französische Ausgabe. Auf vielen Seiten waren Sätze und manchmal ganze Abschnitte unterstrichen.

Plötzlich fiel ihm ein Blatt Papier entgegen, das anscheinend zwischen zwei Seiten eingeklemmt gewesen war. Er legte das Buch zurück in den Karton, entfaltete den Zettel vorsichtig, der an den Ecken zusammenklebte, und las:

Sei der Mann in meinen Träumen und darin der große Freund, von dem ich träumte in der Annahme, dass es ihn nicht gibt.

Sei der Vater meiner toten und ungeborenen Kinder und
der Begleiter meiner Trauer, die sich nie ganz beruhigen lässt.
Sei der Verwalter am Ufer des Sees meiner geweinten Tränen,
und hüte dort die Tage, an denen er nicht wächst.
Sei der Wächter meiner Träume, dem ich Glauben schenken kann.
Sei der starke Bruder, der schützend meine Ängste verwischt
zu den Farben eines Regenbogens.
Sei die traumtänzerische Idee, die das Tageslicht nicht fürchten muss,
der Freund einer Sehnsucht, die jeder Realitätssinn sich untersagt.
Sei der fröhliche Narr in den erschütterten Welten,
der tiefsten, traurigsten Einsichten meiner berechtigten Furcht,
und zerstöre nie mein kindliches Vertrauen in die Schönheit deines
Wesens.
Sei der Führer meines Lebens, das nur ich selbst führen kann.
Sei der Verführer zu unerhörten Wünschen und Wagnissen,
über die wir schweigen wollen.
Folge mir in die ruchlosesten Winkel unserer Charaktere,
brenne mit mir auf dem vertrockneten Stroh der anrüchigen Lüste,
tauche mit mir in die schamlosesten Bewegungen unserer Körper ein,
und sei am nächsten Morgen der alleinige Herrscher,
ermächtigt, über die nächtlichen Ereignisse
den zauberhaften Mantel des Schweigens zu breiten.
Sei da, auch wenn du nicht da sein kannst,
wohin auch immer ich gelange!
Sei, der du bist, weil du bist, wie du bist.
Bleib der Mann meiner Träume und darin der große Freund,
von dem ich träumte …

Christian fuhr zusammen, weil eine Träne auf die blasse Tinte
fiel und das Wort »träumte« auflöste. Irritiert hob er die Hand
an sein Gesicht und stellte fest, dass er weinte. Er schob das
Gedicht ohne Adressaten von sich und legte die Briefe neben-

einander. Zwei der Umschläge trugen dieselbe Handschrift und wiesen keinen Absender auf. Die Poststempel trugen das Datum des 30. Juni beziehungsweise des 14. Juli vor zehn Jahren. Der dritte Umschlag war königsblau, die Adresse Lune Bernbergs mit Schreibmaschine getippt, und als Absender stand dort MS, wobei sich das S um das M wand; Poststempel: 22. Juli des Jahres.

Die Fotos von Lune Bernberg ordnete Christian wie einen Fächer an. Lune saß an der Place de la Concorde in einem Café. Sie trug einen kurzen braunen Rock, eine Wickelbluse in der gleichen Farbe und dicke hölzerne Armreifen. Ihr linker Arm hing lässig herunter, zwischen ihren Fingern steckte eine qualmende Zigarette. Lune war schlank, fast hager. Ihre Schlüsselbeinknochen waren deutlich zu erkennen. Vor ihr standen ein Milchkaffee und ein Glas Wasser. Lune sprach offenbar gerade mit jemandem, doch das Foto verriet nicht, mit wem. Sie sah verärgert aus. Ihr langes Haar war nachlässig mit Essstäbchen hochgesteckt. Das Passbild zeigte ihre scharfen Gesichtszüge, ihre durchdringenden, stechenden Augen.

Das nächste Foto präsentierte Lune in der Mitte des Brunnens an der Place de la Concorde stehend. Das Wasser prasselte auf sie herunter, und sie lachte aus vollem Herzen. Christian lächelte unwillkürlich bei der Betrachtung dieses Bildes.

Auch das nächste Foto war an dem Brunnen aufgenommen. Lune Bernberg stand durchnässt davor und strich sich die Haare aus der Stirn. Die hellen Augen traf ein Sonnenstrahl und ließ sie leuchten.

»Es ist, als ob jedes Foto eine andere Frau zeigte«, sagte Christian leise zu sich selbst. »Hier, diese Sinnlichkeit.« Er strich mit dem Zeigfinger über das Foto, als könne er die Frau berühren. »Wie würde sie wohl heute, mit achtunddreißig Jahren, aussehen?«

»Wer ist das?«

Christians Frau Jeanne stand plötzlich hinter ihm, beugte sich über seine Schulter und stellte ihm einen Kaffee, ein Glas Wasser und ein Stück Erdbeerkuchen hin. Er spürte die Hitze ihres Körpers, und ihre langen Haare kitzelten seinen Nacken.

Jeanne tippte auf das Foto vor dem Brunnen: »Irgendwie sieht sie sehr einsam aus.«

Christian nahm die Hand seiner Frau und küsste die Innenfläche. »Sie ist die Zwillingsschwester des Deutschen, der gestern auf dem Kommissariat war. Ich wollte gerade das Brot holen, da fuhr er an mir vorbei. Ich folgte ihm, und so kam ich zu dem Haus, in dem sie mal gelebt hat, und die Nachbarin gab mir diese Dinge.«

Jeanne ließ ihren Blick über die Sachen gleiten. »Sie muss dich sehr interessieren, dass du ihr Stunden deines freien Tages widmest. Muss ich mir Sorgen machen?«, neckte sie ihn.

»Nein, mein Schatz. Es ist eher ihr Bruder. Er berührt mich auf eine ganz seltsame Weise. Er sagt, dass er seine Zwillingsschwester sucht, aber er wirkt, als würde er für sich selbst etwas suchen. Vielleicht ist er verloren ohne seinen Zwilling. Ich möchte ihm sehr gern helfen.«

»Dann lass ich dich damit mal allein. Wenn jemand diese Frau finden kann, dann du.«

Christian wartete, bis Jeanne die Bürotür hinter sich geschlossen hatte, legte den Kopf in den Nacken und nahm dann die feinste Klinge aus seinem Messerset. Er trennte Millimeter für Millimeter den ersten Umschlag auf. Der Brief war auf Französisch geschrieben, was Christian verwunderte.

Liebste Lune,   *Berlin im Juni*
ist nun dein Schweigen beredter als alle deine Worte? Was willst du, wo bist du? Liebste, ich habe deine Worte nicht, um zu beschreiben,

wie sehr du mir fehlst, wie sehr mir die grausame Spannung fehlt, wenn ich dir folge durch die nächtlichen Straßen von Louisson. Wie ein Ertrinkender, der die Kraft verliert, spüre ich, wie du mir entgleitest. Es ist eine unsägliche Qual, zu wissen, dass es dich gibt, und dich doch nicht fassen, nicht verstehen zu können. Du hast immer gewusst, dass ich den Mut nicht habe, das Unsägliche zuzulassen, den Willen nicht, um zu bestehen im Licht des Hasses, der Ablehnung. In deinem Spiegel der gefällige Sohn und dahinter die Abgründe eines Charakters, den niemand haben will.

Die andere Seite, der doppelgesichtige Janusmond – ich habe nichts von dem vergessen. Der Spiegel jedoch nun blind, der Rahmen leer.

Deine Geschichten sind mein Leben, das hast du immer gewusst. Mama hört nicht auf, mich daran zu erinnern, dass ich ohne sie, la belle maman, nichts wäre! Aber ohne dich, geliebte Schwester, existiere ich nicht.

Bitte, brich dein Schweigen, lass mich leben, und verzeih mir endlich mein Mittelmaß und dass ich nicht werden, nicht sein kann wie du.

Leon

Christian las den Brief ein paarmal hintereinander. Dann wandte er sich dem zweiten Brief zu.

Lune,   *Berlin im Juli*
bitte, tu es nicht! Heute kam mit Verspätung dein Brief von Anfang Juni an. Gib deinem Gefühl nicht nach. Dieser Spanier klingt gefährlich! Warum provozierst du weitere Zusammenstöße mit diesem Krüppel? Lass dich nicht auf ihn ein, ihn nicht an dich heran!

Bitte, melde dich schnell. Hör nicht auf Mutter, komm zurück!

Dein dich liebender Leon

»Diese Dringlichkeit«, sagte Christian zu sich selbst. Er nahm ein Post-it vom Tisch, schrieb darauf: »Derselbe Spanier wie bei Madame Colombas?«, und klebte es auf den Brief.

Dann nahm er die Postkarte, die ebenfalls aus Berlin kam, Poststempel vom September vor zehn Jahren, auf der Vorderseite in Hochglanz das Brandenburger Tor.

Bleib, wo du bist! Leon geht es zunehmend besser. Keiner weiß, was passiert ist, was die letzte und schlimmste Krise ausgelöst hat. Ich nehme an, du hast das angerichtet – jetzt zahle dafür!

Monique

»Kälte« schrieb Christian auf das nächste Post-it und klebte es auf die Karte. »Liebe« klebte er auf Leons ersten Brief, »Angst, massive Angst« auf Leons zweiten Brief.

Christian rieb sich die Augen, blinzelte in die Lampe über seinem Schreibtisch, tippte sie an, sodass der Lichtkegel über die verschiedenen Fotos glitt und Lune Bernberg sich einen Moment zu bewegen schien. Christian stand auf, ging ein paarmal auf und ab, setzte sich wieder und öffnete den letzten Brief, der völlig undatiert war, aber auch auf Französisch abgefasst.

Geliebte Lune,
bitte komm zurück. So wie alle Briefe, die ich seit einem Jahr an dich schrieb, ungeöffnet hierher zurückkamen. Leon geht ohne dich zugrunde, auch wenn er uns alle vom Gegenteil zu überzeugen versucht. Ich tue, was ich kann, weil meine Liebe zu dir ungebrochen ist und weil ich dich ein wenig in ihm finden kann. Du weißt, ich würde alles geben, alles tun, um dich an meiner Seite zu wissen. Ich lasse mein konventionelles Leben, das du so oft verhöhnt hast, hinter mir und folge dir, wohin du willst. Jetzt und für immer!

Oh Gott, bitte, Lune, schweige nicht länger. Komm zurück! Tu es wenigstens Leon zuliebe!

Mark

»Besitz« schrieb Christian auf ein Post-it für diesen Brief. Er las noch einmal Lunes Gedicht. Er löste sich von den Zeilen, stand auf und rückte seine mobile Stellwand in Schreibtischnähe. Er kopierte den Inhalt des Kartons und packte die Originale, nachdem er die Briefumschläge wieder zugeklebt hatte, mit Ausnahme des Gedichts und der französischen Ausgabe des Buches, sorgsam wieder ein. Danach befestigte er die Kopien mit Magneten an der Stellwand. Zuletzt kamen die Bilder.

»Wer warst ... wer bist du, Lune Bernberg? Weiß irgendjemand, wer du wirklich bist?«, fragte er die kopierten Fotografien.

In der Nacht wälzte sich Christian lange im Bett hin und her und konnte nicht einschlafen.

Montag, 4. Juni

In der morgendlichen Besprechung stellte Christian seinen Kollegen den Fall Lune Bernberg vor. Er berichtete von seinen Besuchen im Studentenwohnheim, bei der alten Nachbarin, Madame Colombas, am Stadtrand und der soeben eingetroffenen Bestätigung der Meldebehörde, dass Lune Bernberg sich nie abgemeldet hatte.

»Na ja, das ist nicht viel. Genügt aber, um zu bestätigen, dass sie offenbar verschwunden ist. Stempel des Polizeipräsidenten drunter und ab zu den gelösten Fällen«, witzelte sein Chef, Kommissar Adrian Làroux, sah Christian fest in die Augen und sagte: »Aber das ist nicht das, was du denkst, richtig? Also, lass hören. Was ist?«

»Ich habe heute Morgen eine E-Mail aus Deutschland erhalten. Lune Bernbergs Mutter wurde letztes Jahr tot in ihrem Haus aufgefunden. Es ließ sich nicht klären, ob es Mord oder Selbstmord war. Lune Bernberg wurde des Mordes an ihrer Mutter verdächtigt.« Er hielt die Luft an.

Sein Chef pfiff durch die Zähne, ehe er fragte: »Wollen wir das nicht den Deutschen überlassen?«

»Die haben letztes Jahr nach ihr gesucht und sie nicht gefunden. Wir wurden darüber nicht informiert. Auch das ist sehr suspekt. Wir sollten versuchen, Lune Bernberg zu finden.« Christian legte den Kopf schräg, fuhr sich durchs Haar und fügte hinzu: »Du kennst meine Meinung. Jeder Mensch verdient es, dass zumindest einmal gründlich nach ihm gesucht wird. Ich möchte wenigstens diesen Spanier auftreiben, der Lune Bernberg finden wollte. Vielleicht die Bars, die ihr Bruder aus ihren Briefen kennt, aufsuchen und mit ein paar Leuten, die sie kannten, reden. Der Bruder wirkt sehr traurig, und ich finde, wir sollten ihm helfen, herauszufinden, was mit seiner Zwillingsschwester passiert ist. Zumal sie halbe Franzosen sind. Vielleicht erfahre ich bis Ende der Woche etwas von ihm. Es ist mehr mein Instinkt, der mir sagt, dass an dieser Geschichte viel mehr dranhängt.«

Sein Chef blickte in die Runde und erntete Nicken und Schulterzucken von den anderen Kollegen.

»Okay, versuch es, Christian. Halt mich auf dem Laufenden. Wer hat den nächsten neuen Fall? Okay, keiner, dann machen wir mit den bestehenden weiter.«

Christian Mirambeau hörte nur noch mit halbem Ohr zu und wartete, dass die Besprechung zu Ende ging. Dann hinterließ er im Hotel Crowne Plaza eine Nachricht für Leon Bernberg, dass er den Termin für heute absagen müsse und sich morgen wieder melden werde.

Mit seinen Brocken Schuldeutsch und Schulenglisch rief er in Berlin an und fragte bei den Behörden und seinen deutschen Kollegen nach. Aber niemand konnte ihm wirklich etwas zur Familie Bernberg sagen.

Dienstag, 5. Juni

Leon griff verschlafen zum Telefon. »Hallo?«

»Monsieur Bernberg, guten Tag, Inspektor Mirambeau am Apparat. Ich habe gleich in der Nähe des Capitols zu tun und könnte Ihnen den Weg hierher ersparen, wenn Ihnen das passt.«

»Sicher«, beeilte Leon sich freundlich zu antworten, »kommen Sie doch so gegen 12:30 Uhr. Wir könnten zusammen zu Mittag essen, ich lade Sie selbstverständlich ein!«

»Gern, bis gleich.«

Leon schlug die Decke zurück, drückte den Knopf, um die Vorhänge zu öffnen, und bestellte Kaffee. Viel Kaffee, denn am vergangenen Abend hatte er lange mit Mark am Telefon gestritten und dabei eine ganze Flasche Whiskey geleert.

»Deine Schwester ist wie eine verdammte Droge! Und du benimmst dich wie ein Exjunkie, der wieder drauf ist! Du hast nichts gelernt, keinen Funken Verstand!«, hatte Mark am Ende gebrüllt, ihn noch informiert, dass er Martha nicht hatte erreichen können, und wütend aufgelegt.

Leon wusste, dass sein Freund allen Grund dazu hatte. Die Tage hier in Louisson, befreit von seinen Medikamenten, hatten Platz geschaffen für seine Erinnerungen. Er war jeden Tag kreuz und quer durch die Stadt, Lunes Stadt, gelaufen. Mit jeder Straße kam wenigstens eine Seite aus ihren zahllosen Briefen in sein Gedächtnis zurück. Er hatte ein paar der Menschen aufgespürt, von denen sie ihm berichtet hatte. Sogar den Mann, den Lune »Tölpel« genannt hatte; er war mittlerweile Professor. Den Spanier allerdings hatte er nicht finden können.

Leon spürte eine Lebendigkeit in sich, die er lange vermisst hatte. Er zog seinen Morgenmantel über und ging auf die Dachterrasse. Ein Lachen stieg aus seinem tiefsten Inneren auf. Lune hatte nicht nur ihr Leben, sondern immer auch seines mit Inhalt gefüllt. Und ihr Leben kannte keine Grenzen. Leon streckte seine Arme in den heißen Himmel über Louison und fühlte, wie sein Blut pulsierte.

Pünktlich um halb eins saß Leon in der Hotelbar und trank einen Aperitif, nachdem er an der Rezeption Bescheid gegeben hatte, wo Inspektor Mirambeau ihn finden würde. Der Barkeeper stellte Leon gesalzene Erdnüsse hin und servierte, wie gewünscht, den Campari kalt mit einem Spritzer Zitrone. Leon fühlte sich wie beseelt. Er wusste, was er wollte. Ausnahmsweise einmal nicht gegängelt von den Wünschen der anderen.

Weder Mark noch Martha haben jemals wissen wollen, wie es mir bei all dem geht, dachte Leon. *Ich könnte mich auch einfach zu Tode saufen, solange ich ihre Bequemlichkeit nicht gefährde.*

Ein Frösteln erfasste seinen Körper, und er lächelte. Sie war also wieder da, Lunes Stimme in ihm.

»Monsieur Bernberg?«

Leon drehte sich auf dem Barhocker zu Inspektor Mirambeau um und reichte ihm die Hand. »Guten Tag, mögen Sie auch einen Aperitif?«

»Gern, ich nehme einen Pastis.«

»Sehr französisch!«

»Ich bin Franzose«, sagte der Inspektor und stellte den Karton auf den Barhocker neben sich. »Haben Sie das Wochenende in Louisson genießen können?«

»Ja, danke, es war nur sehr heiß. Aber das wusste ich ja schon von meiner Schwester. Was haben Sie da?« Leon zeigte auf den Karton.

»Letzte Spuren Ihrer verschwundenen Schwester«, antwortete Mirambeau, und Leon nahm die Distanziertheit in diesen Worten sehr deutlich wahr. Er blicke den Inspektor abwartend an.

»Monsieur Bernberg, ich habe mich bei der zuständigen Stelle erkundigt. Sie haben recht, Ihre Schwester hat sich nie abgemeldet in Louisson.«

Leon nickte zustimmend. »Ich sagte es ja.«

»Aber ...«, Mirambeau machte eine Pause und sah Leon an, »ich bin Samstag zu der Adresse gefahren, unter der Lune Bernberg zuletzt gemeldet war, zu diesem Häuschen am Stadtrand.«

Der Barkeeper stellte den Pastis und ein Schälchen mit grünen Oliven auf die Theke. »Ihre Schwester hatte das Haus von den Nachbarn gemietet. Monsieur und Madame Colombas.«

»Das wissen wir doch alles«, sagte Leon.

»Wir?«

»Meine Frau, mein ...« Leon konnte das Wort »Anwalt« gerade noch herunterschlucken. »Freund Mark, auch ein guter Freund von Lune, und ich.«

»Gut, dann wundert es mich nur, warum nie jemand von Ihnen da war, um diesen Karton abzuholen.«

»Wir wussten nicht, dass Lune hier noch Sachen hat.«

»War überhaupt jemand von Ihnen jemals in Louisson, um Ihre Schwester zu suchen? In dem Jahr, als sie verschwand, oder danach? Warum haben Sie nie eine Vermisstenanzeige aufgegeben? Lügen Sie mich jetzt nicht an. Denn auch in Deutschland wurde Ihre Schwester nie als vermisst gemeldet!«

Leon war mit einem Mal verwirrt. Ihm wurde schwindelig. Er konnte sich nicht erinnern, was damals war. Wer nach Lune gesucht hatte und in Louisson gewesen war.

»Monsieur Bernberg?« Die Hand des Inspektors legte sich auf Leons Unterarm.

»Entschuldigung, ja, ich war einmal hier«, log Leon und beschrieb das kleine Haus, wie er es am Samstag noch gesehen hatte, aus dem Kopf. »Aber die Nachbarn waren nicht da, und ich habe einen Zettel hinterlassen, dass man uns bitte alles schickt. Als nichts kam, nahm ich an, es gäbe nichts mehr. Außerdem verschwand Lune öfter mal für eine Zeit, mitunter auch Wochen.«

Leon zeichnete mit dem Zeigefinder die Maserung der Theke nach und beobachtete den Barkeeper, der in angemessenem Abstand zu seinen einzigen Gästen die Glasböden der Flaschenregale polierte.

»Die alte Madame Colombas erinnerte sich an Ihre Schwester und war nicht sehr gut auf sie zu sprechen. Sie sagte, Lune Bernberg habe wild gelebt, Kontakt zu vielen Männern gehabt. Manchmal sei sie tagelang nicht aus dem Haus gekommen. Die Miete habe sie allerdings pünktlich gezahlt. Und als sie verschwunden sei, habe sie noch einen Umschlag mit dem Geld für die vereinbarten Monate im Briefkasten hinterlegt. Madame Colombas konnte sich auch an ein kleines, blaues Auto erinnern. Wo ist das?«

»Was weiß ich? Weg, wie sie selbst.« Dass Lune die Kennzeichen damals an die deutsche Versicherung geschickt hatte, wusste er nur von Mark und verschwieg es auf dessen Anraten.

»Madame Colombas kann sich nicht erinnern, dass jemand von Ihrer Familie hier war, und hat nie einen Zettel gesehen.«

»Lieber Inspektor Mirambeau«, lenkte Leon ein, »das ist alles so viele Jahre her. Ist das jetzt noch wichtig?«

»Die alte Colombas hat ausgespuckt, als sie über Ihre Schwester geredet hat.«

Leons Blick wanderte, ausgehend von Mirambeau, durch die Bar, an den Menschen vorbei, die im Halbdunkel der Lobby saßen, bis zum Eingang des Hotels, vor dessen geschlossenen Glastüren die Hitze der Stadt lauerte. »Lune war nie jedermanns Liebling. Es gab viele Menschen, die sie nicht mochten. Alte Frauen bekreuzigten sich manchmal, wenn sie sie sahen.« Leon wandte sich wieder Mirambeau zu und versuchte, das Thema zu wechseln. Er zeigte auf den Karton und fragte: »Was ist denn jetzt da drin?«

»Ich weiß es nicht«, erwiderte der Inspektor, schob den Deckel zur Seite, holte ein paar Fotos heraus und legte sie vor Leon auf die Theke, gefolgt von Lunes carte de séjour. »Wie kommt es«, fragte er, »dass Ihre Schwester so ganz anders wirkt als Sie, obwohl Sie doch Zwillinge sind?«

»Sagen Sie es ruhig: Warum sie, im Gegensatz zu mir, so entschlossen wirkt?«

»Ich finde Ihre Zwillingsschwester eher sehr ungewöhnlich. Besonders die hellbraunen Augen, die auf diesem Bild dort strahlen wie Gold. Madame Colombas hat sie als gelb und als Wolfsaugen beschrieben.«

»Ungewöhnlich«, »außergewöhnlich«, das waren Lunes Markenzeichen gewesen, erinnerte sich Leon. Obwohl er von so viel sanfterer Schönheit als sie war, hatte Lune ihn immer und überall ausgestochen. Es war, als ob die Natur sich gründlich geirrt oder sich einen üblen Scherz erlaubt hätte. Seine Schönheit hätte einer Frau, Lunes Wildheit und Leidenschaftlichkeit einem Mann besser gestanden.

Mirambeau schob zwei ungeöffnete Briefe ohne Absender über die Theke. »Ist das alles an Post aus dem einen Jahr hier in Louisson? Oder hat sie vielleicht nur diese hier zurückgelassen?«

Der Barkeeper wischte die Theke und verschaffte Leon damit eine unverhoffte Gnadenfrist, um den erneut aufkeimenden Schwindel niederzukämpfen. Verdammt, dachte Leon, ich kann doch diesem Inspektor jetzt nicht erklären, dass alle froh waren, als Lune weg war.

Die Briefe, die Lune ihm geschickt hatte, waren postlagernd gekommen, damit niemand sie ihm wegnehmen und herausfinden konnte, dass sie die ganze Zeit in Kontakt standen. Lune hatte genau gewusst, dass er nicht würde widerstehen können, sie wenigstens im Geiste auf ihren nächtlichen Streifzügen durch Louisson zu begleiten, wenn sie mit dem Abschaum der Gesellschaft zockte, rumhurte, sich betrank. Lune sammelte Geschichten und Menschen wie andere Auszeichnungen oder Medaillen. Geantwortet hatte er ihr erst am Ende, als nichts mehr kam. Sein Herz verkrampfte sich bei dem Gedanken, dass sie seine Post nie erhalten hatte.

Leon trank einen Schluck Campari, um das Kratzen in seiner trockenen Kehle zu bekämpfen. »Unsere Familie war nie besonders glücklich zusammen. Das waren die einzigen Briefe. Für unsere Verhältnisse schon sehr viel.«

»Was war das mit dem Tod Ihrer Mutter? Warum wurde Ihre Schwester von Ihrer Großmutter des Mordes an ihr verdächtigt, obwohl keiner wusste, wo Ihre Schwester sich aufhielt?«

»Woher haben Sie das alles?« Leon trank hektisch sein Glas leer und füllte seine Hand mit Erdnüssen.

»Das ist normale Polizeiarbeit. Also, ich höre.«

»Meine Mutter und meine Großmutter hassten Lune. Mehr habe ich dazu nicht zu sagen!« Er wollte augenblicklich nicht mehr über Lune sprechen.

Der Inspektor zog ein abgegriffenes Buch aus dem Karton hervor.

Die Erdnüsse glitten Leon durch die Finger und fielen zu Boden. Er hielt sich die Hand vor den Mund. Er nahm Mirambeau das Buch ab und drückte es mit einer zärtlichen Geste an seine Brust. »Das hat sie immer bei sich gehabt! Das ist … Das war Lunes absolutes Lieblingsbuch. Sie wäre nie ohne dieses Buch weggegangen. Nichts könnte eindeutiger beweisen, dass ihr etwas Schreckliches zugestoßen sein muss. Sie hätte es niemals zurückgelassen. Sie trug es immer bei sich, in ihrer Tasche.«

Das sah man dem Buch an. Der Umschlag war kaum noch zu erkennen, einzelne Seiten hingen heraus, es hatte Flecken und bunt angestrichene Stellen. Erich Maria Remarque: *Der Himmel kennt keine Günstlinge.*

»Ich kenne das Buch nicht«, sagte Mirambeau und schien Leon zu beobachten.

Leon blätterte das Buch auf, legte den Zeigefinger an eine markierte Stelle und las: »*Lilian wollte nicht, dass es den Tagen am Ende gelingen würde, so zusammenzufallen, als sei es nur ein einziger gewesen.*« Er hob den Blick. »Das traf auf Lune auch zu.«

»Worum geht es in der Geschichte?«

Leon schloss das Buch langsam wieder, bestellte noch einen Campari und einen Pastis und sagte leise: »Um die Liebe. Um das Leben. Um Mut. Die unheilbar kranke Lilian verlässt das Sanatorium, um mit einem Rennfahrer zusammenzuleben. Sie glaubt, er ist wie sie, kennt die Nähe des Todes und kann deshalb auch sie verstehen. Am Ende stirbt der Rennfahrer vor ihr.«

»Was hat das Buch mit Ihrer Schwester zu tun? Warum trägt sie dieses Buch bei sich und lässt es dann zurück?«

Leon sah Mirambeau lange an. Dann lächelte er. Er wusste, was dem Inspektor passiert war. Immer hatten alle wissen wollen, warum Lune war, wie sie war. Ihre Ausstrahlung forderte die Menschen heraus, machte sie neugierig. Und hatten sie von Lune gekostet, wurden sie süchtig nach ihr. Obwohl Lune gar nicht da war, würde sie auch Mirambeaus Leben zerstören, das spürte Leon mit großer Gewissheit.

»Meine Schwester …«, er stockte kurz, »war auch unheilbar krank. Ein nicht zu operierendes Herzleiden, an dem sie in jedem Augenblick sterben konnte. Und vermutlich auch gestorben ist.« Wieder strich er über das abgegriffene Buch.

Mirambeau legte den Kopf in den Nacken. »Wir müssen alle irgendwann sterben.«

Leons Mund wurde schmal. »Nur die Dummheit traut sich, solche Sätze einfach so dahinzusagen.« Da er Remarques Buch so gut kannte wie Lune, schlug er gezielt eine Seite auf und las vor: »*Nehmen Sie es sich nicht zu sehr zu Herzen, Fräulein. Einmal müssen wir alle dran glauben.*« Er biss sich kurz auf die Lippen und fuhr fort: »Das sagt der Hausmeister im Sanatorium der Todgeweihten zu der sterbenskranken Lilian. Diese antwortet daraufhin: *Das ist ein Trost. Ein wirklich wunderbarer Trost ist das, nicht wahr?*«

Mirambeau schwieg.

»Sehen Sie, Inspektor, Remarque hatte das begriffen. Dass die Oberflächlichen, Unerfahrenen dazu neigen, denen, die in Todesnähe leben, solch einen Unsinn zu erzählen. Mach dir nichts draus, für uns alle führt kein Weg daran vorbei. Können Sie sich vorstellen, dass diese Aussage jemandem, der drauf und dran ist zu sterben, nutzt? Oder hilft?«

Aus mir spricht Lune, dachte Leon, oder bin ich es selbst? *Einem Zwilling gehört nie ein Gedanke allein*, hatte Lune stets gesagt.

»Warum haben Sie Ihre Schwester so todkrank überhaupt hier allein gelassen?«, fragte Mirambeau ruhig.

Leon starrte ihn an, als habe er eine schmerzhafte Ohrfeige

erhalten. Er nahm einen tiefen Zug aus seinem Glas und sagte:
»Weil sie es wollte.«

»Was war das für ein Auto, das Ihre Schwester gefahren hat?«

»Ich weiß es nicht mehr. Irgendwas Kleines, Blaues. Ich kenne mich mit Autos nicht aus. Ich habe einen Chauffeur, und der Rest ist mir egal.«

Mirambeau trommelte mit den Fingern auf die Theke. »Wenn Sie Ihr Schreiben haben wollen, Monsieur Bernberg, müssen Sie mir ein wenig helfen. Mein Chef sagt, wir sind verpflichtet zu begründen, warum wir annehmen, dass Ihre Schwester hier in Louisson verschwunden ist.«

»Wie soll das gehen?«

»Mein Chef hat mir aufgetragen, wenigstens ein paar Leute ausfindig zu machen, die mit ihr zu tun hatten, und die zu befragen.«

Leon war hin und her gerissen. *Mark hat recht*, schoss es ihm durch den Kopf. *Es ist wie eine Manie. Ich brenne darauf, weitere Menschen zu finden, die Lune in ihren Briefen beschrieben hat.* Doch zugleich hatte er eine unbestimmte Angst vor dem, was er finden würde. Er starrte in die leeren Tiefen der Bar. Er hatte versagt. So viele Jahre hatte er Lune nicht mehr gesehen, nichts von ihr gehört, sie an manchen Tagen sogar vergessen. Vergebens wehrte er sich gegen den Wunsch, herauszufinden, was damals am Ende mit ihr passiert war. Er wollte, musste es wissen, und sei es nur, um endlich ganz Abschied nehmen zu können. 1843 handgeschriebene DIN-A4-Seiten lagen in seinem Safe zu Hause. Ihre Briefe, die er auswendig kannte.

»Wie wollen Sie das anstellen?«, fragte er Mirambeau.

»Ich hoffte, Sie könnten mir ein paar Namen nennen«, gab der Inspektor zurück.

»Ich weiß nichts über das, was sie hier getrieben hat.«

»Getrieben?«

»Nun, studiert hat sie eher nicht. Das war nur ein Alibi, ein Anlass hierherzukommen. Aber was und mit wem, davon habe ich keine Ahnung. Sie hatte sich eingeschrieben, um hier Philosophie zu studieren, und wohnte, wie Sie ja bereits wissen, im Wohnheim Victor Hugo.«

»Wenn ich Sie richtig einschätze, hat Ihre Familie sehr viel Geld, Monsieur Bernberg. Warum wohnte Ihre Schwester dann so ärmlich? Es war sogar ein Zimmer ohne Dusche und Toilette.«

Leon lächelte. »Lune konnte sich in jedes Leben einfügen, so perfekt und so genau, als hätte sie nie etwas anderes getan. Ihnen fällt auf, dass ich dort nicht hinpasse, weil Sie mich für einen verwöhnten Snob halten, aber bei Lune wäre es Ihnen nie aufgefallen.«

»Hatte sie vielleicht noch andere Namen, unter denen wir suchen könnten?«

»Sie hatte viele Namen.«

Mirambeau trank einen Schluck Pastis und tippte auf die Briefe. »Würden Sie die bitte öffnen?«

»Was soll das helfen? Das sind Briefe, die ich an meine Schwester geschrieben habe. Da wird nur Alltagskram aus Deutschland drinstehen.«

»Trotzdem«, beharrte Mirambeau und blickte Leon über den Glasrand hinweg fest in die Augen. »Bitte! Erzählen Sie mir von Ihrer Schwester.«

Leon starrte den Inspektor an und gleichsam durch ihn hindurch. »Es wird Sie verändern! Wenn ich zu Ende erzählt habe, wird in Ihrer Welt nichts mehr so sein, wie es war. Etwas in Ihnen wird sich öffnen und Sie bereichern, aber etwas anderes wird für immer zerbrechen. Wollen Sie das wirklich?«

Mirambeau schüttelte mit gerunzelten Brauen den Kopf. »Ihre Worte werden mir schon nichts anhaben können.«

Leon machte dem Barkeeper ein Zeichen, unterschrieb die Rechnung und sagte: »Also abgemacht. Ich muss mich mit diesen Briefen erst einmal alleine beschäftigen. Aber wenn es Ihnen passt, kommen Sie doch morgen wieder.«

Christian Mirambeau trat aus dem Hotel und auf die Place du Capitole. Das Wetter hatte aufgeklart, ein tiefblauer Himmel überspannte den belebten Platz. Die Cafés unter den schattigen Arkaden waren gefüllt.

»Hoffentlich ist dieser Bernberg morgen überhaupt noch da«, murmelte er vor sich hin.

Leon stolperte in sein Zimmer. »Ja, Lune hatte viele Namen«, wiederholte er, nahm eine kleine Whiskeyflasche aus der Minibar und erinnerte sich an einen der ersten Briefe, die aus Louisson kamen.

Lieber Zwilling,   *3. September*
sie haben mich nicht mehr zu dir gelassen vor meiner Abreise, und doch weiß ich, dass du davon gewusst hast und die Nachricht aus dem Postfach in Berlin-Mitte bekommen hast.
Ich bin gestern mit dem alten Fiesta in der Studentenanlage Victor Hugo angekommen. Der September hier ist heiß und trocken. Es wird ein Abenteuer sein, nicht mehr ich selbst sein zu müssen. Hier ist niemand, der mich kennt, der ein Bild von mir hat. Ich brenne auf dieses Experiment. Das neue Image, das ich mir zugelegt habe? Zerrissene Klamotten, selbstgedrehte Zigaretten. Ich habe ein Stipendium bekommen, weil ich mir sonst das Studium nicht leisten könnte, und spreche noch kein Französisch.
So zu tun, als könnte ich die Sprache nicht, ist sehr schwer, weil es gilt, einen Reflex zu unterdrücken. Der Typ am Empfang gestern hat sich redlich abgemüht. Er fuchtelte mit den Armen, deutete

gestisch und mimisch einen Schlafplatz an, malte eine Zahl auf und zeichnete dann das alles in einen Lageplan der Anlage ein, damit ich zu meinem Zimmer fände. Pierre, so heißt er, zeichnete mir auch auf, wo ich mein Auto parken darf, wo die Mensa ist, wie ich am nächsten Tag zur Uni komme. Dabei war ich so schmutzig wie das kleine Auto und roch meinen eigenen Schweiß.

Was mir in Berlin nur nächteweise gelang, soll hier mein Leben sein: tagsüber eine kluge Studentin, in der Nacht eine verhurte Schlampe, versoffen, mit dem Abschaum der Gesellschaft aufs Tiefste verbunden.

Leon nahm eine neue Whiskeyflasche aus der Minibar, setzte an und trank, ohne abzusetzen. Dann schleuderte er sie gegen die Wand dem Bett gegenüber, und die braune Flüssigkeit ergoss sich über die Tapete und versickerte in der blass rosafarbenen Seide. Er leerte eine Ginflasche und schmetterte sie gegen die Wand hinter dem Bett. Dann riss er die Minibar aus ihrer Verankerung in der Wand, ließ die Flaschen auf sein Bett fallen und trank eine nach der anderen aus.

Mittwoch, 6. Juni

Christian Mirambeau setzte seine beiden jüngsten Kinder bei der Ecole Maternelle ab und fuhr weiter in die Innenstadt. Er war neugierig, ob er Antworten auf weitere Anfragen in Deutschland bekommen hatte. Das Thermometer an der Apotheke neben dem Kommissariat zeigte achtunddreißig Grad.

Christian sprang gerade die Stufen zu dem Gebäude hoch, als sein Chef ihn beim Namen rief und mit einem Zettel wedelte. »Es scheint in der Familie zu liegen. Das Crowne Plaza hat gerade angerufen. Sie vermissen einen Gast, der gestern erst das Zimmer demoliert hat und dann in die Stadt gezogen und bis heute Morgen nicht wieder aufgetaucht ist. Willst du raten, wer es ist?«

»Merde, bitte nicht Leon Bernberg …«

»Genau der. Du kennst ihn als Einziger, hast du vielleicht eine Idee, wo er hin ist? Nimm dir ein Auto und fahr los. Gib den Kollegen über Funk eine Beschreibung.«

Christian ging zur Fahrbereitschaft, nahm sich ein Auto und fuhr erst einmal ziellos durch die Stadt. Es war einfach zu heiß. Die Hexenhitze, wie die Alten es nannten, wenn der Juni mit solchen Temperaturen aufwartete, machte die Leute verrückt. Auf dem Hauptboulevard, der sich wie eine Ader einmal quer durch die Stadt und am Canal du Midi entlangzog, staute sich der Verkehr. Hupkonzerte an jeder Kreuzung, dazu Fußgänger, die ärgerlich auf Motorhauben schlugen, weil der Fußgängerüberweg versperrt war durch die dicht an dicht stehenden Autos.

An der großen Kreuzung an der Place de la Concorde wurde es besonders schlimm, da heute auf beiden Bürgersteigen rechts und links der Wochenmarkt den Fußgängern wie den Parkplatzsuchenden keine Chance ließ. Alle mussten auf der Straße laufen und in zweiter Reihe parken. Als er endlich als Erster vor der roten Ampel stand, fiel Christians Blick auf den Brunnen an der Place de la Concorde. Er nahm die Kopie von Lunes Foto heraus und hielt sie so, dass es wirkte, als stünde sie dort wirklich. Er lächelte. Hinter ihm hupten die Autos, und irgendwo brüllte jemand: »Eh, du Wichser, beweg deine Eier und mach den Weg frei!«

»Das wird wieder ein arbeitsreicher Tag«, brummte Christian und funkte seine Kollegen an. Zwei waren bereits in eine Schlägerei verwickelt, fünf andere damit beschäftigt, einen gesprengten Wasserhydranten von der Straße zu bekommen. Kaum einer hatte Zeit, nach einem betrunkenen Deutschen Ausschau zu halten.

Christian fuhr mehrere Stunden in der erbarmungslosen Hitze durch die Stadt und fragte immer wieder über Funk nach, ob jemand Leon Bernberg gesehen hatte. Da es kein Foto von ihm gab, beschrieb Christian ihn jedes Mal wieder aufs Neue. Circa einen Meter achtzig groß, aschblonde, etwas längere Haare, durchscheinende Haut, androgyn, ein bisschen dandyhaft.

Die Sonne stand bereits tief, der Himmel wechselte von Blassgelb zu Dunkelblau, und auf den Terrassen der zahlreichen Bars und Cafés von Louisson fanden sich die ersten Gäste zu einem frühen Aperitif ein, als er endlich eine positive Antwort bekam.

»Hier sitzt ein Vogel, der könnte dein ausgeflogener sein«, ertönte es schnarrend aus seinem Funkgerät, »ich geh mal zu ihm.« Christian hörte, wie sein Kollege ausstieg und die Autotür hinter sich zuwarf. Ein Handy klingelte. »Der hat gepennt, aber er sagt, er heißt Bernberg. Der hat ein Buch dabei, aber keine Papiere.«

»Wo seid ihr?«

»Er sitzt auf der Bank hinter dem Rathaus am oberen Garonneufer.«

»Bleib bei ihm, ich bin in ein paar Minuten dort.«

Christian funkte seinen Chef an, dass er Bernberg gefunden habe, ihn jetzt ins Hotel fahren würde und selbst dann nach Hause, sofern es im Kommissariat nichts mehr gäbe.

Als Christian die genannte Bank erreichte, saß Leon Bernberg in der untergehenden Sonne und starrte auf den Fluss hinunter. Sein Haar leuchtete rötlich, er hatte eine Schramme im Gesicht, sein Hemd stand offen, und neben ihm lag die deutsche Ausgabe von Remarques Buch *Der Himmel kennt keine Günstlinge*.

Christian dankte seinem Kollegen, sagte leise: »Ab hier übernehme ich jetzt«, und wartete, bis der Polizeiwagen davongefahren war. Dann ging er zu Bernberg, setzte sich neben ihn auf die Bank und folgte seinem Blick auf die Garonne.

»Ich hätte Lune damals zurückholen müssen. Sie hat bestimmt auf mich gewartet«, sagte Leon tonlos. »Ich habe sie im Stich gelassen. Meine eigene Schwester.«

»Woher haben Sie diese Schramme?«, fragte Christian.

Leon Bernberg fuhr sich mit der Hand über die verkrustete Stelle an seiner linken Wange und zuckte mit den Schultern. »Das Leben schuldet mir noch etwas«, sagte er mit heiserer Stimme. »Kennen Sie dieses Gefühl?«

Christian verschränkte seine Arme vor der Brust. »Was für ein Gefühl sollte das denn sein?«

Bernberg lachte, stand auf, nahm das Buch und schleuderte es weit auf den Fluss hinaus. Ein paar Seiten lösten sich aus dem Band und tanzten in der flirrenden Luft. Das Buch landete als Erstes auf dem Wasser, gefolgt von den losen Seiten, die langsam auf die Wasseroberfläche herabsanken. Das Buch kippte, der Buchrücken blieb noch einen Moment sichtbar, dann verschwand es mit einer kleinen Welle, die von einem Paddelboot verursacht worden war.

Bernberg drehte sich zu Christian um, der auf der Bank saß und abwartete. Die Sonne in Bernbergs Rücken ließ seinen Körper durchsichtig erscheinen. »Lune kannte dieses Gefühl auch. Aber sie hat sich damit nicht arrangiert. Sie hat das Leben gezwungen, seine Schulden zu begleichen.« Er setzte sich wieder neben Christian. »Sie war darin einfach hemmungslos. Sie wechselte ihre Rollen wie andere Menschen Kleider. Lune glaubte man die elegante Intellektuelle und die Schlampe, und wenn sie eine Rolle spielte, glaubte sie sich diese selbst. Aber dann legte sie selbige so leicht ab, als bedeutete sie ihr nichts. Sie kannte das Streben nach Erfolg und Anerkennung nicht und auch nicht danach, gemocht zu werden. Aber um zu erfahren, wie es sich anfühlt, dafür gab sie alles. Nur um das herauszufinden.«

»Das klingt ein wenig schizoid«, wandte Christian ein.

Bernberg nickte. »Wenn Sie wollen, kann sie auch das für Sie sein. Aber sie spielte jede Rolle immer nur so lange, wie sie ihr gefiel. Stellen Sie sich vor, Sie verlieben sich in die kluge Intellektuelle, die etwas schüchtern und hilfsbedürftig ist. Sie gehen mit ihr aus, kaufen ihr etwas zum Anziehen, Schmuck, alles, wovon Sie annehmen, dass eine Frau sich darüber freut. Sie stellen die Frau Ihren Freunden vor. Ihre Freunde beglückwünschen Sie zu dieser perfekten Frau, die so ausgezeichnet zu Ihnen und Ihrem Leben passt. Sie kaufen ein Haus, planen die Hochzeit, stecken ihr den Verlobungsring an den

Finger, beauftragen ein Reisebüro mit der Planung der großartigen Hochzeitsreise. Haben Sie das Bild im Kopf, Inspektor?«

Christian schüttelte unwillig den Kopf. »Was soll das?«

»Bitte«, sagte Bernberg mit schmeichelnder Stimme, »stellen Sie sich das einen Moment vor! Sie müssen es, wenn Sie verstehen wollen, warum die Menschen so auf Lune reagierten.«

»Also gut.« Christian schloss die Augen.

»Es ist also alles geplant. Am Abend vor der Hochzeit gehen Sie noch einmal zu Ihrer Liebsten, um gemeinsam die Vorfreude zu genießen. Sie haben einen Strauß ihrer Lieblingsblumen dabei, sagen wir, es sind weiße Rosen. Sie klingeln einmal, zweimal, klopfen gegen die Tür, und endlich wird geöffnet. Vor Ihnen steht eine Frau mit ungewaschenen, ungekämmten Haaren. Sie trägt zerrissene, fleckige Klamotten, hat eine selbstgedrehte Zigarette im Mund und in der Hand eine Flasche Bier. Sie ist vollkommen ungeschminkt, und sie fragt Sie: ›Was willst du?‹ Und in diesem ›Was willst du?‹ liegt so viel Ratlosigkeit und zugleich Widerwille, dass Sie selbst daran zweifeln, ob Ihre Braut je existiert hat oder nur Ihr Hirngespinst war. – Wie würden Sie da reagieren?«

Christian runzelte die Brauen. »Ich wäre sicher sehr wütend.«

Bernberg lachte herzhaft. »Genau. Deshalb goss meine Mutter Lune kochend heißen Tee über die Beine, deshalb drückte meine Großmutter ein Kopfkissen auf Lunes Gesicht, deshalb versuchte mein Freund Mark, sie zu erwürgen. Er war dieser Mann, von dem ich gerade erzählte. Und egal wen Lune gerade spielte, sie hatte immer etwas irritierend Faszinierendes an sich. Irritierend, weil die Menschen sich instinktiv fürchteten, und zwar vor sich selbst.«

Christian drehte sich halb zu Bernberg um. »Mit welchem Ziel kam Ihre Schwester nach Louisson?«

Wieder zuckte dieser mit den Schultern. »Sie wollte weitere Facetten des Lebens finden. Als Lune hier ankam, spielte sie zum einen die Studentin der Geisteswissenschaften aus gutem Haus und zum anderen die hurenhafte Herumtreiberin in der Nacht. Eines Tages, es war ziemlich am Anfang, lernte Lune eine einfältige junge Studentin kennen. Jolie. Jolie nahm sie am nächsten Abend mit in ein Szenelokal und warnte Lune, sich nicht mit dem Abschaum der Stadt, den Clochards und Nordafrikanern, abzugeben. Sie riet Lune, in der Annahme, dass sie eine arme Studentin aus Deutschland sei – auch diese Rolle spielte Lune gern –, nur mit reichen Leuten auszugehen, die sie ihr zuführen würde. Lune konnte so freundlich und bezaubernd sein, dass sich die Menschen ein Bein ausrissen für sie. Jeder noch so einfältige Mensch, auch diese Jolie, fühlte, dass Lune etwas Besonderes war. Wie jeder Mensch suchte sie Lunes Nähe, um etwas von ihrem Glanz abzubekommen. Sie gingen also in diese Szenebar, das Mexicana, und Jolie stellte im Gewühl jedem, der es wollte oder auch nicht, Lune vor, weil sie furchtbar stolz auf diese deutsche Studentin war, der sie helfen wollte, Französisch zu lernen. Jolie stellte Lune auch Maxime und seiner Clique vor. Alles nur Kinder aus wohlhabenden Familien.«

»Aber das war doch sehr nett für Ihre Schwester.«

Bernberg lachte. »Ja, nett. Gibt es etwas Langweiligeres als ›nett‹? Jeder Mensch, den Sie kennen, hätte sicher geschrieben, was für ein aufregender Abend es war und wen er alles kennengelernt hatte, richtig?«

»Aber Lune nicht?«, fragte Christian mit gehobenen Brauen zurück.

»Nein, Lune nicht. Sie kam aus reichem Hause, sie war

gelangweilt von diesen Menschen … *In diesem schwitzenden Einheitspulk der Suchenden wurde ich plötzlich an der Taille umfasst und sanft zur Seite geschoben. Ein großer, schöner Mann mit halblangem schwarzem Haar lächelte mich an, zeigte auf seinen Teller, der auf der Theke stand, und dann wieder auf sich. Es war, als hätte ich zum ersten Mal in meinem Leben jemanden Fleisch essen sehen. Die Bewegung der Hände, das vom Ganzen abgetrennte Stück Fleisch, die feinen Zinken der Gabel, die es sicher hielten, zum Mund führten, die Lippen streiften und einen Tropfen Blut dort hinterließen, bevor der Fleischbrocken zwischen den mahlenden Zähnen verschwand. Mit jedem neuen Schnitt floss neues Blut und mischte sich mit dem Öl des Salates, das kleine tränenförmige Tropfen auf dem Blut hinterließ. Hinter mir schlug unbeirrt der Herzschlag der Masse weiter, wurde die vom heißen Atem verbrauchte Luft dichter; viel zu spürbar der kollektive Wille: Heute erleben wir was! Plötzlich hatte er das Steak verzehrt, es war verschwunden, als hätte es nie dort auf dem Teller gelegen. Die letzten Zeugen, die Öltränen auf dem Blut, verschwanden kurz darauf. ›Ich heiße übrigens Alain‹, sagte er und gab mir eine VIP-Karte für seine Diskothek. Aber ich hatte anderes vor. Ich musste etwas finden, um zu bleiben …* So erlebte Lune einen Abend. Jede ihrer Wahrnehmungen trennte sie von den anderen. Aus ihren Wahrnehmungen kamen ihre Gedanken und vergrößerten den Abstand. Können Sie sich vorstellen, wie einsam sie war?« Bernbergs Ton war immer eindringlicher geworden. »Ich musste ihren Worten einfach folgen! Egal wie schmutzig, irrsinnig, unverständlich es war, was sie zu berichten hatte. Ich konnte ihre Einsamkeit nicht beenden, aber sie weniger schmerzhaft erscheinen lassen!« Bernberg stand auf. »Bringen Sie mich ins Hotel?«

»Wissen Sie, wo die Diskothek war und dieses Mexicana? Wir könnten dort wenigstens vorbeifahren.« Christian erhob sich ebenfalls.

Bernberg drehte seine Handflächen nach oben. »Wenn Sie wollen. Auch wenn ich nicht wüsste, was dort noch zu finden sein soll.«

»Kommen Sie.« Christian ging zum Auto, stieg ein, öffnete Leon Bernberg die Beifahrertür und startete. »Adresse?«

»Mexicana, 7 Rue Grenouille. Sam's Studio, die Disco, Avenue de la Fleur Rose.«

Christian fuhr an. »Und das wissen Sie alles auswendig? Die Adressen, die Briefe?«

Bernberg wich seinem Blick aus, schaute aus dem Fenster und murmelte: »Wenn man Zeit hat, ist es leicht, sich genau zu erinnern.«

In Louisson kämpfte sich der Feierabendverkehr hupend durch die überfüllten Straßen und über den erhitzen Asphalt. Die Bars waren jetzt bis auf den letzten Platz besetzt, vor den Restaurants schrieb das Personal mit Kreide das aktuelle Menü auf die aufgestellten Tafeln und mit dem Blick zum Nachbarn erst den Preis.

Als sie wieder an einer roten Ampel warten mussten, sah Christian Bernberg von der Seite an. »Warum haben Sie mich angelogen? In puncto Vermisstenmeldung, die es nie gab, der Briefe und all dem?«

Bernberg blickte stur weiter aus dem Seitenfenster. »Es gibt keine Wahrheit über Lune. Also gibt es auch keine Lüge.«

Christian zog die Stirn kraus, seufzte und fuhr an, als die Ampel auf Grün umschaltete. Als sie die Rue Grenouille Nummer 7 erreichten, blickten sie in ein klaffendes Loch im Boden. Christian stieg aus, befragte ein paar Leute und erfuhr, dass hier vor zwei Monaten eine Gasexplosion den Abriss des Hauses notwendig gemacht hatte, in dem – nach dem mexikanischen Restaurant – zuletzt ein Schuhladen beherbergt war.

Christian stieg wieder ein und fuhr mit Bernberg zur nächsten Station. Aus der Dämmerung war dunkle Nacht geworden, die Gaslaternen hatten das Licht des Sonnenuntergangs abgelöst. Sam's Studio gab es noch, zumindest dem verblassten Schild über dem Eingang zufolge. Die schmale Straße war schlecht beleuchtet, weil die meisten Laternen kaputt waren. An vielen Häusern waren die Fenster mit Brettern vernagelt. Ein Mülleimer kullerte im Rinnstein hin und her, je nach Fahrtrichtung des passierenden Autos. Die wenigen Platanen wirkten wie stumme Beobachter. Ihre Blätter waren verstaubt, ihre Stämme zerkratzt von zahllosen Fahrradschlössern.

Wieder stieg Christian aus und ließ Bernberg bei geöffnetem Fenster im Auto sitzen. Er klopfte hart gegen die Tür der Diskothek. Es rührte sich nichts. Doch dann erklang eine Stimme aus der Dunkelheit links von ihm. »Was suchen Sie?«

Christian blickte sich überrascht um und versuchte, jemanden auf dem Stück Straße ohne Laternen auszumachen. »Einen kleinen spanischen Blumenverkäufer!«

Der männliche Sprecher räusperte sich. »Sergio gibt es schon lange nicht mehr. Es heißt, er sei in den Pyrenäen verschwunden.«

»Woher wissen Sie das?« Christian ging ein paar Meter in das Dunkel hinein, bis er den Mann entdeckte, der mit einem Blindenstock in der Hand am Boden saß, den Rücken an eine Hauswand gelehnt.

»Alle Bettler hier im Viertel kannten ihn. Mit seiner schneidenden Stimme grüßte er uns, als wären wir seine Soldaten. Er war großzügig und schenkte uns oft ein paar Kröten. Es hieß, er habe viel mehr Geld verdient, als das durch den Verkauf von Blumen überhaupt möglich sei.«

Leon spürte, wie eine Gänsehaut seine Arme überzog. Der Spanier!

Er ist ein eigenartiger Mann, klein und mit großem Kopf, dabei ist sein Gesicht sehr glatt und sehr hübsch. Die Menschen reagieren fast immer irritiert, wenn er mit seinen Blumen an ihren Tisch tritt. Ich bin sicher, es ist, weil sie einen Mitleid heischenden Blick vom ihm erwarten, eine Entschuldigung in den Gesten, dass er so missraten aussieht. Sein Blick indes ist voller Stolz, sein Gang kapriziös, er rollt mit den Schultern. Seine dunkelblauen Augen sind klar, und doch haben sie etwas. Es ist, als würden sie sich an einen heften, wenn er einen ansieht. Das Zudringliche daran lässt die Menschen zurückschrecken. Seit Jahrtausenden gibt es Aussätzige in jeder Gesellschaft. Solche, die am Rande leben. Er ist einer, und das zieht mich an. Vielleicht ist er wie ich? Er verfolgt mich seit einigen Wochen.

Es gab ihn also noch, dachte Leon, stieg vorsichtig aus und ging zu Mirambeau in die Dunkelheit.

»Drogen?«, fragte der Inspektor gerade.

Sein Gegenüber, allem Anschein nach ein blinder Bettler, schüttelte den Kopf.

»Was dann?«, fragte Leon und erschreckte damit beide.

»Wer sind Sie?«

»Der Mann hier ist Deutscher. Entschuldigung. Wir wollten Sie nicht ängstigen«, sagte Mirambeau.

»Und was sucht er?«, fragte der Blinde.

»Ich suche meine Schwester!« Leon trat noch einen Schritt näher. »Sie war hier. Sie war hier vor zehn Jahren, mit diesem kleinen Spanier. Kannten Sie meine Schwester? Wie viele Jahre sitzen Sie schon hier? Wissen Sie etwas darüber?« In seinen Ohren rauschte das Adrenalin, er hörte selbst, wie bettelnd, verzweifelt und drohend seine Stimme klang.

Der Blinde drückte sich gegen die Hauswand und umklammerte seinen Umhängebeutel. »War sie die Mondfrau? Die Janusfrau? Mal auf der hellen, mal auf der dunklen Seite des Mondes?«

»Oh Gott.« Leon sank auf die Knie, verschränkte seine Hände im Nacken und übergab sich auf den Bürgersteig.

»Das darf doch nicht wahr sein«, murmelte Mirambeau, beugte sich zu Leon hinunter und klopfte ihm auf die Schulter. Als das Würgen nachließ, hielt er Leon ein Taschentuch hin. »Hier, nehmen Sie das.«

Leon schüttelte den Kopf, spuckte aus und richtete sich langsam wieder auf. »Mir ist schwindelig.« Er sah den angewiderten Blick des Inspektors und lachte. »Es ist Ihnen fremd, sich so gehen zu lassen? Sie sollten es lernen, es ist ungeheuer befreiend.« Er fuhr sich mit der Hand über den Mund und rieb sie an seiner schmutzigen Hose trocken. Dann blickte er sich um. »Wo ist der Bettler hin?«

Mirambeau ging tiefer in das Dunkel und an einem Bretterzaun entlang, blieb stehen. »Ich kann ihn nicht sehen!«, rief er Leon zu und nahm eine Taschenlampe aus seiner Tasche, mit der er durch eine Lücke im Zaun leuchtete. »Nichts, spurlos verschwunden. Aber keine Sorge, ich kenne die Schlafstationen alle. Ich werde ihn finden.«

Leon ging zurück und lehnte sich an das Polizeiauto. »Denken Sie denn, er hat noch mehr zu sagen?«

Mirambeau folgte ihm, stieg wortlos in den Wagen ein und öffnete ihm die Beifahrertür. »Kommen Sie, ich bringe Sie jetzt erst einmal ins Hotel zurück.«

Leon folgte der Aufforderung und schnallte sich an. Mirambeau setzte mit Schwung zurück, um zu wenden. Ein Stück Papier rutschte von der Ablage in den Fußraum. Leon lehnte sich gegen den Gurt, hob es auf, drehte es in seinen Händen. Es war die Kopie eines Fotos, das Lune im Brunnen an der Place de la

Concorde zeigte. Leon warf Mirambeau einen Seitenblick zu. »Sie haben mich auch angelogen. Sie haben den Karton geöffnet, Sie haben die Briefe gelesen, Sie wussten von dem Spanier. Sie haben dieses Foto kopiert. Warum?«

Der Inspektor schien sich ganz auf die rote Ampel zu konzentrieren. Das Ticken des Blinkers hallte laut im Auto wider. »Ich bin von Beruf Ermittler!«, sagte er und fuhr an.

»Sind Sie ganz sicher, dass es nur das ist?«

»Was meinen Sie?«

»Lune, wie man sie hier auf dem Foto sieht, bringt einen Mann um den Verstand. Nicht weil sie so schön ist, sondern weil sie die dunkelsten und dreckigsten Träume in Männern weckt. Weil sie plötzlich das Gefühl überkommt, mit ihr könne man alles machen!« Leon lachte und ließ das kopierte Foto achtlos auf den Boden gleiten.

»Das ist totaler Unsinn!« Die Stimme des Inspektors klang jetzt abwehrend. »Ich habe eine tolle Frau und Familie, ich träume nicht von anderen Frauen.«

Leon beäugte ihn von der Seite und sagte: »Jetzt schon.«

Mirambeau hielt vor dem Hintereingang des Crowne Plaza.

Leon nahm es zufrieden zur Kenntnis. Auf diese Weise würde er ungesehen in sein Zimmer gelangen. »Inspektor Mirambeau«, sagte er, schon den Türöffner in der Hand, »ich bin etwas durcheinander. Mir geht das alles sehr nah.« Er zögerte einen Moment. »Es war ein Fehler, nicht vorher nach Lune zu suchen. Aber irgendwie dachte unsere ganze Familie, wir sind besser dran, wenn Lune nicht bei uns ist. Das muss schrecklich für Sie klingen.«

»Ich habe eine sehr glückliche Familie«, erwiderte Mirambeau, »doch ich weiß, dass nicht alle Familien so sind.«

»Jede noch so heile Familie hat einen Schwachpunkt, an dem sie zerbrechen kann und zu einer unglücklichen wird.«

»Meine nicht!«, sagte Mirambeau vehement.

Leon nickte langsam und fragte: »Was haben Sie jetzt vor?«

»Ich fahre jetzt die Wohnheime für Bettler ab. Sie schlafen sich aus. Ich melde mich morgen.« Er gab Leon seine Visitenkarte. »Wenn etwas ist, können Sie mich jederzeit anrufen.«

»Danke«, antwortete Leon und stieg aus.

Christian wartete, bis Leon Bernberg im Eingang verschwunden war und die Tür sich hinter ihm schloss. Er beugte sich in den Fußraum des Beifahrersitzes und nahm Lunes Foto hoch, glättete es und schob es behutsam in die Innentasche seiner Uniformjacke. Dann erfragte er über Funk die aktuellen Adressen der Obdachlosenwohnheime. Der Blinde war im Quartier Jean Jaurès hinter dem Zaun verschwunden. Dieser Stadtteil war das beliebteste Ausgehviertel von Louisson. Dort reihte sich ein Lokal an das andere, bis in die kleinsten Gässchen.

Christian fuhr zuerst zu dem vom Roten Kreuz unterhaltenen Haus, das sich in dem Viertel befand, in einer Stichstraße, die vom Boulevard Jean Jaurès abging. Das Rote Kreuz blinkte unregelmäßig über dem Eingang. Auf zwei Bänken links und rechts des Eingangs saßen ein paar rauchende Männer, deren lumpige Kleidung von ihrem Leben auf der Straße zeugte. Keiner reagierte, als der Polizeiwagen in die Straße einbog und vor dem Haus stehen blieb.

Christian stieg aus, ging über die Straße und setzte sich auf einen freien Platz auf der Bank. Er nahm ein Päckchen Zigaretten heraus und ließ es kreisen. »Er hat nichts zu befürchten, ich habe nur ein paar Fragen an jemanden.«

»Das sagt ihr immer«, erwiderte ein kleiner Mann mit einer Kappe, die er tief ins Gesicht gezogen hatte.

»Ich bin nicht ›ihr‹. Wenn ich sage ›nur ein paar Fragen‹, meine ich ›nur ein paar Fragen‹. Also?«

»Hast du den anderen dabei?«

Christian nahm das fast leere Zigarettenpäckchen zurück. »Welchen anderen?«

»Hast du?«

»Ich bin allein hier.«

Der kleine Mann schob den Schirm seiner Kappe ein wenig zur Seite. »Er wusste, dass du kommen würdest, aber er wollte nur mit dir reden. Geh durch den Hausflur nach hinten, er ist im Gemüsegarten.«

Christian warf dem kleinen Mann das Zigarettenpaket zu und betrat das Haus. In dem langen Flur standen rechts und links die Türen zu den Zimmern offen. Die verschiedenen Schlafplätze waren alle noch unberührt. Nur hier und da hatte jemand sein Bündel zwecks Markierung auf ein Bett gelegt. Obwohl auch die Fenster geöffnet waren, regte sich kein Lüftchen. Ein paar Männer saßen in einem Raum vor einem Fernseher, in der Küche schwatzten ein paar Rotkreuzmitarbeiterinnen und zwei obdachlose Frauen, während sie gemeinsam Gemüse putzten. Am Ende des Flurs sah Christian vor sich nichts als Finsternis und suchte nach einem Lichtschalter für die Außenbeleuchtung.

»Die ist schon lange kaputt«, hörte er die Stimme des blinden Bettlers aus dem Dunkeln. »Treten Sie ein paar Schritte vor, warten Sie ein paar Sekunden, dann erkennen Sie die Schatten. Gehen Sie geradeaus, ich bin bei den Tomaten.«

Christian tat wie geheißen, und schließlich schälte sich die gekrümmte Gestalt aus der Dunkelheit heraus, die mit den Händen an den Tomatenpflanzen entlangfuhr und hier und da einen Trieb abschnitt.

»Gleich hinter mir steht eine Bank aus Stein, dort können Sie Platz nehmen.«

Christian knöpfte seine Uniformjacke auf. »Das ist eine richtige kleine Oase hier«, sagte er anerkennend. »Und die Luft ist überraschend frisch.«

»Ja, weil hier keiner rauchen darf.« Der Blinde lachte gutmütig.

Eine Weile lauschte Christian den Arbeitsgeräuschen des Blinden, ehe er schließlich fragte: »Was wissen Sie über diese deutsche Frau?«

Der Blinde tastete weiter, schnitt, tastete, schnitt. Erst als Christian nachschob: »Und was meinten Sie mit der dunklen Seite des Mondes?«, ließ der Blinde seine Händen sinken, kam mit knackenden Gelenken aus der Hocke hoch und setzte sich zu Christian auf die Bank. Er brachte den Geruch nach Tomaten und Erde mit.

»Warum suchen Sie diese Frau? Jetzt nach all den Jahren?«

Christian klopfte imaginären Staub von seiner Hose. »Ich finde, jeder Mensch, der verschwindet, verdient, dass wenigstens einmal gründlich nach ihm gesucht wird, und wie mir scheint, ist das im Fall von Lune Bernberg noch nicht passiert. Ich werde suchen, bis ich was gefunden habe, und sei es, dass es etwas ist, was mir sagt, ich müsse nicht mehr suchen.«

Der Blinde rieb sich die Erde von den Händen. »Sie war auf der Suche nach der dunklen Seite der Welt. Man hört so einiges in der Stadt, und ich hörte schon ein paar Monate von einer deutschen Studentin, die vor nichts haltmachte. Ich kannte ihre Stimme, weil ich damals schon in dieser Straße dort saß. Als die Disco noch lief, lohnte es sich. Es gab Geld und Geschichten. Mit einer guten Bettelstraße ist es wie mit einer Kneipe oder auch einer Ehe. Man geht hin, weil man gehört hat, es lohnt sich. Das bleibt auch eine Weile so. Geht es dann schlecht, bleibt man dabei, in der Hoffnung, die guten Zeiten kommen zurück.« Wieder lachte er auf diese sanfte Art und schüttelte den Kopf. »Wie dem auch sei, die meisten Menschen scheinen bei einem Blinden auch zu denken, er höre nicht gut. Noch bevor ich ihren so passenden Namen erfuhr, hatte ich sie ›die Mondfrau‹ genannt. Sie war plötzlich da, präsent, sie machte die Menschen wie der Vollmond irre, und dann war sie wieder unsichtbar wie der Neumond. Aufgrund ihrer Stimme hörte ich sie immer aus allen anderen raus. Sie hatte das traurigste Lachen, das ich je gehört habe.« Er schüttelte sich. »Diese Stimme machte etwas mit den Menschen. Sehende bemerkten es nicht. Sie reagierten, ohne zu wissen, worauf.«

»Was meinen Sie damit, sie ›machte etwas mit den Menschen‹?«

»Ihre Stimme war dunkel und ruhig. Sie kam aus dem Innern der Welt. Manche Menschen haben Stimmen, die gehören ihnen gar nicht. Viele Stimmen sind leer und klingen hohl, wieder andere wie eine schöne Melodie. Lunes Stimme sank einem in die Seele und weckte dort das Uralte und Archaische. Sie brachte Menschen einfach von ihren Standpunkten ab. Diese Disco damals, Sam's, da verkehrten nur die Reichen und Schönen, Models aus Paris. Limousinen fuhren vor. Tristan hieß der Türsteher, der genau kontrollierte, wer rein und wer nicht rein durfte. Algeriern und anderen Menschen aus Afrika war der Zutritt verwehrt.« Der Blinde rieb sich mit der erdigen Hand über die Stirn, als helfe das seinen Erinnerungen auf. »Meistens kam Lune alleine. Ich spürte immer, wenn sie sich näherte, denn die Schwatzenden vor der Disco wurden ein bisschen ruhiger, so, wie wenn einen mitten im Gespräch etwas ablenkt. Eines Tages, es war während der Hexenhitze im Juni, tauchte Lune dort mit zwei Afrikanern auf. Es war ein heißer Abend, die Luft stand in der Stadt. Viele Menschen standen vor dem Eingang und redeten. Da das Sam's klimatisiert war, blieb die Eingangstür zu, und jeder, der wieder hineinwollte, hatte zu klingeln. Es wurde plötzlich ruhiger, weil Lune kam. Ich hörte ihre Stimme, sie war sehr laut und verriet ihre Trunkenheit. Sie hatte einen Schwarzafrikaner und einen Algerier dabei. Tristan öffnete, schüttelte offenbar den Kopf, denn in die Stille der Gruppe hinein fragte Lune: ›Kannst du mir erklären, warum meine Freunde, mit denen ich den ganzen Abend über Sartre, Epikur und den Hedonismus gesprochen habe, die sich regelmäßig waschen und duschen, nicht mit mir, der Frau mit der VIP-Karte, hier hineindürfen?‹« Der Blinde lächelte. »Ich wusste schon, dass er nicht würde widerstehen können, denn wie alle wollte er ihr gefallen und ihre Zuneigung gewinnen. Es entstand eine sehr angespannte Stimmung. Einer flüsterte ihr zu: ›Komm, wir gehen.‹ Und dann passierte, womit keiner gerechnet hatte: Tristan gab die Tür frei. Ein paar Tage später allerdings sagte er zu dem Spanier: ›Sorg dafür, dass diese Hure hier nicht mehr auftaucht!‹ Sie konnte die Menschen sehr wütend machen.«

Christian kratzte sich ratlos am Kopf: »Das klingt dennoch sehr drastisch. War denn zwischen den beiden etwas vorgefallen?«

»Jean-Michel? Hast du die Zucchini geerntet?«, rief eine Rotkreuzmitarbeiterin vom Haus her.

»Ja, Mademoiselle, wenn Sie so freundlich wären, sie zu holen?«

Eine junge Frau mit rundem Gesicht kam auf sie zu. »Oh, Entschuldigung, ich wusste nicht, dass du einen Besucher hast.«

»Nicht schlimm. Hier.« Jean-Michel griff unter die Bank und zog einen Plastikkorb mit Zucchini hervor.

»Möchten Sie zum Essen bleiben?«, fragte die Frau Christian, während sie sich bückte, um den Korb hochzunehmen.

»Nein«, antwortete Jean-Michel für Christian, »er hat eine Ehefrau und Kinder, die auf ihn warten.«

Als die Rotkreuzmitarbeiterin den Garten verlassen hatte, fragte Christian: »Wie kommen Sie darauf?«

»Ich kann es riechen!«

Christian lachte unsicher. »Die Zeiten, in denen die Kleinen an meiner Uniform ihre Flecken hinterließen, sind aber lange vorbei.«

Jean-Michel nickte, stand auf und führte seine Arbeit an den Tomaten weiter. »Sie sollten nach Paul, dem Togolesen, suchen. Er lief ein paar Monate wie ein Dackel hinter ihr her.«

Von der Straße drang plötzlich Lärm zu ihnen. Ein Auto bremste mit quietschenden Reifen. Eine Autotür wurde lautstark zugeschlagen. Es folgten weitere Autos, dann brüllte jemand in den Flur: »Razzia, alle bleiben genau da, wo sie sich jetzt gerade befinden! Hände so, dass wir sie sehen können!«

Christian fluchte leise und wollte gerade Jean-Michel fragen, ob sie diese Unterhaltung ein anderes Mal fortsetzen könnten, da hörte er dessen Stimme neben sich: »Sorgen Sie dafür, dass er sie nie findet«, und damit verschwand Jean-Michel in den Tiefen des Gartens.

»Warten Sie!«, rief Christian ihm hinterher. »Was haben Sie da gerade gesagt?«

»Salut Christian! Na, das ist ja mal eine Überraschung. Bist du etwa schneller als die Drogenfahndung?«

Christian wandte sich um und blinzelte in das Licht einer Taschenlampe. Es war Eric Fronton, sein schärfster Gegner im Polizeiapparat von Louisson.

»Wem hast du da gerade hinterhergerufen?«

Christian schlug Erics Hand mit der Taschenlampe nach unten. »Einem Blinden, der sich hier um die Tomaten gekümmert hat.«

»Klar. Der macht im Dunkeln den Garten! Super Story.«

»Leck mich.« Christian schob Eric zur Seite, der ihn jedoch hart am Arm zurückhielt: »Ich will wissen, warum du hier warst.«

»Es geht um eine vor zehn Jahren in Louisson verschwundene Frau, und er kannte sie offenbar. Und jetzt lass mich in Ruhe.«

Vor vielen Jahren waren sie die besten Freunde gewesen, hatten gemeinsam Dienst bei der französischen Marine getan und sich monatelang eine Koje auf einer Ölbohrinsel geteilt, wo sie verdeckt ermittelt hatten.

Christian ging zurück in den Flur, wo zehn seiner Kollegen mit gezogenen Waffen Stellung bezogen hatten. Die Rotkreuzmitarbeiterinnen standen verschreckt in der Küche zusammen. Ein weiblich-männliches Kollegenduo prüfte die Ausweise der Anwesenden. Als Christian an dem kleinen Mann mit der Kappe vorbeikam, sagte dieser wie zu sich selbst: »Tja, wie war das mit ›nur Fragen stellen‹?«

Christian zuckte die Schultern, stieg ins Auto und fuhr mit quietschenden Reifen davon. Kreuz und quer durch die nächtlichen Straßen von Louisson, in der Hoffnung, irgendwo in den Menschenmassen auf den Plätzen und Bürgersteigen den blinden Bettler zu entdecken. Nach zwei Stunden gab er auf und machte sich auf den Heimweg.

Als Christian das Wohnzimmer des Hauses, das er mit seiner Familie bewohnte, betrat, lag seine Frau Jeanne auf dem Sofa und las.

»Tut mir leid, dass ich so spät dran bin.«

Fragend hob Jeanne eine Augenbraue.

»Ich hatte mal wieder einen Zusammenstoß mit deinem Scheißex.« Christian unterdrückte ein Fluchen, setzte sich zu Jeanne, trank einen Schluck aus ihrem Weinglas, nahm ihre nackten Füße und massierte sie.

»Ich war eben seine große Liebe.« Sie sah Christian verliebt an. »Und dass du meine bist, dafür kann niemand etwas.«

Christian streichelte über ihre Fessel. »Manchmal frage ich mich, was geworden wäre, wenn du bei Eric geblieben wärest. Vielleicht wärst du mit ihm genauso glücklich geworden wie mit mir.«

Jeanne zog die Augenbraue noch höher. »Was ist los, Superbulle?«

»Ach nichts. Désolé. Ich muss noch ein bisschen arbeiten.« Christian zuckte mit den Schultern, gab ihre Füße frei, stand auf und zog sich in sein Arbeitszimmer zurück. Er schaltete die Lampe über dem großen Schreibtisch an. Die Stellwand lag in ihrem Lichtkegel. Christian nahm Lune Bernbergs Bild aus seiner Jackentasche und hängte es wieder zu den kopierten Briefen. Daneben klebte er ein Post-it mit der Frage: »Wer ist Paul, der Togolese?« Weitere Klebezettel folgten mit den Fragen: »Gibt es den Türsteher Tristan noch?«, »Wer war der Besitzer von Sam's Studio?«, »Wo ist der Spanier, Sergio?«, »Wer ist Jean-Michel, und wen meinte er mit ›er‹?«, »Wer darf Lune Bernberg nie finden? Der Spanier? Der Bruder?«

Als ihm keine weiteren Fragen mehr einfielen, blieb er vor der Wand stehen und blickte lange auf das Bild von Lune Bernberg im Brunnen.

Donnerstag, 7. Juni

Wie gerädert wachte Christian am nächsten Morgen auf dem für seinen großen Körper viel zu kleinen Ledersofa in seinem Arbeitszimmer auf. Aus der Küche hörte er das Klappern von Geschirr und das Lachen seiner Kinder. Die Uhr auf dem Schreibtisch zeigte kurz nach halb sieben, das Thermometer bereits einunddreißig Grad. Christian stöhnte, warf die dünne Decke zurück und ging ins Bad.

Um halb acht verstaute er seine Kinder im Auto, küsste seine Frau zum Abschied und fuhr zunächst in Richtung Ecole Maternelle. Er wurde herzlich von den Müttern begrüßt, die sich stets angetan zeigten, wenn ein Mann – und zudem ein Polizeiinspektor – nicht alles der Ehefrau überließ. Dann setzte er Jérôme an der Schule ab. Erst danach schaltete er den Funk an.

Die Stimme seines Kollegen mit der lettischen Mutter, der er den ungewöhnlichen und zugleich so gut zu ihm passenden Namen Uldis verdankte, drang schnarrend aus dem Lautsprecher: »Wir ziehen an diesem verdammt heißen Morgen eine Mädchenleiche aus dem Moder des Canal du Midi. Will jemand mitspielen?«

»Guten Morgen. Christian hier. Wenn du noch keinen Partner hast, ich habe Zeit. Was ist zu tun?«

»Ein Scheiß. Die Gerichtsmedizin ist vor Ort. Die Spurensicherung kann nicht. Schnapp dir also so einen Spusi-Koffer und komm her. Viel zu sichern ist im Übrigen nicht.«

»Bin in circa zwanzig Minuten bei dir.«

»Kann sein, dass ich dann schon im Flieger nach Helsinki sitze, um bei meiner Großmutter zu leben. Das hier sind keine Temperaturen für Menschen mit nordischen Genen.«

Christian lachte. »Das sagst du immer. Warte auf mich!«

Er stellte das Blaulicht auf das Dach und war kurz darauf in seinem Büro. Das Telefon auf Freisprechfunktion gestellt, um einen Spurensicherungskoffer aus dem Lagerbestand anzufordern, rief er E-Mails ab und sah, dass zwei aus Deutschland stammten. Er ließ sie ungeöffnet und gab in die Louissoner Datenbank vier Suchaufträge ein: Paul aus Togo, Besitzer von Sam's Studio, spanischer Blumenverkäufer, Türsteher Tristan. Gerade als er den letzten abgeschickt hatte, informierte ihn die Mitarbeiterin aus dem Lager, dass er kommen könne, um den Koffer zu holen. Kaum hatte er das Gespräch beendet, klingelte sein Mobiltelefon. Uldis teilte ihm mit, dass jetzt doch die Spurensicherung eingetroffen war und seine Hilfe im Moment nicht notwendig sei.

»Schade«, antwortete Christian, »ich hätte gern mal wieder für die Mordkommission gearbeitet. Melde dich, wenn du Unterstützung brauchst.« Er zog seine Jacke aus, krempelte die Ärmel seines Hemdes hoch, ging in die Küche, um sich einen Kaffee zu holen, sprach dort kurz mit ein paar Kollegen und kehrte an seinen Schreibtisch zurück.

In der ersten E-Mail bestätigte sein deutscher Kollege jetzt schriftlich und in einem sehr fehlerhaften Französisch, dass Lune Bernberg zu keiner Zeit in Deutschland als vermisst gemeldet gewesen sei. Der Tod Monique Bernbergs, der Mutter von Leon und Lune, sei ungeklärt zu den Akten gelegt worden. Die Mutter von Monique Bernberg habe sich damit nicht abfinden können und eine Detektei beauftragt, Lune Bernberg zu finden. Leon Bernberg sei von der deutschen Polizei verhört worden, aber zu der fraglichen Zeit in einer Klinik gewesen. Monique Bernberg sei morgens in ihrem Haus von ihrer Mutter gefunden worden. Durchtrennte Pulsadern. Kein anderes Anzeichen von Gewalt. Kein Abschiedsbrief. Lune Bernberg habe geerbt.

Christian druckte diese E-Mail aus und machte sich darauf eine Notiz: »Leon Bernberg fragen.«

Die zweite E-Mail enthielt den Bericht der Gerichtsmedizin, aber Christian sprach kaum ein Wort Deutsch, sodass er ihn nicht lesen konnte. Er schickte das Dokument an den Drucker und vermerkte darauf: »Uldis fragen!« Denn sein Kollege sprach die Sprache ganz passabel. Er schickte ihm eine SMS mit der Bitte, er möge sich melden, wenn Zeit sei.

Christian ging seine restlichen E-Mails durch, antwortete, wo nötig. Dann schloss er seine Bürotür, trat an die Tür zum Hinterhof und rekapitulierte, was er über Lune Bernberg wusste und wie er weiter vorgehen wollte.

Zunächst rief er in dem Haus vom Roten Kreuz an und fragte nach Jean-Michel, dem Blinden.

»Nein, tut mir leid. Wir haben ihn seit gestern nicht gesehen. Sollen wir etwas ausrichten?«

»Wann rechnen Sie denn wieder mit ihm?«

»Oh«, sagte die Mitarbeiterin vom Roten Kreuz freundlich, »nach der Aktion von gestern sicher ein paar Tage nicht. Was ein Jammer ist, weil er den Garten versorgt.«

»Haben meine Kollegen denn gestern Drogen gefunden?«

»Leider ja, in zwei Bündeln gleich. Es ist schlimm für unser Haus.«

»Tut mir sehr leid für Sie. Geht Jean-Michel vielleicht woanders schlafen?«

»Nein, nie. Wir sind sein einziges Haus. Manchmal geht er für ein paar Wochen in die Pyrenäen. Wir wissen nie, wann er wiederkommt.«

»Danke für die Information, ich melde mich wieder.«

Christian legte auf. Schrieb eine Notiz: »Jean-Michel, der Blinde, verschwunden?«

Es klopfte an seiner Bürotür, Uldis trat ein. Der Hüne mit den nordischen Wurzeln trug ein Stirnband, das seine blonden Haare bändigte und ihm aus dem Gesicht hielt.

»Kaffee?«, fragte Christian.

»Gern.« Uldis ließ sich auf den Stuhl dem Schreibtisch gegenüber fallen. »Du hast 'ne geile Temperatur hier drin. Bring gleich Mittagessen mit, ich bleib!«

Als Christian mit zwei Kaffeebechern zurückkam, las Uldis bereits den Bericht der deutschen Gerichtsmedizin. Er nahm von Christian den Kaffee entgegen und trank schlürfend einen Schluck. »Wie immer die gute deutsche Gründlichkeit! Sie haben auf alles Mögliche getestet, ordentlich mikroskopisch und mikrobiologisch auf Drogen, Giftstoffe und Medikamentenspiegel untersucht. Sie haben keine fremde DNS gefunden an der Leiche, außer die ihrer Mutter. Zwei Einstiche am Arm, wie ein entzündeter Mückenstich, ohne Tox-Befund. Sie hat sich die Pulsadern korrekt aufgeschlitzt. Als Rechtshänderin klug erst mit der linken Hand die rechte Ader und dann umgekehrt.« Uldis blickte auf, trank einen Schluck. »Und, hilft dir das?«

Christian verschränkte seine Finger und ließ sie knacken. »Ja und nein. Ich weiß nicht so recht, wie und wo ich anfangen soll. Ich habe nur ein ganz sicheres Gefühl, das sich sowohl auf den Bruder als auch auf den Blinden bezieht.« Er resümierte für Uldis, was er bisher herausgefunden und wie es sich zugetragen hatte, und endete: »Dieses Gefühl und die Verhaltensweisen deuten für mich darauf hin, dass die Frau noch lebt. Allerdings«, Christian nahm seine Hände wieder auseinander, »wie ich es auch drehe und wende, ich komme nicht dahinter, wen der Blinde gemeint hat, als er sagte: ›Sorgen Sie dafür, dass er sie nie findet!‹ Sollte der Spanier damit gemeint sein, würde Leon Bernberg die Frage vielleicht beantworten können. Sollte jedoch Bernberg gemeint sein, wäre er damit gewarnt.«

»Das klingt fast, als würdest du denken, dass Lune Bernberg absichtlich untergetaucht ist und gar nicht gefunden werden will.«

»Könnte doch sein? Sie wäre nicht die erste Person, die ihr Verschwinden nur vortäuscht. Sollte das aber so sein, muss ich als Erstes den Grund dafür finden, denn nur der führt mich zu ihr.«

Uldis stand auf. »Der Fall klingt jedenfalls schon erheblich interessanter als noch am Montag. Ich gehe jetzt mal zu Zoe in unsere Gerichtsmedizin. Da ist es auch schön kühl.« Er klopfte mit der Hand gegen den Türrahmen. »Und danke für den Kaffee.«

Der Computer meldete die ersten Ergebnisse der Datenbanksuche. Der Türsteher Tristan war in einem Zeitungsartikel erwähnt und Opfer eines Raubüberfalls in einem anderen Nachtclub geworden. Christian hakte ihn ab. Die zweite Meldung betraf Paul, den Togolesen. Das Programm zeigte Paul Spiegelberg ohne polizeirelevanten Eintrag. Bei Xing und LinkedIn war er als Professor für Jüdische Kultur in Westafrika gemeldet, unterrichtete an der Universität La Valuse, und bei Facebook tauchte sein Spitzname im Chat mit Freunden auf: *Hey, Togolese* ... schrieb jemand.

Da das Trimester noch bis Ende Juni ging, rief Christian im Sekretariat für Afrikanische Kultur an und erfuhr, dass Professor Spiegelberg im Moment noch in der Vorlesung sei, die bis elf Uhr dauern würde. Christian kündigte im Anschluss daran seinen Besuch an.

Im Hotel Crowne Plaza ließ er sich mit dem Zimmer von Leon Bernberg verbinden.

»Ja, hallo?« Lune Bernbergs Zwillingsbruder klang verschlafen.

»Wie geht es Ihnen heute Morgen?«

Erst nach einem kaum merklichen Zögern antwortete Bernberg: »Gut, und Ihnen? Haben Sie den Blinden gefunden?«

»Ja, nur leider war nicht so viel Zeit. Aber er hat mir den Namen Paul genannt. ›Der Togolese‹, sagt Ihnen das was?«

Aus dem Hörer erklang ein belustigtes Schnauben. »Ja, sie hat von ihm geschrieben. Er war stets sehr besorgt um Lune. Er war einer der Männer, die mehr von ihr wollten und dann ungehalten reagierten, weil Lune sie zurückwies. Paul war damals politisch tätig.« Christian vernahm ein Rascheln wie von Bettzeug am anderen Ende der Leitung und ein mechanisches Surren. »Er hat den Spanier gehasst, schrieb mir Lune. Zu Anfang, als sie Paul kannte, aber den Spanier noch nicht, saßen Paul und sie gemeinsam auf einer Restaurantterrasse, und er kam mit seinen Blumen vorbei. Lune fragte Paul, ob er den Mann mit den Blumen kenne, und er antwortete ihr: ›Wenn ich den umbringen müsste, den würde ich nicht einfach nur erschießen, den würde ich an einer Wand kaputt hauen.‹«

»Hoppla«, sagte Christian, »das klingt sehr gewalttätig.«

Bernberg gähnte. »Ja, und dieser Idiot hat mit genau dieser Aussage Lune für den Spanier interessiert. Sie fühlte sich zu diesem hässlichen, krötengleichen Mann hingezogen. Paul konnte das nicht verstehen.«

»Verstehen Sie es denn?« Christian trommelte mit den Fingern auf seiner Schreibtischplatte.

»Nein.« Bernberg gähnte wieder.

»Ich habe diesen Paul übrigens ausfindig gemacht und werde dort jetzt hinfahren.«

»Und wo ist das?«

»Uni, er ist Professor für Afrikanistik.«

»Nehmen Sie mich mit?«

»Nein, das geht nicht. Aber wenn Sie möchten, komme ich danach zu Ihnen ins Hotel und erzähle Ihnen, was ich herausgefunden habe.«

»Okay, gern. Ich warte hier auf Sie.«

Leon legte langsam den Hörer auf. Sein ganzer Körper kribbelte, als würden Ameisen in ihm herumlaufen. Er wusste, das konnte davon kommen, dass sein Medikamentenspiegel sank. Doch die spürbare Zuversicht des Inspektors, Lune zu finden, machte ihn hellwach. Sein Geist war klar wie seit Jahren nicht mehr. Er wusste, er musste jetzt für seine Frau Martha und seinen Freund Mark unerreichbar werden, sonst würden sie seine Pläne bezüglich dessen, was jetzt zu tun war, durchkreuzen, aus Gier nach Lunes Millionen.

Leon sprang aus dem Bett, duschte, packte die Tasche, zahlte seine Rechnung und trat in die heiße Sonne hinaus, die ihm nichts mehr ausmachte. Gut gelaunt setzte er die Sonnenbrille auf, nahm sein Handy aus der Tasche, schickte an seine Ehefrau und Mark die gleiche SMS, dass er für unbestimmte Zeit bleiben würde, schaltete das Gerät aus und warf es in den kleinen Mülleimer neben dem Eingang des Crowne Plaza. Dann schlenderte er über die Place du Capitol davon, hob an einem Geldautomaten tausend Euro ab und machte sich auf die Suche nach einem Hotel in der Nähe des Hurenviertels von Louisson. Er kam Lune wieder näher, das fühlte er.

Maxime half mir, den Langweilern im Mexicana zu entkommen. Seine Oberflächlichkeit ist ein Genuss und sehr wohltuend. Zugleich staune ich, wie jemand vom Leben so unberührt sein kann. Eines Tages wird ihm auffallen, wie erbärmlich leer es in ihm ist, und es steht zu befürchten, dass er in seiner inneren Leere ertrinken

*wird. Er entführte mich zunächst ins Musikerviertel von Louisson.
Die Gassen wurden schmaler und dunkler, in der Ferne schlug eine
Kirchturmuhr die volle Stunde. Auf den schmalen Stiegen mancher
Hauseingänge saßen Gruppen im Dunkeln verborgen, verborgen
auch, was sie dort taten. Den Häusern in diesem Viertel fehlte der
goldene Schimmer des Stadtkerns. Ihr stumpfes Grau vermischte
sich mit der Nacht. Manche Fenster waren zugenagelt, bei anderen
waren die Löcher in der Scheibe mit Pappe oder Plastik zugeklebt.
Am Ende der Gasse, durch die wir schlichen, schwang ein Fenster-
laden auf und zu; das Quietschen seiner rostigen Angeln klang seltsam verloren. Maxime ermahnte mich, mir alles gut einzuprägen.
»Am Ende dieser Gasse beginnt das Hurenviertel von Louisson.
Rechts die französischen Nutten, links die bunte Welt.« Wir hielten
uns links, denn dort befinden sich die geheimen Clubs in den Kellern
leer stehender Häuser. Leon, ich brenne darauf, dort bald allein hin-
zugehen. Die Häuser stehen so dicht, dass wir nicht nebeneinander
gehen konnten, ohne uns zu berühren. In den Durchgängen zu den
Hinterhöfen roch es nach Unrat und Urin, Ratten huschten hinter
den Mülltonnen her. Der fast volle Mond verlieh ihnen unnatür-
lich große Schatten.
Wir blieben vor einer Tür stehen, die nichts verriet. Maxime
deutete auf eine Klingel, über der DcD stand. Dead can Dance. Er
hielt mich einen Moment am Arm fest. »Ich weiß nicht, wie abge-
brüht du bist, aber sei so gut und bleibe in meiner Nähe und lass
dich von niemandem abschleppen.« Ich lachte ihn aus, weil er auf
einmal so besorgt war. »Tja, so sind wir Franzosen eben. Kaum
haben wir eine Frau im Schlepptau, schon fühlen wir uns verant-
wortlich, dass sie, wenn sie schon nicht in unserem Bett landet, doch
wenigstens heil nach Hause kommt.« Maxime klingelte, ein kleines
Fenster ging auf und sofort wieder zu, und die Tür wurde geöffnet.
»Salut Maxime, frische Ware?« Ein schwarzer Riese beugte sich zu
mir hinunter und küsste mich feucht auf beide Wangen. Sein Speichel*

roch wie der eines Straßenköters. »Finger weg, Stinkfisch!«, sagte Maxime. Das dröhnende Lachen des Riesen folgte uns die Treppe hinunter. Es waren dreizehn Stufen.

Leon wusste genau, wo er wohnen wollte. Das schäbige Hotel Moulin Noir lag quasi am Eingang zum Hurenviertel. Selbst das teuerste Zimmer verfügte nur über ein Waschbecken; Toilette und Dusche befanden sich auf dem Gang. Leon zahlte bar für eine Woche, deponierte seine Sachen im Zimmer und ging zurück in die Stadt. In einem Einkaufszentrum kaufte er sich ein neues Handy und dazu eine Prepaid-SIM-Karte. Als es Zeit war, begab er sich zum Crowne Plaza, um in der Lobby auf den Inspektor zu warten. Er konnte sich nicht erinnern, wann er sich zuletzt so frei und leicht gefühlt hatte wie in diesem Moment.

Christian Mirambeau bog auf den Campus der Universität La Valuse ein und parkte. Auf den weitläufigen Wiesen, die hier und da von kleinen Seen unterbrochen wurden, lagerten Studenten im Schatten der Bäume. Die erst vor fünfzehn Jahren neu gebaute Universität der Geisteswissenschaften mutete aufgrund der flachen, einstöckigen Gebäude mit den Strohdächern wie ein afrikanisches Dorf an.

Christian stieg aus und zog seine Jacke an. Seine Kollegen machten sich oft lustig über diese Angewohnheit, auch bei Hitze in vollständiger Uniform zu erscheinen. Er orientierte sich am Ende des Parkplatzes mittels eines detaillierten Lageplans, wo sich das Sekretariat für Afrikanistik und somit auch das Büro von Professor Paul Spiegelberg befand. Es war kurz vor elf Uhr. Auf den Bänken entlang des Weges saßen Studenten aller Nationen und unterhielten sich in zahlreichen verschiedenen Sprachen. Beinahe jeder blickte dem groß gewachsenen Inspektor nach. Es schien, als ginge von ihm eine seltsame Beunruhigung aus.

Auch Paul Spiegelbergs Sekretärin rutschte ein wenig tiefer in ihren Schreibtischstuhl, als sich Christian vor ihr aufbaute und nach ihrem Chef fragte. Mit hoher Stimme erkundigte sie sich, ob er etwas trinken wolle, was er verneinte. Er nahm in der Sitzecke des Büros Platz und beobachtete die Tür. Nach wenigen Minuten betrat der Professor den Raum. Zunächst bemerkte er den in der Ecke sitzenden Inspektor nicht. Seine Sekretärin musste mehrfach mit ihrem spitzen Kinn in Richtung Sitzecke deuten, bevor er sich umdrehte.

Professor Spiegelberg runzelte die Stirn und kam auf Christian zu, der zunächst sitzen blieb. Ohne sich vorzustellen, begann Christian: »Man sagte mir, Sie kannten die deutsche Studentin Lune Bernberg?«

Professor Spiegelberg zuckte sichtbar zurück. Er schloss einen Moment die Augen. Tonlos erwiderte er: »Kommen Sie bitte in mein Büro.« Als Christian aufstand, zuckte er noch einmal zurück, denn Christian überragte ihn um Haupteslänge. Christian folgte ihm und sagte im Vorbeigehen zu der Sekretärin, dass sie nicht gestört werden sollten. Sie hauchte ein Ja.

In Spiegelbergs Büro standen überall afrikanische Skulpturen. Fotos bedeckten die Wände fast vollständig. Überwiegend zeigten sie eine Hochebene, Aufnahmen vom Kaffeeanbau. Die dunklen Holzjalousien waren heruntergelassen und gerade so weit geöffnet, dass ein wenig Tageslicht eindringen konnte, aber keine Sonne. An der Decke rotierten gemächlich die dunkelbraunen Flügel eines Ventilators und bewegten die warme Luft.

Paul Spiegelberg machte sich in einer Ecke an einer Kaffeemaschine zu schaffen. »Möchten Sie auch einen?«, fragte er mit dem Rücken zu seinem Besucher.

»Gern, schwarz bitte«, antwortete Christian, setzte sich auf den Stuhl dem Schreibtisch gegenüber und wartete. Dem lauten Geräusch des Mahlwerks folgte der Geruch nach frischem Kaffee.

»Eine äthiopische Bohne, fast keine Säure«, sagte Spiegelberg, als er mit den beiden Tassen zum Schreibtisch kam, »den darf man auch nur schwarz trinken, alles andere zerstört das Aroma. Meine Frau schwört indes auf Sahne, die würde es verstärken.«

Christian stellte die Kaffeetasse am Rand des Schreibtischs ab und fixierte den Professor. »Warum hat Sie meine Frage nach Lune Bernberg so aus dem Gleichgewicht gebracht?«

Spiegelberg rückte umständlich den Schreibtischstuhl, die Kaffeetasse und ein paar Stifte zurecht. Aus der Defensive fragte er zurück: »Gibt es in Ihrem Leben keine Menschen, an die Sie sich lieber nicht erinnern?«

»Nein«, antwortete Christian und blickte ihn ruhig an.

Spiegelberg verschaffte sich noch einmal Zeit, indem er seinen Kaffee in kleinen Schlucken trank, ehe er sagte: »Also gut. Dann sind Sie sehr privilegiert und haben offenbar vernünftig gelebt. Verraten Sie mir, warum Sie nach Lune Bernberg suchen?«

»Später.«

Spiegelberg schloss einen Moment die Augen, öffnete sie wieder, starrte auf seine Hände, die er flach auf den Schreibtisch gelegt hatte, und sagte: »Es gibt Tage, die brennen sich wie ein Film ins Gedächtnis ein. Man weiß, dass man nichts davon vergessen kann. Man betet, dass es immer im Verborgenen bleibt, wohl wissend, dass eines Tages jemand danach fragen wird.« Er schüttelte den Kopf. »Die letzten paar Jahre habe ich nicht mehr jeden Tag damit gerechnet, dass jemand kommt und mich nach Lune Bernberg fragt.«

Spiegelberg ließ seinen Blick zur Fensterfront wandern.

»Ich komme aus einer sehr intellektuellen Familie. Meine Mutter war deutsche Jüdin, daher der Name und meine hellere Hautfarbe. Ich wuchs auf damit, dass man sich politisch zu engagieren, immer und überall einer der Ersten und Besten zu sein hat. In der Schule war ich Klassensprecher, in der Oberstufe Schulsprecher, Chefredakteur der Schülerzeitung. Als Student an der Uni hier ging es später so weiter. Ich war auch aktiv im interkulturellen Büro. Dort tauchte vor elf Jahren Lune Bernberg auf. Sie wirkte sehr elegant. Ihre Haare waren hochgesteckt, sie trug ein senffarbenes Kleid mit passender Jacke. Die Farbe betonte ihre ungewöhnlichen Augen. ›Ich bin Ausländerin und brauche Hilfe‹, sagte sie und behauptete, dass sie noch kein Französisch könne.«

»Behauptete?«, hakte Christian nach.

Professor Spiegelberg lachte bitter. »Ja, sie war schließlich genauso damit aufgewachsen wie ich. Ihre Mutter war Französin! Ich verliebte mich auf der Stelle in sie. Sie war so wach, konnte mit Bildung jonglieren, hörte einem genau zu. Ich tat alles für sie. Besorgte ihr eine andere Bleibe als das Studentenwohnheim, nahm sie zu Konzerten mit. Führte sie aus in Restaurants und träumte von einer gemeinsamen Zukunft. Sie war einfach perfekt.« Sein Blick kehrte vom Fenster zu Christian zurück. »Das dachte ich zumindest. Nach zwei Monaten suchte ich an einem Donnerstagabend meinen Freund und Mitstudenten Maxime, mit dem ich eine Arbeit fertigzustellen hatte. Wir mussten am nächsten Tag abgeben. Maximes Familie war sehr wohlhabend. Deshalb war ihm Erfolg gleichgültig, weil er sowieso sein Auskommen hatte. Ich aber nicht. Ich musste diese Arbeit abgeben, ich wollte Professor für Afrikanistik werden. Ich wusste, dass Maxime sich manchmal in den schlimmsten Löchern herumtrieb. Ein Affront gegen seine Eltern.« Spiegelberg seufzte.

»Wie dem auch sei, ich fand ihn im Nuttenviertel der Afrikaner. Die illegale Kellerbar hieß ›Dead can Dance‹. Als ich unten ankam, sah ich zu meinem absoluten Entsetzen Lune an der Bar sitzen. Erst erkannte ich sie nicht. Ihre Haare waren offen, sie trug eine dunkle und irgendwie zerrissene Bluse, dazu einen kurzen Rock und Stiefel. Sie hatte nichts gemein mit der eleganten, ein wenig schüchternen jungen Frau, die ich ausgeführt und so eifersüchtig vor meinen Freunden verborgen hatte. Ich wollte nicht, dass jemand mir sie ausspannte. Sie tuschelte mit Maxime, sie tranken Whiskey und kicherten. Ich machte mich zunächst nicht bemerkbar, sondern hörte zu, wie Maxime sich mit seinem miserablen Deutsch verständlich zu machen versuchte. Mir fiel auf, dass er selbst in dieser dunklen, schmierigen Bar den Jungen aus gutem Hause nicht ablegen konnte.

Ein paar Schwarzafrikaner bewegten sich langsam auf der kleinen Tanzfläche vor der Bühne. Sie standen ganz offensichtlich unter Drogen. Das DcD war bekannt dafür, dass hier ab Mitternacht die Nutten hinkamen, die noch keinen Freier hatten. Es gab sie günstig. Frauen, weiße Frauen, hatten hier einfach nichts verloren. Als ich hörte, wie Maxime Lune fragte: ›Wo bleibst du heute Nacht?‹, legte ich ihm meine Hand auf die Schulter. Er drehte sich zu mir um. ›Seit wann bringst du Frauen mit hierher?‹, fragte ich ihn wütend und ließ Lune nicht aus den Augen. ›Seit es in Louisson eine deutsche Studentin gibt, der es offenbar völlig egal ist, was man über sie denkt‹, entgegnete er, stellte uns einander vor und fügte an: ›Paul spricht übrigens ein ausgezeichnetes Deutsch.‹ ›Trinkst du einen Whiskey mit uns?‹, fragte Lune, als würde sie mich gar nicht kennen. Maxime drehte sich zu dem Barkeeper um und orderte drei Whiskeys. Seiner Verantwortung für die Deutsche ledig, verabschiedete er sich auf die Tanzfläche und ließ uns allein.

›Lune, was tust du hier, was soll das?‹, fragte ich völlig aufgebracht. Lune rutschte vom Barhocker, leerte ihr Whiskeyglas, antwortete: ›Tut mir leid, aber mein Konto für Small Talk wurde heute schon mehrfach überzogen‹, und folgte Maxime auf die Tanzfläche. Ich weiß nicht, ob sie überhaupt bemerkt hatte, dass sie die einzige Frau in diesem Laden mit circa hundert Männern war. Die anderen Tänzer verschwanden, die zwei waren allein auf der Tanzfläche. Maxime schob sich hinter sie, nahm ihre Hände, umschloss ihre Taille mit seinen Armen und bewegte sich sehr langsam mit ihr. Jeder Mann im Raum belauerte diese Szene; es war einfach entsetzlich. Maxime legte sein Kinn auf Lunes Kopf, beide hatten die Augen geschlossen. Die Musiker beobachteten sie und unterstützten grinsend die kreisenden Bewegungen des Paars. Es war wie ein Porno in der Öffentlichkeit. Ich konnte dem weder ein Ende machen, noch gelang es mir, wegzusehen. Denn ohne dass ich es gewollt hätte, zog mich diese Seite Lunes an. Dieses Sich-zur-Schau-Stellen und zugleich immun gegen die Meinung der anderen zu sein. Sie tat einfach, was sie wollte. Das war auch abstoßend. Und noch etwas verletzte mich tief: Ich hatte sie bisher nicht einmal geküsst.

Plötzlich hörte ich neben mir eine Stimme sagen: ›Seit wann lässt Stinkfisch normale Frauen hier herein?‹ Sergio kletterte auf den Barhocker neben mir und schaute genauso gierig wie alle anderen auf diesen erotischen, fast schon pornographischen Tanz von Maxime und Lune. Ich mochte ihn nicht, diesen Blumenverkäufer. Kennen Sie den Film ›Die Blechtrommel‹?«

Christian nickte.

Professor Spiegelberg starrte auf eine kleine afrikanische Figur auf seinem Schreibtisch und fuhr fort: »Sergio hatte eine Ausstrahlung wie dieser Oskar mit seiner Blechtrommel. Laut und aufdringlich. Man konnte ihn nicht ignorieren und verabscheute ihn. Ich hatte ihn oft beobachtet, wie er viel zu nah an die Tische in den Bars und Restaurants trat. Er verkaufte nur deshalb so viele Blumen, weil die Männer ihn so am schnellsten loswerden konnten. An dem Abend im DcD war meine Wut so groß, dass ich zu ihm sagte: ›Verschwinde, du mickriger Zwerg!‹ Es widerstrebte mir, einen Menschen so zu verachten wie Sergio. Aber dieses klare, glatte Männergesicht mit den eisblauen Augen hatte einfach den falschen Körper. Klein, drahtig, schmal. Viele andere hätten versucht, das zu kaschieren, aber der Spanier betonte den Gegensatz, als sei er stolz darauf. Ein Kinderkörper mit einem Männerkopf. Aus meiner Sicht ein Krüppel.

Sergio lachte mich aus und bestellte sich Cognac. ›Wer ist die Frau?‹, wollte er wissen, und ich sagte: ›Was geht dich das an?‹ Er nahm den Cognac vom Barkeeper entgegen und ließ ihn im Glas kreisen. ›Mich interessieren alle Frauen, die Maxime dazu bringen, sich so zu benehmen. Was meinst du, hat er schon oder hat er noch nicht?‹ ›Ich kenne diese peinliche Frau nicht‹, log ich.«

Paul Spiegelberg verstummte und verbarg sein Gesicht in den Händen.

»Es war ein schlimmer Abend. Ich verachtete einen Menschen für sein Anderssein, für einen Körper, für den er nichts konnte. Ich hätte ihn am liebsten geschlagen. Und ich verleugnete die Frau, die ich mir noch vor einer Stunde als Partnerin fürs Leben gewünscht hatte, vor genau diesem Menschen, der mir doch hätte völlig egal sein können. Ich hasste mich augenblicklich für mein erbärmliches Verhalten, ich hasste Lune, weil sie es war, die mich dazu brachte, erbärmlich und feige zu sein. Das jedenfalls dachte ich damals. Lune hatte in einem unserer schönen Gespräche einmal gesagt: ›Es gibt keinen Menschen ohne Dämonen. Die Frage ist nur, ob man zu ihnen hinabsteigt,

sie kennenlernt und ihnen dann eine Wohngemeinschaft anbietet.‹ Ich hatte damals nicht verstanden, was sie damit meinte.
Aber nach dieser Nacht schon. Da war ich zu meinen Dämonen hinabgestiegen. Und wusste, dass ich sie nie mehr würde
vergessen können.«

Spiegelbergs Blick war leer, als er die Hände vom Gesicht
nahm. Er atmete schwer.

Christian ließ ihm eine kleine Verschnaufpause, ehe er fragte: »Wie ging es dann weiter?«

»Ich hätte Maxime liebend gern von der Tanzfläche geholt.
Sergio fragte: ›Was denkst du, wovon die zwei gerade träumen?‹ Meine Wut wurde immer stärker. ›Kümmere dich um
deinen eigenen Scheiß!‹, versuchte ich ihn in die Schranken zu
weisen. Sergio ließ den Cognac ungerührt weiter im Glas kreisen. ›Paul, was machst du eigentlich, wenn ich eines Tages zur
Uni gehe und denen stecke, dass der Ausländerfreund ein Problem mit kleinwüchsigen Männern hat? Ich sah gerade gestern
wieder eines deiner tollen Plakate, auf denen du für Toleranz
zwischen den Völkern wirbst. Gilt das nur für Menschen über
einen Meter sechzig, oder was?‹ Sergio hatte recht, es war albern, wenn ein Feigling wie ich für Toleranz gegenüber anderen Kulturen warb. Ich hasste es, dass dieser Zwerg mit seinem
Urteil über mich recht hatte. Ich hatte meine Hand schon er-
hoben, da kamen Lune und Maxime von der Tanzfläche zurück. Ihre Gesichter waren erhitzt, ich konnte sehen, riechen,
wovon sie geträumt hatten, und ich hasste sie beide. Mein Gott!
Nie zuvor hatte ich einen so alles umfassenden Hass in mir gespürt. Sergio saß auf Lunes Barhocker. Ohne sich vorzustellen,
fragte er: ›Was trinkst du?‹ Lune sah ihn einen Moment an und
zeigte auf sein Cognacglas. Ich bedrängte Maxime, sie von hier
wegzubringen. Er sagte: ›Ich will sie mitnehmen.‹ Er wusste
ja nicht, dass sie die Frau war, von der ich ihm in den letzten

zwei Monaten vorgeschwärmt hatte. Ich warnte ihn vor Sergio. Es war mir zutiefst zuwider, mit ansehen zu müssen, wie er sie anmachte. Maxime lachte einfach nur und sagte: ›Lass dem kleinen Kerl doch das kurze Vergnügen. Sie wird schon noch merken, dass er einen Kopf kleiner ist als sie.‹ Der Barkeeper stellte vier Gläser mit Cognac auf die Theke. Und da passierte noch etwas anderes: Lune bedankte sich routiniert auf Französisch. ›Moment mal‹, sagte Maxime, ›was höre ich da gerade? Du hast mich den ganzen Abend stottern lassen, und jetzt kannst du es doch?‹ Entschuldigend hob Lune die Schultern; es war ihr herausgerutscht. ›Sagt es nicht weiter!‹ Maxime lachte, und Sergio feixte. Ich konnte spüren, wie er sich über mich lustig machte. Ich nahm sie an die Seite und blieb bei Deutsch. ›Lune‹, beschwor ich sie, ›diese Bar hier ist wirklich kein Ort für anständige Frauen und dieser kleine Spanier kein Umgang. Ich würde dich jetzt gern nach Hause bringen.‹ Sie lachte mich aus. ›Ich hab kein Zuhause. Aber ich glaube, Maxime hat mir sein Bett bereits angeboten, für heute geht es also!‹ Ich schüttelte den Kopf, fragte: ›Wie lange kennst du Maxime schon?‹ Lune nahm Sergios linken Arm hoch und drehte ihn so, dass sie die Uhr an seinem schmalen Handgelenk erkennen konnte. ›Genau sechs Stunden.‹ Sergio schlängelte seinen Arm um Lunes Taille und zog sie an sich. Aufgebracht brüllte ich sie an: ›Ich kenne andere deutsche Frauen, ich schäme mich für Abschaum wie dich!‹ Ihre Reaktion folgte so schnell, dass ich nicht reagieren konnte. Ihr Cognac brannte in meinen Augen. Sie drehte sich zu Maxime um und sagte: ›Gehen wir!‹ Sie grub kurz ihre Hand in mein Haar und flüsterte mir ins Ohr: ›Vielleicht schaffen wir es nicht bis in sein Bett und treiben es in den schmutzigen, nach Urin und Rattenkot riechenden Hauseingängen wie die Hunde!‹ Sie ließ mich los und folgte Maxime die Treppe hoch. Ich hörte, wie Stinkfisch ihnen applaudierte.

›Schöner Tanz, du kannst wiederkommen. Die Mädels mögen es, wenn ihnen ein Weib den Job abnimmt und den Männern Appetit macht.‹ Es war widerlich.«

Spiegelberg hielt einen Moment inne.

»Und doch war es so, dass ich bis heute davon träume, nur einmal in meinem Leben so hemmungslos und wild zu sein.« Er schob seine Kaffeetasse zur Seite, rückte sie wieder in die Mitte des Schreibtischs. »Lune zwang einen zu Einsichten in die eigene Seele, die man nie erwartet hätte. Ich folgte ihr heimlich, fast zwei Monate lang. Machte Fotos von ihr und schickte ihr manche. Die Männer wechselten ständig. Selten war sie mit Gruppen unterwegs. Ich weiß nicht, ob sie immer merkte, wenn ich ihr folgte. Manchmal traf sie auf Sergio. Sie saß an einem Tisch. Er kam mit seinen Blumen, sagte irgendwas, manchmal lachten sie zusammen, dann wieder ging er wütend davon. Und einmal …«

Spiegelberg hielt inne, so als müsse er überlegen, ob er weitersprechen wollte. »Und einmal eskalierte die Situation. Ich folgte Lune und einem Nordafrikaner ins Musikerviertel. Ich bin sicher, sie wusste, dass ich ihr folgte. Sie zog den Mann in einen Hauseingang, und ich hörte ihr Stöhnen. Ich zögerte, wollte umdrehen, aber dann passierte es wie von selbst. Ich stürmte in diesen Hauseingang, zog den Mann von ihr weg, warf ihn auf die Straße und …«, er legte die Hände vor sein Gesicht, »… und versuchte, Lune zu vergewaltigen.«

Spiegelberg atmete schwer, Schweißperlen tropften von seiner Stirn.

»Blieb es bei dem Versuch?«, fragte Christian und ließ den Professor hinter seinem Schreibtisch nicht aus den Augen.

»Ja! Und wissen Sie, warum? Lune lachte. Sie lachte so unheimlich und laut, dass ich weglief, als hätte ich den Teufel gesehen. Das hatte ich auch, und zwar meinen eigenen. Ein Mann wie Sie wird das sicher albern finden, aber ich begab mich schließlich in Therapie und sah Lune nie wieder.«

Er stand auf, nahm seine und Christians Kaffeetasse und brachte sie zurück zur Kaffeemaschine. Wieder lärmte das Mahlwerk, bevor sich das würzige Aroma des Kaffees in die heiße Luft des Zimmers mischte. Als beide Tassen erneut gefüllt waren, kam er an den Schreibtisch zurück, setzte sich aber nicht, sondern blieb neben Christian stehen.

»Sagen Sie mir jetzt, warum Sie Lune Bernberg suchen?«

Christian nahm die Kaffeetasse entgegen, sah, dass Spiegelbergs Hände leicht zitterten, blickte zu ihm hoch und sagte: »Ihr Bruder sucht sie. Genau genommen, ihr Zwillingsbruder.«

Professor Spiegelberg blieb der Mund offen stehen. »Sie hat einen Bruder? Einen Zwillingsbruder? Gott hat dieses Monster gleich zwei Mal geschaffen?«

»Mir steht kein Urteil zu. Ich muss herausfinden, wann Lune Bernberg zuletzt in Louisson gesehen wurde.«

»Im Juni vor zehn Jahren. Also, von mir zumindest.«

»Warum wissen Sie das noch so genau?«

Spiegelberg wich Christians Blick aus. »Ich weiß es einfach. Kann ich Ihnen sonst noch mit etwas dienen?«

»Maxime?«

»Unsere Freundschaft war mit Lune zu Ende. Er zog weiter mit ihr durch die Gassen und Keller, als wäre es das Einzige, was er tun wollte.«

»Hat er einen Nachnamen?«

»Legrand.«

»Sie haben nie wieder Kontakt mit ihm gehabt?«

»Nein. Manche Freundschaften gehen mit einem solchen Paukenschlag zu Ende, dass so etwas nicht möglich ist.« Er tippte auf seine Uhr. »Meine nächste Vorlesung beginnt in ein paar Minuten. Wenn Sie also nichts mehr haben?«

Christian stand auf und sah auf Spiegelberg hinunter. »Hier ist meine Visitenkarte, wenn Ihnen noch ein wichtiges Detail einfällt.«

»Ein wichtiges Detail ist vielleicht, dass ich verheiratet bin und zwei entzückende Jungen habe.« Spiegelberg mied Christians Blick erneut.

Christian ging zur Tür, drehte sich noch einmal um und fügte hinzu: »Es kann auch sein, dass ich noch einmal wiederkomme. Danke für Ihre Auskunftsbereitschaft, Professor. Im Moment wüsste ich nicht, warum Ihre Geschichte mit Lune Bernberg an die Öffentlichkeit gelangen sollte.«

Als er das Zimmer des Professors verließ, zog Christian die Tür nicht ganz hinter sich zu, da er sah, dass die Sekretärin ihren Platz verlassen hatte, wandte sich um und spähte durch den Türspalt.

Professor Spiegelberg tippte hektisch auf seinem Telefon herum. Er legte auf, holte ein Notizbuch hervor, las eine Telefonnummer ab und tippte erneut auf der Tastatur herum. »Paul hier, wir müssen uns treffen, heute …«

»Suchen Sie noch etwas?«

Erschrocken zog Christian die Tür zu. »Ja«, sagte er geistesgegenwärtig, »ich habe vergessen, den Professor zu fragen, bis wann seine Kurse noch laufen.«

Die Sekretärin trat hinter ihren Schreibtisch und blätterte einen Kalender auf. »In der letzten Juniwoche hat er bereits frei und ist dann verreist.«

Christian bedankte sich und verließ das Gebäude. Am Auto angekommen, öffnete er alle Türen, um die Hitze ein wenig herauszulassen. Er zog seine Uniformjacke aus, faltete sie und legte sie auf den Rücksitz. »Dann mal sehen, was Monsieur Bernberg dazu meint«, sagte er zu sich selbst, stieg ein und fuhr in Richtung Innenstadt.

Leon erwartete den Inspektor im Foyer des Crowne Plaza. Er saß unter einer goldenen Kugel in einem Clubsessel. Neben ihm auf einem kleinen Tischchen standen ein Pastis und ein Schälchen mit Oliven. »Möchten Sie etwas trinken?«, fragte er, kaum war Mirambeau in Hörweite. Der winkte dem Kellner, bestellte für sich selbst auch einen Pastis und setzte sich auf die andere Seite des Tisches. Die Plätze um sie herum waren leer, die meisten Gäste des Crowne Plaza saßen auf der schattigen Terrasse des Innenhofes.

»Sie waren bei Paul, dem Intellektuellen?«

»Nannte Ihre Schwester ihn so?«

»Ja.« Leon grinste. »Später, als er ihr dauernd mit der Kamera folgte, nannte sie ihn nur noch den Tölpel. Er war unrettbar in sie verliebt.«

»Auch nachdem sie ihm den Cognac ins Gesicht geschüttet hatte und sich mit allerlei Männern herumtrieb?« Mirambeau beobachtete Leon im Halbdunkel des Foyers.

Leon spürte, wie seine Augenlider flatterten. »Genau deshalb. Eine hemmungslose Frau übt eine hohe Faszination auf Männer aus. Und bei dem Tölpel kam sicher noch der Wunsch hinzu, sie zu retten. Manche Männer retten andere Menschen sehr gern. Wie ist das bei Ihnen? Als Inspektor müssten Sie diesen Wunsch doch auch kennen.«

Mirambeau überging diese Anspielung. »Hat Ihre Schwester sich eigentlich nicht nach Liebe gesehnt?«

Leon senkte den Kopf. Er fiel ihm schwer, darauf zu antworten. »Unsere Mutter, die einen Großteil ihrer Zeit darauf verwandt hatte, Lune loszuwerden, musste, als Lune dreizehn war, akzeptieren, dass sie von dem Internat auf der Nordseeinsel zurückkam. Weil Lunes Herz manchmal aussetzte. Ein Fehler des Herzmuskels. Ich hatte unsere Mutter belauscht, wie sie dem Direktor viel Geld bot, damit er das Monsterkind dabehielt.

Der Direktor tat es nicht, es war ihm zu heikel. Meine Mutter bekam einen Weinkrampf. Mit dieser vernichtenden Diagnose kamen für meine Schwester die durchwachten Nächte. Lune saß auf einem Stuhl im Esszimmer an dem großen Tisch, der vierzehn Personen Platz bot, und weigerte sich, schlafen zu gehen. Sie wählte immer denselben Platz, an der Längsseite, den großen Panoramafenstern zum Park gegenüber. Die drei Gaslaternen zwischen den Bäumen gaben gerade genug Licht, um die fahle Blässe in ihrem Gesicht zu bescheinen. Ich glaube, sie konnte die Tage einfach nicht mehr loslassen. Als es gar nicht aufhörte, stellte unsere Mutter die Heizung im Esszimmer aus, um Lune von dort zu vertreiben. Es half nichts. Lune blieb sitzen, auch wenn sie fror.«

»Und niemand ging zu ihr und umarmte sie?«, fragte Mirambeau ungläubig.

Leon schüttelte den Kopf. »Wenn sie dort saß, war Lune so unnahbar, dass niemand in diesem großen Haus zu ihr ging und sie in die Arme schloss. Lune ließ sich nie gern anfassen, auch schon als Kind nicht. In den Morgenstunden, oft erst gegen fünf Uhr, sank sie einfach um. Aber um auf Ihre Frage zurückzukommen: Wenn die Sehnsucht nach Liebe einen Menschen zum Experten macht, dann gab es niemanden auf der Welt, der die Liebe besser kannte als Lune.«

»Hatte Ihre Schwester keine Angst, in Louisson, weit weg von der Familie, allein zu sterben?«

Leon lächelte. »Wer oft mit dem Tod spazieren geht, fürchtet seine spontanen Besuche nicht mehr.« Er spürte den fragenden und mitfühlenden Blick des Inspektors. »Lune war immun gegen Angst. Sie schrieb mir: *Ich habe keine Zukunft mehr zu verlieren, aber hier in der Stadt viel zu gewinnen. Geschichten, die mir am Ende den Eindruck geben werden, mein Leben sei sehr lang gewesen.*«

Plötzlich flammte das Bild des sterbenden Kaninchens in seinem Kopf auf. Er fühlte das warme Fell, sah die flehenden Augen und dann den kleinen Spanier vor sich.

Leon knallte sein Glas auf den Tisch und stand auf. Die Wut, woher sie auch kam, verursachte ihm Übelkeit. Er atmete schwer. Da war sie wieder, diese beklemmende Angst, wann immer ein Mann sich Lune näherte. Sergio hatte sich seiner Schwester genähert. Jetzt tat Mirambeau es.

»Monsieur.« Der Inspektor stand auf, trat neben ihn und fragte leise: »Ist alles in Ordnung?« Er richtete Leon behutsam wieder auf, dem gar nicht bewusst gewesen war, dass er sich gebeugt an der Sessellehne festhielt.

»Ich muss nur einen Moment ins Bad«, entschuldigte Leon sich und wankte davon.

Im Spiegel des in sanftes Licht getauchten Vorraums zur Toilette erkannte er seine Fratze wieder. Er suchte vergebens nach den Tabletten in seiner Jacketttasche. Seine Finger zitterten. Ihm wurde schwindelig, in seinem ganzen Körper zuckte es. Die kitzelnde Sehnsucht nach perfekter Sedierung drohte die Führung zu übernehmen.

Leon drehte das kalte Wasser auf, hielt seinen Kopf darunter, bis seine Gedanken sich wieder einer Ordnung fügten.

»Der Kreislauf«, sagte er entschuldigend, als er in die Lobby zurückkam. »Ich schlafe nicht gut, und der Gedanke, Lune wiederzufinden oder wenigstens herauszufinden, was damals geschehen ist, wühlt mich sehr auf. Sie geben mir wirklich Hoffnung, Inspektor. Nach all den Jahren sind Sie der erste Mensch, dem ich glaube, dass er meine Schwester finden will. Dafür bin ich sehr dankbar! Es ist, als könnte ich meine Feigheit damit wettmachen, verstehen Sie das?« Er schaute Mirambeau liebenswürdig an und legte ihm seine Hand auf den Unterarm. Das hatte er von Lune gelernt. *Du musst die Menschen*

*berühren, wenn du mit ihnen sprichst und willst, dass sie sich mit
dir wohlfühlen.*

»Ich bin froh, dass es Ihnen wieder besser geht.« Der Inspektor wartete, bis er sich wieder gesetzt hatte. »Ihre Mutter
nannte Ihre Schwester ein Monster, dieser Begriff ist mir heute
auch bei Professor Spiegelberg begegnet.«

Leon nippte an seinem Pastis und lächelte. »Solche Namen vergibt der Mensch, wenn er etwas nicht versteht. Und
da keiner Lune verstand, belegte man sie mit vielen solcher
Bezeichnungen. Monster, Hexe, Teufel. Manchmal weinten
plötzlich kleine Kinder auf der Straße, wenn sie meiner Zwillingsschwester in die Augen gesehen hatten.« Leon lachte auf
und schüttelte den Kopf. »Meine Mutter war jedes Mal außer
sich, weil es ihre Angst vor Lune bestätigte.«

»Ihre Mutter hatte Angst vor ihrer eigenen Tochter?«, fragte
Mirambeau.

Leon hörte den ungläubigen Ton in der Stimme des Inspektors. »Und sie war nicht die Einzige. Lange nicht die Einzige!«
Leon trank seinen Pastis aus, stand auf und lächelte auf Mirambeau hinunter. »Geht es bei diesen Fragen, ob meine Schwester
sich nach Liebe gesehnt hat oder warum niemand sie in den
Arm nahm, wirklich noch um Ihre Ermittlungsarbeit?«

Leon bemerkte die kurze Irritation, die über das Gesicht des
Franzosen huschte.

»Wenn wir wissen, wen wir suchen, sind wir erfolgreicher!«

»Na dann«, antwortete Leon lakonisch. »Und wie geht es
jetzt weiter?«

Der Inspektor erhob sich ebenfalls. »Ich habe noch einige
Suchaufträge laufen und werde den Hinweisen einfach weiter
nachgehen. Erfahrungsgemäß zeigt sich dann der Weg, den
Ihre Schwester gegangen ist, und wir können ihr folgen.«

Leon reichte ihm die Hand. »Gut, das klingt sehr gut. Lei

der kann ich Ihnen bei den vollständigen Namen nicht weiterhelfen. Lune nannte den Besitzer von Sam's Studio in ihren Briefen nur *le beau*, oder manchmal schrieb sie *Alain*. Ich habe Ihre Mobilnummer. Ist es Ihnen recht, wenn ich Sie morgen anrufe?«

»Natürlich«, antwortete Mirambeau, tippte sich an die Stirn und verließ das Crowne Plaza.

Leon wartete, bis der Inspektor auf dem Platz außer Sichtweite war, zahlte ihre Drinks und verließ das Hotel ebenfalls.

Christian traf seinen Kollegen Uldis in der Polizeikantine, und sie aßen zusammen in einer stillen Ecke des sonst lebhaften Betriebs. Uldis berichtete von der Mädchenleiche aus dem Canal du Midi. Die junge Frau hatte überall Bisswunden, und natürlich hatte die Presse schon die ersten Horrormeldungen über einen Werwolf herausgegeben, der wegen der Hitze und mangelnder Nahrung aus den Bergen gekommen war. Diese Meldung kam so regelmäßig wie die Junihitze in Louisson. Mal waren es zerrissene Hauskatzen, mal zerfleischte Hunde, dann wieder verschwundene Kinder.

»Das Bedürfnis, sich zu gruseln, scheint in den Genen des Menschen zu liegen«, schloss Uldis seinen Bericht und fuhr ein letztes Mal mit einem Stück Baguette über seinen Teller, um auch den letzten Rest der Sauce zu erwischen.

Christian nahm dieses Stichwort zum Anlass, seinerseits von Lune Bernberg zu berichten und der für ihn neuen Erfahrung, dass eine Frau derartige Reaktionen hervorrief und solche Beinamen bekam.

»Und der Typ, dieser Prof, hat tatsächlich die Vergewaltigung mal eben so zugegeben?«, unterbrach Uldis ihn.

»Versuchte Vergewaltigung«, verbesserte Christian seinen Kollegen, »und nicht mal eben so. Es war mehr, als habe er seit Jahren auf diesen Tag gewartet. Er hat sich ungeheuer geschämt für alles. Seltsam war nur, aber das könnte Zufall sein, dass er sofort danach jemanden unbedingt erreichen wollte und sich verabredete, für heute noch.« Christian nahm einen Zahnstocher aus dem kleinen Behältnis auf dem Tisch und schob ihn sich in den linken Mundwinkel. »Würdest du ihm folgen?«

Uldis lachte. »Du fragst mich gerade, ob ich heute trotz des Mordfalles Langeweile habe. Sehe ich das richtig?«

Christian drehte seine Handflächen nach oben. »Ja, ich kann nicht überall sein. Im Büro sind bestimmt die Suchaufträge für den Spanier durch und für den Besitzer der Disco zu der fraglichen Zeit, und dann will ich noch diesen Freund, Maxime Legrand, ausfindig machen und besuchen. Komm schon, du bekommst auch beim nächsten Rugbyspiel wieder meine zweite Tribünenkarte!«

»Die nächsten zwei Spiele!« Uldis grinste.

Christian seufzte.

»Sehr gut, dann tue ich es ausnahmsweise! Irgendwie habe ich den Eindruck, du hast an dieser Geschichte einen Narren gefressen.« Uldis stand auf, nahm sein Tablett, wartete, dass Christian ihm folgte, und ging zum Ausgang.

»Ja, irgendwas daran berührt mich. Dieser Leon ist so anders, und seine Schwester war es wohl noch viel mehr, und das löst das Bedürfnis in mir aus, sie vor sich selbst zu schützen«, sagte Christian, als sie die Tür nach draußen hinter sich gelassen hatten.

Uldis rückte sein Stirnband zurecht. »Deine Erzählungen klingen eher so, als müsste man die Welt vor denen beschützen.« Er blinzelte in die heiße Mittagssonne, die erbarmungslos aus dem tiefblauen, wolkenfreien Himmel herabschien.

Sie verabschiedeten sich und vereinbarten, später am Abend zu telefonieren.

Christian setzte sich einen Moment auf eine Bank im Schatten des kleinen Parks, der zwischen Kantine und Kommissariat lag. Er streckte seine langen Beine von sich, kratzte sich das unrasierte Kinn und beobachtete seine kommenden und gehenden Kollegen. Schließlich nahm er sein Notizbuch heraus und blätterte darin immer wieder vor und zurück. »Ich denke, ich fange mit Maxime Legrand an«, sagte er zu sich selbst, »denn das verrät mir vielleicht, wo Paul Spiegelberg heute noch hinwill.«

Er sprang auf, meldete bei der Fahrbereitschaft, dass er ein Zivilfahrzeug brauchte, erstattete bei seinem Chef Rapport und ging mit einem Kaffee in sein kleines Büro. Wieder huschte hinter dem Papierkorb eine Ratte davon und in den Hinterhof. Christian trat noch einmal fest mit dem Fuß auf, setzte sich, stellte die Kaffeetasse ab und loggte sich in seinen Computer ein. Augenblicklich trudelten E-Mails ein.

Christian suchte zuerst in der Datenbank und fand Maxime Legrand. Er lebte auf einem Anwesen unweit von Carcassonne. Der Familie Legrand gehörten einige Weinberge rund um Carcassonne und in Port la Nouvelle. »Ob Paul Spiegelberg sich mit ihm trifft?«, fragte sich Christian.

Er trank seinen Kaffee, überprüfte, was die Datenbanken zu dem spanischen Blumenverkäufer mit Vornamen Sergio und zu dem Besitzer von Sam's Studio in dem fraglichen Zeitraum meldeten.

Christian seufzte. Zu dem Blumenverkäufer gab es den Hinweis, dass er lange an der Place de la Concorde auf dem Wochenmarkt einen festen Stand mit Blumen unterhielt. Er hatte ein Gewerbe angemeldet und vor neun Jahren abgemeldet. Keine neue Adresse, unbekannt verzogen, stand dort.

Die Diskothek gehörte vor zehn Jahren einer Gesellschaft, die vor drei Jahren Insolvenz angemeldet hatte, aber obwohl zwei der Gesellschafter mit Namen und Adresse aufgelistet waren, gab es keine Angaben zu einem Alain.

Christian rief zu Hause an, dass es am Abend sicher wieder später würde. Dann zog er seine Uniform aus, hängte sie an den Haken hinter der Tür und nahm aus seinem Schrank ein sorgsam gefaltetes T-Shirt und eine Jeans. Fertig umgezogen machte er sich mit dem Zivilfahrzeug auf den Weg in Richtung Mittelmeer, nach Carcassonne. Kaum hatte er den Kessel von Louisson verlassen, sank die Temperatur auf angenehme achtundzwanzig Grad. Er schaltete den Tempomaten ein, drehte das Radio laut und ließ die Fenster runter. Da es noch kaum Ferienverkehr gab, hatte er die Autobahn fast für sich und musste nicht sonderlich auf andere Fahrzeuge achten. Als er die Cité de Carcassonne schon sehen konnte, verließ er die Autobahn und fuhr durch die Weinberge zum Chateau Legrand. Das imposante Gebäude stand auf der höchsten Erhebung in der Umgebung, sodass man von dessen Aussichtsturm das ganze Umland beobachten konnte.

Circa zweihundert Meter vor der Toreinfahrt stand rechts ein Auto. »Also doch!« Christian schlug auf das Lenkrad und parkte hinter Uldis. Er stieg aus, klopfte bei Uldis an die Beifahrerscheibe und stieg ein.

»Hast du damit gerechnet?« Uldis reichte ihm eine eisgekühlte Dose Cola, die Christian sich kurz an die Stirn hielt, bevor er sie öffnete und antwortete.

»Ja und nein. Man sollte doch denken, dass so ein Professor keine Leichen im Keller hat.«

»Christian, Christian, eines Tages bringt dich deine Naivität noch in Schwierigkeiten.« Uldis lachte, griff nach hinten in seine Kühlbox und nahm auch für sich eine Dose heraus, die er, begleitet von einem Zischlaut, öffnete. »Willst du reingehen?«

Christian schüttelte den Kopf: »Nein, wir ermitteln ja nicht offiziell. Ich denke, es ist klüger, wenn ich warte, bis Spiegelberg wieder rauskommt, und ein paar Minuten danach anklingele. So kann ich Legrands Unsicherheit nutzen, weil er sich fragen wird, ob ich seinen Freund, der zu ihm angeblich keinen Kontakt mehr hat, bemerkt habe.«

»Brauchst du mich noch?«, fragte Uldis.

»Wenn du kannst, ja, denn es interessiert mich schon, wohin der Professor danach fährt.«

»Gut, dann warten wir zusammen.«

Uldis erzählte Christian vom bisherigen Stand des Untersuchungsberichts zu der Mädchenleiche. Zoe, die Gerichtsmedizinerin, hatte herausgefunden, dass die Bisswunden von einem menschlichen Gebiss stammten. Sie hatte Abstriche ins Labor gegeben. Wegen des Moders, in dem die Leiche gelegen hatte, konnte sie allerdings bisher weder den Todeszeitpunkt genau bestimmen noch irgendwelche brauchbaren Spuren finden.

»Keine Vermisstenmeldung?«, fragte Christian, zerdrückte die Coladose und legte sie in eine Plastiktüte im Fußraum des Beifahrersitzes.

Uldis schüttelte den Kopf. »Die Gerichtsmedizinerin meint, sie war alt genug, um alleine zu reisen. Ihre Zähne sind tipptopp in Ordnung. Sonst sagt uns ja schon mal eine Füllung, wo sie herkommt, aber hier? Null! Kein Pass, nichts. Und wenn sie in einem der billigen Hotels untergebracht war, weißt du, was passiert. Sie radieren den Eintrag aus und verbrennen die Klamotten.«

»Immer der gleiche Scheiß«, sagte Christian wütend. Seit vielen Jahren bearbeitete er Vermisstenfälle, und trotz internationaler Vernetzung waren einige Frauenleichen nie identifiziert worden.

»Gestern sind Kollegen von der Streife durch jedes Dreck-
loch gekrochen, haben sogar die anderen Gäste belästigt, aber
wie immer, niemand will sie gesehen haben.«

Sie schwiegen eine Weile. Uldis nahm seinen Tabakbeutel
heraus und drehte sich eine Zigarette. Als sie bemerkten, dass
das schmiedeeiserne Tor zum Anwesen aufging, klappten beide
die Sonnenblende im Auto herunter, und Christian duckte sich.
Als der Wagen an ihnen vorüber war, kam Christian hoch und
fragte: »War es Spiegelberg?«

»Pienācīgi, steig aus, dann folge ich ihm, und du rufst mich
später an.«

Christian blickte den beiden Wagen hinterher, die in den Kurven der abfallenden Straße immer wieder zu sehen waren. Er
ging zu Fuß bis zum Eingangstor und klingelte. Über die Ge-
gensprechanlage wurde nach seinem Anliegen gefragt.

»Inspektor Mirambeau, ich möchte zu Maxime Legrand.«

Das Tor öffnete sich. Christian ging den Weg hinauf zum
Haupthaus. Rote und dunkelblaue Hortensien säumten die
Auffahrt. Je höher Christian kam, desto mehr konnte er von
den Weinbergen sehen, in denen gearbeitet wurde. Arbeiter
besprühten die Zweige, ein kleiner Traktor fuhr zwischen den
Reben und warf in regelmäßigen Abständen etwas ab. Die warme Luft über den Weinstöcken flirrte, zahllose Grillen zirpten.
Von weit her hörte Christian das Wiehern eines Pferdes. Er
hatte im Internet gelesen, dass die Familie Legrand auch ein
kleines Gestüt unterhielt.

Als er auf die unterste Stufe der breiten Treppe, die zum
Eingang führte, trat, wurde oben geöffnet. Ein pummeliger
Mann mit einem teigigen Gesicht schob sich in einem Roll-
stuhl durch die große Eichentür. Er hielt am Ende der obersten
Stufe. »Inspektor Mirambeau?«

Christian blieb drei Stufen unterhalb stehen, sodass er mit dem zwar großen, aber sitzenden Mann auf Augenhöhe war. »Ja. Und Sie sind …?«

»Maxime Legrand.«

Christian schluckte.

»Das konnten Sie nicht wissen. Es steht in keiner Zeitung, nicht im Internet. Meine Familie ist stolz auf ihre Gründlichkeit.« Legrand musterte Christian einen Moment. »Wollen Sie hereinkommen, oder fahren Sie mich ein Stück im Park spazieren?«

»Ganz, wie Sie es möchten«, antwortete Christian und wartete.

Legrand rollte an den Rand der Treppe. Dort befand sich ein Lift für ihn, der geschickt hinter ein paar riesigen Topfpflanzen verborgen war. Christian stieg die Stufen wieder hinunter. Legrand klickte sich aus, sah ihn auffordernd an und zeigte mit der Hand in Richtung Park. Uralte Platanen säumten nicht nur den Weg, sondern schufen, kunstvoll geschnitten, auch ein schattiges Dach. Der Sand knirschte unter den Rädern. Sie schwiegen. Christian erblickte eine Bank in der Nähe und steuerte darauf zu. »Wollen Sie gar nicht wissen, warum ich hier bin?«, fragte er auf den fast kahlen Kopf hinunter.

»Wenn ein Leben so langweilg ist wie meines, kostet man jede Sekunde Spannung aus«, sagte Legrand. »Und Sie, wollen Sie gar nicht wissen, warum ich in diesem Rollstuhl sitze?«

»Nur wenn es für meine Ermittlung von Belang ist«, antwortete Christian knapp und arretierte den Stuhl so, dass er Legrand gegenübersitzen konnte.

»Es geht um Lune Bernberg.«

»Wen?« Legrand gab den Unwissenden.

»Eine Studentin aus Deutschland, die vor gut zehn Jahren in Louisson studiert hat. Es heißt, Sie seien mit ihr um die Häuser gezogen.« Christian ließ den Mann im Rollstuhl nicht aus den Augen.

Legrand senkte den Blick. »Das war zu einer anderen Zeit«, flüsterte er, »da zog ich dauernd mit Frauen um die Häuser.« Er hob den Kopf wieder und schaute Christian aus wässrigen Augen an.

»Auch wenn Ihnen das schwerfällt«, Christian verschränkte seine Hände ineinander und ließ die Gelenke knacken, »müsste ich Sie bitten, mit mir über diese Zeit zu sprechen. Können Sie sich erinnern, wann Sie Lune Bernberg zuletzt gesehen haben?«

Legrand schloss die Augen und wiegte den Kopf. »Es muss Juni oder Juli gewesen sein. Wir hatten über vierzig Grad in der Stadt.«

»Kannten Sie Lune Bernberg gut?«

Legrand grinste, öffnete die Augen und sagte: »Nein. Ich traf sie manchmal, und ich glaube, sie benutzte mich nur, um die schäbigsten Clubs zu finden.« Er grinste noch breiter. »Sie war wirklich hart im Nehmen. Sie trank wie ein Mann, und sie schlug zu wie ein Mann, wenn ihr jemand auf die Pelle rückte.«

»Sie prügelte sich?«, fragte Christian und setzte sich aufrecht.

»Nein, das wäre zu viel gesagt. Sie wehrte sich eben mit einer Ohrfeige, die es in sich hatte, oder trat den Typen in die Eier.«

Christian blickte auf das Haus im Hintergrund, den Park. All das strahlte Wohlhabenheit aus. »Warum zogen Sie mit ihr rum?«

»Sie stand mir gut. Haben Sie eine Zigarette für mich?«

Christian schüttelte den Kopf, und Legrand fuhr fort: »Halb Louisson redete über die deutsche Studentin, und zwar so schlecht, dass meine Eltern mir den Kontakt verboten. Das machte es für mich doppelt reizvoll. Damals«, er klopfte auf die

Räder des Rollstuhls, »konnte ich noch weglaufen. Jetzt bin ich so, wie meine Mutter mich immer haben wollte. Häuslich und höflich an allem interessiert, was unserem Niveau entspricht. Leider existiert hier auf dem Anwesen nur unser Niveau. Es ist wie Inzest.«

»Pflegten Sie eine Beziehung zu Lune Bernberg?«

Legrand schüttelte den Kopf. »Nein. Ich fand sie nicht attraktiv. Sie war mager und zugleich grob. Ihr fehlten die Klasse und die feinen Züge einer französischen Frau. Aber es gab viele Männer, die sich für Lune interessierten.«

Christian nahm seinen Block aus der Gesäßtasche seiner Jeans und blätterte ihn durch. »Waren Sie mal gemeinsam mit Lune Bernberg in der Diskothek Sam's Studio?«

»Oh ja, mehr als einmal. Ich erinnere mich noch an den damaligen Haupteigentümer. Alain, ja, ich glaube, er hieß Alain. Ehemaliges Model. Von dem Geld, das er mit dieser Karriere verdient hatte, soll er sich in den Laden eingekauft haben.« Legrand wartete, bis Christian das aufgeschrieben hatte, und fuhr fort: »Der sprach selten mit Lune, hatte sie aber immer im Auge. Es war ein Spiel, schätze ich. Denn Lune tanzte sehr provokant, sodass es immer einen Mann gab, der sich um ihre Getränke kümmerte. Einmal habe ich sogar gesehen, wie dieser Alain richtig zusammengeschreckt ist, als sie plötzlich neben ihm auftauchte. Er hatte an der Theke gestanden und mit jemandem geredet. Lune ging hin, stellte sich so dicht neben ihn, dass sie ihn fast berührte, bestellte sich was und sprach ihn an. Der Typ hat fast sein Glas umgestoßen. Es war amüsant, ihr zuzusehen. Umso mehr, weil ich kein Interesse an ihr hatte und doch für viele Frauen interessant wurde, weil Lune mit mir rumzog. Ein ganz guter Deal.«

»Sie erinnern sich sehr genau an alles. Wie kommt das?«

Legrand ruckte mit dem Rollstuhl hin und her. »In meinem

Leben ist nicht viel Bewegung, deshalb erinnere ich mich gern an die Zeit, als ich selbst noch in Bewegung war. Ich träume mich oft in die Straßen von Louisson und die wilden Nächte mit diversen Frauen zurück. Lune gehörte einfach zu der Art Mensch, die man sich merkt.«

Von den Weinbergen hallte ein Rufen herauf, dann das Trillern einer Pfeife.

»Sie wundern sich nicht, warum ich das alles wissen will?« Christian ließ den Stift sinken und fixierte Legrands wässrige Augen.

»Ich sagte es bereits, mein Leben ist so langweilig, ich bin dankbar für jede Abwechslung.«

«Mon Dieu, hier bist du! Wie oft muss ich dir noch sagen, dass du dich im Haus abmelden und dein Funkgerät mitnehmen sollst!« In einem rosafarbenen Twinset, hellgrauem, knielangem Rock und farblich passenden Sandalen baute sich eine schlanke Frau mit feinen Gesichtszügen und einem blonden Pagenkopf neben dem Rollstuhl auf.

»Darf ich vorstellen? Meine Ehefrau Joëlle Legrand, Mutter unserer zwei Kinder.«

»Und Sie sind …?«, fragte Madame Legrand scharf und legte bereits ihre Hände auf die Griffe des Rollstuhls.

Christian richtete sich zu seiner vollen Größe auf, nahm aus der vorderen Jeanstasche seine Polizeimarke und hielt sie Madame Legrand vor die Nase.

»Kriminalpolizei Louisson.«

»Hast du was ausgefressen?«, fragte sie mit schriller Stimme an ihren Ehemann gewandt.

»Nein, hat er nicht. Und jetzt, Madame, bitte ich Sie, uns allein zu lassen.«

Sie holte tief Luft. »Wir haben keine Geheimnisse voreinander!«

»Danke für diese Information, Madame, aber *ich* möchte mit Monsieur Legrand allein sprechen.«

»Vergessen Sie nicht, ihn ins Haus zurückzubringen!« Sie schnippte mit den Fingern und lief den Weg hinunter.

Christian setzte sich langsam und seufzte.

Legrand lachte: »Danke!«

»Wehren Sie sich denn nie?«

»Wissen Sie, wie sinnlos das ist, wenn man einfach weggeschoben werden kann?«

»Wann war Ihr Unfall?«

Legrand schürzte die Lippen. »Sie fragen wegen der Kinder? Das ging alles künstlich. Ich fürchte, selbst wenn ich noch könnte, würde ich mit dieser Frau keinen besonders guten oder auch zielführenden Sex haben. Der Unfall ereignete sich vor vielen Jahren, eine Schlägerei in Louisson, in die ich geraten war. Ein Karatetritt in die Wirbelsäule. Nur ein kurzes Knacken, und alles war anders. Sagen Sie jetzt nicht, dass es Ihnen leid tut, bitte!«

Christian schüttelte den Kopf. »Hatte es mit dem Streit zu tun, den Sie mit Paul Spiegelberg hatten?«

Legrand biss sich kurz auf die Lippe. »Nein.«

»Worum ging es bei dem Streit?«

»Das hat Paul Ihnen nicht gesagt?«

»Nein, er sagte nur, dass dieser Streit dazu geführt hat, dass er und Sie keinen Kontakt mehr haben.«

»Ja.« Legrand wischte sich mit einem Taschentuch den Nacken. »Ja, so etwas gibt es.«

»Worum ging es da?«

»Was hat das mit Lune Bernberg zu tun?«

Christian lehnte sich zurück und nickte langsam. »Sie haben recht, Ihr Privatleben geht mich nichts an. Sie sagten, der Besitzer der Disco, Alain, sei vorher Model gewesen. Erfolgreich?«

»Ja, ich glaube schon. Zumindest war Sam's Studio bekannt dafür, dass selbst die Supermodels der Branche dort auftauchten. Viele haben ein Foto mit Signatur hinterlassen. Wenn Sie mich jedoch nach seinem Nachnamen fragen würden – keine Ahnung.« Maxime legte kurz den Kopf in den Nacken. »Ja, wenn ich mich genau erinnere, muss ich sagen, dieser Typ ließ Lune nicht aus den Augen, wenn sie in Sam's war. Und wenn sie draußen war, lief der kleine Spanier hinter ihr her und beobachtete sie. Manchmal dachte ich, die verfolgten die Frau gemeinsam.«

Christian streckte seine Beine aus. »Eine Menge Menschen scheinen diese Frau beobachtet zu haben. Auch Ihr Freund Paul Spiegelberg.«

Legrand senkte den Blick und zog mit den Händen seine Hose zurecht. »Ja, es war eine echte Obsession, aber eines Tages hat er aufgegeben.«

»Wann haben Sie Spiegelberg zuletzt gesehen?«

»Ich verstehe nicht, was das mit Lune Bernberg zu tun hat«, erwiderte Legrand ausweichend.

Christian lehnte sich vor, stützte seine Ellenbogen auf die Knie und blickte Legrand von unten an. »Da haben Sie recht, aber, mein lieber Monsieur Legrand, ich kann es fast körperlich fühlen, dass Sie vor mir etwas verbergen wollen. Und mein Instinkt sagt mir, es hat mit Lune Bernberg zu tun.« Er richtete sich wieder auf. »Haben Sie sich damals von ihr verabschiedet?«

Legrand hob die Schultern. »Nein, nicht dass ich mich erinnere. Sie war einfach nicht mehr da, als die Hitze in diesem Sommer endlich nachließ. Ich habe sie im Juni zuletzt gesehen. Wir nahmen an, Lune sei nach Deutschland zurückgegangen. Sie hatte nie etwas darüber gesagt, was sie zu tun gedachte am Ende des Studienjahrs.«

»Sie erinnern sich an die Hitze dieses Sommers, aber nicht genau daran, wann Lune Bernberg Louisson verließ?«

»Wir waren nicht befreundet. Es gab einfach keinen Grund, mir mitzuteilen, wohin sie ging. Sie kam im September, dann war sie Ende Dezember verschwunden und tauchte, ich glaube, im März wieder auf. Manchmal kam sie ein, zwei Wochen nicht in die Stadt. An dieser Frau gab es nichts, was sich verlässlich sagen ließ.«

Christian stand abrupt auf. »Soll ich Sie zum Haus zurückfahren, oder wollen Sie noch Ihre kleine Freiheit genießen?«

Legrand sah zu ihm hoch und blinzelte gegen die Sonne, deren Strahlen hier und da durch das Blätterdach der Platanen fielen. »Ein Zyniker, der Herr Inspektor. Ich habe Sie verärgert. Das wollte ich nicht. Vielleicht möchte ich einfach nur, dass Sie wiederkommen und mir weitere Fragen stellen. Und wenn Sie den Mut haben, nicht auf meine Ehefrau zu hören, bleibe ich gern hier.«

Christian tippte sich an die Stirn und ging.

Kurz bevor er das schmiedeeiserne Tor erreichte, wurde es von irgendwoher geöffnet.

»Tja, so ist das manchmal«, sagte er vor sich hin, »der eine will, dass ich bleibe, der andere kann mich nicht schnell genug loswerden.«

Kaum saß Christian Mirambeau im Auto, rief er seinen Kollegen Uldis an. Er erfuhr, dass Paul Spiegelberg in der Innenstadt geparkt hatte und dann ins Hurenviertel gelaufen war. Dort war Uldis ihm noch eine ganze Weile gefolgt, hatte ihn aber in den engen Gassen aus den Augen verloren. Er hatte dann noch eine halbe Stunde lang in der Avenue de l'Eglise an Spiegelbergs Auto, einem grünen Renault, gewartet und befand sich jetzt auf dem Heimweg.

Christian berichtete seinerseits kurz von dem Gespräch und seiner Verwunderung, dass er im Internet nichts über den Unfall Maxime Legrands gefunden hatte.

»Es ist selten«, ertönte Uldis' Stimme aus dem Autolautsprecher, »aber mit sehr viel Geld und Einfluss kann es schon funktionieren, dass es davon keine Spur im Netz gibt: teure Privatkliniken, und wenn sie ihn zudem noch auf dem Weingut der Familie eingesperrt haben …«

»Na ja, dann. Vielen Dank für deine Hilfe. Bis morgen!«

Christian schaltete die Scheinwerfer ein und rief seine Frau an, um ihr mitzuteilen, dass er, wenn alles gut lief, doch pünktlich zum Abendessen zu Hause sein würde.

Freitag, 8. Juni

Die Kirchturmuhr in der Nähe von Christian Mirambeaus Haus schlug die volle Stunde. Er wälzte sich im Bett hin und her, schob das dünne Laken weg, zog es wieder über sich. Seine Frau Jeanne schlief tief und fest. Ihr schien die Wärme nichts auszumachen. Christian drehte sich auf die Seite und schob das Laken zwischen seine Beine. Die Uhr auf seinem Nachttisch zeigte sieben Minuten nach eins. Er schloss die Augen wieder. Das Schrillen seines Mobiltelefons im Büro nebenan durchbrach die Stille der heißen Nacht. Jeanne seufzte. Er sprang auf und lief nackt, wie er war, nach nebenan. Mit der Hand schlug er auf den Lichtschalter der Schreibtischlampe. Das Telefon verstummte und ging erneut an. Der Teilnehmer übermittelte seine Nummer nicht.

»Inspektor Mirambeau, Polizei Louisson.«

»Bitte, Sie müssen sofort kommen. Bitte, kommen Sie schnell. Sie müssen mir helfen«, flüsterte eine Stimme schluchzend.

»Beruhigen Sie sich erst einmal. Was ist denn passiert, und wo sind Sie?«

»Ich weiß es nicht.« Christian hörte Leon Bernberg schwer atmen. »Eh, ihr da, wo sind wir hier?«

»Rue Napoléon«, sagte eine raue weibliche Stimme.

»Haben Sie gehört?«, rief Bernberg. »Hallo, sind Sie da? Rue Napoléon. Bitte kommen Sie schnell.«

Christian hörte Sirenen.

»Sie müssen kommen, hier ist ein Mord geschehen. Ich habe eine Frau gesehen, die …« Das Gespräch brach jäh ab.

Während Christian mit der linken Hand seine Jeans anzuziehen versuchte, rief er die Bereitschaft an.

»Salut, Christian hier. Was ist in der Rue Napoléon los?«

»Salut. Da hat es eine Schlägerei gegeben, die Kollegen sind vor Ort, der Krankenwagen ist unterwegs.«

»Namen?«

»Noch nicht. Sollen wir dich anrufen?«

»Nein, gib den Kollegen über Funk durch, dass ich auf dem Weg bin.«

»Du weißt …«, brummte sein Kollege.

Christian unterbrach ihn: »Ja. Dass die Nachtschichtkollegen es nicht schätzen, wenn sich jemand einmischt. Aber ich kenne den Deutschen, Leon Bernberg, der offenbar am Tatort ist. Sag Ihnen das!« Christian beendete das Telefonat, schob das Gerät in die vordere Tasche seiner Jeans, zog ein T-Shirt über, schlüpfte in seine Schuhe und rannte aus dem Haus.

Die Autotür war kaum zu, da gab er bereits Gas. Auf der Zufahrt zur Schnellstraße überfuhr er ein Kaninchen. Er fluchte, gab Gas und raste in Richtung Innenstadt. Immer wieder fuhr er sich mit der Hand über den Nacken, wo sich der Schweiß aus seinem dichten Haar sammelte.

Christian fuhr so weit wie möglich in das Hurenviertel hinein. Schon von Weitem sah er zwei Krankenwagen, deren Licht die umstehenden Häuser blau färbte. Er ließ das Auto zu Beginn der Einbahnstraße kurzerhand am Rande der Fahrbahn stehen. Kollegen rannten hin und her, die gesamte Rue Napoléon war bereits gesperrt.

»Scheiße, was willst du denn hier?«, blaffte ein Kollege vom Nachtdienst ihn an.

»Ich kenne den Deutschen, er hat mich angerufen.«

»Na dann, viel Spaß mit dem Verrückten.« Der Kollege hob das Absperrband so, dass Christian bequem darunter durchschlüpfen konnte.

Als er um den Krankenwagen herumkam, blieb er abrupt stehen. »Merde«, murmelte er. Vor ihm auf dem Boden lag mit aufgeschnittener Kehle Professor Paul Spiegelberg. Daneben kauerte mit blutverschmierten Händen und leise würgend Leon Bernberg.

»Er wollte nicht aufstehen«, erklang Uldis' Stimme hinter Christian, ehe der Kollege neben ihn trat.

»Du hast Nachtdienst?«

»Wir fahren im Moment verschärft Streife wegen des Mädchens. Ich kann meine Jungs nicht zu Sonderschichten verdammen und selbst nicht mitmachen. Zehn vor eins kam der Notruf. Und du?«

Christian starrte weiter auf die Szene hinunter. »Er hat mich angerufen und gebeten zu kommen. Wisst ihr schon, was passiert ist?«

»Die Nutten«, Uldis zeigte auf die andere Seite des Bürgersteiges, »behaupten, der Mann sei hinter einer Frau hergelaufen und habe versucht, sie festzuhalten, sie in einen Hauseingang dort vorn gedrängt.« Uldis wies auf die dunkelste Stelle der schmalen Gasse. »Zwei Männer kamen ihr zu Hilfe. Plötzlich sei es zu einem Handgemenge gekommen, eine Klinge blitzte auf, der hier stolperte noch einige Schritte und sackte dann zusammen, die Frau und die zwei Männer rannten weg. Dein Spezi hat versucht, ihm die Halsschlagader zuzuhalten. Wo er allerdings herkam, kann ich dir nicht sagen. Er hat für den Moment das Reden eingestellt. Kümmerst du dich um ihn? Dann kann ich mit den Nutten weitermachen.«

Christian ging auf Bernberg zu, der neben dem toten Professor Spiegelberg kniete. Seine Gelenke knackten, als er in die Hocke ging. Weiter hinten in der Gasse kickte jemand eine Getränkedose vor sich her. Christian legte dem Deutschen eine Hand auf die Schulter.

»Wo kommen Sie denn so schnell her?« Bernberg hob langsam den Kopf und schaute Christian aus verweinten Augen an. »Ich konnte ihn nicht retten. Es war einfach zu viel Blut. Gott, ist das entsetzlich. Immer langsamer schlug sein Herz, seine Augen starrten mich so ergeben an. Als ob er wusste, dass nur ich ihm helfen kann, und dann konnte ich es nicht.« Bernbergs Kopf sank auf seine Brust, ein Schluchzen schüttelte seinen Körper.

»Stehen Sie bitte auf und kommen Sie mit, Monsieur Bernberg.« Christian half Leon Bernberg auf und führte ihn zum Krankenwagen. »Sie haben keine Wunden?«

Der Deutsche schüttelte den Kopf und nahm einen Einmalwaschlappen von einer Krankenschwester entgegen, um seine Hände ein wenig zu säubern, während diese ihm Wasser über selbige goss.

»Was hatten Sie hier im Viertel zu suchen?«, fragte Christian drängend.

Bernberg zuckte die Achseln. »Ich weiß es selbst nicht. Ich bin verloren durch die Stadt gelaufen.« Er rieb sich die Hände trocken. »Seit ich Ihre Entschlossenheit spüre, dass Sie Lune finden wollen und werden, ist mir, als stünde sie hinter jeder Ecke.« Leon strich sich die aschblonden Haare zur Seite. Ein paar Blutsprenkel zeichneten sein Gesicht wie Sommersprossen. »Ich dachte, ich sähe Lune hier ins Viertel gehen, und folgte ihr. Ich traute mich nicht, sie anzusprechen, weil ich mir so albern vorkam. Ein lächerlicher Zwillingsbruder auf der Suche nach seiner zweiten Seele.« Bernberg stützte seine Hände auf den Oberschenkeln ab, lehnte sich leicht nach vorn und beobachtete, wie Spiegelbergs Leichnam auf eine Bahre gehoben wurde.

Christian folgte seinem Blick und fragte: »Und dann?«

»Ich folgte ihr bestimmt zwei Stunden durch alle möglichen Straßen, wobei mir klar wurde, dass diese Frau offenbar nirgendwo hinwollte. Das machte es für mich nur wahrscheinlicher, dass es sich bei ihr um Lune handelte. Und dann, ganz plötzlich, tauchte dieser Farbige auf und schob sich zwischen mich und diese Frau. Er rief etwas, was ich nicht verstehen konnte, weil ich ja hinter ihm war. Und dann …« Bernberg hielt inne, atmete hörbar durch. »Dann grabschte er nach ihr. Hielt sie fest, schob sie in den Hauseingang. Noch bevor ich ihr zu Hilfe kommen konnte, waren da diese beiden Männer.« Bernberg schlug die Hände vors Gesicht und schluchzte erneut.

Christian legte ihm seine Hand auf die Schulter und klopfte ihm beruhigend auf den Rücken. »Ich weiß, wie schlimm es ist, wenn man das erste Mal einen Menschen sterben sieht, und dann noch unter den eigenen Händen. Sie müssen sich jetzt nicht zusammenreißen, Monsieur Bernberg.«

Bernberg wischte sich die Tränen aus den Augen. »Ich sah nur, dass die Männer und auch die Frau fortrannten, während der Farbige auf die Straße stürzte, seine Hände auf seinen Hals gepresst. Ich folgte den dreien noch kurz, nur um die Ecke, aber sie waren verschwunden. Dann versuchte ich, dem Verletzten zu helfen.«

»Bleiben Sie bitte einen Moment hier auf dem Trittbrett sitzen, ja?«, sagte Christian, und nachdem Bernberg genickt hatte, ging er auf die andere Straßenseite zu Uldis und den zwei Huren.

Uldis hatte offenbar gerade deren Personalien aufgenommen, bat sie nun, am nächsten Vormittag auf dem Kommissariat zu erscheinen, verabschiedete sie mit einigem Nachdruck und seufzte. »Die sind so bekifft, dass sie schon jetzt nicht mehr wirklich sicher sind, was passiert ist. Ob zwei, fünf oder sieben Leute an diesem Handgemenge beteiligt waren. Außerdem ist es hier stockdunkel, wenn nicht gerade der Vollmond vertikal in diese Gasse scheint. Die meisten alten Häuser sind unbewohnt.« Uldis spuckte aus, nahm seinen Tabakbeutel aus der Tasche seiner Weste und drehte sich schnell und routiniert eine Zigarette. »Und ich darf seine Ehefrau fragen, warum ihr Mann wohl im dunkelsten Nuttenviertel von Louisson einer Frau an die Wäsche wollte.«

Das Streichholz zischte auf und warf für den Moment unheimliche Schatten auf ihre Gesichter.

»Vielleicht fängst du damit an, ihr schonend beizubringen, dass ihr Mann tot ist, bis sie einigermaßen kapiert hat, dass er entweder Opfer eines Unfalls oder ermordet wurde. Alles andere fragst du ein bisschen später.« Christian grinste Uldis an.

»Ich werde noch heute Nacht einen Antrag stellen, dass du mit mir in die Ermittlungseinheit im Fall Professor Paul Spiegelberg kommst. Also kannst du diese Aufgabe eigentlich jetzt gleich schon übernehmen und zu seiner Frau fahren.« Uldis klopfte die Asche von seiner Zigarette ab.

»Mais non«, erwiderte Christian, »ich muss mich jetzt erst einmal um Monsieur Bernberg kümmern.«

»Du willst doch wohl nicht …?«, frotzelte Uldis.

»Doch. Ich kann ihn nicht in sein Hotel bringen. Der ist total mit den Nerven runter. Es wäre fahrlässig, ihn jetzt allein zu lassen. Der arme Kerl hat hier doch niemanden.«

»Arme Jeanne!« Uldis trat auf die Straße und machte ein paar Kollegen Zeichen, dass sie die Leiche in die Gerichtsmedizin bringen sollten. Die Spurensicherung war mit den Fotos fertig und packte gerade alles ein, was sie an Zigaretten, gebrauchten Kondomen, weggeworfenen Bonbonpapieren und anderem finden konnten. Uldis drehte sich zu Christian um. »Dann sehen wir uns nachher um acht zur Teambesprechung, okay?«

»In Ordnung.« Christian ging zu Leon Bernberg zurück und setzte sich neben ihn auf das hintere Trittbrett des Krankenwagens. »Monsieur Bernberg, wo möchten Sie jetzt hin?«

»Keine Ahnung. Ich muss duschen. Ich muss dieses Blut abwaschen.« Er zitterte.

»Wenn Sie möchten, nehme ich Sie mit zu mir nach Hause. Wir haben ein passables Gästezimmer, und Sie wären nicht allein. Möchten Sie?«

Leon blickte ihn ungläubig an. »Das würden Sie tun? Und Ihre Frau findet das in Ordnung?«

»Kommen Sie.« Christian nahm Bernberg sanft am Arm, machte dem Fahrer des Krankenwagens mit einem Wink verständlich, dass er abfahren konnte, und ging zu seinem Auto zurück. Es stand noch, wo er es abgestellt hatte, unabgeschlossen, die Warnblinkanlage an.

Bis zu Mirambeaus Haus am Stadtrand schwiegen sie. Erst als der Inspektor einparkte, fragte Leon noch einmal, ob es Mirambeaus Ehefrau auch ganz bestimmt recht sei.

Mirambeau zeigte auf sein Haus, und Leon erkannte in der Küche eine Frau, die dort hantierte. »Das ist Jeanne, meine Frau, und wie ich sie kenne, ist sie wach geworden, weil ich nicht da war, hat sich gedacht, dass ich bei einem Einsatz bin, und macht gerade Frühstück.«

»Das klingt sehr liebevoll«, sagte Leon andächtig, »und sie weiß, wann Sie zurückkommen?«

»Nein.« Mirambeau schmunzelte. »Sie würde es gleich warm stellen. Kommen Sie!«

Jeanne öffnete bereits die Haustür. Sie war barfuß, und ihr langes braunes Haar hing weit über ihren Rücken hinunter. Sie blickte Leon aus ihren runden, haselnussfarbenen Augen entsetzt an. »Himmel, Christian, was ist denn passiert?«, fragte sie und hielt sich eine Hand vor den Mund.

»Madame«, flüsterte Leon, »es tut mir so leid, ich kann wieder gehen, ich wollte Sie nicht …« Er blieb stehen. Er hatte Angst, sie könnte ihn wirklich wegschicken.

»Kommen Sie herein. Ich zeige Ihnen sofort das Badezimmer.«

Jeanne geleitete Leon in den ersten Stock. Sie gab ihm frische Handtücher, erklärte ihm, wie das warme Wasser funktionierte, und bat ihn, die blutigen Sachen vor die Tür zu legen, wo er gleich frische Sachen finden werde.

Kaum betrat seine Frau Jeanne die Küche, wo Christian sich gerade über das Omelette hermachte, da sprudelten die Fragen auch nur so aus ihr heraus. »Wer ist er? Warum bringst du ihn mit? Wie lange bleibt er?«

Christian deutete mit der Hand auf seinen vollen Mund. Er schluckte, klärte seine aufgeregte Frau über die Umstände auf und endete damit, dass er sagte: »Ich konnte ihn einfach nicht ins Crowne Plaza bringen und sich selbst überlassen. Vielleicht zwei Tage, vielleicht eine Woche, aber länger nicht, versprochen!« Er lächelte Jeanne an. »Komm her!« Sie trat zu ihm, er legte seinen Arm um ihre Taille und küsste sie auf den Bauch. »Außerdem kann ich ihn hier viel besser zu seiner Schwester befragen. Wann immer du willst, hole ich ihn ab und bringe ihn ins Hotel.«

Jeanne wand sich aus Christians Umarmung, weil die Treppe knarzte. Leon Bernberg erschien in der Tür. Die ein Stück zu großen Kleidungsstücke von Christian ließen ihn verletzlich wirken. Unsicher hielt er das Bündel mit seinen blutigen Anziehsachen in Jeannes Richtung.

»Geben Sie her und setzen Sie sich. Kaffee oder Tee oder lieber einen Cognac?«, fragte sie und wies auf den Stuhl rechts von Christian.

»Kaffee und Cognac, wenn das geht.«

Leon setze sich, nahm die Tasse entgegen und beobachtete, wie Jeanne erst die blutigen Klamotten in die Waschmaschine schob und das Programm startete und dann durch die große Tür ging, die die Küche mit dem Wohn- und Esszimmer verband, und dort aus dem Schrank eine Flasche Cognac und ein Glas holte.

»Sie werden immer wach, wenn Ihr Mann fort ist?«, fragte er, als Jeanne die Küche wieder betrat.

»Ja.« Sie wirkte auf Leon wie ein junges Mädchen. »Kein Erdbeben, kein Flugzeug, kein Telefon kann mich wecken. Aber wenn er weg ist, wache ich immer auf.« Sie stellte die Flasche und das Glas vor Leon auf den Tisch. »Hier, bedienen Sie sich bitte. Ich gehe hoch, mache das Gästezimmer fertig und krieche dann wieder ins Bett. Fühlen Sie sich bitte ganz wie zu Hause, Monsieur Bernberg.«

»Bitte, nennen Sie mich Leon!«

Jeanne nickte ihm zu, küsste ihren Mann auf die Wange und verschwand.

»Ich möchte nochmals sagen, wie dankbar ich Ihnen bin, Inspektor. Es wäre nicht auszuhalten gewesen, heute Nacht allein zu bleiben.«

»Sie können gern ein paar Tage bleiben, und hier können Sie mir vielleicht sogar besser helfen, die Fakten über Ihre Schwester zusammenzutragen.« Mirambeau zögerte einen Moment, nahm die Cognacflasche, goss Leons Glas voll und gab einen kräftigen Schluck in seine eigene Kaffeetasse. »Haben Sie heute Nacht irgendjemanden erkannt?« Mirambeau verschränkte seine Finger ineinander.

»Es … ja, ich dachte … Also die Frau, die könnte vielleicht Lune sein. Aber das ist wahrscheinlich Unsinn«, sagte Leon und starrte auf Mirambeaus Hände. Es fühlte sich an, als würde der Siegelring ihn anblicken. »Was ist das eigentlich für eine Narbe an Ihrer Hand?«

»Ein Kampfhund hat einmal versucht, mir den Daumen abzubeißen«, antwortete Mirambeau, nahm die Hände auseinander und fuhr mit dem rechten Zeigefinger über die Narbe an der linken Hand.

Leon schüttelte sich. »Das war sicher schmerzhaft.«

»Das ist lange her, es war in der Ausbildung«, antwortete Mirambeau, stieß mit seiner Tasse mit Leons Glas an und trank. »Monsieur Bernberg«, begann er dann.

»Bitte, sagen Sie Leon.«

»Leon, was mich sehr stutzig macht ist, dass es sich bei dem Toten um Professor Paul Spiegelberg handelt.«

Leon ließ sein Glas wieder sinken, ohne getrunken zu haben. Hinter der Fensterscheibe tauchte eine Katze auf. Ihre Augen leuchteten im Schein der Küchenlampe kurz auf, dann verschwand sie wieder. In das entstandene Schweigen hinein ertönte das anschwellende Zirpen der Grillen, als würden sie klagen über die Hitze in dieser Nacht.

Leon roch immer noch das warme Menschenblut. »Das war der Tölpel? Kann das Zufall sein?«, fragte er leise und starrte auf das Glas in seinen Händen.

»Theoretisch durchaus. Nur ist Spiegelberg heute, nachdem ich bei ihm war, zu Maxime Legrand gefahren. Und von dort aus direkt in das Hurenviertel.«

»Sind Sie ihm gefolgt?«

»Ein Kollege, erst zu Maxime Legrand, dann zurück nach Louisson, dann ins Hurenviertel, wo er ihn aus den Augen verloren hat.«

»Er hätte Spiegelberg das Leben retten können, wenn er ihn nicht aus den Augen verloren hätte.«

Mirambeau wirkte irritiert. »Nein, das denke ich nicht, denn er wäre ihm sicher nicht stundenlang gefolgt.«

Leon trank seinen Cognac in einem Zug leer. »Verzeihen Sie mir, ich wollte Sie nicht verärgern.« Er wiegte den Kopf hin und her, und dann fiel es ihm ein. »Maxime, das ist der ›leere Mensch‹, so nannte Lune ihn. *Ich staune, wie jemand vom Leben so unberührt sein kann. Eines Tages wird ihm auffallen, wie erbärmlich leer es in ihm ist, und es steht zu befürchten, dass er in seiner inneren Leere ertrinken wird.* Das schrieb Lune über ihn. Er war es, der Lune mit dem Hurenviertel vertraut machte.« Leon griff nach der Flasche und füllte sein Glas.

»Nun, da hat Ihre Schwester nicht recht behalten. Maxime Legrand sitzt inzwischen im Rollstuhl, da kann von ›unberührt vom Leben‹ nicht mehr die Rede sein.«

»Tatsächlich?«, sagte Leon lakonisch.

»Na ja, auf dem Weingut seiner Eltern geht es ihm sicher besser als vielen anderen in seiner Lage. So, Monsieur … Verzeihung, Leon, ich muss jetzt wenigstens noch zwei Stunden schlafen, denn in der Früh habe ich eine Besprechung. Das Gästezimmer ist direkt hinter dem Badezimmer, in dem Sie waren, auf der linken Seite. Sie kommen zurecht?«

»Sicher, wenn ich noch ein wenig Cognac trinken darf?«

»So viel Sie wollen. Gute Nacht.«

Leon wartete, bis Mirambeau auf der Treppe nach oben verschwunden war. Er hörte ihn noch hantieren und dann, wie er die Tür zum Schlafzimmer hinter sich zuzog.

Leon stand auf, räumte die Küche auf, nahm die Flasche,

sein Glas, strich durch den Wohnraum, setzte sich kurz auf das Sofa, betrachtete die Kinderfotos an den Wänden und begab sich in die erste Etage. Der noch fast volle Mond drang durch einen Türspalt in den Flur. Leon schob die Tür behutsam auf und hätte fast die Cognacflasche fallen lassen. Lune blickte ihn von einer Stellwand an. Dies war offenbar Mirambeaus Arbeitszimmer. Er ging näher an die Wand heran. Weil die Bilder kopiert waren, sah Lunes Haut blutleer aus und tot. Leon las staunend einen ebenfalls dort befestigten Text, ein Gedicht, das nur von Lune stammen konnte:

Sei der Mann in meinen Träumen und darin der große Freund,
von dem ich träumte in der Annahme, dass es ihn nicht gibt.
Sei der Vater meiner toten und ungeborenen Kinder und …

Leon las den Text bis zum Ende. Sein Herz krampfte sich zusammen. Die Zeilen sagten ihm zu genau, dass Lune einen Menschen gefunden hatte, einen Mann, der sie verstehen konnte. Deshalb hatte sie sich von ihm, ihrem Zwilling, abgewandt.

Das zierliche Cognacglas zersplitterte in seiner Rechten. Leon fühlte befriedigt, wie sich die feinen Scherben in die zarte Innenfläche seiner Hand gruben und sie zerschnitten. Dieser Schmerz lenkte ihn einen Moment ab von dieser Wunde in seinem Inneren, die nie völlig verheilt war und jetzt mit aller Macht aufbrach. Einen Moment glaubte er, ohnmächtig zu werden. Er stellte die Cognacflasche auf Mirambeaus Schreibtisch ab und bemerkte, dass der Inspektor noch mehr besaß, was einst Lune gehört hatte. Dort lag die französische Ausgabe von ihrem Remarque: *Der Himmel kennt keine Günstlinge.*

Ein Schluchzen entrang sich seiner Kehle. Leon stützte sich einen Moment auf dem Schreibtisch ab. Sein Blick fiel auf Mirambeaus Mobiltelefon. Leon klickte sich durch das Menü und löschte seinen Anruf aus der Liste. Er trat noch einmal an die Stellwand, las noch einmal Lunes Gedicht und fühlte endlich die Müdigkeit kommen.

Er brachte die Scherben des Glases in die Küche, wusch die Splitter aus den feinen Schnitten in seiner Hand und spürte, wie der Wunsch in ihm erwachte, Mirambeau bezahlen zu lassen für seine Zuneigung zu Lune.

Als Leon in dem frisch bezogenen Bett lag und die Augen schloss, kamen ihm Lunes Worte in Erinnerung:

Das Leben in Louisson nimmt mich gefangen. Ich bin berauscht von den vielen neuen Menschen in meinem Leben. Sie sind so unterschiedlich, so bunt, so durch und durch lebendig. Ich kehre oft erst in den Morgenstunden zurück, wenn die Nacht mir ein wenig Kühlung verschafft hat, und wenn die Studenten aus dem Wohnheim zur Uni eilen, koche ich mir den ersten Kaffee, trete auf den Balkon ... Leon, ich fühle mich so frei. An manchen Tagen so sehr, dass ich das Gefühl habe zu fliegen. Endlich frei von den alten Geschichten. Es ist einfach wunderbar.

»Nein«, murmelte Leon, kurz bevor er einschlief, »frei sind wir erst, wenn wir tot sind. Ich werde dich finden, geliebter Zwilling, und dann sterben wir gemeinsam.«

Uldis bog auf den Hof der Familie Spiegelberg ein. Es war ein Bauernhof, wie ihn Intellektuelle gern renovierten. Das Ursprüngliche wurde erhalten und in den alten Mauern die Kabel für alle Bequemlichkeiten versteckt. So schaltete sich, kaum dass Uldis sein Auto geparkt hatte, die gesamte Außenbeleuchtung im Innenhof ein. Kurz darauf ging hinter ein paar Fenstern das Licht an.

»Wer sind Sie, und was wollen Sie?«, ertönte es zu Uldis' Überraschung aus einem Lautsprecher im Torbogen.

»Na, das nenn ich mal Verfolgungswahn«, nuschelte Uldis

und sagte laut: »Inspektor Uldis Melville, Polizei Louisson. Hier ist meine Dienstmarke.« Er hielt sie hoch.

Eine Tür wurde geräuschvoll entriegelt und geöffnet. In einem bodenlangen dunkelroten Kimono und mit offenen, wirr um den Kopf stehenden kleinen Locken blinzelte eine Frau, bei der es sich um Madame Cécile Spiegelberg handeln musste, ihn an. Dann kam sie Uldis entgegen. Sie ging barfuß über den mit Mosaikfliesen ausgelegten Weg und blieb neben einem Gartentisch stehen. Sie atmete viel zu schnell.

»Madame Spiegelberg, wollen Sie sich nicht setzen?«, fragte Uldis und wies auf die Stühle um den Tisch herum.

Sie folgte seiner Aufforderung wie eine ferngesteuerte Puppe, legte ihre Hände flach auf den Holztisch und blickte Uldis abwartend an.

»Ich muss …« Uldis setzte sich umständlich. »Verdammt, Madame, es tut mir wahnsinnig leid. Ihr Mann wurde vor zwei Stunden in Louisson tot aufgefunden. Wir denken, es war ein Überfall.«

Cécile Spiegelberg starrte ihn an, ein Zittern überlief ihren Körper, dann saß sie wieder regungslos da.

Uldis rückte seinen Stuhl zurecht. »Madame, haben Sie verstanden, was ich gerade gesagt habe?«

Sie nickte.

»Können Sie mir bitte sagen, wann Sie Ihren Mann zuletzt gesprochen haben? War er irgendwie verändert?«

Ein warmer Wind wehte ein paar trockene Blätter über den Innenhof. Ihr Rascheln machte die Stille der sternenklaren Nacht hörbar. Ein paar Motten umflatterten die immer noch eingeschaltete Hofbeleuchtung.

»Madame?«

Cécile Spiegelberg setzte sich mit einem Ruck aufrecht hin, lehnte sich zurück, öffnete den Mund und erklärte mit ruhiger

Stimme: »Mein Mann hat heute, also gestern, so um dreizehn Uhr angerufen, um zu erfahren, wie meine Pläne für den Abend aussahen. Um fünfzehn Uhr rief er wieder an, ich solle nicht mit dem Essen auf ihn warten. Also aß ich mit den Kindern früh zu Abend und ging zeitig schlafen.«

»Er war nicht besorgt oder wirkte gehetzt?«

»Nein, er war wie immer.« Eine Träne kullerte aus ihrem rechten Auge, und sie wischte sie eilig weg. »Würden Sie jetzt bitte gehen?«

Uldis stand auf. »Natürlich, Madame. Sind Sie ganz allein hier draußen?«

»Nein, meine Kinder sind im Haus.«

»Haben Sie jemanden, den Sie anrufen können und der herkommt?«

»Bitte, gehen Sie jetzt, ich komme zurecht.«

Uldis legte seine Visitenkarte auf den Gartentisch. »Wenn was ist, zögern Sie bitte nicht.«

Cécile Spiegelberg antwortete nicht. Sie schien durch ihn hindurchzustarren.

Kaum hatte Inspektor Uldis Melvilles Auto den Hof verlassen, trat Joëlle Legrand aus dem Haus und lief mit nackten Füßen über den Mosaikweg. Ihr schlanker, von der harten Arbeit in den Weinbergen trainierter Körper war nur nachlässig mit einem kurzen Bademantel bedeckt.

»Oh Gott, ich dachte schon, Paul kommt doch nach Hause.« Sie stellte sich hinter Cécile und legte ihr die Hände auf die Schultern. »Wer war das?«

»Die Polizei«, sagte Cécile Spiegelberg.

Joëlle trat um den Stuhl herum und schaute auf Cécile hinunter.

»JoJo, Paul wurde tot in Louisson aufgefunden.«

»Lass uns hineingehen.« Joëlle nahm Céciles Hand und zog sie hoch und hinter sich her.

»Jetzt ist es endlich zu Ende, Joëlle«, schluchzte Cécile.

Joëlle blieb stehen, drehte sich zu Cécile um und legte ihre Hände um das Gesicht ihrer Freundin. »Alles wird gut«, sagte sie leise, »jetzt kann er zumindest deine Familie nicht mehr zerstören.«

Er konnte sie genau erkennen. Sie hatte sich nur unwesentlich verändert in all den Jahren. Aufreizend war ihr Blick, einladend ihre Geste, verlockend ihre Körperhaltung. Lune stand lässig an eine der grauen Häuserwände gelehnt im Hurenviertel. Sie trug einen kurzen Rock und Stiefel. Ein Bein hatte sie angewinkelt und es seitlich leicht abgespreizt, sodass er die glatte Haut an der Innenseite ihres Schenkels erahnen konnte. Sie legte den Kopf ein wenig zur Seite, und ihr Haarknoten löste sich. Strähne für Strähne, bis Lune umflutet wurde von der Woge ihrer langen, glatten, hellbraunen Haare. Ihr Anblick erregte ihn. Er krümmte sich und atmete schwer. Er wollte wegsehen; es gelang ihm nicht. Ein warmer Wind zog durch die engen Gassen und streichelte zärtlich seine Haut. Erst jetzt bemerkte er das Springmesser in ihrer linken Hand. Auf den Pflastersteinen darunter hatte sich eine Pfütze aus Blut gebildet. Lune löste sich von der Wand und kam auf ihn zu. Bilder taumelten durch seinen Kopf.

Christian stöhnte auf und hielt schützend die Hände vor seinen harten Schwanz.

»Christian, wach auf, du träumst.« Jemand schüttelte ihn. »Eh, hör auf zu stöhnen, was soll denn unser Gast denken?« Es war die Stimme seiner Frau.

Christian setzte sich ruckartig auf. Schweiß perlte von seiner Stirn. In seinem Inneren spürte er ein Zittern.

»Ich habe furchtbar geträumt. Entschuldige, wenn ich dich zum zweiten Mal in dieser Nacht geweckt habe.«

»Liebling.« Sie strich ihm zärtlich mit der Hand über die Stirn. »Du bist ja klatschnass. Es ist fast sechs, geh duschen, und ich koche inzwischen frischen Kaffee.« Sie küsste ihn auf die Stirn, nahm ihren Morgenrock vom Bettende und verließ das Schlafzimmer.

Jeanne trat auf den Flur. Sie prüfte mit einem Blick, ob die Tür zum Gästezimmer geschlossen war. Tatsächlich war sie nur angelehnt. Jeanne schlich auf Zehenspitzen über das knarrende Holz, lauschte einen Moment auf die gleichmäßigen Atemzüge des Gastes und zog dann die Tür sachte zu.

Als sie unten in der Küche ankam, murmelte sie verblüfft: »Chapeau! Der Typ weiß, was sich gehört.«

Die Küche präsentierte sich aufgeräumt. Die benutzen Gläser standen poliert neben der Spüle, daneben die gereinigte und getrocknete Pfanne.

Jeanne setzte Kaffee auf, nahm Baguette aus der Tiefkühltruhe, ein paar Croissants, schaltete den Backofen ein und schob alles hinein. Für ihre Kinder stellte sie Müslipackungen raus. Die Katze miaute vor der Tür. Jeanne ließ sie ein und füllte ihren Napf. Weil die Temperaturen in der Nacht gesunken waren, öffnete sie alle Fenster und Türen im Erdgeschoss.

Christian kam, nachlässig ein Handtuch um die Hüften geschlungen, in die Küche. Er schob ihre Haare zur Seite und küsste zärtlich ihren Nacken.

»Möchtest du noch ein Omelette?«, fragte sie und drehte sich zu ihm um.

»Nein«, murmelte er in ihr Haar, »wenn ich ehrlich bin, denke ich gerade an etwas ganz anderes.« Er schob seine Hand in ihren Bademantel und strich über ihre Brust.

»Oh, ich störe, aber ich hörte die Türen aufgehen und bin hochgeschreckt. Guten Morgen.« Leon Bernberg ließ seinen Blick über Christians schweren, muskulösen Körper gleiten. »Ich gehe wieder rauf.«

»Nein«, sagte Jeanne lachend, »bitte bleiben Sie. Möchten Sie Kaffee? Die Kinder werden ohnehin gleich durch das Haus lärmen.« Sie schenkte eine Tasse Kaffee ein, hielt sie Leon hin und schob ihren halbnackten Ehemann zur Tür hinaus.

»Danke fürs Aufräumen«, sagte sie und setzte sich zu Leon an den Tisch. »Was ist mit Ihrer Hand passiert?«

»Ach nichts, ich habe gestern Abend das Cognacglas beim Spülen zerbrochen und mich dabei geschnitten. Nun«, er blickte sie über den Rand der Kaffeetasse an, »auch wenn ich mit Kindermädchen, Haushälterin und Putzfrau aufgewachsen bin, so wurde ich doch gut erzogen. Sehen Sie ...« Er ließ die Tasse sinken. »Was Sie hier haben, dieses hübsche Haus am Stadtrand, eine glückliche Familie, danach habe ich lange in meinem Leben Sehnsucht gehabt.«

»Das klingt sehr traurig«, antwortete Jeanne und rührte in ihrer Tasse.

»Nein, das ist nicht traurig. Ich habe schon vor vielen Jahren eingesehen, dass es das für mich nie geben wird.«

»Das gibt es für jeden!«, widersprach Jeanne.

»Nicht, wenn Sie so sind wie ich und meine Schwester.«

»Ich wünsche es Ihnen von Herzen, Leon, besonders nach den Ereignissen der letzten Nacht. Jeder Mensch braucht einen Platz, an den er gehört.« Sie legte ihre Hand auf seine.

»Mama!«, brüllte die dreijährige Sophie aus ihrem Zimmer.

»Jetzt geht es los«, lachte Jeanne und lief in den Flur mit den Kinderzimmern.

Innerhalb weniger Minuten füllte sich das stille Haus mit Leben. Die Katze jagte durch die Zimmer, der sechsjährige

Jérôme stritt mit der vierjährigen Marlene, wer zuerst ins Bad durfte. Das Radio plärrte im Wohnzimmer, und der gut gelaunte Moderator warnte vor einem weiteren heißen Tag in Louisson, mit Temperaturen bis zu einundvierzig Grad.

Jeannes schüchterne und zugleich unbeholfene Art rührte Leon und erfüllte ihn mit der Gewissheit, dass Jeanne eine leichte Beute sein würde. Wieder musste er an einen von Lunes Briefen denken.

Ich muss das Heile und Vollkommene immer wieder zerstören. Nicht weil ich zerstören will, sondern weil es zumeist nur eine lange gepflegte Lüge ist. Was am Bild der glücklichen Familie so erstrebenswert ist, werde ich nie verstehen. Vielleicht verbirgt sich dahinter der Wunsch, so zu sein wie alle anderen? Von den anderen Anerkennung zu ernten? Wofür? Für das Uniforme? Das Seichte? Wenn mich die Sehnsucht nach dieser Lebensform überfällt, und das tut sie selbst hier in Louisson gelegentlich, schlafe ich mit einem durchschnittlichen Mann. Ich habe die letzte Nacht mit Alain verbracht. Die Sehnsucht nach eben diesem winzigen Stück Normalität hat mich dazu gebracht. Eine normale Frau, von dem einen begehrt, von dem anderen nicht, nur ein paar entscheidende Äußerlichkeiten und der Rest Projektion.

Es fühlte sich an wie Hunger auf etwas, wovon man genau weiß, es ist sinnlos, es zu essen, denn es wird einen weder satt machen noch besonders gut schmecken. Aber letzte Nacht wollte ich nur eine weitere Trophäe dieses schönen, großen Mannes sein, der über mich herfällt, mir am Morgen danach höflich Kaffee anbietet und dann mit einem geistlosen Lächeln sagt: »Ich rufe dich mal an.«

»Leon?«

Es war Mirambeau, der ihn aus seinen Erinnerungen in die Gegenwart zurückholte. »Würden Sie mit mir in die Stadt fahren? Sie müssten noch eine Aussage im Fall Spiegelberg machen. Sie können natürlich auch später ein Taxi nehmen, oder Jeanne bringt Sie.«

Leon schüttelte den Kopf. »Ich fahre gern mit. Ich schätze, hier bin ich eh nur im Weg. Vielleicht setzen Sie mich am Hotel ab, dann kann ich mich erst umziehen.«

»Sehr gern.« Christian trank seinen Kaffee im Stehen, tunkte immer wieder sein Croissant ein, stellte die Tasse in die Spüle und machte eine Geste in Richtung Haustür. »Wir sind dann weg, Jeanne. Ich melde mich später.«

Es fuhren nur wenige Autos auf der Stadtautobahn. Die ersten Sonnenstrahlen hinter den Bergen, die Louisson einschlossen, ließen sich erahnen. Das Thermometer in Mirambeaus Auto zeigte vierunddreißig Grad.

Nachdem sie eine Weile schweigend gefahren waren und sich bereits die ersten Stadtteilschilder von Louisson zeigten, fragte Leon: »Zu wem muss ich denn später, um meine Aussage zu machen?«

Mirambeau blinkte, überholte, scherte wieder ein und blickte Leon von der Seite an. »Bei mir«, sagte er freundlich. »Es ist ziemlich sicher, dass mich mein Kollege, Inspektor Uldis Melville, mit dem ich letzte Nacht gesprochen habe, ehe ich mit Ihnen zu Jeanne und mir nach Hause gefahren bin, in seine Ermittlungsgruppe holt.«

»Ist er ein guter Ermittler?«

»Einer der besten. Wir haben schon oft zusammengearbeitet.«

»Hatte er schon eine Idee, wer das getan haben könnte?«

»Nein, es wird schwer werden, verwertbare Spuren zu finden. Es war dunkel, die Nutten unter Drogen.«

»Meinen Sie, es war ein Zufall, oder wollte ihn jemand gezielt töten?«

»Es sieht nach einem Zufall aus, im Moment zumindest.«

Sie verließen die Autobahn und fuhren in Richtung Innenstadt. »Lassen Sie mich doch bitte schon an der Place de la Concorde heraus«, sagte Leon, »ich möchte ein paar Schritte laufen.«

Mirambeau ließ ihn am Brunnen aussteigen und bat ihn, sich noch ein wenig auszuruhen und dann ins Kommissariat zu kommen.

An Christian Mirambeaus Büro klebte eine Nachricht von Uldis, dass er ihn um acht Uhr im Konferenzraum im Keller neben der Gerichtsmedizin erwartete. Das bedeutete für Christian, dass Uldis mit seinem Chef alles geklärt hatte.

Christian zog seine Jacke aus, öffnete die Tür zum Hinterhof, schaltete den Computer an, und da noch eine halbe Stunde Zeit war, gab er »Model * Alain * Sam's Studio« in die Datenbank ein.

Uldis kam kurz vorbei, stellte ihm einen Kaffee auf den Tisch und fragte, ob er den Zettel gesehen habe.

Christian nickte, dankte und wählte die Telefonnummer des vom Roten Kreuz unterhaltenen Obdachlosenasyls im Viertel Jean Jaurès, um zu fragen, ob Jean-Michel, der Blinde, wieder aufgetaucht war.

»Er hat sich für heute Abend angemeldet, Monsieur. Soll ich ihm etwas ausrichten?«

Christian überlegte einen Moment und entschied sich dagegen.

Die Datenbank meldete einen ersten Treffer und gab den Namen Alain Vicard an. Er hatte vor fünfzehn Jahren seine erfolgreiche Zeit als Model gehabt, war für Dior und Armani gelaufen. Der Familie Vicard gehörte in Louisson eine Stofffabrik. Seit über hundert Jahren produzierten sie Vorhangstoffe, Seidenschals, Sofabezüge, nahezu alles, was sich aus Stoff machen ließ. Alain war der einzige Sohn und arbeitete mittlerweile dort. Er war der Geschäftsführer.

»Du musst warten«, sagte Christian zu seinem Computer, loggte sich aus und machte sich auf den Weg.

Mit jeder Stufe hinunter in den Keller des Kommissariats wurde die Luft kühler und auch frischer, denn bei dem Gebäude handelte es sich um ein altes Kloster, und der dazugehörige Weinkeller, in dem sich der Konferenzraum befand, hatte ein ausgeklügeltes Belüftungssystem, was dazu führte, dass die Temperatur nie über zweiundzwanzig Grad stieg. Die Wände waren glatt polierte Felsen, ebenso der Steinfußboden, und der Raum hatte etwas Hallenartiges, weil er sehr hoch war und gut zweihundert Quadratmeter maß. In der Mitte stand ein Konferenztisch, an dem bis zu fünfzig Leute bequem sitzen konnten.

»Der begehrteste Konferenzraum im Juni – mit Temperaturen, bei denen man denken kann«, eröffnete Uldis die Besprechung und stellte das Team vor. Spurensicherung, Gerichtsmedizin und fünf Ermittler, von denen einer Christian Mirambeau war.

»Ich möchte mit euch einen gewagten Schritt gehen, und das ist auch der Grund, warum wir so zahlreich hier vertreten sind. Wir haben den Mord an dem Mädchen. Wir haben seit letzter Nacht den Mord an Professor Spiegelberg. Louisson mag ja eine wilde Stadt sein, und die Hexenhitze macht die Leute verrückt, aber in zwanzig Jahren als Ermittler habe ich nie erlebt, dass wir innerhalb von zwei Tagen zwei Morde hatten. Denn ich gehe bei Spiegelberg auch davon aus, dass es Mord war. Ich gehe weiterhin davon aus, dass diese Morde miteinander zu tun haben.«

Ein kurzes Raunen ging durch das fünfzehnköpfige Ermittlungsteam.

»Ich sagte ja: gewagt! Aber wenn wir zwei einzelne Teams losschicken, ist die Gefahr zu groß, dass wir in die völlig falsche Richtung laufen. So haben wir von Anfang an Synergien. Sucht nicht zwanghaft nach Verbindungsstücken, aber habt die Möglichkeit im Kopf. Und zwar jede Abteilung!«

Uldis teilte routiniert die Aufgaben zu und ordnete Vergleichsproben an. Er selbst hatte auf dem Plan, die Huren noch einmal und hoffentlich unbekifft zu vernehmen, und bat Christian, wie erwartet, um die Zeugenaussage von Leon Bernberg. Abschließend informierte er alle, dass sie sich, sofern es nur irgend ging, täglich um acht und um siebzehn Uhr in diesem Raum einfinden sollten, um auf den neuesten Stand zu kommen und ihre jeweiligen Ermittlungsergebnisse für die anderen an die Tafel zu schreiben.

»Fangen wir also mit Spiegelberg an; über das Mädchen aus dem Canal du Midi findet ihr alles in den Kopien an euren Plätzen.« Uldis trat an die zehn Meter lange Tafel und schrieb Spiegelbergs Namen auf. »Familie?« Er schrieb weiter. »Zwei Kinder. Sein Leben? Prof. Ein paar Knöllchen. Keine Straftaten. Eine gestandene versuchte Vergewaltigung im frühen Erwachsenenalter. Sonst weiße Weste. Bietet jemand mehr?«

Christian erhob sich. »Er hat mir gegenüber zugegeben, den Wunsch zu haben, sich einmal ganz hemmungslos und wild zu verhalten. Er hatte Aggressionen gegen einen kleinen Spanier, den er, wenn er ihn töten müsste, laut eigener Aussage nicht erschießen, sondern ›an der Wand kaputt hauen‹ würde. Also durchaus eine ernstzunehmende Gewaltbereitschaft. Ich schlage dringend vor, wenn schon nicht sein Haus, so doch sein Büro in der Uni genau zu untersuchen. Auch sein Auto sollten wir in die Spurensicherung bringen lassen.«

»Einverstanden, kümmer dich darum.«

Es klopfte. Eine junge Polizistin fragte nach Christian Mirambeau – er habe einen Besucher oben, Leon Bernberg.

»Geh ruhig«, sagte Uldis, »ich informiere dich später.«

»So früh habe ich gar nicht mit Ihnen gerechnet«, sagte Mirambeau zur Begrüßung, als Leon sein Büro betrat.

»Ich konnte nicht schlafen«, erwiderte Leon, während er vor Mirambeaus Schreibtisch Platz nahm und eine signifikante Veränderung bemerkte. »Wo sind die Fotos von Ihren Kindern und Ihrer Frau, die neulich noch auf Ihrem Schreibtisch standen?«

»Immer wenn so etwas Grausames geschieht, wird mir klar, dass man nie weiß, wer einem hier gegenübersitzt«, antwortete Mirambeau. »Deshalb habe ich sie lieber weggenommen. Aber nur, um sie dann irgendwann wieder hinzustellen, denn ihr Lachen tut mir gut in dunklen Momenten. Aber lassen Sie uns anfangen.«

Er rief etwas auf seinem Computer auf, tippte etwas. »Ihre Adresse in Deutschland?«

»Ich bleibe so lange in Louisson, bis alles geklärt ist. Geben Sie also das Crowne Plaza an«, schlug Leon mit einem Lächeln vor.

»Gern. Trotzdem brauche ich die Adresse, unter der Sie offiziell gemeldet sind.«

Leon nannte ihm die Adresse des Besucherhotels, das zur Privatklinik am Scharmützelsee gehörte, und Mirambeau tippte eifrig mit.

»Gut. Also, Leon, warum und wann sind Sie gestern Abend ins Hurenviertel gegangen?«

Leon setzte sich zurecht, legte seine Hände auf das in seinem Schoß gefaltete Jackett. »Ich konnte nicht einschlafen. Ich habe nicht auf die Uhr gesehen, aber ich schätze, es war so gegen elf.

Und wie fast jede Nacht hier in Louisson kam die Hitze hinzu, die ich kaum aushalte. Also lief ich los. Das Hurenviertel zog mich magisch an, weil ich es so gut aus Lunes Briefen kannte. Ich hoffte, wie bei Sam's Studio vom Dead can Dance wenigstens ein altes Schild zu finden. Wissen Sie, wenn ich an einem Ort bin, von dem ich genau weiß, dass Lune einst dort war, dann fühlt sich das unglaublich gut an. Können Sie sich das vorstellen?«

Mirambeau blickte von der Tastatur auf. »Nein, ich dachte, es schmerzt Sie eher.«

»Sie sind ganz offenbar kein Zwilling, Inspektor. Aber wie dem auch sei – ich lief jedenfalls ohne Plan durch die dunklen, grauen Gassen. Viele Nutten boten sich mir an. Tiefer im Viertel, wo es auch weniger Laternen gibt, wurden die Nutten weniger, und ich konnte ungestört stehen bleiben und die Luft riechen. Ich weiß nicht, wie spät es war, ich hatte keine Uhr dabei, doch da war auf einmal eine Frau.« Leon hielt inne und schüttelte den Kopf. »Sie hatte Lunes Statur und langes, hellbraunes Haar. Sie hatte ihren Gang.«

»Warum haben Sie nicht nach ihr gerufen?«, fragte Mirambeau so barsch, dass Leon unwillkürlich zurückzuckte.

»Entschuldigung«, beeilte sich Mirambeau zu sagen.

»Ich wollte diesen köstlichen Moment erhalten. Mein Verstand sagte mir, das kann nicht sein, wenn sie es wäre, dann würde sie sich mir zeigen. Dennoch strich sie so durch die Gegend, wie ich es aus Lunes Briefen kannte. Ich verringerte den Abstand immer mehr. Plötzlich kam aus einer Gasse von rechts dieser Mann und sprach sie an. Sie wich ihm aus, ging weiter, er hinter ihr her. Dann hielt er sie am Arm fest und zog sie in diesen Hauseingang. Sie schrie.«

»Was schrie sie?«, fragte Mirambeau.

»Sie schrie einfach nur. Es war ein Kreischen ohne Worte

und hallte unheimlich in der Gasse wider. Die zwei Nutten verdrückten sich vor Schreck in einen anderen Hauseingang.« Leon schüttelte sich bei der Erinnerung daran und senkte den Blick auf seine Hände.

»Und dann?«, fragte Mirambeau ungeduldig.

»Dann …« Leon atmete schwer. »Dann kamen von gegenüber die zwei Männer. Einer war eher schmal, der andere hatte mehr Ihre Statur, groß und kräftig. Ihre Gesichter konnte ich nicht erkennen, außer dass sie keine Bärte hatten. Es war einfach zu dunkel. Ich blieb vor Schreck stehen. Meine Knie zitterten. Ich spürte, dass jeden Augenblick etwas ganz Schlimmes passieren würde.« Er schlug die Beine übereinander und starrte weiter auf seine Hände. »Noch bevor ich den betreffenden Hauseingang erreichte, blitzte plötzlich das Messer auf. Ich glaube, es war ein Springmesser. Der Mann brüllte vor Entsetzen, stürzte auf die Straße, taumelte ein paar Schritte, fiel hin, und die drei rannten um die Ecke und waren verschwunden.«

»Hatten Sie den Eindruck, die kannten sich?«

Leon hob seinen Blick und schaute Mirambeau an. »Nein, oder vielmehr, das kann ich nicht sagen. Es ging so schnell. Mir schien, es war eher ein sehr unglückliches Zusammentreffen widriger Umstände.«

Leon wartete, bis der Inspektor alles getippt hatte. Dann lächelte er. »Darf ich Sie auch etwas fragen?«

Christian speicherte die Datei, dann sandte er sie an die Datenbank, damit jeder im Team auf das Dokument zugreifen konnte, wandte sich schließlich Leon zu und nickte.

»Warum waren Sie im Hurenviertel?«, fragte Leon.

Christian runzelte irritiert die Stirn und fuhr sich mit der Hand durchs Haar. »Weil Sie mich angerufen haben?«

Leon sah ihn überrascht an. »Ich habe niemanden angerufen. Ich habe ja nicht einmal mehr ein Telefon. Mein deutsches Handy wurde mir geklaut.«

Christian nahm sein Mobiltelefon aus der Tasche und rief die Liste der Anrufe auf: kein Anruf in der letzten Nacht!

Christian spürte, wie sich auf seiner Stirn Schweißperlen bildeten.

»Ist ja auch egal«, hörte er Leon sagen. »Ich war ja heilfroh, dass Sie da waren. Übrigens, gilt Ihr Angebot noch, dass ich ein paar Tage bei Ihnen bleiben darf, um Ihnen bei der Suche nach meiner Schwester zu helfen?«

Ganz langsam legte Christian sein Mobiltelefon zur Seite. Ein wenig benommen verschränkte er seine Finger und erwiderte reflexartig: »Sicher. Ich fahre heute um sechs Uhr nach Hause. Kommen Sie dann einfach her.«

»Ich weiß gar nicht, wie ich Ihnen für Ihre Freundlichkeit danken kann.« Leon stand auf.

»De rien.« Christian machte eine Pause, ehe er fortfuhr: »Eine Frage noch, Leon. Ist Ihre Schwester Rechts- oder Linkshänderin?«

Leon drehte sich in der Tür um. »Links, warum fragen Sie?«

»Nur so, der Vollständigkeit halber. Bis später also.«

Christian rieb sich die Augen, las noch einmal Leons Aussage, prüfte die Anrufliste seines Mobiltelefons erneut und rief dann seine Frau an. Nach dem dritten Klingeln hob sie ab.

»Geliebter Inspektor.« Sie lachte, hielt kurz den Hörer zu und sagte, soweit er das mitbekam, etwas zu Sophie, ehe sie wieder mit ihm sprach. »Die Ecole Maternelle hat heute geschlossen, Läuse mal wieder. Unsere zwei kleinen Prinzessinnen bringen meinen ganzen Tag durcheinander. Was kann ich für dich tun?«

»Ich wollte dir nur sagen, dass Leon heute wieder bei uns übernachtet, wenn dir das recht ist.«

»Klar, er ist ein angenehmer Gast. Er hat gestern die Küche aufgeräumt, heute Morgen sein Bett gemacht und keine Haare im Waschbecken gelassen. Er darf auch ein paar Tage hier sein, wenn das hilft.«

»Das höre ich gern, ich brauche ihn.«

»Na dann, bis heute Abend. Oder hast du noch was?«

»Nein, oder doch. Wodurch bist du heute Morgen wach geworden?«

»Na, weil du nicht im Haus warst, wie immer.«

»Von nichts anderem? Einem Wecker, einem Telefon, irgendwas?«

»Nein, ich habe nichts gehört. Warum?«

»Ach, nur so. Bis später.«

Christian starrte auf das Display seines Handys. Reflexartig recherchierte er im Internet, ob sich Anruflisten wiederherstellen ließen. Angeblich nur, wenn zuvor ein Programm auf dem Smartphone dafür installiert wurde. Er las noch einmal Leons Bericht. »Springmesser«, murmelte er, »wie in meinem Traum.«

Es klopfte an seiner Tür. Uldis trat ein. »Darf ich? Warum bist du so bleich?«

»Zu wenig Schlaf. Ich habe das Vernehmungsprotokoll von Leon Bernberg in die Datenbank geschoben. Was haben die Huren gesagt?«

Uldis drehte sich eine Zigarette und trat an die Tür zum Hinterhof. »Wirres Zeug. Sie hatten keine Ahnung, wer von wo wie und wann herkam. Nur über einen Mann sind sie sich einig: das Opfer.« Uldis zündete sich seine Zigarette an. »Wenn Spiegelberg ermordet wurde, werden die ganz sicher nicht dazu beitragen, dass wir den Täter überführen.« Er fasste kurz zusammen, was in der Teambesprechung noch gelaufen war, achte dabei immer wieder in den Hinterhof und drückte zuletzt die Zigarette unter seinem Schuh aus. »Ich fahre jetzt noch einmal zu Madame Spiegelberg. Ich fänd's gut, wenn du mitkommst. Bis Mittag haben wir den Durchsuchungsbeschluss für Spiegelbergs Büro, da fahren wir dann als Nächstes hin.«

Christian stand auf, blickte auf sein Handy und schob es in die Uniformhose. »Guter Plan«, sagte er und folgte seinem Kollegen zu den Autos.

Die Familie Spiegelberg wohnte auf halber Strecke zwischen Louisson und Albi auf einem renovierten Bauernhof. Der Innenhof war so geschickt bepflanzt, dass es viel Schatten gab und die Sonne nur kleine Lichtkegel auf die hellen Steine warf. Madame Spiegelberg saß in einen Morgenmantel gekleidet an einem weißen Tisch, vor sich eine Tasse mit Kaffee, ein Päckchen Zigaretten und eine Packung Papiertaschentücher. Dunkle Ringe um ihre Augen, die rote Nase und die vielen benutzen Taschentücher unter dem Tisch sprachen von einer Nacht ohne Schlaf.

»Oh je«, murmelte Christian, »das wird kein Spaziergang.«

»Wann ist es das schon mal?«, fragte Uldis. »Gestern Nacht schien sie noch ganz gefasst, oder sie stand unter Schock.« Er schaltete den Motor aus und stieg gleichzeitig mit Christian aus.

»Madame Spiegelberg«, rief Uldis, obwohl sie noch ein gutes Stück entfernt waren. Das gab ihr die Möglichkeit, den nachlässig geschlossenen Morgenmantel, unter dem sie anscheinend nackt war, zu richten.

»Was haben Sie mir jetzt noch zu sagen?«, fragte sie ängstlich. »Ist mein Mann nicht nur tot, sondern mehr als tot?«

»Madame.« Uldis legte seine Hand auf die Lehne des Stuhls, der ihrem gegenüberstand. »Darf ich?«

Sie nickte Uldis zu und sah Christian an, der sich vorstellte und den Stuhl neben ihr einnahm.

»Sind Sie ganz alleine hier?«, fragte Uldis.

»Ja.«

»Wo sind die Kinder?«

»Bei meinen Eltern. Ich will nicht, dass sie mich so erleben. Meine Schwester kommt heute aus Paris hier an und wird bleiben.«

Uldis und Christian tauschten einen kurzen Blick.

»Madame Spiegelberg«, begann Uldis, »wir nehmen an, müssen annehmen, dass Ihr Mann ermordet wurde.«

Sie schnappte hörbar nach Luft. »Als Sie heute Morgen hier waren, haben Sie mir gesagt, es sei ein Überfall gewesen.«

Christian räusperte sich. »Es ist nicht immer möglich, sofort alle Fakten eindeutig auszuwerten, und leider ist das noch nicht alles. Der Mord geschah im Hurenviertel von Louisson.«

Cécile Spiegelberg schlug die Hände vors Gesicht. Ihr ungekämmtes krauses schwarzes Haar stand in alle Richtungen ab.

»Haben Sie eine Idee, was Ihr Mann dort wollte?«, setzte Christian nach.

Sie schüttelte den Kopf, ihre Worte drangen zwischen ihren Fingern durch: »Er rief mich gestern Nachmittag an, dass er erst am Abend zu Hause sein würde. Dann rief er gegen acht Uhr an, es würde spät werden, ich solle ruhig zu Bett gehen.«

»Tat er das öfter?«, übernahm Uldis wieder die Gesprächsführung.

»Manchmal, vielleicht ein bis zwei Mal im Monat.« Sie ließ die Hände sinken, griff nach einem weiteren Taschentuch und trocknete sich die Augen. »Wenn er mit Kollegen noch was trinken wollte.«

»Kannten Sie die Kollegen?«

Mit leerem Blick schaute sie Uldis an. »Vertrauen gehört zu einer Ehe wie Freiheit, damit sie frisch bleibt. Und hat mir das vielleicht genutzt? Nein!«

Christian räusperte sich. »Wissen Sie etwas über eine Lune Bernberg, mit der Ihr Ehemann vor zehn Jahren mal befreundet war?«

Wie in Zeitlupe wandte sie sich Christian zu. »Hat der Mord etwa mit dieser Frau zu tun?«

Ein Schweigen entstand, durchbrochen von dem Chor der Grillen in den Feldern rund um den Bauernhof. Uldis und Christian warteten ab.

»Hat er sie wiedergesehen?« Mit einer jähen Bewegung fegte sie die Taschentücher, die Zigaretten und die Kaffeetasse vom Tisch. Der hellbraune Kaffee sprenkelte die Steine, die Tasse zerbarst. Céline Spiegelberg legte ihre Stirn auf die Tischkante. »Ich habe Paul vor zehn Jahren kennengelernt. Er machte damals gerade eine Therapie, um seine Besessenheit in den Griff zu bekommen. Ich machte bei der Psychologin ein Praktikum. Ich bin heute selbst Psychologin. Er schwor, als wir heirateten, dass er diese Frau vergessen habe. Vor ein paar Jahren fand ich unten in seinem Schreibtisch Fotos von ihr. Ich verbrannte die Bilder. Er fragte mich nie danach. Ich sagte mir, die Frau gibt es nicht mehr in Louisson, und verheiratet war er ja schließlich mit mir.« Sie richtete sich wieder auf. »Also, hat Pauls Ermordung mit dieser Frau zu tun?«

»Wir wissen es nicht«, sagte Uldis.

»Ihr Mann fuhr gestern nach der Uni zu dem Anwesen der Familie Legrand und besuchte Maxime.«

»Mein Gott!« Cécile stand auf, hob die Zigaretten auf, fummelte eine aus der Packung, schob sie sich in den Mund und blickte die zwei Männer an. Uldis reichte ihr seine Streichhölzer. Ihre Hand zitterte so sehr, dass sie das erste Streichholz zerbrach. Uldis stand auf, nahm ihr behutsam die Streichhölzer aus der Hand und gab ihr Feuer. Sie inhalierte ein paar Mal tief. »Ich wusste nicht, dass die zwei wieder Kontakt hatten. Damals, nach dem Unfall, wollte Maxime nichts mehr mit Paul zu tun haben.«

»Wann war dieser Unfall?«, frage Uldis und blickte auf Cécile hinunter.

»Im selben Jahr wie die Therapie, also vor zehn Jahren.«

»Wissen Sie noch, was es mit dem Unfall auf sich hatte?«, fragte Christian vom Tisch her.

»Es hieß, die beiden hätten jemandem aufgelauert. Hatten eine Rechnung offen. Jungs im Rüpelalter eben. Es kam zu einer Prügelei, und Paul floh, als er merkte, dass sie verlieren würden. Maxime warf Paul später vor, ihn im Stich gelassen zu haben. Er glaubte, wäre Paul geblieben, hätte ihn niemand in den Rücken treten können. Paul sah das anders, nämlich so, dass dann auch er im Rollstuhl gesessen hätte. Paul behauptete, er habe Maxime gebeten, mit ihm zu fliehen, der aber nicht mit wollte.« Sie zögerte einen Moment. »Ich hatte immer das Gefühl, ein Detail fehlte in dieser Geschichte und wurde von beiden nicht ausgesprochen. Außerdem wurde von niemandem Anzeige erstattet, und man sollte doch meinen, dass die Familie Legrand daran ein Interesse gehabt hätte.«

Cécile Spiegelberg ging an Uldis vorbei und setzte sich wieder neben Christian. Im Gebüsch am Rande des Innenhofs raschelte es, und Uldis fuhr herum.

»Das sind unsere Schildkröten. Dorthin verziehen sie sich vor der Hitze.« Cécile drückte die Zigarette aus, griff sich eine neue, schob sie sich zwischen die Lippen und nahm sie wieder aus dem Mund. Sie seufzte. »War es das jetzt, oder haben Sie noch mehr erfreuliche Informationen?«

Christian tauschte wieder einen Blick mit Uldis, der kaum merklich den Kopf schüttelte und sagte: »Für heute nicht, Madame. Noch einmal unser herzliches Beileid. Wann kommt Ihre Schwester?«

»Carinne sollte jeden Moment hier ankommen. Sie ist noch in der Nacht losgefahren.«

»Wenn Sie etwas brauchen, Sie haben ja meine Karte.«

Christian verabschiedete sich ebenfalls und folgte Uldis zum Auto. Gerade als sie wendeten, bog ein Peugeot mit Pariser Kennzeichen in den Hof.

»Wie bist du auf die Idee gekommen, Sie nach Lune Bernberg zu fragen?« Uldis fuhr die kleine Straße mit viel zu hoher Geschwindigkeit entlang.

»So ein Gefühl. Legrand quälte sich gestern herum, nahm weder zu dem Unfall noch zu den Umständen konkret Stellung. Und als sie sagte, sie habe ihren Mann vor zehn Jahren kennengelernt …«

Uldis bremste hart, weil ein Traktor von einem Kornfeld auf den Weg fuhr und sie in eine Staubwolke hüllte. Uldis drückte auf die Schalter für die Fenster, die sich schlossen; gleichzeitig sprang die Klimaanlage an.

»Meinst du, die verschwundene Lune Bernberg gehört auch zu unserem Fall?«

»Die These ist nicht weniger gewagt als deine Annahme, zwischen der Mädchenleiche und Spiegelberg bestehe eine Verbindung«, gab Christian zurück und drehte die Klimaanlage von fünfzehn auf zweiundzwanzig Grad hoch.

»Eh, ich bin Nordmensch, ich brauche es kalt.«

»Halber Nordmensch.« Christian lachte. »Diese Cécile gefällt dir, richtig?«

»Was für ein Weib. Diese kakaobraune Haut, die Locken, schöne Figur. Ja, wären die Umstände anders, würde ich sie zum Essen einladen.«

Der Traktor machte den Weg frei, und sie fuhren weiter in Richtung Autobahn. »Jetzt zur Uni?«, fragte Uldis.

Christian rief im Kommissariat an, ob der Durchsuchungsbeschluss für Spiegelbergs Büro fertig sei, und bat, diesen in einer halben Stunde an das Sekretariat des Instituts für Afrikanistik zu faxen.

»Schätze, wir essen danach?«, fragte Christian.

»Kyllä«, antwortete Uldis und trat das Gaspedal durch.

Christian nahm sein Mobiltelefon und rief auf dem Weingut Legrand an.

»Chateau Legrand, Sie wünschen?«

»Guten Tag, Madame Legrand. Inspektor Mirambeau hier. Könnte ich bitte ganz kurz mit Ihrem Mann sprechen?«

»Nein«, säuselte Joëlle Legrand, »das können Sie nicht.«

»Wann kann ich ihn denn sprechen?«

»Nun, das wird sehr schwierig. Er ist heute Morgen nach Amerika geflogen. Wenn Sie in den nächsten Tagen wieder anrufen, kann ich Ihnen vielleicht eine Telefonnummer des Therapiezentrums dort geben.«

»Davon hat er mir gestern gar nichts gesagt.«

»Gab es denn einen Grund, Sie über seine Reisepläne zu informieren?«

Christian legte wütend auf. »Was für eine Zicke!« Er berichtete Uldis, was geschehen war.

Der knallte sein Smartphone in die Freisprechanlage und sagte zur Spracherkennung: »Claire!«

»Uh, der Mann der wilden Nächte. Was verschafft mir die Ehre?«

»Vorsicht, Baby, du bist auf laut und ich nicht alleine. Bist du noch am Flughafen Paris beschäftigt?«

»Klar!«

»Wann ging heute der erste Flieger von Paris nach Amiland?«

»9:10, Charles de Gaulle, jetzt gleich um 12:20 von Paris Orly, der nächste 17:40 Orly, 20:10 und 22:10 noch einmal Charles de Gaulle. Was willst du wissen?«

»Sitzt ein Maxime Legrand in einem der Flieger?«

Sie hörten, wie die Tastatur unter Claires Fingern klackerte. »Nolla. Aber warte, ich check auch noch morgen und übermorgen. Nein, kein Maxime Legrand. Vielleicht will er ja schwimmen?«

»Geht schlecht, er sitzt im Rollstuhl.«

»Oh, dann schon gar nicht. Die Plätze müssen frühzeitig reserviert werden.«

»Würdest du wohl ein Auge darauf haben, sollte eine solche Reservierung kommen?«

»Gern.«

»Danke dir, Claire. Līdz tam!«

»Līdz tam!«

»Bringst du allen deinen Frauen Lettisch bei?«, frotzelte Christian.

»Wenn es sich ergibt. Macht mich ein bisschen besonders. Wie wollen wir jetzt vorgehen? Einfach hinfahren zum Chateau Legrand?« Uldis zog sein Stirnband gerade, stabilisierte mit seinem linken Oberschenkel das Lenkrad und band seine üppigen blonden Haare mit einem Gummi im Nacken zusammen.

»Nein, die werden uns nicht hineinlassen.«

»Dann schleichen wir uns eben hinein. Von einem der schönen Weinberge oberhalb des Anwesens wird es doch einen Zugang geben.«

Christian lachte. »Lass mich mal nachdenken. Jetzt erst einmal Spiegelbergs Büro, und dann essen wir, und dann sehen wir weiter. Da, hier musst du abbiegen zum Parkplatz.«

Leon betrat das Einkaufscenter, in dem er am Vortag die neue SIM-Karte gekauft hatte. Er öffnete sein Telefon, nahm erst den Akku, dann die SIM-Karte heraus und warf Letztere in einen überfüllten Mülleimer. Sie versank zwischen den Essens- und Verpackungsresten.

Nach einem ausgiebigen Einkauf in der Lebensmittelabteilung wählte er zum Bezahlen mit Bedacht eine andere Kasse und erwarb dort eine neue Prepaid-SIM-Karte. Er zahlte bar und warf den Kassenbeleg in einen anderen Mülleimer.

Während er am Taxistand auf einen Wagen wartete, legte er die SIM-Karte ein und wechselte von »Rufnummer nicht übermitteln« zu »Rufnummer übermitteln«. Dann wählte er Mirambeaus Telefonnummer von zu Hause.

»Familie Mirambeau?«

»Hallo, hallo Jeanne, Leon hier. Ihr Mann sagte mir, dass ich heute noch einmal Ihre Gastfreundschaft in Anspruch nehmen darf.«

»Sicher, Sie sind willkommen. Ich bin sowieso zu Hause, weil die Ecole Maternelle geschlossen hat. Kommen Sie einfach, wenn Ihnen danach ist.«

»Ich würde gern der Hitze der Stadt entfliehen. Und bringe ein paar Einkäufe mit. Wenn Sie wollen, koche ich für Sie.«

»Meine Kinder sind kritische Esser.«

»Bis gleich, Jeanne.«

Zwanzig Minuten später bezahlte Leon den Fahrer großzügig und stieg, mit Einkaufstüten bepackt, aus. Jeanne hatte das Taxi offenbar durch das Küchenfenster gesehen und kam ihm entgegen. Sie trug ein dünnes, mit unzähligen kleinen Blumen verziertes Kleid, das ihr gerade bis zum Knie reichte. Sie ging barfuß. »Geben Sie mir ein paar Tüten. Meine Güte, was haben Sie denn alles eingekauft?«

Leon lachte sie an und übergab ihr zwei der Tüten. »Es ist so selten, dass ich einkaufe. Zu Hause macht das meine Haushälterin, da habe ich wohl etwas übertrieben.«

In der Küche waren die Rollos halb heruntergelassen, um die Sonne auszusperren. Aus dem Flur zu den Kinderzimmern hörte man, dass irgendwo ein Fernseher lief.

Jeanne hatte Leons Blick in die Richtung anscheinend bemerkt. »Normalerweise gibt es tagsüber kein Fernsehen, aber an Tagen wie heute geht es nicht ohne. Ich musste noch eine Geschichte für eine Zeitschrift fertig machen.«

»Sie sind Schriftstellerin?«

Jeanne schüttelte den Kopf: »Nein, auf keinen Fall würde ich mich so nennen. Ich bessere unser Einkommen auf. Ich schreibe für Boulevardblättchen Kurzgeschichten, meistens über die Liebe.«

»Also doch Schriftstellerin«, schmeichelte er ihr und bemerkte, dass Jeanne leicht errötete. »Bei Ihnen gibt es bestimmt immer ein Happy End, richtig?«

Jeanne wickelte ihre langen Haare um ihre Hand und antwortete: »Ja, bei mir hat die Liebe immer ein Happy End.«

Sie ist wirklich bezaubernd, dachte Leon wehmütig und begann auszupacken.

Er hatte frische Eier und Tomaten, schwarze Oliven, junge Kartoffeln sowie sechs Scheiben maseriges Rindfleisch mitgebracht. »Das ist für heute Abend. Ich dachte, Ihr Mann mag bestimmt gute Steaks. Legen Sie sie nicht mehr in den Kühlschrank.«

»Auch nicht bei dieser Hitze?«, fragte Jeanne und stellte sich auf die Zehenspitzen, um sehen zu können, was Leon noch alles gekauft hatte.

Es folgten zwei Baguettes, frische Nudeln, grüner Salat, diverse Kräuter, eine Gurke und eine abgepackte Schale Antipasti, die er sofort öffnete und Jeanne hinhielt. »Die Wildschweinsalami ist großartig und die Artischockenherzen.«

Leon band sich Jeannes Schürze um und brachte sie damit

zum Lachen. Er richtete für sie und sich selbst einen Antipasti-teller her, schob ein Baguette in den Backofen, damit es warm wurde, und als der sechsjährige Jérôme aus der Schule nach Hause kam, bereitete Leon aus den frischen Nudeln, den Eiern und Schinken ein Mahlzeit für die Kinder zu, die sie anstands-los und mit großem Appetit zu sich nahmen.

Als sie zu Ende gegessen und die Kinder sich in ihre Zimmer verzogen hatten, begann Jeanne den Tisch abzuräumen. »Sie haben sich in die Herzen der Kinder gekocht«, sagte sie, wäh-rend sie die leere Pfanne und die Teller zur Spüle trug.

»Und in Ihres nicht?«

Sie drehte sich um, legte den Kopf schräg und sagte: »Viel-leicht. Wollten Sie das denn?«

Sie ist wahrhaft eine leichte Beute, dachte Leon ein wenig verärgert und antwortete: »Nein«, stand ebenfalls auf und half, den Tisch abzudecken. »Ich wollte Ihnen einfach nur auf meine Art danken. Dieses Nudelgericht war früher Lunes und mein Leibgericht. Deshalb konnte ich so sicher sein, dass Ihre Kinder es mögen würden.« Er strich sich die Haare hinters Ohr, nahm sich ein Geschirrtuch, trocknete die von Jeanne gespülten Glä-ser und betrachtete Jeanne von der Seite.

»Warum starren Sie mich so an? Das macht mich nervös.« Jeanne reichte ihm das letzte Glas.

»Das wollte ich nicht. Ich dachte nur gerade, dass Sie ein wenig Ähnlichkeit mit Lune haben. Sie hat oder hatte auch so glatte, lange Haare. Ihr Braun war allerdings heller, mit vielen blonden Strähnen von der Sonne.«

Jeanne sah ihn von unten her an. »Es muss schrecklich sein, nicht zu wissen, was mit dem Menschen, den man liebt, pas-siert ist.« Mitfühlend legte sie Leon ihre Hand auf die Schulter.

»Es ist die Hölle«, flüsterte er und senkte den Blick, spürte, wie sich die Atmosphäre zwischen ihnen verdichtete.

»Wenn ich irgendwie helfen kann?«, fragte Jeanne scheu.

Leon blickte sie mit Tränen in den Augen an. »Sie tun schon so viel für mich. Ehrlich, hier sein zu dürfen, ist ein Geschenk.«

»Solange Sie wollen, und wissen Sie was? Lassen Sie uns Du sagen, das macht es weniger förmlich.«

Leon lächelte. »Sehr gern, Jeanne. Und dürfte ich wohl im Arbeitszimmer deines Mannes an der Wand schon vorarbeiten?«

»Natürlich. Ich bin sicher, er hätte nichts dagegen. Komm, ich zeige es dir.«

Leon nahm seine Tasche und folgte Jeanne.

An der Treppe nach oben ließ sie ihm den Vortritt. »Was hast du in der Tasche?«

»Meine Zahnbürste, meinen Kamm, ein paar Unterlagen.« Er kam oben an.

»Und jetzt die zweite Tür rechts, die erste Tür ist unser Schlafzimmer.«

Leon betrat Mirambeaus Arbeitszimmer. Auch hier waren die Rollos bis zur Hälfte heruntergelassen. »Das ist ein sehr schöner Raum«, sagte Leon anerkennend.

»Ja, ich finde, wenn Christian schon zu Hause arbeiten muss, dann soll er es wenigstens so schön wie möglich haben.«

Leon drehte sich zu ihr um. »Du musst ihn sehr lieben.«

Jeanne errötete wieder und verschränkte ihre Arme vor dem Bauch. »Ja, er ist meine ganz große Liebe.«

»Und deshalb enden alle deine Liebesgeschichten mit einem Happy End?« Leon blickte sie an.

Jeanne ließ ihre Arme fallen und stand schutzlos vor ihm. Ihr Mund zuckte. »Genau, und ich gehe jetzt und schreibe das nächste Happy End; um sechzehn Uhr ist Abgabe. Wenn du was brauchst, ich sitze in der Küche, das ist mein Arbeitszimmer.« Sie wandte sich zur Tür.

Kurz bevor sie raus war, stellte Leon noch eine Frage. »Bist du denn auch seine ganz große Liebe?«

Jeanne hielt inne. »Ich denke schon«, antwortete sie, ohne sich noch einmal umzudrehen, und verschwand. Leon hörte ihre nackten Füße auf der knarzenden Holztreppe. Die Treppe hatte fünfzehn Stufen.

Leon ließ den Raum auf sich wirken. An den Wänden hingen ganz offenbar Fotos von Einsätzen, die Mirambeau auf einer Ölbohrinsel zeigten, bei einem Großeinsatz in Louisson, in einer Wüste. Ein Foto zeigte ihn laut Bildunterschrift in Thailand nach dem Tsunami, wie er zwischen aufgeweichten Leichen stand. In einer Ecke des Büros fand Leon Medaillen aus Mirambeaus Jugend. Er hatte einige Karate-Meisterschaften gewonnen.

Leon zögerte, sich der Stellwand zuzuwenden. Er hatte Angst, dass ihn das schmerzliche Gefühl der letzten Nacht noch einmal packen würde. Er strich über das glatte Holz des Schreibtischs, lehnte sich an die Kante und drehte sich langsam zu der Stellwand um. Sein Blick blieb an dem Bild von Lune in dem Brunnen hängen.

Leon öffnete seine Tasche und holte die Originale der Bilder und Briefe heraus und ersetzte die Fotokopien. Er las noch einmal den Brief von Mark und schüttelte den Kopf. Jahrelang nach der geplatzten Hochzeit hatte Mark ihn glauben gemacht, er hasse Lune, er wolle sie nie wieder sehen, doch hier hatte er sogar ihn selbst, Leon, als Mittel zum gegenteiligen Zweck eingesetzt.

Leon klebte Mirambeaus Post-it mit dem Wort »Besitz« auf das Original. Auf einen neuen Zettel schrieb er »Lüge, Verrat, Besessenheit« und heftete es ebenfalls an den Brief.

Mirambeau hatte auf Leons ersten Brief an Lune »Liebe« und auf den zweiten »massive Angst« geklebt. Leon schrieb

»Sehnsucht« dazu. Er bestätigte Mirambeaus Frage nach dem Spanier mit »Ja, es gab nur den einen, den Blumenverkäufer«. Er las die harten Worte ihrer Mutter. »Kälte« sagte hier das Post-it. Leon fügte ein weiteres hinzu: »völliges Unverständnis«.

Leon lehnte sich an den Schreibtisch und betrachtete die Stellwand. Lune schien auf diesen Bildern so lebendig, dass es unmöglich sein konnte, dass sie nicht mehr lebte.

Als ich Sergio mit seinen Blumen von Weitem kommen sah, bückte ich mich, um meine Zigaretten aus der Tasche zu nehmen und auch, weil ich hoffte, er würde vorübergehen. Es ist, als stünde ich mal auf der einen, mal auf der anderen Seite, denn heute sah auch ich, wie ekelhaft er ist. Er blieb am Rande der Terrasse stehen wie ein Tier, das eine Witterung aufgenommen hat. Es war zu heiß, kurz vor Mitternacht immer noch knapp vierzig Grad, sodass er eine enge Radlerhose bis zum Knie trug und darüber ein enges T-Shirt. Sein Kopf wirkte noch viel größer als sonst. René, der Kellner kam und brachte mir ein Glas Champagner, bezahlt von dem Restaurantbesitzer nebenan. Er bezahlt immer meine Getränke. Sergio hatte das schon lange bemerkt, und heute ging er an die Bar des Restaurants, und ich hörte, wie er ihn mit seiner hohen Stimme fragte: »Warum bezahlen Sie der Frau da draußen die Getränke?« Er bekam keine Antwort. Dann verschwand er, aber nur, um ein paar Minuten später von hinten an meinen Tisch zu treten. Seine klaren blauen Augen richteten sich auf mein Gesicht. »Wie geht's?«, fragte er, und ohne eine Antwort abzuwarten, zeigte er auf mein Glas Champagner und fügte hinzu: »Du wirst zunehmend Französin.« »Keiner kann sich seinem Umfeld entziehen, auch ich nicht«, antwortete ich. »Wie meinst du das?«, fragte er wütend und irgendwie so, als hätte ich ihn angegriffen. Ich erklärte ihm: »Wenn man sich lange genug in einer bestimmten Umgebung aufhält, wird man ihr immer ähnlicher. So, wie ich eben französischer geworden bin.« Er trat um den Tisch herum und starrte auf mich herunter. »Ist das immer so?« war seine nächste Frage. »Ja, Sergio, das ist immer so. Das verspreche ich dir! Und aus genau diesem Grund halte ich mich von bestimmten Menschen und Umgebungen lieber fern«, fügte ich an. Sein Mund öffnete sich, ein »Immer?« kam heraus, tonlos und doch wie ein Schrei. Er drehte sich um und verschwand grußlos. Mein erster Reflex war aufzustehen, ihm hinterherzueilen, ihn festzuhalten und zu fragen: »Was ist?« Irgendwas in mir verachtet diesen kleinen Mann, und etwas viel Stärkeres zieht mich zu ihm. Weit nach Mitternacht fand ich meinen Weg zu Sam's Studio. Ich ging allein hin. Direkt, als ich reinkam, sah ich Sergio in einer Ecke stehen, nahe der Tanzfläche. Alain begrüßte mich von Weitem. Ich begann, für mich zu tanzen. Es war eine dieser heißen Vollmondnächte, in denen Menschen verrückt werden, Katzen in den Hinterhöfen schreien und Hunde ohne Anlass bellen. Eine Nacht, durchzogen von Ruhelosigkeit und Wahnsinn. Plötzlich stand Sergio vor mir. Er nutzte den Überraschungsvorteil, legte seinen Arm um meine Hüfte, schob seine andere Hand entschlossen durch den weiten Ärmel meiner Bluse bis in meine Achsel, drückte mich an den nächsten Pfeiler, spreizte meine Beine mit seinen, presste seinen ganzen Körper an meinen und zwang mir einen Kuss auf. Es fühlte sich an wie der Biss eines Tieres in den Nacken des anderen, um es bewegungslos zu machen. Denn so fühlte ich mich. Seine Hand wanderte von der Achsel auf meine Brust, und ich hörte im Innern ein fremdes Aufstöhnen. Ich taumelte, aber Sergio hielt mich aufrecht. Er bemerkte, wie ich unter seinen Händen den Widerstand aufgab. Sergio nahm mir den Atem für Sekunden, für den winzigen Augenblick, den diese Szene dauerte. Wir fielen in den magischen Bann des plötzlichen Begehrens, unvermittelt, unerwartet, und hielten uns aneinander fest. Er schob uns in ein Séparée, und ich wusste, ich würde mit ihm schlafen, jetzt, hier. »Ich wollte Alain nur beweisen, dass du eine Schlampe bist«, murmelte er in meine verschwitzen Haare. Ich entwand mich *seinen zähen Armen und stürzte auf die Tanzfläche zurück, wo ich blieb, bis sich mein Atem beruhigt hatte, mein Begehren abebbte.*

Leon seufzte.

»Klopf, klopf.«

Er fuhr herum.

Jeanne stand in der Tür mit einem Tablett mit Eistee, Gläsern und Gebäck. »Désolée, Leon, ich wollte dich nicht erschrecken, aber du warst so in Gedanken.«

»Ich habe mich an Lune erinnert.« Er ging auf Jeanne zu und nahm ihr das Tablett aus den Händen. »Danke, das ist sehr lieb.« Er bemerkte, dass zwei Gläser auf dem Tablett standen, und lächelte in sich hinein. Er füllte beide und reichte eines Jeanne, die vor der Wand stand.

»Ich habe es bereits zu Christian gesagt, als ich die Bilder von deiner Schwester zum ersten Mal sah: Sie sieht so unglaublich einsam aus.«

Jeanne nahm das Glas dankend aus Leons Hand entgegen, und er sorgte dafür, dass sich ihre Finger dabei kurz berührten. Er stellte sich dicht neben sie und spürte die Hitze ihres Körpers.

»Das Phänomenale an Lune ist, dass jeder Mensch etwas anderes in ihr sieht. Meine Mutter fürchtete sie und fürchtete doch nur sich selbst. Was ich meine, ist, dass jeder sich selbst in ihr erkennt, und ob er das über sich selbst wissen will, also dem Blick in den Spiegel standhält, oder eben nicht, macht Lune für ihn zu einer abstoßenden oder einer begehrenswerten Frau.« Leon trank von dem Eistee und blickte auf Jeanne hinunter. »Wie ist das also mit dir, Jeanne, wieso bist du einsam?«

Sie lachte unsicher, stellte ihr noch volles Glas wieder auf das Tablett und sagte: »Ich denke nicht, dass ich einsam bin.«

»Einsamkeit, liebe Jeanne, ist nichts, was man denken kann.

Es ist ein Gefühl, ganz tief in dir drin.« Er trat hinter sie, drehte sie zu sich um, nahm ihr Kinn in die Hand und hob ihren Kopf, sodass sie ihm in die Augen sehen musste. »Hm«, sagte er mit einem charmanten Lächeln. »Ich sehe deine Einsamkeit. Du hast dein Leben in den Dienst eines wundervollen Mannes gestellt, der deine große Liebe ist, nur ist in seinem Leben nicht so viel Platz, oder?«

Sie schob seine Hand fort. »Es ist genug für mich.«

Leon fühlte, dass sie wütend wurde, dass sie anfing, sich zu verteidigen. »Was ist denn genug für dich, Jeanne?«

»Ich wusste von Anfang an, dass ich einen Polizisten heirate, und ich wusste auch, was das bedeutet, weil mein Freund vor Christian auch Polizist war. Ich teile Christian mit seiner Arbeit, denn er tut seine Arbeit mit Leib und Seele. Was daneben an Zeit bleibt, ist für mich genug.«

Die Sehnsucht, dass eine Frau auch ihn so vehement verteidigen würde, mischte sich mit dem sicheren Gespür, dass Jeanne offenbar eine Frau war, die gern Retter an ihrer Seite hatte.

Leon fuhr sich durchs Haar und sagte mit ruhiger Stimme: »Ich finde, du verdienst viel mehr als das, was übrig bleibt.«

»Es ist, wie es ist«, wehrte Jeanne sich gegen die schmeichelnden Worte ihres Gastes.

»Und wie ist es?« Leon trat dicht an sie heran.

Sie wich seinem Blick aus und schlug die Augen nieder. »Ich glaube, ich bin auch Christians große Liebe.«

«Das glaubst du. So, so. Na ja, ich würde ihn einfach mal fragen. Wenn du dich das traust. Denn wenn er nur eine Sekunde zögert und überlegen muss, wirst du wissen, dass seine Antwort ›Nein‹ ist.«

»Du bist verrückt«, sagte Jeanne, und Leon spürte, wie sie zögerte, sich von ihm zu entfernen.

»Das sagt man meiner Schwester und mir nach. Vielen Dank, dass du mich daran erinnert hast.« Leon wandte sich von ihr ab.

Jeanne rang die Hände. »Verdammt, ich sollte jetzt wieder gehen, sonst rede ich mich noch um Kopf und Kragen.«

»Es ist schön, mit dir zu sprechen. Du tust mir gut«, sagte Leon versöhnlich und sah ihr nach. »Übrigens, weißt du, was dein Mann gestern Nacht im Hurenviertel gemacht hat?«

Jeanne blieb in der Tür stehen und drehte sich noch einmal zu ihm um. »Er wurde zu diesem Mordfall gerufen, von dir.«

»Nein, ich habe niemanden angerufen.«

»Also deshalb seine komischen Fragen heute.«

»Was für Fragen?«

Sie lehnte sich mit ihrem Rücken gegen den Türrahmen. »Na, wovon ich wach geworden bin und ob ich ein Telefon gehört hätte. Aber wie immer war ich nur wach geworden, weil er nicht neben mir lag.«

»Ist ja auch nicht so wichtig. Ich habe ihn nicht danach gefragt, weil ich ihn nicht verärgern wollte, wo er doch so freundlich zu mir ist. Was ist mit deiner Geschichte, ist sie fertig?« Er lächelte sie an, um ihr zu zeigen, dass wieder alles in Ordnung war und er keinen Groll gegen sie hegte.

»Ja.« Jeanne strahlte. »Willst du sie lesen?«

»Sehr gern. Ich komme mit runter, hier kann ich im Moment nichts mehr machen.«

Sie ließen sich auf der schattigen Terrasse des kleinen Restaurants *Mirabelle* nieder und bestellten unbesehen das Tagesmenü. Im Auto befanden sich Ordner, der Computer und der gesamte Inhalt von Paul Spiegelbergs Schreibtischschubladen sowie sein Mobiltelefon. Der letzte Anruf auf diesem Telefon war ohne Nummernkennung, woraufhin Uldis sein Team beauftragt hatte, bei dem entsprechenden Anbieter die Anrufliste von Paul Spiegelberg anzufordern.

»Sie haben das Auto des Professors bereits in der Kriminaltechnik«, informierte Uldis Christian, »und noch nichts gefunden. Hatte er wohl in der Innenstadt geparkt, weil er nicht wollte, dass man sein Auto im Hurenviertel findet?«

»Kann sein«, antwortete Christian und nahm dankend den Teller von der Kellnerin entgegen. »Möglich ist auch, dass er dort etwas ganz Banales wollte, wie Brot kaufen, und dann plötzlich eine andere Idee gehabt hat.«

Uldis spießte mit der Gabel die ersten Salatblätter und ein Stück Pastete auf. »Oder er hat jemanden gesehen und ist ihm oder ihr gefolgt. Ich habe nur keinen Menschen wahrgenommen. Niemanden, der ihn ansprach, niemanden, dem er zu folgen schien.«

Christian aß ein paar Bissen. »Warum hast du ihn eigentlich aus den Augen verloren?«

»Wenn ich ganz ehrlich bin, kann ich es gar nicht sagen«, gab Uldis zu. »Er war plötzlich wie vom Erdboden verschluckt. Du kennst dieses verdammte Viertel mit seinen schmalen Gassen, dunklen Hinterhöfen, zugenagelten Fenstern und frei zugänglichen Hausfluren, die dich von einer in die nächste Gasse bringen.« Uldis stocherte in seinem Salat, schob die restliche Pastete auf ein Stück Baguette und den Teller zur Seite.

»Leon sagte etwas Eigenartiges.« Christian blickte Uldis an. »Dass, wenn du ihn nicht aus den Augen verloren hättest, Spiegelberg noch leben würde.«

»Was ist der denn für ein Komiker?« Uldis lehnte sich leicht zur Seite, damit die Kellnerin die Teller abräumen konnte, und goss Christian und sich selbst Wasser nach.

»Ja«, antwortete Christian, »Leon ist ein merkwürdiger Mensch.« Er machte eine Pause, zerbröselte ein wenig Baguette und fuhr fort: »Wir müssen an diesen Maxime Legrand herankommen. Nur er kann uns sagen, was Spiegelberg zuletzt gedacht oder gesagt hat. Versuchen wir es mit einem Durchsuchungsbeschluss, statt über die Weinberge dort einzufallen?« Er grinste Uldis an.

»Du riskierst, dass er vorgewarnt ist. Du kennst unseren Filz. Wenn wir das heute beantragen, bekommen wir es bestenfalls übermorgen. Wenn du recht hast und der Mord an Spiegelberg hat irgendwas damit zu tun, dass du angefangen hast, nach Lune Bernberg zu suchen, dann möchte ich dem Rollstuhlfahrer ins Gesicht sehen können, wenn er erfährt, was mit Spiegelberg passiert ist.«

Der Hauptgang wurde serviert. Sie aßen eine Weile schweigend. Die Tische der kleinen Terrasse waren überwiegend mit Handwerkern in Arbeitsklamotten besetzt.

»Sag mal«, fing Uldis wieder an, »hast du nicht gesagt, seine Frau hätte ihn zur Sau gemacht, weil er irgendein Funkgerät nicht bei sich hatte?«

Christian tunkte den Rest Sauce auf und sagte: »Genial. Trinken wir noch einen Kaffee und dann auf nach Carcassonne!«

»Das ist eine sehr rührende Geschichte«, sagte Leon und reichte Jeanne den Ausdruck über den Küchentisch zurück. Von draußen hörten sie die Kinderstimmen und Grillen von den Feldern rund um das Haus. Die Kinder tobten in einem kleinen aufblasbaren Schwimmbecken, das Jeanne mit so wenig Wasser gefüllt hatte, dass auch die kleine Sophie nicht darin ertrinken konnte.

Leon nahm sein Glas mit dem Eistee und ließ Jeanne nicht aus den Augen. »Du solltest einen Roman schreiben.«

Jeanne schlug die Augen nieder. »Nein, das könnte ich gar

nicht. Und es gäbe erst einmal kein Geld. Wir brauchen dieses Zubrot von meinen Kurzgeschichten.«

»Hat dein Mann die je gelesen?«

Jeanne schüttelte den Kopf. »Dazu fehlt ihm die Zeit«, entschuldigte sie sein Versäumnis.

Jérôme stürmte in die Küche. »Kriegen wir Eis?« Er war völlig durchnässt. Leons Gedanken drifteten ab zu Lune und wie sie in diesen Brunnen auf dem Foto gekommen war.

Heute bin ich Sergio gefolgt. Ich konnte nicht widerstehen. Wir befanden uns beide in Sam's Studio. Er ging einmal mit seinen Blumen durch die Menge. Dann stellte er den Korb in der Garderobe ab und verließ den Laden. Es war mehr ein Instinkt, aus dem ich handelte, der Wunsch, etwas mehr über diesen eigenartigen Menschen zu wissen. Es war kurz nach zwei. Die Straßen relativ leer, denn es war Mittwochnacht oder vielmehr Donnerstagmorgen. Sergio ging langsam, mit Armen und Beinen schlenkernd. Wie ein Kind, das auf dem Weg zur Schule absichtlich bummelt, weil es genau weiß, es hat die Hausaufgaben nicht gemacht und wird dafür einen Tadel erhalten. Mir fiel auch auf, dass er überall gegrüßt wurde. Von jedem Bettler, der am Straßenrand saß, von müden Kellnern, die dabei waren, die Terrassen abzuräumen und für diese Nacht die Bars und Bistros zu schließen. Wir näherten uns dem Hurenviertel. Zuerst war ich sicher, er würde sich dort eine Nutte suchen, vielleicht ins DcD gehen. Aber mit einem kurzen Gruß an den sabbernden Schwarzen, genannt Stinkfisch, ging Sergio an dem Laden vorbei. Ich drückte mich an die gegenüberliegende Hauswand, wartete einen Moment, dass Stinkfisch wieder hinter seiner Tür verschwand, und hoffte, er würde nicht durch das Guckloch blicken. Sergio lief immer tiefer hinein in dieses dunkle Viertel. In einem Hinterhof kämpften Katzen, und ihre Schreie hallten zwischen den Häuserwänden. Eine Gänsehaut am ganzen Körper ließ mich innehalten. Ich hatte tatsächlich das seltene Gefühl der Angst. Und doch musste ich ihm weiter folgen. Ich wollte wissen, wo er hingeht, und zugleich wusste ich, dass ich, je weiter ich ihm folgte, in diesem Labyrinth verloren war. Maxime hatte mich eindringlich gewarnt, das gesamte Hurenviertel von Louisson sei wie ein arabischer Souk. Aus manchen Häusern drang das Stöhnen der Freier, aus anderen die Stimmen der Frauen, die ihre letzten Kunden bereits nach Hause geschickt hatten und jetzt noch etwas tranken. Ich suchte nach Orientierungspunkten, aber eine Gasse war wie die andere. Ich schloss immer weiter zu Sergio auf, und plötzlich war er vom Viertel verschluckt. Ich blieb stehen und lauschte in die Nacht, ob ich seine Schritte hören konnte. Außer dem Fiepen und Rascheln der Ratten herrschte Stille. Sergio musste in einem der Häuser verschwunden sein, und ich hoffte, er würde genau hier wieder herauskommen. Ich verbarg mich in einem Hauseingang. Das Haus gegenüber hatte einunddreißig Fenster, zwei Haustüren. Das daneben vierundzwanzig Fenster, die unteren fünf zugenagelt, und eine Haustür. Manchmal kamen Stimmen näher, und ich verkroch mich im Flur des offenbar leer stehenden Hauses. Mich beruhigten die Stimmen zwar, weil sie mir sagten, dass es hier noch andere Menschen gab, doch zugleich war dies kein Ort, wo man Vorübergehende nach dem Weg fragte, denn in diesem Viertel haben die Menschen keinen Schatten. Als gegen fünf Uhr morgens die Dämmerung anbrach, fiel mir auf, dass hier nicht einmal Vögel den werdenden Tag begrüßten. Nur ein paar Raben und Elstern saßen unheilvoll auf den Dächern. Dann hörte ich seine Schritte. Er murmelte seltsame Sätze vor sich hin: »Schlag ihn. Setz ihn unter Strom! Ramm ihn tiefer rein!« Dieses Mal schlenderte er nicht; er hetzte durch die Gassen, so schnell, dass ich ihm kaum folgen konnte. Wir kamen an ein paar letzten Huren vorbei, an übel riechenden, wahllos aufgehäuften und zum Teil zerrissenen Müllsäcken. Süßliche Dämpfe drangen aus den arabischen Backstuben. Es war, als kenne er jede Straße, jede Gasse hier. Du musst wissen, Leon, für dieses Viertel gibt es nicht einmal einen Stadtplan. Kaum hatten wir das Viertel verlassen, ging er ruhiger. Plötzlich war die Luft erfüllt vom Duft frischer Blumen, saftiger Pfirsiche und Aprikosen, Kräutern aller Art. Wir hatten den morgendlichen Markt erreicht, und jetzt merkte ich, dass die Luft über Nacht abgekühlt war. Auch hier wurde Sergio von fast jedem Händler gegrüßt. Er kaufte Baguette und Tomaten, etwas Basilikum und eine einzelne Zitrone. Schließlich ging er zu dem Brunnen an der Place de la Concorde, setzte sich dort auf den Rand, legte die Sachen ab, schnitt die Zitrone auf, roch an ihr, ließ den Saft über seine Hände laufen und tauchte diese dann in das Brunnenwasser. Er fuhr sich mit den nassen Händen durch das Haar. Ich schlich näher heran. Sergio breitete das Baguettepapier aus, nahm ein Springmesser aus seiner Tasche und schnitt erst das Baguette, wusch dann die Tomaten, schnitt auch die und legte sie mit dem Basilikum auf das Brot. Die Art, wie er hineinbiss, gab mir das Gefühl, es sei das herrlichste Frühstück der Welt. Zugleich umgab ihn eine so spürbare Einsamkeit, dass ich mich darin erkannte, und eine tiefe Traurigkeit senkte sich wie ein Schleier auf mich herab. Ich fror und drehte mich von Sergio weg, lehnte mich an den Baum, hinter dem ich mich versteckt hielt, und schloss die Augen, um nicht zu weinen. »Was tust du hier?« Er stand plötzlich vor mir. Er hatte tiefe Schatten unter seinen Augen, die nicht mehr blau, sondern grau und leer waren. Müdigkeit und Angst zeichneten sein Gesicht.

»Ich war noch unterwegs, und dann sah ich dich«, log ich. Er hielt das Messer in den Händen. »Willst du was essen?« Ich nickte und folgte ihm zum Brunnen. Ich wollte schon gierig nach dem Baguette greifen, denn mir knurrte wirklich der Magen, da schlug er mir auf die Hand und reichte mir die zweite Zitronenhälfte. Ich nahm sie, ließ, wie ich es vorher bei ihm gesehen hatte, den Saft über meine Hände laufen und tauchte sie in das kalte Wasser. Ich schüttelte die Hände trocken und spritzte ihn dabei nass. Sergio lachte, tauchte

seine Hand ein und schaufelte Wasser in meine Richtung. Plötzlich
standen wir beide im Brunnen, bis auf die Haut nass. Meine Bluse
war durchsichtig geworden. Sergio legte mir eine Hand auf die linke Brust, als wolle er meinen Herzschlag fühlen, und küsste mich so
sanft, dass es sich wie Seide anfühlte. Die Stille dieses Morgens gehörte nur uns, dankbar, ohne Beobachter zu sein, die unser Spiel mit
Urteilen belegt hätten. In der Ferne hörte ich, wie die ersten Bistros
ihre Türen öffneten, Lkws mit Warngeräuschen rückwärts fuhren,
um Ware abzuliefern, die Marktleute durch Zurufe ihre ersten Kunden lockten. Meine Sehnsucht nach Normalität ist in diesen Momenten verschwunden, denn ich bin eben doch im Verrückten, Ver-rück-
ten zu Hause, denn so fühlt es sich an. Sergio fuhr mit seiner anderen
Hand über meinen Rücken, fand den Weg unter meinen nassen Rock
und lachte. Plötzlich schlug jemand hinter uns auf das Wasser. »Sofort raus da!« Sergio ließ mich abrupt los. Ich fiel wieder hin und sah
weit hinter dem Polizisten, der das gesagt hatte, Paul stehen. Ich war
also nicht nur Sergio gefolgt, sondern er war auch wieder einmal mir
gefolgt. Ich fragte mich, ob er auch in einem der Hauseingänge gesessen hatte. Als ich am Rand des Brunnens ankam, nahm ich Sergios Messer und lief zu Paul. Ich hielt es ihm an den Hals und drohte: »Wenn du mir noch einmal auf die Pelle rückst, ziehe ich das an
deiner Kehle entlang. Glaube mir, es würde mir nichts ausmachen.«
Er war völlig erstarrt. Ich nahm ihm seine Kamera weg, warf sie
auf den Boden und trat sie mit meinen nackten Füßen. Sie rollte in
den Rinnstein. Der Rausch der Wut verließ mich wie der Zauber des
Momentes im Brunnen. Ich drehte mich um, Sergio war verschwunden. Nur meine Stiefel standen verloren am Rand des Brunnens und
der Polizist wie ein Aufpasser daneben. Er hielt mir eine Standpau-
ke, als ich erst meine Haare auswrang und dann meine Stiefel aus-
leerte. Den halben Tag über suchte ich Sergio überall in der Stadt und
fand ihn nicht. Doch am Abend begegneten wir uns wieder. Ich saß
auf einer Terrasse, er kam mit seinen Blumen und tat, als wäre nie

etwas zwischen uns geschehen. »*Bist du dir sicher, dass das wirklich passiert ist, oder geschah es nur in deiner Fantasie?*«, *hörte ich nach langer Zeit die immer wiederkehrende Frage des Professors aus der Irrenanstalt in Gedanken wieder. Bis heute hasse ich unsere Mutter dafür, dass sie uns diesen Satz in die Seele gepflanzt hat, die elende Diebin der Wirklichkeiten. Ich sehne mich nach der Sicherheit der anderen Menschen, dass das, was sie erleben, auch wirklich passiert! Fast wäre ich dem Impuls gefolgt, Sergio nachzugehen und zu fragen. Aber ich will diesen Teufel endlich bändigen, der nur davon lebt, dass ich mir selbst nicht glauben kann.*

Christian parkte ihr Auto unterhalb des Chateau Legrand im Schatten einer Reihe von Pinien. »Hast du die Funkfrequenz schon gefunden?«

»Keine Eile, ich hoffe, hier oben sind nicht so viele Hobbyfunker.« Konzentriert drehte Uldis weiter an ihrem Autofunkgerät. Es rauschte, knisterte, schließlich kam eine Frequenz, und sie hörten, wie offenbar ein Vorarbeiter einen Traktor anforderte und in den südlichen Weinberg dirigierte, um Wasser zu bringen. »Da haben wir die Funkfrequenz von den lieben Legrands, jetzt müssen wir nur noch warten, ob einer den guten Maxime anfunkt.« Uldis öffnete die Beifahrertür, stellte seine Füße raus, nahm den Tabakbeutel und drehte sich eine Zigarette.

Sie mussten über eine Stunde den Arbeitern zuhören, ihren Anweisungen, Witzen, ihrem Fluchen, bis endlich die Stimme von Joëlle Legrand durch den Äther schrillte: »Maxime, kommst du hoch?«

»Was für eine verlogene Zicke«, sagte Christian anerkennend, »ich habe es ihr fast geglaubt.«

»Alle Frauen lügen«, sagte Uldis und grinste.

»Jeanne nicht«, verteidigte Christian seine Frau.

»Leise!«

»Wir sind unten am Südhang, am Fluss. Es gibt ein Problem mit der Bewässerung.«

»Komm zum Tee!«

»Nein, Chérie, es tut mir sehr leid. Aber wir müssen dieses Problem lösen, der Wein hält es nicht lange aus bei der Hitze.«

»Aber die Mirrows sind gleich hier.«

»Das ändert nichts. Bestell schöne Grüße.«

»Ich will, dass du hier auftauchst! Maxime? Hallo, Maxime! Verdammt!«

Christian lachte. »Das hat Legrand sich nur getraut, weil sie so weit weg ist. Der arme Kerl. Sonst kommt sie wohl und schiebt ihn hin, wo sie ihn haben will.« Er startete den Wagen. »Es gibt unten am Fluss einen Picknickparkplatz, vielleicht kommen wir von dort auf das Gelände.«

Wenige Minuten später erreichten Christian und Uldis den leeren Parkplatz an der Aude. Uldis spähte das Gelände aus und fand Legrand, der in seinem Rollstuhl neben einer riesigen Maschine saß und mit ein paar Arbeitern diskutierte. Er hatte einen Laptop auf den Knien und tippte etwas. Das Funkgerät lag neben ihm im Gras.

Christian zeigte auf die zierliche Holzbrücke links vom Parkplatz. »Dort können wir rübergehen, und wenn wir schnell sind, sollten wir so in zehn Minuten dort oben sein. Komm.«

Uldis keuchte hinter Christian her, der wesentlich besser in Form war als Nichtraucher. Sie mussten durch hohes Gras laufen, das sich immer wieder um ihre Beine schlang. Als sie endlich am Weinberg ankamen, hatten sie bereits ihre Wasserflaschen geleert. Sie gingen etwas westlich, um von Legrand und seinen Arbeitern nicht gesehen zu werden. Durch die Spiegelung im Fluss brannte die Sonne von zwei Seiten. Durchgeschwitzt traten sie von hinten an Legrand heran. Einer der Arbeiter lud sein Gewehr.

»Nur die Ruhe, Mann!«, rief Uldis und hielt seine Polizeimarke hoch. »Und das ist mein Kollege Inspektor Mirambeau, den Monsieur Maxime Legrand, den wir im Übrigen gern sprechen würden, bereits kennt.«

Legrand drehte den Rollstuhl so, dass er Christian ansehen konnte. »Darf ich mich auf ein weiteres spannendes Gespräch mit Ihnen freuen?« Er reichte Christian die Hand. »Sie haben einen unkonventionellen Weg gewählt.«

»Nun«, Christian blickte auf ihn hinunter, »Ihre Frau sagte mir am Telefon, Sie seien nach Amerika geflogen zu weiteren Untersuchungen.«

»Tatsächlich, hat sie das?«, fragte Legrand.

»Wir müssen Sie allein sprechen, und wenn es geht, etwas mehr im Schatten.«

Die Luft flirrte von der Hitze und den trägen Insekten. Eine Wasserleitung platzte ein paar Meter unter ihnen, die Arbeiter fluchten und drehten den Zulauf wieder ab.

»Sicher.« Maxime reichte seinem Mitarbeiter den Laptop, ließ sich das Funkgerät angeben und legte es in seinen Schoß. »Es ist hier besonders heiß, weil der Fluss das Sonnenlicht zurückwirft. Wir nutzen diese Reflexion des Lichts, um unseren Wein zur optimalen Reife zu bringen. Dort drüben ist eine schattige Laube, Inspektor Mirambeau, würden Sie bitte?«

Christian schob ihn den holperigen Weg zu der Laube hoch, während Legrand weiter über den Weinanbau referierte. »Die Nähe zum Wasser hat einen wichtigen Einfluss auf Wachstum und Reifung der Trauben. Das Wasser dient als praktischer Temperaturregler. Durch die Rückspiegelung des Sonnenlichts verstärkt sich die Photosynthese. Sobald es kühler wird, dient der Fluss auch als Wärmespeicher. Das ist wichtig für unsere Spätlesen. Nachts kühlt das aufgewärmte Wasser langsamer ab, und seine Wärme strahlt auf die Weinberge aus. Auch die

Thermik hilft uns. Die sich tagsüber erwärmende Luft steigt den Hang hinauf und sinkt nachts ins Tal. Dieser Wechsel von Wärme und Kälte ist wichtig, damit die Trauben Säure bilden ...«

Kaum hatten sie die Laube erreicht, drehte Christian den Rollstuhl mit einer raschen Bewegung zu sich um, legte seine Hände auf die Armlehnen, ging sehr nah an Maximes Gesicht heran und sagte: »Ihr alter Freund Paul Spiegelberg wurde letzte Nacht im Hurenviertel Opfer eines Mordes.«

Legrand starrte Christian entsetzt an. Er nestelte nervös an dem Funkgerät in seinem Schoß.

»Und dort fuhr er hin, nachdem er hier bei Ihnen war, Monsieur Legrand. Ich will jetzt sofort wissen, warum er hier war und worüber Sie gesprochen haben.«

Christian verpasste dem Rollstuhl einen Stoß. Uldis fing Legrand auf, kippte ihn leicht nach hinten, sah ihm von oben in die Augen und flüsterte: »Jetzt!«

»Paul wollte über Lune reden«, nuschelte Legrand verunsichert.

Uldis stellte den Rollstuhl wieder gerade und kam um ihn herum. »Über was genau?«

»Er ... Ich ... Also, damals ... Wir haben Lune einmal aufgelauert. Es war ... Gott, ich kann darüber nicht reden.«

»Hören Sie, Legrand.« Uldis ging in die Knie. »Dort unten in unserem Auto ist der gesamte Inhalt von Spiegelbergs Büro. Wir haben sein Handy, werden alles nachverfolgen, was er in den letzten Wochen getrieben hat, und auswerten, was er aus alten Zeiten aufgehoben hat. Und wenn wir dort etwas finden, was auch nur irgendwie mit Ihnen in Verbindung zu bringen ist, bekommen Sie Ärger wegen Behinderung der Ermittlungen in einem Mordfall und sind schneller im Bau, als Ihr Rollstuhl rollen kann. Und«, Uldis richtete sich wieder zu seiner vollen Größe auf, »dort nimmt niemand Rücksicht auf Rollstuhlfahrer, dort sind Sie den anderen nur im Weg.«

»Haben Sie denn schon eine Idee, wer ihn umgebracht hat?«

»Wir haben erfahren, dass er einer Frau gefolgt ist«, sagte Christian und machte Uldis ein Zeichen. »Im tiefsten Hurenviertel. Was wollte er da? Er ist von hier aus direkt dorthin gefahren.«

»Sie haben Paul obscrvicrt?«

»Schluss jetzt, Legrand, sonst gehe ich zurück zum Auto und lasse Sie mit meinem freundlichen Kollegen allein. Der wird nicht lange brauchen, um Sie zum Reden zu bringen.«

»Verlassen Sie sofort unser Anwesen!« Joëlle Legrand sprang aus einem vierräderigen offenen Gefährt, das an einen geländegängigen Golfwagen erinnerte. »Sofort. Ich habe bereits die Polizei verständigt.«

»Sie sind lustig.« Uldis baute sich vor ihr auf. »Wir sind die Polizei.«

»Unsere Kontakte bei der Polizei!«, zischte Joëlle Legrand.

»Ach die. Na, die werden trotzdem ein bisschen brauchen, bis sie hier sind.«

»Monsieur Legrand«, sagte Christian eindringlich, »was Paul passiert ist, das kann Ihnen genauso gut passieren.«

»Nicht, solange er hier auf dem Grundstück ist. Wir haben überall Kameras, und er ist nie allein. Komm jetzt, Maxime!«, keifte Joëlle Legrand, ging an Uldis vorbei, trat hinter den Rollstuhl und wollte ihren Mann wegschieben.

Christian stellte sich ihr in den Weg. »Ist Ihnen wirklich lieber, wir finden etwas in Spiegelbergs Hinterlassenschaft und klagen Ihren Ehemann an?«

»Welche Beweise haben Sie schon!«

»Ein ganzes Auto voll«, pokerte Uldis.

»Sie meinen das Auto dort unten auf dem Parkplatz, das gerade abgeschleppt wird?«

Uldis und Christian drehten sich gleichzeitig um.

»Merde, welcher Depp lässt ein Polizeiauto abschleppen?«

»Ich bin der Depp«, sagte Joëlle Legrand. »Sie stehen dort auf meinem Grundstück. Könnten Sie lesen, hätten Sie vielleicht das Schild bemerkt. Aber keine Sorge, Sie finden Ihr Auto gleich vor dem Haupttor wieder. Und jetzt verschwinden Sie!«

»Nein«, sagte Maxime Legrand. »Bitte bleiben Sie hier. Ich möchte … Ich muss mit Ihnen reden. Lass uns bitte allein, Joëlle.«

Sie trat um den Rollstuhl herum. »Du wirst mit niemandem reden und schon gar nicht ohne Anwalt!« Sie schlug ihrem Mann hart auf den Mund.

«Oh là là!« Uldis packte Joëlle Legrand beim Arm. »Das nenne ich mal häusliche Gewalt!« Er zerrte sie bis zu ihrem Gefährt. »Verschwinden Sie!«

Madame Legrand sprang in das Fahrzeug, startete und trat aufs Gas. Sie fuhr haarscharf an Uldis vorbei.

»Sie meint es nicht so«, sagte Legrand.

»Das sagen die Frauen auch immer, die von ihren Männern verprügelt werden.« Uldis setzte sich neben Christian auf einen Felsen. »Und jetzt lassen Sie mal hören, Monsieur Legrand!«

Maxime Legrand blickte auf die Hände in seinem Schoß. »Es war im August vor zehn Jahren. Lune war …« Er atmete schwer.

»Sie sagten mir doch, Sie hätten Lune im Juni zuletzt gesehen?«

Legrand schüttelte den Kopf. »Nein, es war August. Genau genommen der 24. August um vier Uhr morgens. Ich weiß es so genau, weil es der Tag war, an dem meine Wirbelsäule brach.«

Er schaute hoch und Christian direkt ins Gesicht. Einer

der Arbeiter rief, dass die Leitung wieder funktioniere, und Legrand machte ihm ein Zeichen: Daumen hoch. Dann fuhr er sich mit der Hand über die Stirn und wischte die Schweißperlen weg. »Paul hatte zwar die Therapie hinter sich. Er hatte eine neue Freundin, seine spätere Frau. Aber seine Besessenheit von Lune war geblieben. Es gelang Paul einfach nicht, sich nicht verhöhnt zu fühlen. Lune ignorierte ihn, sah gleichermaßen durch ihn hindurch, er war ihr völlig egal, und das ertrug er nicht. Paul gestand mir, dass er Lune ganz anders erlebt hatte, dass er sie heiraten wollte, dass er sie körperlich begehrte. Und dass er an nichts anderes denken konnte, als … als …«

»Sie zu vergewaltigen«, sagte Christian und verwob seine Finger miteinander.

»Genau. Er hatte es einmal versucht. Sie hatte ihn ausgelacht und weggeschubst. In jener Augustnacht hatten wir sehr viel getrunken. Wir zogen durch die Stadt, kamen schließlich in Sam's Studio, wo Lune auf der Tanzfläche war. Paul fragte mich plötzlich, ob ich ihm helfen würde. Ob ich ihm den Freundschaftsdienst erweisen würde«, Legrand senkte den Blick wieder, »Lune festzuhalten. Mein Gott, ich hielt es für ein Spiel. Ich wollte Paul helfen. Er sollte endlich von dieser Frau loskommen, und wenn das nur ging, indem er einmal mit ihr schlief, dann würde ich ihm eben helfen.«

»Er wollte nicht mit ihr schlafen, er wollte sie vergewaltigen!« Uldis knüllte seinen Tabakbeutel in seiner großen Hand zusammen.

»Ja«, seufzte Legrand, »er wollte sie einmal nehmen, und ich fand nichts dabei, ihm zu helfen. Das ist die Wahrheit. Wollen Sie die ganze Geschichte hören, oder wollen Sie mich nur verurteilen?«

Christian legte Uldis seine Hand auf den Arm, um ihn zu beruhigen.

»Reden Sie bitte weiter, Monsieur Legrand«, sagte er dann.

»Ich ging also in dieser Nacht auf die Tanzfläche und machte mich an Lune heran. Sie ließ das zu wie immer. Wir wussten beide, dass wir körperlich nichts voneinander wollten. Wir tanzten ein wenig. Dann schlug ich ihr vor, an die Garonne zu gehen. Das hatten wir an einigen Morgen gemacht. Am Flussufer unten war es schön kühl, und es war ein wunderbares Bild, wenn die ersten Sonnenstrahlen auf die alten Stadtmauern trafen. Man konnte dort stundenlang auf den Stufen sitzen und auf das Wasser starren. Wir verließen also das Sam's und gingen in Richtung Garonne. Paul wollte uns folgen. Ich blickte mich nicht um. Lune bemerkte, so glaube ich, gar nichts, oder sie hatte sich längst an diese Verfolgung gewöhnt, oder es gehörte zu ihrer Art, Paul zu ignorieren. Wer weiß das schon. Wir liefen eine Weile am Fluss entlang und kamen zu der Stelle unter der alten Brücke. Ich setzte mich auf die mittlere Stufe, und Lune setzte sich vor mich, zwischen meine Beine, und lehnte sich entspannt zurück, ihre Arme über meine Oberschenkel gelegt.«

Legrand hielt noch einmal inne. Seine Augen zeigten das Entsetzen der Vergangenheit. Tränen liefen über seine Wangen.

»Dann kam Paul unter der Brücke hervor und trat vor Lune.«

Legrand wischte mit den Händen seine Tränen weg. »Sie lachte, sagte: ›Bitte nicht du schon wieder.‹ Dann schien sie was zu bemerken, denn sie wollte aufstehen. In dem Moment griff ich nach ihren Armen und schlang meine Beine um ihren Oberkörper. Sie hatte keine Chance, sie saß fest. Paul setze sich auf ihre ausgestreckten Beine und ohrfeigte sie. Er fasste unter ihren kurzen Rock, und Lune schrie auf vor Schmerz. Paul stopfte ihr ein Tuch in den Mund und machte weiter. Ich weiß nicht, was er da tat. Ich war zu betrunken. Es war dunkel,

ich konnte nichts sehen, aber Paul war beseelt davon, ihr weh-
zutun. Sein Gesicht glich einer grausamen Maske. Plötzlich
vernahm ich hinter mir Schritte, und im nächsten Moment
spürte ich den massiven Tritt in meinen Rücken und hörte, wie
meine Lendenwirbel brachen. Meine Beine waren augenblicklich taub. Paul ließ von Lune ab, lief zum Ufer hinunter und
rannte davon. Lune sprang auf, trat mir in die Eier, doch das
spürte ich schon nicht mehr. ›Paul wird auch noch dafür zahlen‹,
hörte ich Sergios Stimme hinter mir. Ich hatte vergessen, dass
er Lune genauso stetig folgte, wie Paul es tat. Er nahm Lune in
den Arm, säuberte mit einem Taschentuch ihre blutige Lippe,
nahm sie wieder in den Arm und zog sie mit sich. Ich rief hinter
ihnen her, sie sollten mir einen Krankenwagen schicken. Ich rief
nach Paul. Niemand hörte mich. Ich blieb dort liegen, bis die
Straßenreinigung mich in meinen eigenen Exkrementen fand.«

Uldis spuckte auf den Boden, trat seine Zigarette aus und
stand auf. »Bei Gott, Legrand, Sie sind genug gestraft, aber ich
würde Ihnen selbst jetzt noch gern die Fresse polieren.«

»Lass gut sein, Uldis«, bat Christian und erhob sich ebenfalls.
Mit einem Blick den Weinberg hinauf fragte er: »Und wie ging
es dann weiter?«

»Ich kam in die besten und privatesten Spezialkliniken. Die
Müllfahrer hatten mich entweder nicht erkannt, oder mein Vater hatte sie mit seinem Geld zum Schweigen gebracht. Lune
erstattete nie Anzeige. Ich verzichtete auf eine Anzeige gegen
unbekannt. Mein Vater hat Lune eine Weile gesucht, er wollte
den Typen, der mir den Tritt versetzt hatte, zur Rechenschaft
ziehen. Ich habe nie verraten, dass es Sergio war.«

»Und hat Ihr Vater Lune gefunden?«, fragte Christian.

Legrand hob die Schultern. »Das weiß ich nicht. Paul rief oft
an, ich wimmelte ihn immer wieder ab. Nur einmal, nach einem
Jahr, als endgültig klar war, dass ich nie wieder würde laufen

können, ließ ich ihn kommen. Er war zutiefst schockiert, und ich sagte ihm deutlich: ›Das hier‹«, Maxime schlug auf die Räder des Rollstuhls, »»habe ich nur dir zu verdanken.‹ Er beteuerte, wie leid es ihm tue. Wie auch nicht. Niemand hatte so einen Ausgang erwartet. Da Lune uns nicht angezeigt hatte, vereinbarten wir Stillschweigen. Das verlangten auch meine Eltern. Ich bat Paul, mich nie wieder anzurufen, und bis gestern hat er sich auch daran gehalten.«

Legrand manövrierte seinen Rollstuhl ein Stück zur Seite, um wieder ganz in den Schatten der Bäume zu gelangen. Uldis nahm seinen Tabakbeutel und drehte sich eine neue Zigarette. Auch Christian schwieg.

»Er machte es sehr dringend gestern. Er rief mich an, direkt nachdem Sie ihn in der Uni verlassen hatten. Ich rechnete damit, dass er sich noch einmal des Stillschweigens meiner Familie versichern wollte. Aber nein, der gute Paul Spiegelberg wollte seine Seele reinwaschen und es Ihnen erzählen. Dafür wollte er mein Einverständnis. Ich gab es ihm nicht. Ich fand es sinnlos nach all den Jahren, ich verstand es nicht. Er sagte, dann fahre er jetzt so zur Polizei und gestehe die Tat als Einzeltäter.«

Das offene Gefährt mit Vierradantrieb kam den Berg herunter.

»Jetzt lernen Sie auch noch meinen werten Vater kennen.«

Ein großer, stattlicher Mann in einem blütenweißen Hemd und weißer Jeanshose stieg aus, ließ aber den Motor laufen. »Messieurs, würden Sie bitte einsteigen, ich fahre Sie hoch zum Haupteingang, dort warten bereits Ihre Kollegen auf Sie.«

»Guten Tag, ich bin …«, versuchte Christian sich vorzustellen.

»Es interessiert mich nicht, wer Sie sind, denn Sie werden jetzt sofort von meinem Grund und Boden verschwinden und hier nie wieder auftauchen. Haben Sie das verstanden?«

Uldis lachte, trat seine Zigarette aus und schwang sich auf die hintere Sitzbank. »Monsieur Legrand junior, vielen Dank für Ihr Geständnis. Sie müssten bitte morgen aufs Kommissariat in Louisson kommen, Ihre Aussage wiederholen und unterschreiben.«

»Mein Sohn geht nirgendwo hin.« Monsieur Legrand senior stütze seine Hände auf das Dach des kleinen Wagens und blickte Uldis an.

»Gehen ja weniger, aber vielleicht fahren Sie ihn?«, antwortete Uldis ungerührt.

»Vorsicht«, warnte Christian, der wahrgenommen hatte, dass Legrand senior zuschlagen wollte, »Monsieur, das ist auch in Ihren Kreisen nicht gern gesehen.«

Christian verabschiedete sich von Maxime Legrand, steckte ihm noch einmal seine Visitenkarte zu und stieg zu Uldis ins Auto. Sie schwiegen bis zum Eingangstor, wo ein Streifenwagen ihrer Polizeikollegen aus Carcassonne stand. Monsieur Legrand senior fuhr an das Tor heran, öffnete es mit einer Fernbedienung, wartete, bis Uldis und Christian draußen waren, und schloss es wieder. Dann fuhr er ohne einen Gruß davon.

»Freunde«, sagte die Kollegin aus Carcassonne, »ihr habt euch ganz schön Ärger eingehandelt.«

Eine Stunde später fuhren sie zurück nach Louisson. Uldis hatte im Kommissariat angerufen, die Leitung der Teambesprechung an eine Mitarbeiterin übergeben und sich und Christian abgemeldet.

»Was hältst du von der Geschichte?«, fragte Uldis, der auf dem Beifahrersitz saß. »Also der Geschichte mit der Vergewaltigung und diesem Tritt?«

»Ich glaube ihm.« Christian verstellte den Rückspiegel leicht, da die untergehende Sonne im Rücken ihn blendete.

»So was denkt sich niemand aus und schon gar nicht mit diesem Ende. Nur … wer oder was hat Spiegelberg gestern in das Hurenviertel gelockt?«

»Vielleicht doch Lune Bernberg?« Uldis schnippte die Asche aus dem Seitenfenster.

»Eine Frau, die vor zehn Jahren jedem hier bekannt war, die jedem auffiel, hat doch nicht all die Jahre verborgen in Louisson gelebt.«

»Hm«, grummelte Uldis, »hast du mir nicht erzählt, dass sie vor zehn Jahren viele Briefe an ihren Bruder geschrieben hat, an ein Postfach? Vielleicht haben die zwei sich hier verabredet?«

»Das wäre schon sehr perfide.«

»Wen hast du noch ausgegraben zu der Vermissten Lune Bernberg?«

»Ein ehemaliges Model, damals Besitzer der Disco Sam's Studio. Er arbeitet in der Stofffabrik seiner Eltern. Da wollte ich heute hin, aber das verschiebe ich jetzt auf morgen. Den blinden Bettler, der den Spanier kannte und auch Lune. Der ist heute Abend im Obdachlosenheim des Roten Kreuzes im Quartier Jean Jaurès.«

»Du machst echt 'nen guten Job, mon vieux, jeder Vermisste kann froh sein, wenn du nach ihm suchst«, sagte Uldis anerkennend.

»Danke.« Christian legte den Kopf schräg, runzelte die Stirn und fragte: »Wieso wusste Joëlle bereits, dass Spiegelberg ermordet wurde?«

»Legrand hat irgendwie an dem Funkgerät rumgemacht, als du ihn mit der Nachricht konfrontiert hast.«

Christian überholte zwei Autos. »Ich dachte, er hat es angeschaltet, damit man uns hört und ihm jemand zu Hilfe kommt.« Er machte eine wegwerfende Geste mit der Hand.

»Kannst du bitte mein Handy an die Freisprechanlage anschließen und meine Nummer zu Hause anwählen?« Er zog sein Telefon aus der Hosentasche und reichte es Uldis.

Erst nach dem zehnten Klingeln hörten sie Jeannes atemlose Stimme: »Mirambeau?«

»Auch Mirambeau. Christian und Uldis hier. Du bist auf laut. Warum bist du so außer Atem?«

Jeanne lachte. »Wir haben draußen mit den Kindern getobt.«

»Wir?«, hakte Christian nach.

»Leon ist schon seit heute Mittag hier, er hat für uns gekocht, in deinem Arbeitszimmer an der Stellwand gearbeitet, mir bei meiner aktuellen Kurzgeschichte geholfen und spielt jetzt mit den Kindern. Er kommt gut bei ihnen an.«

»Tatsächlich«, sagte Christian und runzelte die Stirn.

»Ja, und für heute Abend hat er extra für dich dicke Steaks gekauft, kommst du zum Essen?«

»Äh …« Christian erhielt von Uldis einen Knuff in die Seite, der wild gestikulierte, mit dem Kopf nickte und erst damit aufhörte, als Christian endlich sagte: »Äh, ja, ich schätze, ich bin in einer Stunde zu Hause.«

»Prima, bis gleich.« Es klickte in der Leitung.

»Fahr nach Hause«, sagte Uldis, »der Blinde kann warten. Oder möchtest du, dass ich hinfahre?«

Christian schüttelte den Kopf. »Nein, ich habe bereits sein Vertrauen. Aber du hast recht, ich will lieber nach Hause.«

Uldis stieg am Kommissariat aus, beugte sich aber noch einmal ins Auto: »Meinst du, Legrand erscheint morgen für seine Aussage?«

Christian zuckte mit den Schultern. »Wenn nicht, holen wir ihn ab. Noch was?«

Uldis zögerte. »Wirst du Leon von der Vergewaltigung seiner Schwester erzählen?«

»Nein, ich glaube nicht. Ich möchte erst einmal herausfinden, was er selbst noch weiß. Schätze, das wird eine lange Nacht. Bis morgen.«

Uldis klopfte auf das Autodach und ging, immer zwei Stufen auf einmal nehmend, die Treppe zum Kommissariat hoch.

Christian parkte auf der Straße vor dem Haus und sah, dass sich am Horizont Gewitterwolken auftürmten. In der Windstille vor dem Sturm schwirrten Tausende von Insekten über den Feldern. Noch zeigte das Thermometer zweiundvierzig Grad, aber gerade im Radio hatte Christian gehört, dass nach dem Sturm im Laufe der Nacht die Temperatur endlich auf achtzehn Grad fallen sollte. Zugleich hatte der Radiosprecher dringend geraten, Türen und Fenster gut zu schließen, Autos nicht unter Bäumen abzustellen. Der Himmel war bereits so dunkel, dass in der Küche Licht brannte. Durch die Fenster erspähte Christian seine Frau und Leon, die gemeinsam hantierten und das Abendessen zubereiteten.

Er betrat das Haus und ging zuerst in die Küche. »Guten Abend zusammen. Heute scheint ja jeder beim Abendessen mitzumachen. Gibt es noch einen Platz für mich?«, sagte er, strich seinen Kindern Jérôme, Sophie und Marlene liebevoll über den Kopf und küsste sie auf die Wange. Die drei saßen einträchtig nebeneinander und pulten Erbsen aus ihren Schoten.

»Guten Abend, Inspektor Mirambeau, ich hoffe, Sie haben Hunger«, sagte Leon und lachte ihn an, »es gibt Steaks mit Erbsenpüree und Estragon.«

Christian küsste Jeanne auf den Mund. »Danke, ich freue mich auf das Essen. Was kann ich tun?«

»Den Tisch decken, wenn du magst«, antwortete Jeanne.

»Wunderbar, ich bringe nur eben meine Sachen ins Arbeitszimmer, ziehe mich um, und dann mache ich das.«

Im oberen Stockwerk angekommen, zog er sich eine Leinenhose und ein frisches T-Shirt an, prüfte, ob alle Fenster geschlossen waren, und begab sich in sein Arbeitszimmer. Zunächst fiel ihm auf, dass Leon die Kopien durch Originale ersetzt hatte. Christian trat ganz nah an das Foto heran, auf dem Lune nass im Brunnen stand und lachte. Er strich mit dem Finger darüber und lehnte einen Moment seine Stirn an die Stellwand. »Was hast du in all diesen Menschen ausgelöst und warum?«

Noch einmal studierte er auf jedem Bild Lunes Gesichtszüge, ihr Lachen, ihre Augen, ihre Gestik. Schließlich bemerkte er die Post-its, die Leon hinzugefügt hatte. Auf dem Gedicht standen die Fragen »Warum kenne ich dieses Gedicht nicht? Woher stammt das?«. Auf Christians Schreibtisch lag die französische Ausgabe von Remarque und darauf klebte die Frage »Woher haben Sie das?«.

Christian schrieb ein eigenes Post-it: »Maxime Legrand sagt, er habe Lune Ende August vor zehn Jahren zuletzt in Louisson gesehen.«

In der Ferne ertönte ein langgezogenes Donnergrollen. Blitze durchzuckten den schwarzen Himmel. Christian stand am Fenster und starrte hinaus. Ihre Katze Minou saß am Rand des Feldes und beobachtete eine Maus. Der nächste Blitz war bereits so nah, dass der Donner direkt darauf folgte. Die kleine Sophie unten in der Küche weinte. Die ersten dicken Regentropfen klatschten auf den trockenen Boden. Die Katze sprang davon in Richtung Haus.

Plötzlich fühlte Christian etwas an der Hand und zuckte zusammen.

»Hast du uns nicht rufen hören?« Jeanne stand vor ihm, ein Blitz erhellte ihre Augen, die Christian anstrahlten. Er strich über ihre nackte Schulter, den schlanken Hals, schob seine

Hand unter die langen Haare, ließ sie den Rücken hinunter und über das dünne Sommerkleid wandern.

»Nein, ich habe euch nicht gehört, entschuldige. Ist das Essen fertig?«

Sie schmiegte sich an ihn. »Ja, Leon ist wirklich ein Meisterkoch.«

»Er hat sich schnell hier eingefügt.«

»Ich glaube, er ist einfach sehr einsam und es tut ihm gut, eine intakte Familie zu erleben.«

»Hm«, brummte Christian, löste sich von dem Schauspiel des Unwetters, nahm Jeanne bei der Hand und zog sie mit sich.

Leon saß an dem gedeckten Tisch, hatte Sophie auf dem Arm und erzählte ihr, Madeleine und Jérôme ein Märchen, warum der Donner so laut war und der Blitz so hell.

»Wer hat für mich den Tisch gedeckt?«, fragte Christian. Jérôme hob strahlend die Hand. »Okay, du hast was bei mir gut.«

»Du liest mir heute Abend vor!« Jérôme kletterte auf seinen Stuhl.

»Gut, eine halbe Stunde vor dem Schlafengehen.«

Während des gemeinsamen Essens bestritt Leon mit den Kindern die Konversation. Christian beobachtete ihn und auch die Blicke, die hin und wieder mit einem einvernehmlichen Lächeln zwischen Leon und Jeanne getauscht wurden. Es war laut in der Küche, und der Regen peitschte gegen die Scheiben.

Christian schob seinen geleerten Teller von sich und sagte: »Leon, das war köstlich. Danke. Ich würde gern noch ein Telefonat führen und mich anschließend mit Ihnen zusammensetzen.«

»Sagt doch auch Du zueinander«, bat Jeanne und räumte den Tisch ab, »das ist nicht so förmlich.«

Christian nickte Leon zu, erhob sich und ging hinauf in sein

Arbeitszimmer. Da der Regen abgeklungen war, öffnete er das Fenster weit und ließ die feuchte, immer noch warme, aber bereits etwas kühlere Luft herein. Er suchte die Telefonnummer des Obdachlosenheims im Viertel Jean Jaurès heraus, bekam aber kein Freizeichen. Ein zusätzlicher Versuch mit seinem Mobiltelefon, der ebenfalls scheiterte, sagte ihm, dass einer der Blitze sehr wahrscheinlich in einen Telefonmasten geknallt war. Um die Stehlampe neben der Stellwand flatterten zwei Nachtfalter.

Es klopfte, und Leon trat ein. Er brachte ein Tablett mit Kaffee und Cognac mit. Als er es auf dem Schreibtisch abstellte, sah Christian die Schnitte an Leons Handballen. Leon hatte den Verband entfernt.

»Tut es Ihnen noch weh?«

»Nein, alles gut. Aber waren wir nicht vorhin schon beim Du?« Leon reichte Christian eine Tasse. »Ich hoffe, du nimmst es mir nicht übel, dass ich die Zeit mit deiner Familie so auskoste. Ich kenne solche Familien nicht und habe in Berlin auch keine Chance dazu, so zu leben. Ich glaube, ich komme langsam dahinter, warum Lune es so sehr genossen hat, sich hier neu zu erfinden.« Leon trank einen Schluck des heißen, schwarzen Kaffees und blickte Christian prüfend an. »Was hast du heute herausgefunden? Du wirkst so, na ja, so irritiert.«

Christian stellte den Kaffee unberührt auf das Tablett zurück, trat an die Stellwand und zeigte auf den von ihm geschriebenen Zettel. »Maxime Legrand sagt, und das ist ganz sicher, dass deine Schwester im August, also genau genommen Ende August, noch einmal oder noch immer hier in Louisson war. Und das irritiert mich, weil alle, einschließlich deiner, sich ganz sicher sind, dass sie im Juni vor zehn Jahren zuletzt hier gesehen wurde.«

»Du hast noch einmal mit Maxime gesprochen?« Leon kam zu Christian. »Und warum erinnert er sich so genau daran?«

»Das kann ich dir im Moment leider nicht sagen, weil es mit einer anderen Sache zu tun hat.«

»Warum hast du das Gedicht von Lune behalten und das Buch?«, wechselte Leon das Thema.

Christian seufzte. »Okay, du hast recht, ich bin dir zunächst eine Erklärung schuldig.« Er lehnte sich an die Kante des Schreibtischs und blickte auf die Fotos von Lune. »Dieses Gedicht dort hat mich tatsächlich so berührt, dass ich es, ohne nachzudenken, behalten habe. Und das Buch, um es zu lesen. Ich sagte dir bereits, je besser ich deine Zwillingsschwester verstehen kann, desto genauer kann ich nach ihr suchen. Im Übrigen«, er schaute Leon an, »bin ich froh, dass ich so gehandelt habe, weil die Sachen sonst vielleicht auch in der Garonne gelandet wären, wie die deutsche Ausgabe am Mittwochabend.«

»Das kann sein«, gab Leon zu, stellte seine Kaffeetasse ab und trat neben Christian.

»Sag mal, diese Bank, auf der ich dich Mittwochabend gefunden habe, warst du dort zufällig, oder kanntest du diesen Platz aus den Briefen deiner Schwester?«

»Ich kenne die ganze Stadt aus Lunes Briefen. Aber diese spezielle Bank? Nein, es war einfach ein schöner Ort, um auf den Abend zu warten.«

Ein Moment des Schweigens entstand. Leon strich mit den Fingern über die Schnitte an seiner Hand. »Hast du schon von ihr geträumt?«, fragte er.

Christian konnte den Blick kaum von Lunes Fotos an der Stellwand lösen. Unwillig schüttelte er den Kopf. »Nein, warum sollte ich?«

»Weil du ihr Foto so ansiehst.«

Leon fühlte den Groll in seinem Innern, spürte eine unzähmbare Wut in sich aufkeimen und atmete tief durch. Er verfluchte sich dafür, dass er die Tabletten so leichtfertig weggeworfen hatte, denn Christians so offen gezeigte Zuneigung zu Lune konnte er kaum aushalten.

»Willst du wissen, wie es zu dem Foto kam?«, fragte er lauernd.

Christian nahm die Kaffeetasse vom Tablett, nippte daran und nickte.

Leon berichtete, in sich hineinlächelnd, was in der Nacht passiert war. Wie Lune Sergio ins Hurenviertel gefolgt war und wie sie letzlich in diesem Brunnen gelandet waren und dass dieses Foto Paul Spiegelberg zu verdanken war.

»Sie war Sergio in der Nacht zwar gefolgt, aber sie hatte immer noch nichts über ihn herausgefunden. Wenige Tage später ging sie zu Alain, sie schliefen miteinander, und während Lune sonst nicht gern in fremden Betten übernachtete, hatten Müdigkeit und Alkohol sie dazu verführt, einfach neben Alain einzuschlafen, und dann passierte das Unerwartete.«

»Papa?«

Jérôme erschien in der Tür, barfuß und im Schlafanzug; ein wenig Zahnpasta klebte in seinem Mundwinkel. »Liest du mir jetzt vor?«

»Geh nur«, sagte Leon zu Christian. »Ich warte hier auf dich.«

Eine halbe Stunde später kam Christian mit einer entkorkten Flasche Rotwein, einer Flasche Wasser und Gläsern zurück.

Da Leon es sich auf dem Boden unter dem offenen Fenster bequem gemacht hatte, setzte er sich auch dorthin. Er schenkte ihnen ein und reichte Leon eines der Gläser. »Ich höre!«

»Du musst wissen«, sagte Leon, »dass Sergio und Lune nur

ein paar Tage zuvor einen kleinen Streit hatten. Er hatte sich über sie lustig gemacht, dass sie immer mehr wie eine typische Französin würde. Und Lune, wie es eben so ihre Art war, warf Sergio gleich ein paar philosophische Gedanken dazu vor die Füße. Sie behauptete einfach, dass unsere Umwelt unweigerlich Einfluss auf uns hat und dass wir, je länger wir verweilen, ihr auch ähnlicher werden. Diese These Lunes hatte Sergio sehr wütend gemacht. Lune war es gewohnt, dass Menschen irritiert auf ihre Aussagen reagierten, aber Sergio hatte sich benommen, als habe sie ihn verflucht mit ihren Worten. Deswegen war sie ihm ins Hurenviertel gefolgt und hatte sich am Ende der Nacht in dem Brunnen wiedergefunden.« Leon zeigte auf das Bild, betrachtete es. »Weißt du, Christian, sie wird dir immer fremd bleiben, weil du ihr nie so nah kommen kannst, wie ich es sein musste.« Er wandte sich ihm zu und lächelte.

»Wie meinst du das?« Christian trank einen Schluck und ließ den Wein im Glas kreisen.

»Niemand konnte so denken wie Lune. Unsere Mutter, die Lehrer, unsere Großmutter, sie konnten ihren Gedanken einfach nicht folgen, und es machte sie wütend, denn es fühlte sich stets ein wenig so an, als würde Lune einen zurücklassen, einfach nicht mitnehmen in ihre Gedankenwelt. Und genau diese Unfähigkeit zeigt ihre Besonderheit, aber auch ihre tiefe, schwarze Einsamkeit.« Leon holte tief Luft. »Nun lag sie also ein paar Tage später in Alains Bett und war eingeschlafen, als plötzlich eine dritte Person auftauchte. Es war kurz vor Sonnenaufgang …«

Ich erwachte, weil jemand meine Hand abtastete, den Ring drehte. Ich versuchte, meine Hand wegzuziehen. Augenblicklich legte Alain schützend einen Arm um mich.

»Was tut diese Schlampe hier?« Es war Sergio, der das fragte.

Er kniete auf Alains Bett und starrte auf mich hinunter. Sein Gesicht war völlig verzerrt. Ich selbst war einen Moment vollkommen überrascht, weil der Gedanke, dass ausgerechnet diese beiden Männer eine Wohnung teilten, so absurd war, dass mich Heiterkeit erfasste und auch Sympathie für Alain.

»Was tut sie hier?«, rief Sergio noch einmal aufgebracht.

Alain griff über mich hinweg und sagte tonlos: »Ich habe nur vergessen, sie wegzuschicken.«

Ich versuchte aufzustehen, aber durch die Art, wie Alain mich schützte, hielt er mich auch fest. Meine Beine klemmten unter seinen, mein Oberkörper war gefangen unter seinem.

Ein beunruhigendes Schweigen entstand. Was tat Sergio in Alains Bett? Das Licht des Morgens drang sachte durch die Vorhänge, und ich erkannte in Sergios Gesicht alles: Müdigkeit, Schmerz, Entsetzen, Traurigkeit. Unsere Gesichter indes mussten für ihn noch im Dunkel der Dämmerung liegen.

Im Hausflur schlug eine Wohnungstür zu, dem folgten eilige Schritte und wieder Stille. Die Tür, die Schritte, das war Wirklichkeit, und wo waren wir? Ich war mir nicht sicher, ob ich die Szene nicht einfach träumte. Mit krächzender Stimme fragte ich in das Schweigen hinein: »Was ist das hier gerade?«

Eine weitere Tür schlug im Hausflur zu. Zwei, zählte ich in Gedanken.

»Wie hast du das genau gemeint, dass ich dem Umfeld, in dem ich mich bewege, immer ähnlicher werde?«

Ich ahnte, dass ich vor ein paar Tagen, als ich diese Worte Sergio einfach hinwarf, in ihm etwas getroffen hatte. Ich grübelte, was zu erwidern sei, was er wissen wollte, was es sein könnte.

Meine Vorsicht dauerte Sergio zu lange. Er zerrte an meinem Arm, den Alain auf der anderen Seite festhielt, und forderte: »Antworte mir!«

Meine Stimme klang so fern und fremd für mich wie in einem

Traum: »Wir glauben, wir sind Herr unserer selbst, aber in Wahrheit werden wir immer zu dem, was unsere Mitmenschen von uns erwarten.«

Ich versuchte, mich zu bewegen, aber Alain ließ es nicht zu.

»Und wieso ist das immer so?«, fragte Sergio weiter. Er verringerte einen Moment die Kraft, mit der er meine Hand hielt, aber er gab sie nicht frei.

»Du kannst immer nur das sein, was ein anderer Mensch dich sein lässt.«

Er hörte mir wachsam zu, sah auf meine Hand hinunter, hielt meine zwischen seinen und auf seinen Knien und spielte mit meinem Ring. Der Morgen wurde heller, die Szene realer, und ich merkte an Sergios Blick, dass er jetzt auch mein Gesicht erkennen konnte.

»Ich will das nicht«, sagte Sergio aufgebracht.

»Nur wer sich beherrschen lässt, macht den anderen zum König. Zu einem, der herrscht, gehört einer, der sich beherrschen lässt. Es ist ein Zusammenspiel.«

»Dann kann ich herrschen und beherrscht werden?«, drängte er weiter.

Ich zögerte. »Es kommt auf die Rolle an, die du spielen willst.«

»Ich kann spielen und sein, was ich will?«

»Jeder Mensch hat alle Eigenschaften, warum also nicht!«

Ich wollte mir wenigstens Platz zum Atmen zu verschaffen. Immer noch spürte ich die Unsicherheit in mir, ob das alles hier Wirklichkeit war. Ich konzentrierte mich einen Moment auf Alains Atemrhythmus und dann auf meinen. Ich träumte also nicht. Die nächste Kirchturmuhr schlug 6:30 Uhr.

»Alle Eigenschaften, auch ich?«, fragte Sergio weiter.

»Alle!«

»Du belügst mich. Spiel nicht mit mir!«, sagte er mit drohendem Unterton.

»Sergio«, mischte Alain sich nun ein, »lass Lune bitte jetzt gehen«, und ich spürte, wie rasch sein Herz schlug, sei es aus Angst oder vor Aufregung.

Doch Sergio ignorierte ihn und nahm unser Gespräch wieder auf: »Du sagst damit, dass auch ich alle Eigenschaften habe.« Er schien zu erschaudern.

»Auf jeden Fall.« Ich war mittlerweile hellwach. Alains Gewicht auf mir und Sergios Willkür im Umgang mit meiner Hand schärften meine Konzentration.

»Er steht unter Drogen«, flüsterte Alain mir ins Ohr, »bitte, provoziere ihn nicht.«

»Was quatschst du da?«, fuhr Sergio ihn an, und Alain lehnte sich wieder weiter über mich, um Sergio abwehren zu können.

Sergio sah mich an, und seine Fragen kamen schnell und präzise.

»Nenn mir meine Größe!«, forderte er.

»Deine Körperhaltung!«

»Was an mir ist klein?«

»Deine Liebe zu den Menschen.«

»Was klug?«

»Deine Fantasie.«

»Gemein?«

»Du bist gnadenlos.«

»Schön?«

»Deine Hoffnung!«

»Meine Intelligenz?«

Ich sah in seinen Augen, dass ihn unser Wortwechsel genauso erregte wie mich. Ich konnte nicht widerstehen, weiterzugehen, weil Sergio in meiner Gedankenwelt spazieren ging, als kenne er den Weg.

»Du verkaufst Träume«, riet ich.

»Dummheit?«

»Du unterschätzt dich!«

»Hässlich?«

»Du erniedrigst dich und andere!«

»Hass?«

»Auf die, die dich absichtlich verletzen.«

Er hielt einen Moment inne. Ich hatte die Antwort, die auf mich selbst zutraf, gegeben und ihn damit getroffen. Ganz langsam begriff ich, was uns aneinander anzog.

»Faszinierend?«

»Deine Augen!«

»Stolz?«

»Deine Nationalität!«

»Zart?«

»Deine Hände!«

»Furcht?«

»Vor mir!«

»Woher weißt du das?«, rief er wütend aus und gestand damit ein, dass ich recht hatte.

Ich antwortete: »Deine Fragen, deine verkrampften Hände, dein Geruch.«

Noch einmal versuchte ich, mir Platz zu verschaffen, aber Alain gab so wenig nach wie der kleine Mann mit den blauen Augen.

»Andere sehen in mir, was sie sehen wollen! Was also siehst du in mir?« Er quetschte meine Finger, um seinem Forschen Nachdruck zu verleihen.

Ich verschaffte mir Zeit, indem ich zurückfragte: »Was soll ich in dir sehen?«

Sergio zog seine Schultern hoch, veränderte leicht die Stellung seiner Füße, auf deren Fersen er nun saß. »Dass du mir unheimlich bist!«

»Weil du Angst hast, dass ich dich erkenne.«

Für Sekunden breitete sich ein eisiges Schweigen aus.

»Dass ich Lust habe, dich zu verletzen?« Sergio grinste bei diesen Worten.

»Um dich überlegen zu fühlen«, antwortete ich.

»Lune, hör auf damit«, flüsterte Alain, aber ich konnte es nicht. Es war zu reizvoll, diesen Dialog fortzusetzen. Trotz meiner Müdigkeit war ich auf eine ungeahnte Art froh, einem Menschen zu begegnen, der im Geist so schnell war.

»Dass ich dich hässlich finde?« Sergio legte alle Abneigung in diese Worte.

»Weil ich anders bin als du«, erwiderte ich.

Die Atmosphäre wurde immer dichter. Mit all unseren Sinnen, mit unseren Körpern, unserem Geruch, unserem Atem waren wir zu dritt in diesem Bett und klammerten uns aneinander.

»Ich will, dass du siehst, dass du mich störst!«, presste Sergio hervor.

»Weil du dich stören lässt.«

Alain hielt mich so fest, dass ich Mühe hatte zu atmen.

Sergio beugte sich vor, näherte sich meinem Gesicht und zischte: »Ich will, dass du siehst, dass du mir wehtust!«

»Hör auf, Lune!«, bat Alain mich noch einmal eindringlich, doch ich war längst zu weit gegangen.

»Weil du zulässt, dass ich dir wehtue«, flüsterte ich.

Plötzlich schlug er zu.

Mein Gesicht glühte. Ein feines Rinnsal lief aus meiner Nase; das Blut trocknete auf meiner heißen Haut. Ich spürte Alain hinter mir, sein Herz schlug so deutlich in meinem Rücken, dass ich meinen eigenen Herzschlag nicht mehr wahrnehmen konnte.

»Warum hast du sie hierhergebracht?«, richtete Sergio unvermittelt das Wort an Alain und richtete sich auf, sodass er seinem Freund gerade in die Augen sehen konnte und zugleich noch bedrohlicher wirkte.

»Sergio, es hat keine Bedeutung. Es war Zufall«, beteuerte Alain noch einmal in dem Versuch, ihn zu besänftigen.

»Du hast nicht an mich gedacht, obwohl du wusstest, wo ich heute war!«

»Das stimmt nicht. Ich bin nur eingeschlafen, bevor ich Lune bitten konnte zu gehen.«

»Und warum hältst du sie fest?«, fragte Sergio, als gäbe es mich gar nicht.

Alain zitterte vor Angst.

»Du kannst tausend Frauen haben, lass sie los!«, forderte Sergio.

»Du hast sie geschlagen«, erinnerte Alain ihn schwach.

»Und du hast sie festgehalten.« Sergio lachte.

Ich fragte mich, was er genommen hatte, um in dieser Verfassung zu sein. Glasklar bei Verstand, hellwach und dabei ohne jedes Mitleid mit Alain.

»Gut. Willst du, dass sie geht? Lässt du sie gehen?« Alains Stimme klang jetzt gehetzt.

»Nein.« Sergio lächelte und sah auf mich hinunter.

Und ich schwöre, dass ich in diesem Moment nicht gehen wollte. Denn wo andere Menschen belanglose Fragen stellten, traute Sergio sich ins Niemandsland ohne Hinweisschilder. Wo die Einfallslosen sich nur aufs geprüfte Eis wagten, ließ Sergio sich von einer Hemmungslosigkeit treiben, die jede Gefahr ignorierte. Er wollte Antworten vom Leben und rechnete nicht mit leichten, gut verdaulichen Worten. Er war bereit, auf die dunkle Seite des Mondes zu wechseln, wenn es wahrscheinlich war, dort etwas zu finden, was ihm helfen würde zu verstehen, helfen würde zu leben.

Für einige Sekunden war die Stille im Zimmer fast greifbar. Unsere Atemzüge von verschiedener Tiefe und Dauer, ein lauter und wieder leiser werdendes vorüberfahrendes Auto auf der morgendlichen Straße unter dem Fenster, das Scheppern einer Mülltonne, begleitet von dem Fluch eines Unbekannten.

Bis Sergio Luft holte und sagte: »Nein, ich lasse sie nicht gehen. Ich will Lune verletzen! Ich will wissen, wie es ist, Macht über sie zu haben.«

»Warum?«, fragte Alain leise, fast tonlos.

Wieder knallte eine Tür im Hausflur.

»Weil ich endlich verstehen will«, sagte Sergio.

»Warum der Wunsch anderer, dich zu verletzen, so groß ist?«, fragte ich herausfordernd.

»Ja! Ich möchte wissen, was einem daran gut tut, einen Menschen zu verletzen.« Wieder lächelte er auf mich hinunter. »Ich will den Genuss ergründen! Den Genuss am Schmerz eines anderen! An deinem Schmerz!«

In meinem Kopf herrschte eine dröhnende Leere, mein Körper wurde taub, wie früher.

»Den Weg dorthin«, fuhr Sergio, an Alain gerichtet, fort, »wirst du mir beschreiben, mein lieber Freund. Du wirst diesen Weg für mich gehen. Ich werde ihr wehtun, und du wirst es genießen!«

»Nein, hör jetzt verdammt noch mal endlich auf, Sergio! Hör auf!« Alain griff nach Sergios Handgelenk und umschloss es mit seinen Fingern.

Sergio betrachtete Alain genau und lange. Es war, als prüfe er, wie ernst es Alain damit war.

»Ich will dieses Spiel nicht spielen«, sagte Alain schwach, und diese Schwäche entging Sergio nicht. »Lass uns jetzt aufhören.«

Alains zaghafte Forderung blieb folgenlos. Sergio wollte nicht nachgeben.

»Bitte!« Fremde Tränen tropften auf meine Schulter, liefen über meine Brust. Alain weinte.

»Ich kann nicht!«, schrie Sergio unvermittelt auf.

»Warum nicht?«, brüllte Alain zurück.

Die Anspannung in Sergios Schultern ließ nach, und es klang wie ein tiefes Stöhnen, als er erwiderte: »Ich ertrage die Einsamkeit meines Lebens nicht mehr.«

»Dann ändere dein und nicht mein Leben, bitte, Sergio, hör jetzt auf«, sagte Alain eindringlich.

»Ich kann hinter meine Erfahrung nie mehr zurück, sie bleibt.«

»Aber auch nicht hinter die, die du jetzt machen willst!«, warnte ich Sergio.

Die Kirchturmuhr schlug sieben.

Da sagte Alain etwas Seltsames: »Was willst du tun, wenn es dir gefällt? Leben wie die Männer in der Fabolousbar, die du jetzt so verabscheust?«

Schritte erklangen im Hausflur. Ich zählte sie unwillkürlich.

Sergio starrte mich an, und als die Haustür ins Schloss fiel, entzog er Alain seine Hand und schlug wieder zu.

Alain sprang plötzlich auf, lief um das Bett herum, umfasste Sergio von hinten und schleppte ihn ins Nebenzimmer.

Sergio schlug um sich. Eine Vase ging zu Boden, und ich hörte, wie Sergio Alain beschimpfte, er sei wie alle, ein Feigling, der das Leben nicht kennt.

Eine Frauenstimme rief im Hausflur nach einem Kind, dann hörte ich eine zuschlagende Wohnungstür. Es war die fünfte.

Sergio wurde nebenan ruhiger. Ich hörte, wie Alain besänftigend auf ihn einredete. Ich suchte meine Kleidungsstücke zusammen und zog mich an. Ich musste schnell nach Hause. Wie früher spürte ich das dringende Bedürfnis, alles aufzuschreiben. Es in Worten festzuhalten, damit niemand es mir wegnehmen oder später einmal behaupten konnte, es sei alles ganz anders gewesen.

Ich hatte bereits die Türklinke in der Hand, da hörte ich hinter mir Alain: »Verzeih mir. Das hätte nicht passieren dürfen. Es tut mir leid.«

Ich drehte mich zu ihm um. Er konnte nicht wissen, wie sehr ich ihn in diesem Moment mochte, denn er war nicht mehr le beau, der sich mit geistlosen Sätzen in die Herzen dummer junger Frauen quasselte, sondern hütete die Seele eines Menschen, der so besonders war, dass andere ihn ablehnten, und er gewährte ihm Schutz.

»Es muss dir nicht leid tun.«

»Ich ...«

»Lass gut sein.« Ich streichelte mit meiner Hand sein Gesicht.

Er hielt sie mit seiner einen Moment fest und sah mich aus geröteten Augen an.

Ich lief die Treppe hinunter, ganze dreiundfünfzig Stufen, trat in die grelle Sonne und setzte mich auf die Stufe vor dem Haus. Ich wollte einen Moment ausruhen. Aber die Passanten starrten mich entsetzt an, und als ich mein Auto erreichte und in den Rückspiegel blickte, wusste ich, warum. Mein Gesicht war blutverschmiert, meine Oberlippe geschwollen, die Unterlippe leicht aufgeplatzt. Ich wischte das Blut weg, so gut es ging, und fuhr zu dem Haus am Stadtrand, in dem ich lebte. Ich schrieb wie im Fieber die Ereignisse der Nacht auf. Seite um Seite zeigte, dass es Stunden gibt, die mühelos eine Woche füllen könnten. Ich war glücklich und schrieb, bis ich einschlief.

Ich wachte auf, weil ich im Traum gegen eine Tür schlug, hinter der ein Kind um Hilfe rief. Es dämmerte bereits wieder. Ich duschte, fuhr in die Stadt, setzte mich an der Place de la Concorde in ein Café und wartete auf Sergio mit seinen Blumen. Ich musste ihn einfach sprechen. Diesmal dauerte es lange, bis er auftauchte. Aber dann ging er so an mir vorüber, als sehe er mich gar nicht. Ich trat ihm in den Weg, als er sich von einem Tisch abwandte.

»Was willst du?«, fragte er abweisend.

Ich schwankte, denn er tat, als sei die letzte Nacht nicht gewesen. Aber ich klammerte mich an meine Erinnerungen.

»Ich will eine Orchidee!«, sagte ich.

»Für wen willst du die?«, fragte Sergio.

»Die ist für meine Beerdigung«, antwortete ich und reichte ihm einen Geldschein.

»Dann ist das mein Geschenk zu dem besonderen Ereignis«, antwortete Sergio, warf mir die Orchidee zu und ließ mich stehen.

Leon nahm sein Weinglas vom Boden und trank langsam ein paar Schlucke.

»Was meinte deine Schwester mit ›Beerdigung‹?«, fragte Christian und schenkte sich selbst Wein nach.

Leon lachte aus vollem Herzen. »Ist das alles, was dir zu diesem Dialog einfällt? Konntest du dem, was sie da sagt, auch nur ein kleines Stück folgen?«

»Nein«, erwiderte Christian, »das konnte ich nicht. Aber ich verstehe sehr wohl, dass es schlimm sein muss, solche Worte, Gedanken, Ideen im Kopf zu haben, und keiner kapiert sie. Man muss sehr einsam sein.«

Sergio, dachte Leon, ausgerechnet Sergio, hatte Lunes Einsamkeit beendet. Denn nur ein Mensch, der Lune verstand, konnte eine solche Antwort geben. Leons rechte Hand krampfte sich zusammen.

In der tiefschwarzen Nacht vor dem Fenster baute sich ein neues Unwetter auf. Blitze erhellten das Büro für einen Moment. Vor einiger Zeit war bereits der Strom ausgefallen, und Jeanne hatte ihnen Kerzen gebracht. Zwei standen auf dem Schreibtisch. Ihr Flackern im Luftzug ließ Lune auf den Fotos tanzen. Christian Mirambeau hatte fast während der gesamten Erzählung auf diese Bilder geblickt.

Leon streckte seine Beine, zog sie wieder an, stützte sich ab und stand auf.

»Sie verschwand, und ich bekam auch keine Briefe von ihr in den darauffolgenden Monaten. Ich glaube, erst im März kam wieder einer. Lune hatte in ihrem Leben ein paar Inseln. Inseln, von denen sie niemandem – auch mir nicht – erzählte, damit sie sicher waren. Sie hatte mal einen viel älteren Mann erwähnt, einen Maler, der ohne Strom und fließend Wasser in den Abruzzen lebte. Ich schätze, dass sie dorthin gefahren ist, denn es gab in der Zeit keine Abbuchungen von ihrem Konto.«

Leon drehte sich zum Fenster. »Von diesen Junistürmen hat sie auch oft geschrieben. So machtvoll wie die Hitze.«

Christian stand ebenfalls auf und stellte sein Weinglas auf dem Schreibtisch ab. Er schrieb auf ein Post-it, dass Lune einige Monate nicht in Louisson war. Ein weiteres fügte er hinzu mit den Worten »Streit zwischen Maxime und Paul«.

Leon trat neben ihn. »Was für ein Streit?«

»Das wissen wir noch nicht so genau. Spiegelberg kann es nicht mehr sagen, Legrand will es uns noch nicht sagen. Hat Lune etwas darüber geschrieben?«

Leon schüttelte den Kopf und schob sich die Haare hinter die Ohren. »Nein, nicht an mich. Maxime tauchte nur oft als Begleiter auf. Es war ihr angenehm, dass er, zumindest damals, so einfältig, unbelastet und oberflächlich war, dass er keinen persönlichen Film mit Lune drehen wollte, anders als alle anderen. Das passierte ihr sehr selten.«

»Film?«

Leon warf Christian einen Seitenblick zu und bemerkte, dass dieser seine Augen noch immer kaum von den Fotos lösen konnte.

»So viele Menschen projizierten irgendwas in Lune hinein. Unsere Großmutter, dass sie verrückt ist. Unsere Mutter, dass sie besessen ist. Die Lehrer, dass sie hochbegabt ist. Die Männer, dass sie unnahbar ist. Die Mitstudenten, dass sie arrogant und eigen ist. Und Paul, dass man sie besitzen möchte. Diese Filme hatten viel weniger mit Lune zu tun als mit den Menschen, die ihr begegneten.«

Leon schob sich zwischen Christian und die Stellwand und fragte: »Was denkst du über meine Schwester?«

»Dass ich sie finden will«, antwortete Christian, ohne zu zögern. »Darüber hinaus«, er nahm sein Glas und ließ den Wein darin kreisen, »kann ich über sie nichts sagen.«

»Ach Unsinn, komm schon, Christian. Du weißt mehr über meine Schwester als die meisten Menschen, die ihr begegnet sind.«

Leon wusste, es war gewagt, Mirambeau so zu locken, aber er konnte nicht widerstehen. Es war so vertraut wie ein alter Schuh. Unzähligen jungen und auch nicht mehr ganz so jungen Männern hatte er früher diese Fragen gestellt und zugesehen, wie sie zugrunde gingen.

»Mir ist so ein Mensch noch nie begegnet. Sich vorbehaltlos den Facetten des Lebens hinzugeben. Eine Minute so zu füllen, dass sie wie eine Stunde wirkt, eine Stunde wie ein Tag, einige Tage wie ein Monat. So atemlos, so dicht sind ihre Gedanken. Was du mir bisher über Lune erzählt hast, ist nur ein Ausschnitt, aber andere Menschen erleben in ihrem ganzen Leben weniger. Und sie ist unglaublich klug.«

Leon lachte und klopfte Christian auf die Schulter. »Jetzt kannst du vielleicht verstehen, warum ich mich oft so mittelmäßig neben ihr fühlte.« Er gähnte. »Für heute habe ich mich müde geredet. Wenn du willst, erzähle ich dir morgen weiter.«

»Ja«, sagte Christian, »gute Nacht, Leon.«

Als Leon aus dem Bad zurückkam, bemerkte er, dass im Büro die Kerzen gelöscht waren und das Fenster weit geöffnet. Christian lehnte am Fensterrahmen, die Hände vor dem Gesicht.

Leon wusste genau, was gerade in ihm vorging, und da seine Muskeln sich wieder entspannt hatten, konnte er es ausschließlich genießen.

Samstag, 9. Juni

Leon wurde wach, weil jemand durch den Flur schlich. Lune hatte oft gesagt: *Es gibt nichts Lauteres als einen Menschen, der versucht, leise zu sein.* Als hätte derjenige seine Gedanken gespürt, trat er auf ein liegen gebliebenes Spielzeug und fluchte. Es war Christian. Auf der Treppe waren jetzt tapsige Schritte zu hören, wie die eines Kindes. »Warte«, flüsterte Christian, eilte die Treppe hinunter. »Du kannst bei deiner Mutter noch ein wenig schlafen, Sophie, in Ordnung? Und weck sie nicht, versprochen?« Er kam, offenbar mit seiner verschlafenen dreijährigen Tochter auf dem Arm, die Treppen wieder herauf.

Leon erinnerte sich an seine Kindertage, geschützt zwischen den warmen Körpern seiner Eltern. Auch wenn Lune lediglich die Strategie ihrer Mutter durchschaut und zunichte gemacht hatte, war von seinen Gefühlen her doch immer Lune schuld an seiner Vertreibung aus dem Paradies.

Leon stand auf, rieb sich den Schlaf aus den Augen, zog sich schnell an und lief in die Küche hinunter, wo Christian bereits in Polizeiuniform stand und Kaffee trank. Er fuhr herum, als Leon ihm einen guten Morgen wünschte.

»Du arbeitest heute?«, fragte Leon rasch.

»Ja, wir haben einfach zu viel zu tun und gestern etwas Zeit verloren.«

»Kannst du mich wieder in die Stadt mitnehmen?«

»Wenn du willst, gern.«

Auf dem Weg in die Stadt berichtete Christian ausführlich über die Geschichte von Louisson, wann die Stadt zu Spanien und wann wieder zu Frankreich gehört hatte.

»Hast du immer schon hier gelebt?«

»Ja, ich bin hier geboren, war allerdings ein paar Jahre beim Militär und gelegentlich in verdeckten Einsätzen. Aber jetzt, mit den Kindern, möchte ich das nicht mehr. Wir sind gleich da, soll ich dich wieder an der Place de la Concorde herauslassen?«

»Ja, bitte. Ich werde ein paar Anrufe nach Deutschland tätigen und dann einkaufen für das Essen heute.«

»Das musst du nicht!«

»Ich weiß, aber so habe ich weniger das Gefühl, dir etwas schuldig zu sein, weil ich mich nach dem schrecklichen Erlebnis in eurem friedvollen Haus erholen darf und«, er seufzte, »du die Suche nach meiner Zwillingsschwester ernst nimmst.«

Christian blinkte, ließ Leon aussteigen, sah ihm kurz hinterher und fuhr ins Kommissariat. Im Konferenzraum hatte sich bereits das gesamte Team eingefunden. Alle waren gelöst, denn jeder hatte die kühlere Nacht genossen. Es war, als sei ein Druck von den Menschen genommen. An der Tafelwand hatten sich zahlreiche Informationen gesammelt.

Nachdem Christian die Tür hinter sich geschlossen hatte, referierte Uldis die gesammelten Fakten: »Unsere unbekannte junge Dame, geschätztes Alter sechszehn bis achtzehn, starb an einer Überdosis diverser synthetischer Drogen. Sie hat im Vaginalbereich innen und außen zahlreiche Schnittwunden, an Füßen und Händen frische Spuren einer Fesselung. Ihrer Kleidung nach war sie eine Studentin. Die fremde DNS, die wir an dem Mädchen noch feststellen konnten, ergab keinerlei Treffer in den einschlägigen Datenbanken. Unsere liebe Gerichtsmedizinerin, Zoe, tippt von der Gesichtsform her auf ukrainische Wurzeln und wird daher mit der dortigen Polizei Kontakt aufnehmen.« Er ging einen Schritt weiter. »Auch die fremde DNS, die Spiegelberg mit sich herumtrug, ist noch unbekannt. Klar ist allerdings, dass unserem werten Professor Scheidensekret am Schwengel klebte. Das heißt nicht nur, dass er sich danach nicht gewaschen hat, sondern auch, dass er entweder morgens noch mit seiner Frau zusammen war oder in der Uni fremdgegangen ist, mitten am Tage nach Hause fuhr, um es seiner Frau zu besorgen, oder im Hurenviertel ungeschützten Verkehr hatte. Zoe hat überdies einen Fingerabdruck an Spiegelbergs Hals isolieren können und meint, er sei auch ein wenig gewürgt worden. Vielleicht gehörte das zum Liebesspiel, oder Leon Bernberg, der versuchte, ihn zu retten, hat ihn gewürgt, als er sich abmühte, die Halsschlagader zusammenzudrücken.«

Uldis ging einen Schritt weiter an der Tafel entlang. »Heute Morgen ließ mich unser Computergenie ›Zecke‹ wissen, dass diese Festplatte auf Spiegelbergs Unicomputer wirklich sehr fachmännisch gelöscht wurde – es gab nicht ein einzige klitzekleine Datei, die er hätte wiederherstellen können. Spiegelberg hat sie wahrscheinlich nach Christians Besuch in der Uni vollständig gelöscht, weil etwas drauf war, was ihn kompromittiert hätte.«

»Und«, meldete Christian sich zu Wort, »ihn erpressbar machte.«

»Guter Punkt«, sagte Uldis, schrieb es dazu und wandte sich dem Team wieder zu. »Verdächtige? Neviens, das heißt: niemand! Bietet jemand mehr?«

»Nun«, sagte Christian, »sehr vage möchte ich Joëlle Legrand vorschlagen.« Er fasste kurz zusammen, dass sie gestern bereits von dem Mord an Spiegelberg wusste, ohne dass klar war, woher.

»Dazu habe ich leider hinzuzufügen«, übernahm Uldis wieder das Wort, »dass uns Maxime Legrand gestern seine Mithilfe bei einer Vergewaltigung gestand. Er hat Paul Spiegelberg vor Jahren geholfen, Lune Bernberg zu vergewaltigen.«

Ein Raunen ging durch das Team.

»Und jetzt ratet, was heute Morgen auf dem Fax lag? Richtig! Der Widerruf und die Weigerung, eine schriftliche Aussage zu machen. Hinzu kam ein Anruf bei unserem Chef, jede Kontaktaufnahme mit den Legrands dürfe nur noch über den Polizeichef von Carcassonne laufen.«

»Merde, alors«, sagte Christian, verschränkte seine Finger ineinander und streckte die Arme vor sich aus, bis die Gelenke knackten.

»Der kleine Lichtblick: Zecke hat letzte Nacht schon Spiegelbergs Anruflisten bekommen. Punkt eins: Es gab Anrufe ohne Nummernkennung, aber für Zecke war das kein Problem. Die Nummer ist also bekannt; es ist die eines Mobiltelefons. Von dieser Nummer wurde am Tag von Spiegelbergs Ermordung erst in seinem Büro, vierzehn Uhr drei, und dann auf seinem Handy, vierzehn Uhr sieben, angerufen. Es könnte also sein, dass die Sekretärin die Handynummer ihres Chefs weitergegeben hat und sich vielleicht noch an die Stimme der Person erinnert. Punkt zwei: Das Handy des Anrufers oder der Anruferin ist leider ausgeschaltet, der Akku entfernt, sodass wir es nicht anschalten und orten können. Ich möchte, dass sich zwei Leute um die Sekretärin kümmern und, der Vollständigkeit halber, auch gleich einen DNS-Abstrich von ihr mitbringen und mal dezent nachfragen, ob sie und ihr Chef ... Zoe kümmert sich um die Ukraine, Christian und ich besuchen Madame Spiegelberg, um von ihr einen DNS-Abstrich zu bekommen und sie nach ihrem morgendlichen Spaß zu fragen beziehungsweise damit zu konfrontieren, dass ihr Mann fremdging und auf seiner Festplatte offenbar etwas war, was dort nicht sein sollte. Der Rest hat frei – wir sehen uns am Montag wieder. Schönes Wochenende und danke fürs Kommen!«

Einen Moment wurde es laut in dem Raum vom Murmeln, Stühlerücken und Tascheneinpacken.

»Willst du dich nicht umziehen?«, fragte Uldis Christian, als sie allein waren. Uldis trug Jeans und T-Shirt und wie immer ein Stirnband.

»Mach ich. Kommst du mit rauf, oder treffen wir uns am Auto?«

»Ich komme mit, vielleicht hat ja oben jemand Kaffee gekocht.«

»Sag mal, steht in dem Autopsie-Bericht, ob der tödliche Schnitt bei Spiegelberg von einer links- oder einer rechtshändigen Person verübt wurde?«

»Ja, rechts. Darauf achte ich immer als Erstes, weil Linkshänder die Verdächtigen so nett eingrenzen. Wenn man denn Verdächtige hat.«

»Dann war Lune es nicht«, sagte Christian erleichtert. »Leon sagte mir, sie sei Linkshänderin.«

In der Etage mit ihren Büros angekommen, holte Uldis Kaffee aus der Küche, während Christian sich der schweren Polizeiuniform entledigte und auch in Jeans und T-Shirt schlüpfte. Er rief seine E-Mails ab und druckte die Adresse von Alain Vicard aus. Dann gab er »Fabolousbar« ein, und die Datenbank zeigte ihm zehn Treffer.

Uldis betrat mit zwei Bechern Kaffee das Büro, stellte beide ab, nahm seinen Tabakbeutel, öffnete die Tür zum Hinterhof und drehte sich eine Zigarette.

»Kanntest du die Fabolousbar?«

»Oh ja«, Uldis leckte das Zigarettenpapier an und spuckte

einen Tabakkrümel in den Hof. »Die haben wir damals ausgehoben. Reichlich Drogen hatten sie dort gebunkert, und es war ein Bordell der besonderen Art.« Uldis nahm zwei Züge und inhalierte tief. »Dort konntest du, nenn es nun pervers oder nicht, sogenannte Zwerge, also sehr junge kleinwüchsige Männer, malträtieren lassen. Die saßen hinter einer Scheibe, und du konntest einem maskierten Folterknecht sagen, was er mit ihnen tun sollte.« Er zog noch einmal an seiner Zigarette, drückte sie unter seinem Schuh aus und setzte sich Christian gegenüber. »Das wirklich Verrückte daran war, dass die ein so ausgefeiltes Spiegelsystem hatten, dass den Jungs nichts wirklich passierte. Aber der Wichser im Séparée dachte, er lässt die Zwerge unter Strom setzen und vieles Hässliches mehr. Der Laden hat jede Nacht um die zwanzigtausend Euro eingenommen. Die vermeintlichen Opfer wurden auch gut bezahlt. Pro Schicht ein Tausender.«

Christian trank von seinem Kaffee. »Und wo war der Laden?«

Uldis lachte. »Ganz tief im Viertel und dann in einem Keller, aber da unten hatten die bestimmt um die tausend Quadratmeter Fläche. Die Akte ist im System.«

»Wen habt ihr hochgenommen?«

»Nur die Besitzer. Personal und ›Spieler‹, so nannten sie die Jungs, waren durch einen Hinterausgang verschwunden. Wir hatten ein paar Fotos, aber fanden es nicht fair, die zu veröffentlichen. Außerdem hatte ich keinen Nerv, die Jungs wegen Prostitution anzuzeigen. Ich schätze nämlich, dass uns einer von denen den anonymen Tipp damals hat zukommen lassen.« Uldis blickte auf die Uhr. »Ist immer noch ein bisschen früh für Madame Spiegelberg an einem Samstag. Wollen wir frühstücken gehen?«

Christian schüttelte den Kopf. »Lieber möchte ich erst an die Garonne und etwas prüfen.«

»Und was?«

»Das weiß ich noch nicht so genau. Ich habe Leon Bernberg am Mittwoch oberhalb von der Treppe gefunden, auf deren unteren Stufen Lune damals vergewaltigt wurde. Ich muss rausfinden, ob das ein Zufall war.«

»Dann los, ich kauf mir unterwegs ein Baguette.«

Leon strich durch die Stadt. Es war angenehm kühl geworden, und die Erleichterung der Menschen drückte sich in großer Freundlichkeit aus. Er kaufte Blumen für Jeanne und bekam noch eine Rose extra, zum Huhn gab es zehn Eier dazu und zur Pastete ein Gläschen Cornichons. Er zögerte immer noch, die internationale Apotheke zu betreten. Drei Mal war er bereits vorbeigegangen.

Ich muss es ohne Tabletten schaffen, sagte er sich schließlich und gab seinen Plan auf.

Christian hielt an exakt derselben Stelle an, an der er Mittwochabend Leon Bernberg gefunden hatte. Uldis folgte ihm schweigend. Zwei Paddelboote zogen fast geräuschlos an ihnen vorbei. Christian untersuchte die Bank, ging die breiten Stufen hinunter und nah an die alte Brücke heran. Uldis setzt sich mit seinem Baguette auf die Bank und beobachtete Christian. Die einzelnen Stufen hinunter zum Fluss waren zwei, manchmal drei Meter breit und vierzig Zentimeter hoch. Dazwischen gab es normale Treppenstufen mit Geländer für die weniger Sportlichen. Christian ging so weit unter die Brücke, dass er die Stufen gerade eben noch sehen konnte.

Er kam wieder zurück und setzte sich neben Uldis auf die Bank. »Vielleicht war es nur Zufall. Kann Leon etwas dafür, dass diese Bank hier genau oberhalb der Stelle steht, an der seine Zwillingsschwester überrumpelt wurde?«

»Warum ist das wichtig?« Uldis wischte sich mit der Papierserviette, die um das Brot gewickelt gewesen war, den Mund ab und nahm seinen Tabakbeutel heraus.

»Ich weiß es nicht. Noch nicht. Was ich aber inzwischen weiß, ist, dass die Sache sicher nicht so spontan von Spiegelberg und Legrand beschlossen wurde, wie er uns gestern glauben machen wollte. Diese Stelle ist zu perfekt, die hat jemand genau ausgesucht. Sieh mal!« Christian zeigte auf die Stufen direkt an dem Brückenpfeiler. »Lune Bernberg hatte keine Chance, Spiegelberg frühzeitig zu sehen.« Christian nahm seinen Block aus der Gesäßtasche seiner Jeans und schrieb sich auf, dass er die Krankenhäuser mit Notaufnahme in jener Nacht anrufen und sowohl nach einem Mann mit gebrochener Wirbelsäule als auch nach einer Frau mit Verletzungen im Genitalbereich fragen wollte.

Uldis rieb sich über das unrasierte Kinn. »Die Frau geht dir ganz schön nah, finde ich. Würde ich dich nicht als glücklichen Ehemann und Vater kennen, und diese Lune Bernberg wäre eine real in der Gegenwart existierende Person, würde ich denken, du hättest dich verliebt.«

»Es gibt sonst niemanden, der für sie eintritt. Der das, was ihr geschehen ist, aufdecken kann. Der die Menschen, dir ihr das angetan haben, zur Rechenschaft zieht.«

»Hm, genau das meine ich, Christian. Jeder andere in deiner Abteilung hätte Bernberg den Schrieb ausgestellt und ihn ziehen lassen.«

Christian ließ noch einmal seinen Blick schweifen, stand auf und sagte: »Dann mal auf in Richtung Albi, zu Cécile Spiegelberg.«

Kaum saßen sie im Auto, klingelte Christians Mobiltelefon.

»Mirambeau?«

»Hallo Christian, Leon hier. Die Nummer, die du auf dem

Display hast, ist die meines temporären Mobiltelefons, bis ich aus Deutschland eine neue SIM-Karte bekommen habe.«

»Okay, danke, wo bist du gerade?« Christian klemmte sich das Telefon zwischen Kinn und Schulter, weil er schalten musste.

»Im Taxi. Wir sehen uns später.« Leon legte auf.

Christian ließ sein Telefon auf seinen Schoß gleiten, legte den Kopf schräg und sagte: »Ich brauche Zeckes Hilfe.«

»Warum?«

»Er muss mein Telefon checken. Ich sagte dir doch, dass ich Freitagmorgen kurz vor ein Uhr einen Anruf auf meinem Telefon hatte. Der Anrufer …«

»Ich dachte, es war Leon. Das hast du zumindest mir und der Bereitschaft gesagt.«

»Das stimmt.« Christian scherte ein auf die Route Nationale und klappte die Sonnenblende herunter. »Nur hat Leon später, als ich seine Aussage aufschrieb, behauptet, er habe niemanden angerufen. Ich habe meine Anrufliste gecheckt und tatsächlich: kein Anruf. Es gab den Anruf davor von meiner Frau, dann meinen bei der Bereitschaft, aber dazwischen keinen. Ich weiß noch, dass der Anruf ohne Nummernkennung kam.«

»Hm.« Uldis ließ das Fenster herunter und schloss es dann wieder. »Das sollten wir klären. Soll ich Zecke anrufen?«

»Nein, lass mal, das hat sicher bis Montag Zeit.«

»Ich weiß nicht. Wer, wenn nicht Leon, sollte dich angerufen haben?«

»Vielleicht dieselbe Nummer ohne Kennung, die Spiegelberg angerufen hatte?«

Uldis rief Zecke an, der ihm gleich sagte, dass es vor Montag nichts würde, da sein Kontakt bei der France Telecom ganz sicher nicht sein Wochenende unterbrechen würde, um ohne offiziellen Antrag das Telefon eines Polizeibeamten zu checken.

Kurz nach elf erreichten sie den Hof der Familie Spiegelberg. Cécile saß mit ihrer Schwester Carinne beim Frühstück in der Sonne. Die Luft war so klar und kühl, dass man die Sonne gut ertragen konnte. Uldis zeigte sich erstaunt über die vielen Schildkröten aller Größen, die gemächlich durch das feuchte Gras krochen.

Cécile Spiegelberg runzelte die Stirn, als die zwei Polizisten sich dem Tisch näherten. »Guten Morgen, Messieurs. Kommen Sie jetzt jeden Tag mit einer neuen Hiobsbotschaft?« Ihre Stimme war schrill von reichlich Alkohol und zahlreichen Zigaretten. Auch jetzt zündete sie sich eine neue an und blies den Rauch wütend aus.

»Guten Morgen«, sagte Uldis und stellte sich und Christian der Schwester vor, ehe er sich wieder an Cécile wandte: »Sind Ihre Kinder noch bei Ihren Eltern?«

»Warum wollen Sie das wissen? Sind Ihre Fragen nicht jungendfrei?«

Uldis seufzte kaum merklich. »Bekommen wir wohl einen Kaffee?«

Carinne stand auf und verschwand im Gebäude.

»Sie sehen sich sehr ähnlich«, sagte Christian.

»Kunststück«, antwortete Cécile Spiegelberg bissig, »wir sind Schwestern.«

Uldis stützte sich auf der Lehne des Stuhls ab, blickte Cécile in die Augen und sagte: »Ich muss Sie etwas sehr Persönliches fragen. Hatten Sie am Donnerstagmorgen oder im Laufe des Tages Geschlechtsverkehr mit Ihrem Ehemann?«

Cécile drückte ihre Zigarette in die Butter und lachte laut auf. »Haben Sie keine Pornos zu Hause, dass Sie so in der Intimsphäre von Opfern wühlen müssen?«

Uldis setzte sich, Christian sich neben ihn. Carinne kam mit zwei Tassen zurück, füllte sie aus der Kaffeekanne, die auf dem

Tisch stand, reichte sie den Männern und schob ihnen Milch und Zucker hin.

»Hast du das mitbekommen, Carinne? Die wollen wissen, ob Paul und ich morgendlichen Geschlechtsverkehr hatten. Ha, wenn Sie es unbedingt wissen wollen: Ja, wir haben es morgens und abends an sieben Tagen jeder einzelnen beschissenen Woche getrieben.« Cécile fingerte hektisch eine neue Zigarette aus der Packung. Ihre Hand zitterte, als sie sich selbst Feuer gab.

Uldis rührte in aller Ruhe Zucker und Milch in seinen Kaffee, nahm einen Schluck und ließ Cécile nicht aus den Augen. »Also, hatten Sie oder hatten Sie nicht?«, wiederholte er unbeirrt.

Carinne strich ihrer Schwester über die Hand. Sie selbst hatte Tränen in den Augen. Ihr Haare waren sehr kurz geschnitten und kringelten sich eng am Kopf, während Céciles Haare in vielen kleinen Locken bis auf die Schultern fielen.

Uldis nahm aus der Brusttasche seines T-Shirts ein Röhrchen und legte es auf den Tisch. »Ich schätze, Sie wissen, was das ist?«

Ein leichter Wind setzte das Röhrchen in Bewegung, bis es mit einem leisen Klicken gegen Céciles Aschenbecher stieß.

»Brauchen Sie dazu nicht so eine Art Beschluss?«, unterbrach Carinne das Schweigen.

»Wenn Sie möchten«, sagte Christian, »dann bekommen wir es einen Tag später, das ist alles. Denn dass dieser Beschluss ausgestellt wird, steht außer Frage.«

»Warum ist das so?«, frage Carinne weiter.

»Weil«, Christian warf einen kurzen Blick auf Uldis, der unter dem Tisch den Daumen hochhielt zum Zeichen, dass Christian weiterreden sollte, »weil am Genital von Paul Spiegelberg Scheidensekret nachweisbar war und …«

Cécile hielt sich die Hand vor den Mund, sprang auf, schaffte es aber nicht mehr bis ins Haus, sondern übergab sich in die Sträucher, die den Hof umgaben. Carinne folgte ihr ins Haus, wo Cécile weiter würgte – es war bis in den Garten hörbar.

»Sūdi!« Uldis stand auf und wiederholte: »Verdammte Scheiße. Es ist also nicht von ihr. Ich habe überhaupt keinen Nerv, ihr jetzt die ganzen Fragen zu stellen. Wussten Sie, dass Ihr Mann …? Wie lange schon …? Bla, bla, bla. Wieso ist der Arsch fremdgegangen, wenn er so ein Rasseweib zu Hause hatte?«

Christian machte ihm ein Zeichen, denn Cécile war bereits zurück und hatte ihn offenbar gehört. Uldis drehte sich zu ihr um und hob entschuldigend die Hände.

»Danke für die Blumen. Vielleicht komme ich ein anderes Mal darauf zurück«, sie lächelte ihn zaghaft an, nahm sich eine neue Zigarette, zündete sie an, ließ den Rauch langsam durch die Nase entweichen und sagte: »Nein, ich wusste nicht, dass mein Mann eine Affäre hatte, also kann ich auch nicht sagen, wie lange die schon ging.« Sie senkte die Augen. »Um ehrlich zu sein … seit der Geburt unseres zweiten Sohnes, und das war vor vier Jahren, hatten wir keinen Sex mehr. Es kann also gut sein, dass Paul sich anderswo schadlos hielt.«

Cécile wandte sich ab, beugte sich zu einer Schildkröte hinunter und nahm sie hoch. Mit der Zigarette im Mundwinkel setzte sie sich wieder, legte die Schildkröte auf ihren Schoß und kraulte ihr sanft den Kopf. »Das mögen sie gern.«

Uldis hielt wieder den Daumen hoch, und Christian fuhr fort: »Halten Sie es, so leid es mir tut, das zu fragen, für möglich, dass er regelmäßig Prostituierte aufsuchte?«

Cécile streichelte die Schildkröte weiter und schüttelte den Kopf. »Aber wer weiß«, schob sie nach, »wenn er Scheidensekret an seinem Schwanz hatte, hatte er ungeschützten Verkehr. Noch vor zwei Tagen hätte ich geschworen, dass mein Mann sich aus Verantwortung sich selbst, seiner Geschlechtspartnerin und unserer Familie gegenüber immer geschützt hätte.« Sie setzte die Schildkröte ins Gras zurück, nahm die Zigarette aus dem Mundwinkel und drückte sie im Aschenbecher aus. Ihre Augen waren kalt und leer, als sie Christian ansah.

»Wir haben aus der Uni den Computer Ihres Mannes mitgenommen. Die Festplatte wurde von jemand sehr Kenntnisreichem gründlich gelöscht. Haben Sie eine Idee, was darauf gewesen sein könnte?«

»Nein.« Cécile griff nach der Zigarettenpackung, hielt auf halbem Weg inne und lehnte sich wieder zurück. »Noch was?«

»Hat Ihr Mann hier im Haus ein Büro und einen PC?«

»Nein, hier ist nur mein Büro und mein PC.«

Uldis legte seine Hand auf die Zigarettenschachtel und sah Cécile fragend an, die nickte. Er zündete sich eine Zigarette an, gab sie Cécile, nahm für sich eine neue und fragte dann: »Ich müsste noch einmal genau wissen, wann Ihr Mann am Donnerstagabend angerufen hat, dass er nicht nach Hause kommt, und was er gesagt hat.«

»Das haben Sie doch schon alles!«

»Es war so unglaublich hektisch und viel in dieser Nacht, es tut mir leid, ich brauche noch einmal Ihre genaue Aussage.«

Christian und Uldis nahmen ihre Schreibblöcke heraus.

Cécile starrte auf den Tisch und berichtete, Paul habe gegen zwölf Uhr nach seiner Vorlesung aus der Uni angerufen, sie solle nicht mit dem Essen warten. Dann habe er gegen siebzehn Uhr wieder angerufen und gesagt, er müsse noch jemanden treffen und es könnte später werden.

Anschließend gab sie freiwillig eine Speichelprobe ab, und als Christian und Uldis gingen, entschuldigte sie sich für ihren Ausbruch und bat die beiden, ihren nächsten Besuch telefonisch anzukündigen, was Uldis ihr versprach.

Als das Auto der Polizisten vom Hof gerollt war, sah Carinne ihre Schwester fragend an. »Warum hast du ihnen nicht gesagt, dass Paul in deinem Arbeitszimmer noch einen alten zweiten Laptop hat und manchmal, wenn du in der Klinik warst, hier gearbeitet hat?«

Ein bitterer Zug breitete sich um Céciles Mund aus. Sie stand auf und trat vor ihre Schwester. »Ist das denn nicht bereits genug, was sie bisher wissen? Wenn das Schicksal schon so freundlich war, Paul daran denken zu lassen, seine Festplatte zu löschen, will ich ganz bestimmt nicht herausfinden, was hier auf dem Laptop ist. Mein Gott.« Sie legte ihre Hände auf Carinnes Schultern. »Es reicht wirklich. Was immer Paul getan hat – ich will um keinen Preis, dass seine Kinder davon erfahren, und deshalb, Carinne, wirst du jetzt mit diesem Laptop nach Paris zurückfahren, ihn dort zu einem Profi bringen, der die Daten unwiederbringlich löscht, und es dann entsorgen. Tust du das für mich und meine Kinder?«

»Sie lügt«, sagte Uldis, nachdem sie bereits einige Kilometer gefahren waren.

»In welcher Hinsicht?«

»Bezüglich der Anrufe und dessen, was Spiegelberg gesagt hat.« Uldis blätterte in seinem Block zurück. »Freitagmorgen um drei Uhr hat sie gesagt, ihr Mann habe so gegen dreizehn Uhr angerufen, um zu hören, was so ihre Pläne seien. Heute sagte sie, um zwölf, nach der Vorlesung. Das kann nicht stimmen, denn du warst bis elf Uhr dreißig bei ihm in der Uni, und er hatte eine Vorlesung um halb zwölf. Er kann sie nicht um zwölf angerufen haben. Und«, Uldis blätterte noch einmal vor und zurück, um die Aussagen zu vergleichen, »am Freitagmorgen um drei sagte sie, er habe sich dann gegen fünfzehn Uhr nochmals gemeldet, sie solle nicht mit dem Essen warten.

Heute sagte sie, um siebzehn Uhr. Und als wir am Freitag gemeinsam tagsüber bei ihr waren, sprach sie von einem Anruf am Nachmittag und einem um zwanzig Uhr.« Uldis klappte den Block zu.

»Sie war Freitag sicher sehr aufgeregt«, gab Christian zu bedenken.

»Ach, komm schon, du weißt, wie es mit der Wahrheit ist. Du kannst sie tausendmal abfragen und die Leute sogar bitten, alles von hinten zu erzählen, und die Fakten bleiben immer gleich. Es ist nur die Lüge, die stets in anderen Kleidern daherkommt.«

»Gut.« Christian bog bereits in seine Straße ein. »Sie sagt also nicht die Wahrheit bezüglich der Anrufe ihres Mannes. Und warum nicht?«

Uldis nahm seinen Tabakbeutel heraus, um sich noch schnell eine Zigarette zu drehen, bevor er ans Steuer wechselte. »Ich möchte die Frage noch viel weiter fassen: Lügt sie ausschließlich, was die Anrufe ihres Mannes angeht?«

»Wir werden es ganz sicher herausfinden.« Christian parkte und schaltete den Motor ab.

Uldis zündete sich die Zigarette an. »So, machen wir ein bisschen Wochenende.« Er grinste breit.

Christian fragte: »Neue Flamme?«

»Weiß ich noch nicht, aber auf jeden Fall ein Date. Die Luft hat sich abgekühlt, der Vollmond ist vorbei, ich rechne fest mit einem ruhigen Samstagabend in der Stadt. Und ob meine Nacht aus anderen Gründen heiß wird, schauen wir mal.« Uldis stellte das Radio an.

Christian stieg aus und sah seinen Kollegen noch einmal an. »Dann holst du mich Montagmorgen ab?«

»Mach ich. So um sieben?« Uldis rutschte rüber auf den Fahrersitz.

»Gern, und einen schönen Abend und eine heiße Nacht!«
Christian klopfte auf das Autodach, und Uldis fuhr davon, die
Musik jetzt lauter gedreht.

»Fertig mit Ermitteln?« hörte Christian eine Stimme hinter
sich fragen.

Leon saß in dem kleinen Rosengarten vor dem Haus auf der
Holzbank. Er trug eine weiße Hose und ein schwarzes T-Shirt.
Seine Haut war leicht gebräunt, was seine Augen heller erschei-
nen ließ. Christian ging auf ihn zu, und Leon legte Remarques
Buch auf den Tisch.

»Ich bin froh, dass du es mir vorenthalten hast und es jetzt
noch da ist.« Leon strich zärtlich über den Einband. »Sicher
hätte ich ein neues kaufen können, aber es wäre doch nicht
dasselbe.«

»Das kann ich mir denken. Wo sind Jeanne und die Kinder?«

»Auf der anderen Seite. Mir war es dort zu warm. Auch wenn
es heute nicht so heiß ist, ziehe ich doch den Schatten vor.«

»Ich gehe nur kurz Hallo sagen, dann kannst du mir weiter
erzählen«, sagte Christian und hatte schon die Türklinke in
der Hand.

»Du kannst auch gern den Nachmittag erst einmal mit deiner Familie verbringen, und ich erzähle dir heute Abend weiter.«

Christian zögerte einen Moment.

»Nein. Je schneller ich genug über deine Zwillingsschwester
weiß, desto eher kann ich den Fall abschließen und dir das ge-
wünschte Papier ausstellen. Und außerdem«, er lächelte Leon
an, »halte auch ich mich lieber im Schatten auf.«

Leon hörte, wie die drei Kinder ihren Vater kreischend begrüßten und er mit ihnen herumtollte. Aus den Tiefen seiner
Erinnerung kamen Bilder von ihm und Lune als kleine Kinder

mit ihrem Vater. Der hatte nie mit ihnen getobt – dafür gab es den Gärtner oder die Haushälterin –, aber er hatte ihnen sonntags stundenlang vorgelesen. Zu Anfang waren es kindgerechte Geschichten gewesen. Als sie mit fünf eingeschult wurden, fand ihr Vater, es sei damit genug, und las ihnen aus den Büchern vor, die ihm selbst gefielen.

Somerset Maughams: *Der Menschen Hörigkeit* war eines der ersten Bücher gewesen, und ihr Vater hatte damit Lune dazu gebracht, wie der Protagonist mit seinem Klumpfuß voller Neugier auf die Liebe, das Leben und seine Abenteuer zu sein. Es war lange Lunes Lieblingsbuch geblieben.

Söhne und Liebhaber von D. H. Lawrence hatte unterdessen für Leon eine frühe Warnung sein sollen, die Lune verstanden hatte, Leon aber nicht. Die Liebe zwischen der Mutter in diesem Buch und ihrem zweiten Sohn, Paul, entsprach der zwischen Leon und seiner Mutter Monique. Er war viel zu nah an ihrem schlanken, schönen Körper zu einem großen Jungen geworden. Seine erste Erektion hatte er mit dem Duft ihrer Haut in der Nase. Lune hatte ihn aus dem elterlichen Bett vertrieben. Monique hatte sich ihn auf andere Art zurückgeholt und mit Lune um die Nähe zu ihrem Sohn gekämpft.

Zu beiden hatte Leon das gleiche hasserfüllte Verlangen entwickelt. Er begehrte sie, und er sehnte sich danach, sich ihrem übermächtigen Einfluss zu entziehen. Als seine Männlichkeit erwachte, wäre er daran beinahe erstickt. Wie der Protagonist Paul in *Söhne und Liebhaber* hatte auch Leon versucht, Glück bei anderen Frauen zu finden. Als das nicht gelang, konzentrierte er sich darauf, potenzielle Liebhaber seiner Mutter zu vergraulen und Männern, die sich Lune näherten …

Das alte Begehren kehrte zurück. Er spürte es genau. Von keinem Medikament unterdrückt.

»Lust auf eine selbstgemachte Limonade?«

Jeanne riss Leon aus seinen Gedanken.

»Mit Limone, Ingwer und frischen Orangen. Auch wenn es nicht mehr so heiß ist, ist es doch sehr wohltuend.«

Leon blinzelte sie an. Ihre Haare waren nass, ihr dünnes Sommerkleid klebte an ihren wohlgeformten Oberschenkeln, und sie lachte ihn an.

»Gern«, sagte Leon und nahm das Glas entgegen.

Sie setzte sich ihm gegenüber und schenkte ihm aus der Karaffe ein, ehe sie sich selbst nahm, wobei ein Stück Limone in ihr Glas fiel. Jeanne fischte es mit den Fingern heraus und saugte den Saft aus.

»Warum siehst du mich so an?«, fragte sie Leon.

»Ich habe mich nur etwas in Bezug auf dich gefragt.«

»Sagst du es mir?«

»Nein, es ist nicht so wichtig.«

Leon hörte Christian und die Kinder auf der anderen Seite des Hauses. Sie spielten Fangen.

»Vielleicht ist es mir aber wichtig, was du über mich denkst.« Jeanne trank aus ihrem Glas und blickte Leon über den Rand hinweg in die Augen.

»Ich glaube, ich gehe ab morgen ins Hotel zurück.« Leon beobachtete Jeanne.

»Warum?« Sie stellte ihr Glas hin, ließ es aber nicht los.

»Ich habe eure Gastfreundschaft genossen und will sie nicht überstrapazieren. Mir geht es besser, und ich denke, ich kann Christian heute noch den Rest über Lune erzählen. Zumindest den Teil, den ich kenne.«

»Ich fände es schade, wenn du gehst«, sagte Jeanne zaghaft.

Leon beugte sich vor, schob das Buch zur Seite und legte seine Hände um ihre Hand, die das Glas umschloss. »Willst du wirklich wissen, was ich mich über dich gefragt habe?«

Jeanne errötete. »Ja.«

»Ob du so mutig warst, Christian zu fragen, ob du auch seine große Liebe bist.«

Sie wollte ihre Hand zurückziehen, doch Leon hielt sie fest und blickte ihr in die Augen. »Also nicht.« Er lachte, ließ ihre Hand frei und lehnte sich wieder zurück.

Er hörte, wie Sophie schrie. Einen Moment später kam Christian mit dem weinenden Mädchen um das Haus herum.

Jeanne sprang auf, nahm ihm die Kleine ab, sagte, anscheinend froh über die Gelegenheit, sich Leon zu entziehen: »Ich leg sie hin, sie muss ein wenig schlafen«, und verschwand im Haus.

Christian nahm Jeannes Glas, füllte es neu und trank gierig.

»Wisst ihr jetzt, wer Spiegelberg getötet hat?«, erkundigte sich Leon, um einen neutralen Ton bemüht.

Christian schüttelte den Kopf, goss sich noch einmal von der Limonade nach und sagte: »Nein, damit geht es Montag weiter. Wie wäre es, wenn du mir jetzt von Lune weitererzählst?«

Leon setzte sich zurecht, nahm seine Füße auf die Bank hoch, ließ seinen Blick in die Ferne schweifen. »Sie schrieb mir Anfang Juni wieder«, begann er.

Liebster Zwilling,
ich bin ein wenig durch Europa gereist. Du weißt, wie sehr ich das Gefühl der Durchreise mag, die damit einhergehende Unverbindlichkeit, aber auch die Flüchtigkeit des Eindrucks, den ich bei anderen hinterlasse. Zuletzt war ich in Italien, nahm in Mailand eine Tramperin mit, ein reiches Mädchen, Marie-Louise. Sie lud mich in das Hotel ihres Vaters in Nizza ein, und wir feierten eine Woche. Es fühlte sich an, als sei sie meine Schwester. Wir schliefen in einem Bett, badeten zusammen, frühstückten auf dem großen Balkon mit Blick auf das Mittelmeer. Dann jedoch wollte auch sie, was ich ihr nicht geben konnte: eine Freundschaft. Ich sollte mit ihr reisen. Erst nach Hongkong, dann nach Sydney. Als sie an diesem Tag morgens

einkaufen ging, fuhr ich weiter, und ich wusste, dass ich keinen weiteren Halt bis Louisson einlegen wollte. Als ich über den letzten Hügel fuhr, stand das Abendrot über dem gerade erwachenden Lichtermeer, und ich fühlte mich wie verliebt in diese Stadt. Auch wenn man in der Fremde an einen Ort zurückkommt, kann es also ein Gefühl sein, wie nach Hause zu kommen.

In diesem Augenblick, als ich auf die Stadt zufuhr, dachte ich, dass Louisson mir mein Leben zurückgegeben hatte. Ich war ganz sicher, dass ich hier niemals die herzkranke junge Frau sein würde. Ich überlegte, ob ich direkt zu meinem Lieblingsplatz fahren sollte, um einen Campari zu trinken, aber dann dachte ich, nein, erst will ich duschen, ankommen …

Die Nacht bei Alain, das Gespräch mit Sergio, hatten etwas in mir verändert.

Die alten Geschichten, Leon, sind Schnee von gestern. Er taut langsam, aber er taut.

Ich kam an dem Haus an. Die Luft roch nach Meer. Ich riss alle Fenster auf, schenkte dem Alten nebenan eine Flasche Grappa, öffnete für mich eine Flasche Rotwein und trank sie im Garten. Ich lauschte den melodischen Gesprächen aus den Nachbargärten, die sich mit dem Summen der Mücken vermischten, dem mühseligen Laubräumen der Igel, dem raschen Vorbeihuschen der Eidechsen. Die warme Luft war blütenduftgeschwängert, und ich fühlte den von der Sonne noch warmen Kies unter meinen Füßen, die warm in meiner Hand liegenden Zweige der Hecke. Ich spürte jede Einzelheit dieses Augenblicks. Ich war angekommen, für den Moment, diesen Atemzug und wusste einmal mehr: So und nicht ein bisschen anders, möchte ich leben!

»Das klingt sehr glücklich«, sagte Christian andächtig.

Leon legte den Kopf in den Nacken, blickte in den tiefblauen Himmel, an dem hoch über ihnen ein paar Schwalben ihre

Kreise zogen. »Auch die Fähigkeit, einen Augenblick genau zu erleben, ganz im Jetzt zu sein, hat eine zweite Seite, eine dunkle Seite. Und die kam noch in derselben Nacht …«

In der Nacht wurde ich wach und wusste zunächst nicht, wovon. Ich lauschte in die Stille des Himmels. Ich dachte an die Fragen und Antworten Sergios. Sie waren mir die ganzen Monate gefolgt. Und dann fühlte ich sie, die unrhythmischen Schläge meines Herzens.

Ich setzte mich auf, zwang mich, tief zu atmen. Ich tastete nach Remarques Buch. Darin befand sich der Zettel von dem Arzt, der, als er einsehen musste, dass ich die von ihm verordneten harten Medikamente nicht nehmen würde, in drei Sprachen meine Diagnose niedergeschrieben hatte. Er schrieb ihn, um die Ärzte, an die ich mich irgendwann würde wenden müssen, zu informieren. Sobald mein Herz, nicht durch Medikamente in einen gleichmäßigen Rhythmus gezwungen, bedrohliche Aussetzer haben würde.

Ich las, was ich auswendig kannte. Mein ständiger stiller Begleiter: der plötzliche Herzstillstand.

Ich kroch auf allen vieren ins Bad, um die Notfalltabletten zu nehmen. Dr. Barnekow hatte mir gesagt, er sei nicht sicher, dass sie wirken würden, aber es war meine einzige Chance. Ich ermahnte mich immer wieder, tief zu atmen, langsam zu atmen, gegen das beklemmende Gefühl des Erstickens zu atmen. Es war, als schlüge das, was ich mit viel Geschick zu ignorieren gelernt hatte, zornig zurück. Gerade noch hatte ich spielerisch auf den Wellen des Lebens getanzt, jetzt drohten sie mich auf den Grund des Meeres zu schleudern, mich zu ersticken.

Ich saß wieder in dem eiskalten Esszimmer, fixierte die Welt hinter der Scheibe und versagte mir, einzuschlafen. Ich wartete auch in dieser Nacht Stunde um Stunde, Minute für Minute, folgte mit meiner Atmung dem Ticken des Weckers. Denn solange ich ihn hörte, lebte ich, sagte ich mir immer und immer wieder. Ich hielt mich an meinen angezogenen Knien fest, um nicht unterzugehen.

Nur in solchen Augenblicken spürt man, wie lang die Zeit sein kann. Jeder Blick zum Wecker schien eine Ewigkeit her zu sein, doch war es tatsächlich nur eine Minute. Die Zeit so lang, als würde eine auf ihren Liebsten warten. Und tatsächlich wartete ich auf meinen Liebsten. Mein Liebster war das Leben. Ich wiederholte im Geiste immer wieder Sergios Fragen, weil sie mich wach hielten und vom Ersticken ablenkten.

Nach Stunden setzten die Nebenwirkungen der Tabletten ein. Meine Augen schwollen zu, mein Mund trocknete aus, eine bleierne Müdigkeit legte sich auf meinen Körper. Ich fiel in einen unruhigen Schlaf.

Immer wieder sah ich Sergio durch die Straßen laufen mit seinen Blumen. Wie die Menschen auf ihn reagierten. Dann hetzte ich im Hurenviertel hinter ihm her. Er hatte in diesem Viertel, anders als die anderen Besucher, einen Schatten. Irgendwann wurde mir klar, dass dieser Schatten Paul war.

Mir war heiß, ich schwitzte, hatte Fieber, und immer wieder entglitt mir die Zeit.

Einmal erschien die Alte von nebenan. Sie rieb mich mit kalten und heißen Tüchern ab. Ich versuchte, mich an sie zu klammern, um nicht in den Wellen des Todes unterzugehen. Ich spürte, wie ich an Kraft verlor, wie die Neugier auf das Leben mich verließ. Wie Sand rannen mir die Fragen durch die Finger, die mich sonst zum Leben eingeladen hatten.

Als ich endlich wieder erwachte, waren drei Tage vergangen. Ich kniete mich auf die durchgeschwitzte Matratze, warf die Fensterläden auf und ließ mich, von dieser Anstrengung schon wieder völlig erschöpft, auf den Rücken fallen. Ich blickte in den dunkelblauen Himmel, über den ein paar Wolken zogen, die aussahen, als hätte jemand weiße Farbe schwungvoll ausgeschüttet.

Ich hatte es überstanden. Dieses Mal und ohne die helfende Hand, nach der ich im Traum gegriffen hatte. Ich hasste mich für das tonangebende Gefühl der Schwäche. Ich war froh, dass niemand in meiner Nähe war, auch du nicht, Leon.

Noch einmal schlief ich zwei Tage. Nass, verklebt, den Schweiß in jeder Ritze meiner Haut, meine Haare zu einem einzigen Knäuel verfilzt, wurde ich wach. Wieder blickte ich in den Himmel, und immer noch waren da die gleichen Wolken, als wären sie mit mir einfach stehen geblieben, um die Tage vorübergehen zu lassen, die nicht zum Leben gehörten. An ihren Rändern jedoch waren sie so zerfetzt, als würde ein leidenschaftlicher Wind sie treiben. Aber es war windstill. Die Hexenhitze hatte Louisson erreicht.

Ich duschte so lange kalt, bis meine Haut rot wurde. Mein Blick in den Spiegel war trüb, meine Augen leer. Mein Lächeln gequält. Wie soll ich nur leben?

Ich zog mich an, kochte Wasser, holte frische Minze aus dem Garten, setzte mich auf die Steinstufe vor der Küche und wartete einfach ab, dass die Blätter zu Boden sanken. Irgendwann gibt man immer auf, nicht wahr? Ich kenne niemanden, der so lebt wie ich.

Sergio hatte in dieser einen Nacht gesagt, er ertrage die Einsamkeit seines Lebens nicht mehr. Irgendwo in mir gibt es die Sehnsucht nach einem Menschen, der so ist wie ich, der mich wirklich verstehen kann. Diese Sehnsucht verband sich mit dem Wunsch, Sergio wiederzusehen. Nur heute noch nicht. Ich muss die Gespräche mit dem Tod erst wieder vergessen. Warten, bis ich dem Sensenmann sagen kann: ›Wir werden uns sehen, wenn es so weit ist, aber jetzt noch nicht.‹

»Sie ließ danach einen Absatz frei. Das war ein Zeichen, dass sie den Brief eine Weile hatte liegen lassen, ehe sie weiterschrieb. Denn Lune versah ihre Briefe nie mit einem Datum. Sie wollte ja mit ihren vielen Erlebnissen vermeiden, dass ihr Leben am

Ende wie ein einziger Tag zusammenfiel. Manchmal denke ich, dass sie mir bloß schrieb, um die Vielfalt ihrer Welt und ihres Erlebens sicher dokumentiert zu haben. Und dann schrieb sie nur noch: *Aber sobald dem so ist, werde ich Sergio wiedersehen. Ich brenne darauf, ihm zu begegnen.* Ich schrieb ihr sofort, sie solle das nicht tun. Ich hatte intuitiv große Angst um sie.«

Leon spürte die ersten Anzeichen eines Krampfes in seiner rechten Hand. Er veränderte seine Sitzhaltung so, dass die ausgestreckten Finger unter seinem Oberschenkel lagen. Tief in seinem Inneren rührte sich etwas. Etwas, das ihm sagte, es sei noch ein ganz anderes Gefühl als Angst da gewesen, ein viel stärkeres und verzehrenderes Gefühl.

»Du weißt also nicht, ob sie den Spanier danach getroffen hat oder irgendetwas anderes passiert ist?«

Leon schüttelte den Kopf. Er hatte Tränen in den Augen. »Nein, ich habe keine Ahnung, was ihr passiert ist. Ich habe auf alle ihre Briefe nicht geantwortet, ihr nur am Schluss zwei Mal geschrieben. Und diese Briefe hat Lune nicht einmal erhalten.«

Jeanne kam heraus und gab Leon ein Taschentuch. »Tut mir leid, ich habe zugehört. Hier hinter der Bank liegt direkt Sophies Zimmer, und ich habe gewartet, bis sie eingeschlafen ist, und dann musste ich einfach weiter zuhören. Es ist so eine unglaubliche, traurige Geschichte.«

Leon nahm das Taschentuch und streifte dabei ihre Hand.

»Nun, wer eine so tiefe Trauer derart intensiv empfinden kann, erlebt auch eine Freude, die den meisten Menschen verborgen bleibt.« Er sah zu Jeanne hoch. »Und es gehört Mut dazu, sich beiden Seiten des Mondes zu stellen, der hellen und der dunklen. Kennst du das Bild vom Janusmond? Die zwei Gesichter eines Kopfes, die in entgegengesetzten Richtungen schauen?«

»Warum hast du ihre Briefe vorher nicht beantwortet?«, fragte Christian.

Leon sah weiterhin Jeanne an. »Weil ich es einfach nicht konnte.« Er wandte sein Gesicht Christian zu. »Ich schrieb ihr, ich bat sie, mir endlich mein Mittelmaß zu verzeihen, das sie mir in jeder Zeile vorhielt.«ıChristian schüttelte den Kopf. »In keiner von dir zitierten Zeile steht ein Vorwurf an dich.«

Leon lächelte bitter. »Dass Lune so denken konnte und ich nicht, war Vorwurf genug. Was hättest du auf einen solchen Brief geantwortet?«

»Dass sie schwach sein darf, dass ich sie beschützen würde!«

Leon lachte. »Und sie hätte dir gesagt, dass sie Schwäche verachtet, dass weinende Menschen ihr peinlich sind und dass es vor dem Tod keinen Schutz gibt, sondern immer nur die Illusion desselben.« Er blickte Christian abwartend an, und als er keine Antwort erhielt, fügte Leon hinzu: »Wenn du Lune verstehen willst, musst du auch die Erkenntnis zulassen, wie grausam sie sein konnte.«

»Also, wer möchte einen Kaffee?«, versuchte Jeanne die angespannte Stimmung zwischen den Männern zu entschärfen.

Christian stand auf. »Ich trinke einen im Kommissariat.«

»Dein Kollege hat das Auto mitgenommen«, gab Leon zu bedenken.

»Das Wetter ist wunderbar für einen Motorradausflug.«

»Musst du denn wirklich heute noch einmal arbeiten?«, schmollte Jeanne.

Christian kam zu ihr, küsste sie versöhnlich auf den Scheitel und streichelte ihr den Rücken. »Es dauert nicht lange. Zum Essen bin ich wieder da! Was gibt es heute Abend, Leon?«

»Provenzalisches Huhn mit Tomatenmarmelade.«

»Es ist sein Abschiedsessen«, sagte Jeanne und blickte Christian erwartungsvoll an.

»Wunderbar«, sagte Christian, »ich bin spätestens in drei Stunden zurück. Also bis dahin!« Er verschwand im Haus, dann war der Sound einer Harley zu hören, das Garagentor öffnete sich, und Christian fuhr winkend davon.

Jeanne schlang die Arme um ihren Körper. »Ich habe immer Angst, wenn er mit dem Motorrad unterwegs ist.« Sie schaute ihrem Mann hinterher, bis er aus ihrem Sichtfeld verschwunden war.

Leon war lautlos neben sie getreten. »Wovor hast du noch Angst, Jeanne?«

Christian raste über die Route Nationale in die Innenstadt. Einige waghalsige Überholmanöver überstand er nur, weil die französischen Autofahrer sehr rücksichtsvoll mit Zweiradfahrern umgingen. In seinem Blut zirkulierte das Adrenalin, als er sein Büro aufschloss und sofort fest mit dem Fuß auftrat, weil die Tür zum Hinterhof offen stand. Zwei Ratten huschten hinaus. »Es ist wirklich Zeit, euch mal wieder mit Gift zu füttern«, murmelte er. Während er seinen Computer hochfuhr, wippte er auf seinem Stuhl hin und her. Nachdem er seinen Namen und sein Passwort eingegeben hatte, fischte er sich als Erstes aus der Datenbank die Telefonnummer von Alain Vicard, rief ihn an und bat, ihn am Sonntagnachmittag besuchen zu dürfen. Vicards Stimme war warm und freundlich: »Sie wollen mich sicher wegen Lune befragen, richtig?«

»Woher wissen Sie das?«

Vicard lachte. »Louisson hat vielleicht eine halbe Million Einwohner, aber für uns, die wir hier geboren sind, ist und bleibt es ein Dorf. Sagen wir, es hat sich herumgesprochen. Wissen Sie was? Wenn Sie möchten, treffen wir uns in der Stadt und essen zusammen. Meine Frau und meine Jungs sind nämlich mit meinen Eltern ans Meer gefahren, und so können wir das eine mit dem anderen verbinden.«

»Sehr gern«, antwortete Christian, »wann und wo?«

»Um der alten Zeiten willen in Estébans Bar, die gab es damals schon, und der alte Kerl kocht sehr bodenständig. Spanische Küche. Rue Barcelona, Ecke Avenue des Clowns. Sagen wir um eins?«

»Sehr gern. Darf ich Ihnen eine Frage stellen?«

»Sicher, was wollen Sie denn wissen?«

»Erinnern Sie sich an einen spanischen Blumenverkäufer?«

»Ja!«

»Wissen Sie vielleicht, wo ich ihn finden kann?«

»Ich habe ihn schon lange nicht mehr gesehen. Aber es hieß, er sei in den Pyrenäen verschwunden. Sergio hatte in Janovas ein Haus. Das ist eines dieser verlassenen Dörfer in den Bergen, die mal als Stausee geflutet werden sollten. Die Leute zogen weg, aber der Stausee blieb aus. Diese Dörfer sind ein wenig gespenstisch. Ich war einmal mit ihm dort. Wenn Sie in Sarsa de Surta angekommen sind, dauert es noch circa eine Stunde. Es könnte sein, dass er dort ist. Mehr weiß ich nicht.«

»Das hilft schon, danke. Dann bis morgen und vielen Dank für Ihr Entgegenkommen!«

Als Nächstes durchsuchte er die digitale Akte der Fabolousbar. Er fand vierzehn Fotos. Sechs waren von zwergwüchsigen Männern. Drei der jungen Männer waren blond. Von den übrigen fünfen waren drei identifiziert worden und stammten aus Lyon, Toulouse und Cannes. Die letzten beiden waren ohne Namen. Beide hatten dunkle Haare und blaue Augen. Der eine sah vom Gesicht her sehr jungenhaft aus, der andere nicht.

»Ich glaube, du bist es«, murmelte Christian und tippte auf den Bildschirm. »Du hast einen männlichen Kopf, du erinnerst an diesen Oskar aus der Blechtrommel.« Er druckte beide Bilder aus, rollte sie ineinander und schob sie in eine Tasche seiner Motorradjacke.

Danach rief er die Notdienststelle an und ließ sich erklären, wie er vorgehen musste, um zügig herauszufinden, welches Krankenhaus in der Nacht vom 23. auf den 24. August und am 24. August morgens vor zehn Jahren Notaufnahme hatte.

»Ach was«, sagte Louise, »warte, ich mach das schnell für dich, Christian. Hier ist heute eh nichts los. Bleib dran.«

Nach wenigen Minuten nahm sie den Hörer wieder auf. »Das Augustuskrankenhaus im Viertel Jean Jaurès.«

»Ganz sicher nur das?«

»Nur wenn am Abend irgendwas Besonderes war, wie ein Fußball- oder Rugbyspiel, melden wir zwei Krankenhäuser an. Aber an diesem 23. auf den 24. August nicht. Wir hatten hier damals nur einen Notruf am 24. in der Früh. Der kam morgens um sieben Uhr, und wir haben einen Krankenwagen an die Garonne geschickt. Noch was, Chéri?«

Louise arbeitete seit über vierzig Jahren in der Notdienstzentrale und kannte alle Polizisten in der Stadt.

»Danke, nein, du hast mir sehr geholfen. Wenn wir uns das nächste Mal in der Kantine treffen, zahle ich.«

»Ich werde dran denken. Schönen Samstag noch.«

Christian prüfte im Internet, wie er am schnellsten zu dem Krankenhaus kommen würde. Er zog seine Jacke an, fuhr den PC wieder runter, trat vor den Schreibtisch, den Schrank, den Papierkorb, um ganz sicher zu sein, dass keine Ratte mehr im Büro war, und verschloss die Tür. Als er beim Pförtner vorbeikam, bat er, im Hof Köder auszulegen.

Geschickt schlängelte Christian sich durch den Verkehr, der ohnehin nicht besonders dicht war – die Louissoner liebten es, vor der Hauptsaison die Wochenenden entweder am Mittelmeer oder am Atlantik zu verbringen. Er parkte seitlich vom Hauptportal, schloss den Helm an den Lenker und eilte die breite Treppe hinauf. Im Pförtnerhäuschen saß eine junge Frau und las Camus: *Der Mensch in der Revolte.*

»Studium«, sagte sie entschuldigend, als Christian gegen die Scheibe klopfte.

»Guten Tag, Inspektor Mirambeau, Polizei Louisson. Ist ein Arzt im Haus?«

»Selbstverständlich. Worum geht es denn?«

»Um einen Unfall vor zehn Jahren.«

»Oh, ich sehe mal, ob Professor Ledoux noch da ist, der arbeitet nämlich schon ganz lange hier.« Sie tippte eine Nummer, wartete, lächelte Christian an, während sie Ledoux ihr Anliegen vortrug.

»Sie können zu ihm gehen. Dritte Etage, dann links zur Privatstation.«

Christian dankte und nahm auf dem Weg nach oben immer zwei Treppenstufen auf einmal. In der dritten Etage angekommen, zog er seine Jacke aus und nahm seine Dienstmarke aus der Tasche. Er fand Ledouxs Schild, klopfte und trat in ein geräumiges, sonnendurchflutetes Zimmer.

»Inspektor Mirambeau, Professor. Danke, dass Sie sich Zeit nehmen.«

»Für die Polizei immer, kommen Sie, setzen Sie sich!« Ledoux wies auf zwei bequeme Ledersessel, die seinem Schreibtisch gegenüberstanden. Der Christians Schätzung nach etwa Siebzigjährige mit dem weißen Haar und der gebräunten Haut zeigte alle seine Lachfalten. »Was kann ich also für Sie tun?«

»Mir sagen, welche Notfälle Sie in der Nacht vom 23. auf den 24. August vor zehn Jahren hatten.«

Christian eilte die Treppen wieder hinunter, winkte im Vorbeigehen der Studentin zu, verstaute die kopierten Unterlagen in seiner Lederjacke, schwang sich auf das Motorrad und raste zu dem Obdachlosenheim des Roten Kreuzes. Wie beim letzten Mal saß eine Gruppe von Männern auf den Bänken vor der Tür.

Zwei spielten Backgammon. Einer von ihnen war der kleine Mann mit der Kappe, dem Christian beim letzten Mal die Zigarettenpackung zugeworfen hatte. Christian stellte sich neben das Brett und folgte ihrem Spiel, das temporeich war. Der Mann mit der Kappe gewann und sagte, ohne Christian anzusehen: »Er ist heute nicht da. Komm morgen wieder, am Abend.«

»Wie sicher ist das?«

»So sicher, wie es eben sein kann.« Die zwei Männer begannen die Steine hineinzuwürfeln und spielten nicht mit Aufstellung.

»Sag ihm, dass ich komme, ja?«

»Er weiß, dass du ihn suchst.«

Christian blieb einen Moment unschlüssig stehen.

»Noch etwas?«

»Kennt einer von euch die Fabolousbar?«

Der Mitspieler gab die Antwort. »Sehen wir so aus, als hätten wir Geld fürs Hurenviertel?« Er blickte Christian mit rot unterlaufenen Augen an.

Christian seufzte, stieg auf sein Motorrad und stand zwanzig Minuten später bei Madame Colombas vor der Tür.

Sie freute sich sichtlich, ihn zu sehen, und lud ihn zum Kaffee ein, aber er hatte es einfach zu eilig. Er hielt ihr erst das Bild des Mannes hin, der vom Gesicht her wie ein Junge aussah. Sie schüttelte den Kopf. Als er das zweite Bild zeigte, nahm sie es in ihre gichtigen Hände und hielt es näher an ihre schlechten Augen. »Oh ja, das ist der Mann, der nach Lune gefragt hat. Wissen Sie denn jetzt, wer er ist?«

»Nein, leider noch nicht.«

»Na ja, dafür sind Sie ja bei der Polizei, nicht wahr?« Sie ließ den Einwand, der sei auf dem Motorrad zu schwierig zu transportieren, nicht gelten und packte ihm frischen Aprikosenkuchen ein.

Zu Hause war der Tisch bereits festlich gedeckt. Seine Kinder strahlten ihn an, denn sie hatten alle wieder mitgeholfen, beim Kochen wie beim Eindecken. Laub war um die Kerzenständer drapiert, und eine Efeuranke verband alle Plätze miteinander. Es roch köstlich nach süßen Tomaten, knusprigem Huhn und Kräutern. Leon stand am Herd, seine weiße Leinenhose hatte er mit einer Schürze geschützt. Er war barfuß und trug ein weites, weich fallendes Hemd. Die Haare hatte er hinter die Ohren geschoben. Er lächelte Christian gewinnend an und sagte: »Noch ein paar Minuten, dann ist das Huhn fertig.«

Christian hängte seine Jacke weg und brachte die Fotos und die Unterlagen in sein Arbeitszimmer. Kaum kehrte er mit gewaschenen Händen in die Küche zurück, wurde serviert. Christian fiel hungrig über seine Portion her und hing seinen Gedanken nach, während Leon die Kinder mit einer Geschichte von einem Waldgeist bezauberte, dessen Aufgabe es war, Menschen, die sich im Wald nicht benahmen, also etwas wegwarfen, Feuer machten, sinnlos Zweige abbrachen, stolpern zu lassen.

»Der Geist tut dies nun schon seit Jahrtausenden, er ist ein bisschen müde und es leid, dass die Menschen sich so gar nicht bessern. Nur noch selten, so heißt es, lacht er über die völlig verdutzen Gesichter der Menschen, wenn sie scheinbar ohne Grund plötzlich stolpern ...«

»Das glaube ich nicht«, sagte Jérôme bestimmt, »was sagst du, Papa?«

Da Christian nicht reagierte, stieß Jeanne ihn unter dem Tisch mit dem Knie an.

»Stimmt wohl!«, rief die vierjährige Marlene mit den lustigen Sommersprossen und den rötlichen Haaren aus. »Du bist heute im Garten gestolpert.«

»Das war deine Schuld«, antwortete Jérôme trotzig.

Leon lachte. »Nun gib schon zu, Jérôme, was hast du im Wald angestellt?«

Jérôme errötete bis an die Haarwurzeln, und Leon beeilte sich zu sagen: »So schlimm war es bestimmt nicht. Wenn du in den Wald gehst und dich bei dem Geist entschuldigst, ist alles vergessen, und er bekommt dafür sogar ein paar Jahre geschenkt.«

»Stimmt das denn auch wirklich?«, fragte Jérôme düster.

»Ganz bestimmt!«, sagte Leon und lächelte ihn an.

»Nun, trotzdem wüsste ich gern, was ihr im Wald angestellt habt«, mischte Christian sich ein.

Jérôme sprang auf und rannte in sein Zimmer.

»Lässt ihn der Geist jetzt so lange stolpern, bis er sich entschuldigt?«, fragte Marlene beunruhigt.

»Nein, keine Sorge, das ist ein sehr freundlicher Geist«, beschwichtigte sie Leon.

»Vielleicht könnte ich mich ja bei ihm entschuldigen?«, schlug Marlene vor und blickte Leon erwartungsvoll an.

»Ja, das würde gehen, wenn du weißt, was Jérôme dort angestellt hat.«

Sie kletterte von ihrem Stuhl, ging zu Leon, stellte sich auf die Zehenspitzen und flüsterte ihm etwas ins Ohr.

Leon strich ihr über den Kopf: »Ich bin mir ganz sicher, dass das in Ordnung geht.«

Marlene drehte sich zu ihren Eltern um. »Darf ich das Jérôme jetzt sagen?«

»Sicher«, sagte Jeanne und unterdrückte ein Lachen.

Marlene sauste davon. Auch die Kleinste, Sophie, kletterte von ihrem Stuhl und rannte hinterher.

»Zwei Schwestern, die sich um ihn sorgen. Was soll nur aus dem Jungen werden?«, sagte Christian halb scherzhaft.

Ein kurzes Schweigen antwortete ihm.

»Das Essen war wirklich köstlich, Leon.« Jeanne zog eine Augenbraue hoch. »Willst du wirklich morgen schon ins Hotel zurück? Ich habe mich gerade an diesen Luxus gewöhnt.«

Leon hob entschuldigend die Hände und zwinkerte ihr zu.

»Ich habe heute Abend dann noch einige Fragen an dich, wenn dir das recht ist«, machte Christian dem Geplänkel ein Ende.

»Sehr gern. Gehen wir in dein Büro?«

»Jeanne, würdest du uns Kaffee machen?«, bat Christian.

»Ich mach das schon.« Leon stand auf, nahm die ersten Teller und trug sie zum Waschbecken. »Ich komme gleich nach.«

Christian stand auf, küsste Jeanne flüchtig auf die Wange und ging hoch in sein Büro. Der Raum duftete jetzt, da die Hitze gewichen war, nach dem alten Olivenholz des Schreibtischs. Er nahm den Block mit den Post-its und trat an die Stellwand. Auf eines schrieb er: »Essen mit Alain Vicard (Sam's Studio)«, mit einem weiteren Post-it klebte er das Bild von Sergio zu der Frage »derselbe Spanier?« vom Anfang der Woche. Es folgte »Obdachlosenheim, Sonntagabend, Jean-Michel«.

Christians Mobiltelefon klingelte. Es war Uldis. Er rief aus dem Auto an.

»Bitte kein neuer Mord« waren die Worte, mit denen Christian seinen Kollegen begrüßte.

Uldis schnaubte. »Doch nicht in Louisson. Aber es gibt zwei Sachen, die wollte ich dir nicht erst am Montag sagen. Sitzt du?«

Christian ging einen Schritt zurück und lehnte sich an seinen Schreibtisch. »Jetzt.«

»Punkt Nummer eins: Ich habe nochmals mit Zecke telefoniert, und er hat die SIM-Karte des Anrufers gecheckt. Mit der wurde nur Spiegelberg angerufen und dann du, und zwar in der Nacht, als Spiegelberg starb. Bist du sicher, dass Leon es nicht war?«

»Er hatte da noch kein neues Handy. Außerdem kam der Anruf ohne Nummernkennung. Leon hat sich doch Samstag eine neue SIM-Karte gekauft und mich dann angerufen, während du dabei warst, um mir seine Nummer zukommen zu lassen!«

»Es war jedenfalls jemand am Tatort, der Spiegelberg und dich kannte!«

Christian fuhr sich mit der Hand durchs Haar. »Das ergibt keinen Sinn. Wer soll Spiegelberg und mich miteinander in Verbindung gebracht haben?«

»Nun … Eh, du Arsch, fahr an die Seite! – Entschuldige. Mir fallen da gleich mehrere ein. Die Sekretärin, die gesamte Familie Legrand, Spiegelbergs Frau, wenn sie mehr weiß, als sie zugibt, und natürlich der gute Leon.«

Christian legte die Hand über die Augen und dachte nach. »Nein, nicht Leon. Er hatte an dem Abend kein Handy dabei. Die Nutten haben kein Handy gesehen. Wir müssen Montag mit allen noch einmal reden.«

»Genau, Madame Spiegelberg habe ich schon einbestellt. Und jetzt kommt der zweite Knaller! Ich hoffe, du sitzt immer noch. Unsere werte Gerichtsmedizinerin Zoe hat zunächst die DNS der jungen Frau aus dem Canal du Midi durch die Datenbanken gejagt und keinen Treffer gelandet. Als sie dann die aus dem Scheidensekret extrahierte DNS, also die, die am Schwengel des Profs war, ins Programm eingab, hat der Computer sie doch tatsächlich gefragt, ob sie wirklich mit derselben DNS eine neue Suche starten wolle.«

»Das gibt es nicht«, sagte Christian und wandte den leisen Schritten, die von der Treppe her zu ihm drangen, den Rücken zu, ohne einen weiteren Gedanken an sie zu verschwenden. »Der Prof hat mit diesem Mädchen geschlafen?«

»Er hat sie vergewaltigt. Da ist Zoe sich sicher. Es gab zwar keine Abwehrspuren an Spiegelbergs Körper, aber bei ihr sieht es leider ganz danach aus. Einmal dran, hat Zoe einen Zahnabdruck von Spiegelberg gemacht, und siehe da – die Bisswunden des Mädchens stammen auch von ihm. Außerdem hat Zoes Labor den Drogencocktail analysiert. Das waren die klassischen Zutaten, um jemanden gefügig zu machen, sagt sie.«

»Weiß Zoe denn jetzt was über den Todeszeitpunkt?« Christian schnappte nach Luft.

»Mittwochnacht, also Donnerstagmorgen gegen drei Uhr.«

»Und ihr habt sie wann genau gefunden?«

»Sieben Stunden später. Sie lag also einige Stunden im Moder. Deshalb war auch der Todeszeitpunkt so schwer zu bestimmen, weil der warme Moder die Leiche in einen Zustand versetzt hat, als habe sie da viel länger gelegen.«

»Was für Neuigkeiten!« Christian biss sich auf die Unterlippe.

»Ja, Montag haben wir reichlich zu tun.«

»Mist, dabei wollte ich eigentlich in die Pyrenäen fahren.«

»Warum?«

»Dieser Alain Vicard aus Sam's Studio, mit dem treffe ich mich morgen zum Mittagessen, aber er hat mir bereits gesagt, dass der Spanier, also dieser Sergio, wahrscheinlich in dem spanischen Dorf Janovas, unweit von Sarsa de Surta, lebt. Und mein Instinkt sagt mir, dass ich, wenn diese Lune noch hier in der Gegend ist, da den Schlüssel finde oder sogar sie selbst.«

»Hm, warte, ich parke mal eben ein.« Christian hörte Uldis rangieren und fluchen. »Also, da bin ich wieder. Ich finde, du solltest hinfahren. Ich kann das Verhör mit Madame Spiegelberg auch allein führen.«

»Okay, lass uns morgen noch mal quatschen. Schönen Abend erst einmal.«

»Werde ich haben. Bis dahin.«

Christian legte das Telefon auf den Schreibtisch zurück und strich nachdenklich über das Buch von Remarque. Er zuckte zusammen, als Leon plötzlich mit einem Tablett mit Kaffee im Türrahmen stand.

»Ich habe es extra zurückgelegt«, sagte Leon und wies mit dem Kinn auf den Remarque. Er stellte das Tablett ab und trat an die Stellwand. »Du triffst also morgen *le beau*?« Er drehte sich halb zu Christian um, der nickte. »Meinst du, ihm galt dieses Liebesgedicht?«

»Es ist deine Zwillingsschwester! Du solltest das beantworten können.«

Leon tippte auf das Foto von Sergio. »Diesem Krüppel ja wohl kaum.«

»Vielleicht«, Christian trat neben ihn, »formuliert dieses Gedicht ja auch nur einen Wunsch. Eine tiefe Sehnsucht nach einem solchen Menschen.«

Leons Hand krampfte sich zusammen. Er schob die Faust in die Hosentasche und zögerte einen Moment.

Christian nahm eine Tasse Kaffee von dem Tablett, ging zurück zu seinem Schreibtisch und lehnte sich wieder gegen die Kante. »Leon, es gibt noch ein paar Dinge, die vielleicht unangenehm sind, aber ich muss sie dich fragen.«

»Ich … ich habe rasende Kopfschmerzen. Ich bin sofort wieder da, ich hole mir nur eine Aspirin, ja?«

»Klar.«

Leon ging ins Gästezimmer und nahm die Schlaftabletten heraus, die er immer bei sich hatte. Er schluckte vorsorglich die doppelte Dosis. Er wusste, das würde ihn sehr müde machen, aber er wollte nichts riskieren. Er ließ im Badezimmer so lange heißes Wasser über seine geballte Faust laufen, bis sie sich öffnete. Mit der linken Hand knetete er die Finger. Dann hielt er seinen Kopf unter den Wasserhahn und ließ kaltes Wasser darüber laufen.

Als er ins Arbeitszimmer zurückkam und Christians Blick auf seine nassen Haare bemerkte, sagt er: »Das hilft mir bei Kopfschmerzen sehr gut – kaltes Wasser. Also, was willst du mich noch fragen?« Er nahm seine Kaffeetasse und setzte sich wie schon am Abend zuvor unter dem Fenster auf den Boden.

»Ich möchte jetzt gern die Wahrheit über den Tod deiner Mutter und das Erbe erfahren. Keine halben Geschichten mehr.«

»Nun …« Leon stellte die kleine Tasse neben sich ab, zog die Beine leicht an und legte seine Arme darum. »Es geht um acht Millionen Euro.«

Christian öffnete den Mund und schloss ihn wieder.

»Ja«, sagte Leon, »das ist ein Vermögen. Ich habe, fest angelegt, drei Millionen bekommen. Ich erhalte monatlich ausreichend Geld. Meine Frau Martha sowie mein Freund und Anwalt Mark, also der, der Lune damals heiraten wollte und den Brief schrieb, der jetzt an deiner Wand hängt, fanden, es wäre Unsinn, diese acht Millionen einfach liegen zu lassen.« Leon machte eine Pause, trank seinen Kaffee aus und fuhr fort: »So ist das mit Emporkömmlingen, sie können nicht genug bekommen. Mir ist es egal. Ich fand aber, es sei eine gute Gelegenheit, um die letzten Spuren von Lune zu suchen, und kam hierher.«

»Also gibt es kein Haus in Berlin?«

»Doch, aber in dem lebe ich mit meiner Frau und ein paar Hausangestellten.«

»Warum jetzt das alles?«

»Was ich gesagt habe, war die Wahrheit. Nach deutschem Recht muss man zehn Jahre warten, um jemanden für tot erklären zu lassen.«

»Ich meine, warum hast du vorher nie nach deiner Zwillingsschwester gesucht?«

Leon senkte den Kopf auf die Knie und flüsterte: »Weil ich nicht konnte. Das musst du mir einfach so glauben.«

Christian betrachtete ihn und legte den Kopf schräg. Sein Blick wanderte zu den Notizen. »Hat deine Mutter wirklich Selbstmord begangen?«

Leon hob seinen Kopf und wischte die Tränen weg. »Ich weiß es nicht, ganz ehrlich, ich weiß es nicht. Ich war im Krankenhaus! Unsere Mutter hatte eigentlich zu viel Contenance für einen Freitod.«

»Könnte es deine Schwester gewesen sein?«

»Oh Gott, Christian, das kann ich dir nicht beantworten. Denn irgendwas in mir sagt: ›Ja, natürlich. Wer sonst, wenn nicht Lune?‹ Diese zwei Frauen bekämpften und hassten einander. Das zeigt doch auch die Postkarte unserer Mutter. Und es wäre nur typisch für Lune, danach das Erbe nicht anzurühren.«

»Du denkst also, sie lebt noch?«

»Ja, mittlerweile, auch dank dir, ja, das glaube ich, und der Gedanke lässt mich gar nicht mehr los. Es wäre das größte Glück, Lune wieder in die Augen zu sehen.«

»Obwohl du denkst, sie ist die Mörderin eurer Mutter?«

»Sie ist mein Zwilling, das verstehst du nicht.« Leon stand auf, stellte die Tasse zurück auf das Tablett. »Ich brauch jetzt einen Cognac.«

»Ich hol uns was. Bleib ruhig hier.«

Leon trat an das offene Fenster. Er ließ seinen Kopf kreisen, fuhr sich mit beiden Händen durch das nasse Haar und blickte in den Abendhimmel, sah den letzten Lichtstreifen am Horizont. Nur die Zikaden in den Feldern durchbrachen die Stille. Leon dachte einen Moment an das doch recht lärmige

Berlin, wo die Nacht niemals wirklich dunkel war. Hier in diesem Haus und mit Jeanne und den Kindern fühlte er eine Geborgenheit wie damals zwischen den warmen Körpern seiner Eltern. *Jeder hat Sehnsucht nach einem Platz, an den er wirklich gehört*, hatte Lune behauptet, *früher oder später finden wir ihn, oder er findet uns.* Ein Lächeln huschte über Leons Gesicht. Ob das hier sein Platz war? Er begehrte Jeanne, aber er war auch gewarnt. So viele Frauen in seinem Leben hatte er zu lieben versucht, und immer war das Vorhaben gescheitert.

Leon schüttelte den Gedanken ab und trat an Christians Schreibtisch. Sein Blick fiel auf die Kopien der Krankenhausberichte. Er sah gerade, dass die Namen geschwärzt waren, da betrat Christian mit einer Flasche Cognac und zwei Schwenkern den Raum.

Geschickt stellte Christian die Flasche so ab, dass er dabei die Kopien zusammenschob. »Das hat mit einem anderen Fall zu tun, deshalb darf ich dich das nicht lesen lassen«, sagte er, während er großzügig die Gläser füllte. »Hast du denn ein gutes Verhältnis zu eurer Mutter gehabt?« Christian reichte Leon ein Glas und prostete ihm mit dem anderen zu.

Leon nahm es und trank es in einem Zug aus. »Ja. Sie hat mich geliebt. Vielleicht ein bisschen zu sehr.« Er hielt Christian sein Glas hin, der es erneut füllte.

Dann las Christian die Karte der Mutter an Lune laut vor, ehe er Leon fragte: »Was meinte eure Mutter damit? Was hat Lune angerichtet? Wofür sollte sie bezahlen?«

Leon stellte das Glas so hektisch ab, dass er ein wenig Cognac verschüttete. »'tschuldigung, meine Hand verkrampft sich manchmal.« Er nahm das Glas mit der linken Hand wieder hoch. »Ich weiß es nicht. Mir ging es damals nicht gut. Es war bei Weitem keine so schlimme Krise, wie meine Mutter es dort darstellt. Die Wahrheit ist einfach, dass Lune mich manchmal manipuliert hat und ich Sachen gemacht habe, die nicht gut waren. Aber, Christian, wirklich, das ist so lange her, und was zwischen Lune und meiner Mutter damals lief – ich habe keine Ahnung.«

Christians Blick wanderte zu Lunes Foto im Brunnen. »Was kann zwischen einer Mutter und einer so besonderen und intelligenten Tochter vorgefallen sein?«

Leon hörte die Stufen knarzen; Jeanne war auf dem Weg zu ihnen.

»Du hast dich in meine Schwester verliebt, Christian.«

»Unsinn. Ich bin ein glücklich verheirateter Mann.«

»Wann immer wir hier im Zimmer sind, starrst du ihr Bild an. Du hast das Gedicht behalten, weil es dich so berührt hat. Du streichelst das Buch, das Lune jahrelang bei sich trug, so zärtlich, als wäre es eine Frau.«

»Du redest Unsinn«, wehrte Christian sich.

»Du bist in meine Schwester verliebt, obwohl du sie nur aus meinen Erzählungen kennst; obwohl du nicht weißt, ob sie überhaupt noch lebt! Aber du bist in sie verliebt. Du träumst von ihrer Wildheit wie alle Männer. Kritisch wird es erst, wenn du sie besitzen willst und wenn – sobald du merkst, dass du das nicht kannst – der Wunsch in dir aufkeimt, sie zu zerstören. Schon als meine Schwester zwölf Jahre alt war, sagte meine Großmutter: ›Dieses Mädchen bringt das Schlechteste in den Menschen zum Vorschein‹.«

»Du bist ja verrückt«, entgegnete Christian.

Leon lachte. »Ja, das kann schon sein. Aber ich sehe, was ich sehe.« Er trat vor Christian und sah ihm in die Augen. »Keiner kann das besser verstehen als ich. Ich habe nie eine faszinierendere Frau getroffen. Meine Ehefrau, Martha, ist attraktiv und nett, gebildet, aber etwas ganz Entscheidendes fehlt ihr: der Reiz!« Leon trat an die Stellwand. »Hast du je ein so wunderbares Gedicht bekommen? Hast du je eine Frau gesehen, die nass ist und aus vollem Herzen lacht und dabei so erotisch ist, dass es fast wehtut? Hast du je so kluge Worte von einer Frau gehört wie in den Briefen, aus denen ich dir zitiert habe? Sag es mir, Christian!«

Jetzt war es an Christian, sein Glas in einem Zug zu leeren. »Nein!«, presste er zwischen den Lippen hervor.

Etwas in Leon triumphierte, und etwas ganz anderes machte ihn wütend. »Darf ich dir auch eine persönliche Frage stellen, nachdem du mir so viele gestellt hast?«

Christian machte ein gequältes Gesicht. »Fragen kannst du alles, ich antworte allerdings nicht auf alles.«

»Ist Jeanne deine große Liebe?«

Leon zählte die Sekunden des Schweigens von einundzwanzig bis dreißig.

Jeanne hüstelte auf der Treppe und kam mit so lauten Schritten herauf, dass Leon sicher wusste, sie hatte zugehört.

Christian trat hinter seinen Schreibtisch und machte sich an herumliegenden Papieren zu schaffen.

Jeanne trat ein. Ihr Haar war offen und fiel ihr weit über den Rücken, was ihr in Leons Augen eine bezaubernde Verletzlichkeit verlieh, die er auch in ihrem Gesicht bemerkte. »Ich dachte, ihr könnt noch eine kleine Stärkung gebrauchen. Den Aprikosenkuchen von der alten Dame.«

Leon ging auf sie zu, nahm ihr das Tablett ab und drückte ihre Hand. »Danke, das ist sehr lieb von dir. Willst du nicht mit uns den Kuchen genießen?«

»Nein, nein, ich bringe jetzt die Kinder ins Bett und wollte noch mit meiner Mutter telefonieren.« Ohne Christian anzusehen, wandte sie sich um und verschwand. Ihre nackten Füße verursachten quietschende Geräusche auf den Holzstufen.

Leon stellte den Kuchen auf dem Schreibtisch neben Christian ab. »Ich habe gesehen, dass du morgen auch den Blinden noch einmal treffen willst?«

»Ja«, antwortete Christian knapp.

Leon nahm sich ein Stück von dem Kuchen und biss hinein. »Und davor Alain?«

»Ja.«

»Habe ich dich verärgert?«

»Nein.«

»Also doch, ich wollte dir ...«

»Leon, bitte hör auf. Es war eine lange Woche mit vielen Geschichten. Ich bin einfach nur erledigt und muss hier noch ein paar Sachen sortieren.«

»Gut, ich bin auch müde, dann lass ich dich jetzt allein.«

Leon nahm im Vorbeigehen den Remarque vom Tisch, ging noch einmal hinunter, um Jeanne gute Nacht zu sagen, und begab sich anschließend ins Gästezimmer. Er ließ die Tür einen Spalt auf und konnte vom Bett aus den Lichtkegel sehen, der aus Christians Büro auf die Dielen des Flurs fiel. Er blätterte durch das Buch, lächelte bei vielen Stellen, die Lune angestrichen hatte. Er las die Szene, in der Lilian in Paris in ihrem Hotelzimmer ihre Kleider auf Bügeln an den Schrank, den Stuhl, eben überallhin gehängt hatte. Das erinnerte ihn daran, dass auch Lune aus Kleidungsstücken lebendige Personen entstehen lassen konnte. Als kleines Kind redete sie mit Geistern.

Die Müdigkeit kam jetzt schnell. Seine Augenlider wurden schwer, die Bewegung, mit der er das Buch weglegte, war verlangsamt. Er wusste, dass er morgen sicher länger würde schlafen müssen, aber dann würde die bleierne Schwere ganz verschwunden sein.

Kurz bevor der Schlaf ihn übermannte, hörte er das Knarren

der Treppe, und wie er erwartet hatte, kam Jeanne herauf. Ihr Körper verdunkelte einen Moment den Lichtkegel.

Leon lächelte, drehte sich auf die Seite und schlief augenblicklich ein.

»Darf ich?«, fragte Jeanne schüchtern, als sie im Türrahmen stand.

Christian sah hoch, streckte die Hand nach ihr aus. »Komm her, Süße.«

Mit wenigen Schritten war sie bei ihm, und er zog sie auf seinen Schoß und küsste sie, während seine Hände unter ihrem dünnen Blumenkleid ihre Oberschenkel streichelten. Sie stöhnte auf, lehnte sich zurück und stützte sich mit den Händen auf dem Schreibtisch ab. Christian ertastete ihren Slip, und als Jeanne ihr Becken hob, rutschten ein paar Papiere zu Boden.

Christian bückte sich danach; es waren die Berichte aus dem Krankenhaus. »Warte einen Moment, Jeanne.« Er schob sie von seinen Beinen auf den Schreibtisch und las. Der erste Bericht war vom 24. August vor zehn Jahren um sieben Uhr morgens: »Sechsundzwanzigjähriger Mann mit Kompressionsfraktur nach Schlägerei, Läsionshöhe C6, unterhalb Bauchnabel kein Gefühl mehr, Arme beweglich …«; die zweite Seite berichtete von einer Frau, die fast verblutet wäre, weil ihr mit Rasierklingen die Schamlippen zerschnitten worden waren.

Jeanne beugte sich zu Christian hinunter und wollte ihn küssen. Er sah sie verständnislos an: »Tut mir leid, ich kann jetzt nicht. Ich komme gleich ins Bett.«

Jeanne rutschte vom Schreibtisch und warf die Bürotür so heftig hinter sich zu, dass es im ganzen Haus krachte und Sophie im unteren Stockwerk anfing zu weinen.

Christian schüttelte den Kopf, dann nahm er den grausamen Bericht und las ihn, vor sich hin murmelnd, zu Ende: »… multiple Einschnitte, Verletzung am Oberschenkel, starke Blutungen … Das Opfer nannte seinen Namen nicht und bestand ausdrücklich darauf, auf eine Anzeige gegen die drei Täter zu verzichten.«

Christian füllte sein Cognacglas und trank es leer. Dann las er den Bericht noch einmal. Er nahm sein Handy, und da es bereits nach halb elf war, schrieb er Uldis nur eine SMS: »Wir müssen Montag Maxime Legrand vorladen. Der Krankenhausbericht spricht von drei – und nicht nur zwei – Tätern bei Lune Bernbergs Vergewaltigung.«

»Mein Gott«, sagte Christian laut und stützte seinen Kopf in die Hände. Er atmete ein paarmal tief ein und aus, rieb sich die Augen, nahm die Cognacflasche und goss sich noch einmal ein.

Als sein Blick auf das Foto von Lune fiel, verzerrte sich sein Gesicht. »Ich kriege diese Schweine, versprochen«, sagte er zu ihr. Er stand auf, löschte das Licht über dem Schreibtisch und trat mit dem Glas in der Hand an das Fenster. Die Nacht war klar, der Himmel mit Sternen übersät. Der Mond rollte über den Horizont und schien zum Greifen nah.

Christian trank das Glas leer, stellte es auf der Fensterbank ab und legte sich zum Schlafen auf sein Sofa.

Sonntag, 10. Juni

Zum dritten Mal vibrierte Christians Handy. Er wälzte sich schwer vom Sofa. Die Uhr auf dem Schreibtisch zeigte sechs Uhr fünfzehn. Christian blinzelte auf das Display und ging dran. »Uldis, was treibst du um diese Uhrzeit …?«

»Mon vieux, ich steh bei dir vorm Haus. Du kommst jetzt runter. Kaffee habe ich dabei, wir fahren ins Kommissariat. Um zehn Uhr müssen wir der Staatsanwältin was vorlegen, damit sie uns erlaubt, Legrand offiziell vorzuladen. Bring also die Berichte mit.«

Christian fuhr sich mit beiden Händen durch sein schwarzes, dichtes Haar, packte die Kopien ein, trat auf den Flur, ging, als er schon an der Treppe war, noch einmal zurück und schloss sein Arbeitszimmer ab.

In der Küche schrieb er einen Zettel für Jeanne, verließ auf Zehenspitzen das Haus und zog die Schuhe erst im Auto an.

»Guten Morgen, lieber Christian«, sagte Uldis bestens gelaunt. »Hier«, er hielt Christian einen Pappbecher hin, »dein Kaffee. Mon vieux, du hast eine mächtige Fahne. Habt ihr …?«

»Frag nicht. Ich habe auf das Zähneputzen verzichtet, damit niemand wach wird.«

Uldis fuhr los und pfiff gut gelaunt vor sich hin.

»Hattest du also einen schönen Abend und eine heiße Nacht?«, fragte Christian düster und nippte an dem heißen Kaffee.

»Nur kein Neid, Kollege, aber ich habe mir, mit Verlaub, die Seele aus dem Leib gevögelt. Jetzt erzähl mal, wo du das her hast.«

Während Uldis mit Vollgas über die fast leere Autobahn raste, berichtete Christian von seinen diversen Besuchen am Vortag, seinem Gespräch mit Leon und schließlich seiner Entdeckung in dem Krankenhausbericht.

»Hast du diesen Leon danach gefragt?«, wollte Uldis wissen, nachdem Christian geendet hatte.

»Nein, das kann ich ihm nicht antun. Der hat genug damit zu tun, dass seine Schwester wahrscheinlich noch lebt. Und wenn sie will, kann sie es ihm ja selbst erzählen.«

»Glaubst du wirklich, sie lebt in diesem verlassenen Dorf in den Bergen?«

»Irgendwas in mir sagt Ja. Und was anderes … ach, ich weiß auch nicht. Also, wie willst du die Staatsanwältin überzeugen?«

Uldis lenkte das Auto zügig durch die Straßen der Stadt. Hier und da lungerten ein paar Jugendliche, die von der Nacht übrig geblieben waren, auf Parkbänken und an Straßenecken herum. Die Luft war frisch und klar. Die ersten Bäckereien öffneten, weil Sonntag war, erst um sieben Uhr. Uldis hielt vor einer. »Würdest du mir was zum Frühstück besorgen, ich …«

»Schon gut«, murrte Christian, »sag es nicht. Ich will gar nicht wissen, warum du so einen Hunger hast.«

»Deftig, bitte.«

»Ist klar.«

Wenig später machten sie Licht im Konferenzraum im Keller des Kommissariats. Uldis packte sein Frühstück aus. Christian stellte erst die Kaffeebecher hin und klebte dann die mitgebrachten Unterlagen an die Wand.

Uldis biss hungrig in sein Baguette mit Krabben und sagte mit vollem Mund: »Ein Teil der Anrufe auf Spiegelbergs Mobiltelefon kam ohne Nummernübertragung. Vier Anrufe konnte Zecke verschiedenen Telefonzellen in der Innenstadt zuordnen, keine taucht zweimal auf. Für mich heißt das, da hat jemand geplant, und zwar sehr umsichtig. Die Gespräche dauerten keine drei Minuten.« Er schluckte und trank ein wenig Kaffee. »Wir brauchen gar nicht erst hinzufahren und an den Apparaten nach Spuren zu suchen, denke ich. Auffällig ist allerdings, dass diese Anrufe erst seit ein paar Tagen kamen, also genau genommen seit letztem Sonntag. Irgendwas ist also in Spiegelbergs Leben passiert. Und wer ruft ihn und dich an? Wir schätzen übrigens, dass das Prepaidhandy nur dafür benutzt wurde und jetzt im Müll gelandet ist, denn es ist und bleibt aus. Davon abgesehen hat Spiegelberg am Tag seiner Ermordung sehr oft bei seiner Frau angerufen.«

Er biss erneut in das Baguette, und Christian nutzte die Chance. »Hast du eigentlich mal darüber nachgedacht, dass Spiegelberg in der Nacht, bevor ich ihn aufsuchte, vielleicht gar nicht zu Hause war?« Christian trat an die Wand und zeigte auf Spiegelbergs Vorlesungsplan. »Hier, er hatte morgens von acht bis neun Sprechstunde, das bezeugt seine Sekretärin. Vorlesung von halb zehn bis elf, dann war ich da, dann wieder Vorlesung bis Mittag. Er muss in der Nacht vorher dort gewesen sein, wo auch das Mädchen war. Vielleicht doch in einem Bordell im Hurenviertel.«

Uldis wischte sich den Mund ab und stieß hörbar auf. »Ah, jetzt bin ich wieder bei Kräften. Du hast recht. Und ich muss Madame Cécile Spiegelberg noch viel intimere Fragen stellen. Ich schicke morgen früh einen Trupp los, der mit einem Foto des Mädchens durch die Bordelle zieht. Denn finden wir das Bordell, wissen wir auch, wo Spiegelberg war. Wobei …«

Christian brachte den Satz zu Ende: »…das nicht heißt, dass Spiegelberg das Mädchen ermordet oder unter Drogen gesetzt hat.« Er schüttelte den Kopf und verschränkte seine Finger. »Ich kann nicht glauben, dass Spiegelberg ein mit Drogen vollgepumptes Mädchen vergewaltigt und dann, nur ein paar Stunden später, so mit mir quatscht.«

»Kannst du nicht oder willst du nicht?«

Christians Fingergelenke knackten.

Uldis verzog das Gesicht und sagte: »Seine Masche der Betroffenheit, die zugegebene Besessenheit von Lune Bernberg, die misslungene Vergewaltigung, das hat ja selbst mich beeindruckt, als du beim Essen davon berichtet hast.«

»Ja, du hast leider recht. Ich habe es ihm auch geglaubt.«

»Also, wie bekommen wir Maxime Legrand in den Vernehmungsraum?« Uldis trat an die Tafel. »Ich schlage ›Verschleierung einer Straftat‹ vor. Wir zeigen der Staatsanwältin den Krankenhausbericht. Du und ich sind Zeugen, dass er die Mithilfe bei der Vergewaltigung zugegeben hat, und weil Spiegelberg tot ist und Lune Bernberg vermisst wird, ist er unser einziger Zeuge! Außerdem möchte ich bei den Legrands eine Hausdurchsuchung durchführen.«

»Die Vorladung klingt plausibel, die Hausdurchsuchung ist gewagt. Fangen wir an und füllen wir die notwendigen Papiere aus. Stellt sie die Vorladung sofort aus?«

»Nee, sie sieht es sich heute an. Wenn alles okay ist, bekommen wir sie morgen früh.«

Kurz vor zehn Uhr fuhr Christian erst Uldis und die Unterlagen zur Staatsanwältin, dann Uldis zu dem Bett, aus dem er am Morgen gestiegen war, und dann selbst an die Garonne. Er schrieb Jeanne eine SMS, dass er in der Stadt bleiben würde, weil er noch mit zwei wichtigen Zeugen sprechen müsse. Er rechne damit, zum Abendessen zu Hause zu sein, sie solle sich einen schönen Sonntag machen.

Christians SMS erreichte Jeanne, als sie gerade die Taschen für ihre Kinder packte. Jérôme, Marlene und Sophie stritten am Frühstückstisch darum, wer im Auto in der Mitte sitzen sollte. Jeanne las den Text und schleuderte ihr Handy hinter Sophies Kinderbett.

Ein Auto fuhr vor, die Kinder sprangen auf, rannten zur Haustür und brüllten dabei: »Oma, Opa!«

Jeannes Mutter Bernadette nahm sie lachend in die Arme. »Jérôme senior montiert bereits die Kindersitze. Wollt ihr ihm nicht helfen, dann sehe ich mal nach eurer Mutter.«

»Ich bin hier«, rief Jeanne.

Bernadette trat ein und küsste ihr Tochter rechts und links.

»Hier, in der Tasche ist alles, was sie brauchen.«

Bernadette nahm die Tasche. »Du siehst müde aus.«

»Ach, das Wetter, die Hitze, und letzte Nacht konnte ich trotz der Abkühlung nicht richtig schlafen.«

»Na, dann macht euch mal einen wunderbaren Hochzeitstag. Wir bringen die Schätze Dienstagabend zurück. Wo ist Christian, schläft er oben noch?«

»Äh«, Jeanne wickelte die langen Haare um ihre rechte Hand, »ja, er schläft noch.«

Sie brachte ihre Mutter zur Tür, schloss sie und lehnte ihre Stirn dagegen.

Leon trat vorsichtig hinter Jeanne. Wie er es bei Christian gesehen hatte, streichelte er über ihren Rücken. Mit der anderen Hand schob er ihre Haare über die Schulter nach vorn und blies ihr sanft in den Nacken. Er sah, wie Jeannes feine Härchen sich aufstellten.

»Leon«, hauchte sie, »was tust du da?«

Er schob seinen linken Arm um ihre Taille und zog sie an sich. Gleichzeitig küsste er ihren Nacken. »Du bist das zauberhafteste Wesen, das mir je begegnet ist«, murmelte er in ihr Haar, »ich kann nichts dafür, Jeanne.«

Langsam drehte sie sich zu ihm um und sah ihn von unten an. In ihren Augen glitzerten Tränen.

»Wovor hast du Angst, Jeanne? Vor der Wahrheit? Vor deinen Gefühlen?«

Sie schüttelte den Kopf. »Christian ist meine große Liebe, ich kann ihn nicht betrügen.«

»Ist er ganz sicher deine große Liebe? Wo du doch nicht seine bist?« Leon ließ seine weichen Lippen sanft über ihren Hals wandern, seine Hand über ihren Po gleiten, bemerkte, dass sie keine Unterwäsche trug, und atmete tief ein und wieder aus, um es aushalten zu können. Ganz leicht drückte er sich an Jeanne und sie gegen die Haustür, während er sein Bein zwischen ihre Beine schob und sie willig nachgab.

Leon legte ihr eine Hand unter das Kinn und zwang sie, ihm in die Augen zu sehen. »Jeanne«, er zögerte, »vom allerersten Moment an, als ich dich sah, in der Nacht, als du meine blutigen Sachen gewaschen hast, wusste ich, dass du die Frau bist, auf die ich immer gewartet habe.«

Jeanne hing an seinen Lippen und trank seine Worte geradezu. »Aber …«, sagte sie.

Leon verschloss ihren Mund mit einem zärtlichen Kuss, zu dem er sich zwingen musste. Er drehte sie, schob sie rückwärts bis zur Küchenanrichte und hob sie hoch.

»Eh!« Jeanne lachte.

Leon sah ihr in die Augen und ließ seine Hand von ihren Waden durch ihre Kniekehlen auf die Innenseite der Oberschenkel wandern.

Plötzlich hielt sie seine Hände fest. »Ich kann nicht, Leon.«
»Du tust es schon.« Er knabberte an ihrer Lippe und trennte
mit seinen Fingern ihre Schamlippen, verkrallte eine Hand in
ihrem Haar und zog ihren Kopf nach hinten.

Christian ließ sein Auto an der Garonne stehen und lief zu
Fuß in Richtung Rue Barcelona, Ecke Avenue des Clowns. Die
Sonne schien, der Himmel war dunkelblau, die Restaurantter-
rassen dicht an dicht eingedeckt, denn es war Sonntag und zudem herrlichstes Wetter.

Christian passierte das Augustinerkloster, und da er noch
Zeit hatte, bog er in den dazugehörigen Garten ein. Hier war
es schattig. Die Bäume hatten fast ein geschlossenes Dach gebildet, und wo es Lücken hatte, schützten die dicken Stein-
mauern des Klosters den Garten vor zu viel Sonne. Wasser lief
plätschernd zwischen den bepflanzten Beeten, die sich abwech-
selten, mal Blumen, mal Kräuter, und in der Mitte, rund um den
kleinen Brunnen, waren Gemüsebeete.

Christian setzte sich auf eine der weißen Bänke, die in dem
kleinen Garten verstreut standen, und beobachtete drei kleine
Katzen, die miteinander kämpften. »Wenn es doch alles nur so
ein Spiel wäre«, sagte er vor sich hin und weckte die Neugier
der Katzen mit einem kleinen Stock, den er auf dem Boden
bewegte.

»Auch dieses Spiel ist die Probe für den Ernstfall.« Eine
Nonne erhob sich auf der anderen Seite des Brunnens vom
Boden und nahm die Schoner von ihren Knien. »Sie sehen sehr
besorgt aus, junger Mann.«

»Ein Mordfall. Ich bin Polizist.«

»Ich bin begeisterte Krimileserin! Sagen Sie mir, wie werden
Sie ihn aufklären?«

Eine der kleinen Katzen sprang an Christians Bein hoch,

weil er den Stock achtlos in der Hand hielt. Er nahm sie auf den Arm und streichelte ihren kleinen Kopf.

»Der Tiger ist Dr. Jekyll.« Die Nonne lächelte, als sie auf Christian zukam. »Er ist ein echter Draufgänger. Maigret hingegen«, sie zeigte auf die schwarzweiße Katze, die noch am Brunnen saß, »ist von vornehmer Zurückhaltung, während Miss Marple gern von oben den Überblick behält.« Sie wies mit der Hand über Christians Kopf, wo die dritte, rot getupfte Katze sich an einen Ast gekrallt hatte und ihn beobachtete. Die Nonne setzte sich neben ihn. »Schwester Annegret. Und Sie sind?«

»Inspektor Christian Mirambeau.« Dr. Jekyll rollte sich in seinem Schoß zusammen, legte den Kopf in seine Hand und schlief ein.

»Na, das nenne ich Liebe auf den ersten Blick. Können Sie keine Katzen gebrauchen? Wir suchen für die drei noch ein neues Zuhause.«

»Wir haben eine alte Katze, Minou. Und meine Kinder sind noch zu klein für die Winzlinge«, gab Christian zu bedenken und streichelte über das Fell des kleinen Katers. »Meine Jüngste ist erst drei Jahre alt.«

»Ach was, sie ist ein Mädchen. Bei einem Jungen würde ich Ihnen recht geben, die können noch sehr wild sein und motorisch daneben liegen, aber ein Mädchen doch nicht.«

Wie zur Bestätigung begann Jekyll mit seiner kleinen, rauen Zunge Christians Hand zu lecken.

Schwester Annegret lachte. »Also, in was für einem Fall ermitteln Sie?«

»Im Mord an einer jungen Frau. Wir haben sie Donnerstagmorgen aus dem Canal du Midi geborgen. Keine Papiere, keine Vermisstenanzeige.«

»Ist es das, was Sie so mitnimmt?«

Christian drehte sich Schwester Annegret zu. »Ist das so sichtbar?«

Sie tätschelte sein Knie. »Ja, zumindest für mich.«

»Es geht um eine Frau, die vor zehn Jahren am Ufer der Garonne vergewaltigt wurde. Eine außergewöhnliche Frau.«

»Außergewöhnlich zu sein schützt nicht vor Übergriffen.«

»Nein, das tut es nicht. Jedenfalls hat ein Mann es zugegeben und seine Aussage dann zurückgezogen. Der andere Mann, der an der Tat beteiligt war, wurde Donnerstagnacht ermordet und kann nicht mehr aussagen. Aus dem Krankenhausbericht von vor zehn Jahren weiß ich, es gab einen dritten Mann. Die Frau selbst ist verschwunden.«

»Das klingt wirklich spannend. Wollen Sie nicht bei uns zum Essen bleiben? Es gibt nichts Einsameres, als sonntags mittags allein zu essen, finde ich.«

»Vielen Dank«, Christian lächelte, »das ist sehr nett. Aber ich bin noch mit einem Mann verabredet, hier gleich um die Ecke, in Estébans Bar, der mir vielleicht helfen kann, diese Frau zu finden.«

»Sie haben eine Frau und Kinder, richtig?«

Christian nickte.

»Was ist dann an dieser vermissten Frau so wichtig?«

»Das weiß ich erst, wenn ich sie gefunden habe.«

Christian versuchte Jekyll hochzunehmen, der sich allerdings mit seinen Krallen in seiner Jeans verfangen hatte und empört miaute.

»Sehen Sie, er will mit. Warten Sie, ich nehme den kleinen Dr. Jekyll.« Sie stand mit Christian auf und begleitete ihn zum Tor. »Sie sollten bei Estéban das Lamm versuchen. Er macht es seit über zwanzig Jahren auf dieselbe Weise, und das ist gut so.«

»Ich werde daran denken, Schwester Annegret.« Christian streichelte über Jekylls Kopf.

»Machen wir ein Geschäft, lieber Inspektor. Sie kommen nach dem Essen noch einmal her und erzählen mir mehr. Das klingt nämlich alles sehr spannend, und so versüßen Sie mir den Sonntag.«

Christian lachte. »Gut, das mache ich.«

»Und«, sie lächelte ihn an, »wenn Dr. Jekyll dann immer noch so anhänglich ist, nehmen Sie ihn zu Ihren Kindern mit.«

»Sie sind eine Seelenfängerin.«

»Ja, so nennt man die Kirche auch. Also?« Sie hielt ihm ihre große, kräftige Hand hin, und er schlug ein.

Die Terrasse von Estébans Bar war bereits bis auf den letzten Platz besetzt. Christian fluchte leise. »Wir hätten reservieren sollen.«

Estéban hatte eine fleckige Lederschürze umgebunden, die hinten in seinen Speck über dem Gürtel schnitt. Er brachte gerade ein großes Tablett mit unzähligen Tonschalen heraus und verteilte selbige auf den Tischen.

»Monsieur Mirambeau?«

»Ja«, Christian drehte sich um, »guten Tag, Monsieur Vicard. Wir hätten wohl reservieren müssen?«

»Habe ich, aber drinnen. Und wir müssen uns beeilen, denn sonntags mittags gibt es nur ein Menü, und Estéban serviert gerade schon die ersten Vorspeisen. Kommen Sie.«

Sie brauchten einen Moment, um sich an die dämmerige Dunkelheit im Inneren der Bodega zu gewöhnen. Sie waren die einzigen Gäste im Innenraum. Der grüne Fliesenboden war mit Sand bestreut. Sie nahmen an einem der alten Holztische Platz. Estéban klopfte Alain Vicard auf die Schulter, legte Besteck und Brot auf den Tisch und stellte Aioli, Gläser und eine Karaffe mit Wasser dazu.

»Menü mit oder ohne Wein?«

»Mit allem, wie immer, mein Freund. Lange nicht gesehen, was macht die Familie?«

Estéban hob die Hände, verschwand wieder in der Küche, brachte die ersten Schälchen mit verschiedenen Tapas und eine Flasche Rioja, die Vicard selbst entkorkte.

»Es gibt Läden, die ändern sich einfach nicht. Das ist wunderbar«, sagte Vicard, roch an dem Korken, goss den ersten kleinen Schluck in sein Glas, dann füllte er Christians. »Sie haben mich nach Sergio Elazar gefragt, und Sie suchen nach der deutschen Frau mit Namen Lune, richtig?« Vicard pikste mit einem Holzspieß ein paar Oliven auf, nahm sich mit der Gabel etwas Salat und schnitt den gegrillten Tintenfisch in zwei gleich große Stücke.

»Ja«, sagte Christian und hielt seinen Teller hin. »Sie wurde als vermisst gemeldet, und wir sind nicht sicher, ob sie tot ist.«

Vicard nahm ein Stück Brot und zog es durch das Öl, in dem der Tintenfisch gebraten worden war. »Ich habe Lune in einer Bar kennengelernt.«

»Dem Mexicana.«

»Genau. Danach kam sie hin und wieder in meine Disco und sorgte fast immer für Aufregung. Meine Disco war eher für Leute, denen sehen und gesehen werden sehr wichtig war und die sich entsprechend kleideten und mit den passenden Autos vorfuhren. Und zu denen gehörte sie nicht. Wissen Sie«, Vicard schob sich genüsslich die Gabel voll Tintenfisch in den Mund, »mein zweiter Sohn hat Asperger. Er ist oft völlig in seiner Welt, löst Rechenaufgaben, und es interessiert ihn nicht, was um ihn herum vorgeht. Aber nicht, weil er das nicht will. Es ist, als gleite diese äußere Welt an ihm ab. Er hat mich tatsächlich hin und wieder an Lune erinnert. Auf eine gewisse Art war sie genauso. Meine Güte.« Er lachte und tupfte sich mit der Serviette den Mund ab, um einen Schluck Wein zu trinken. »Wie oft konnte ich sehen, dass die Frauen ihr reihenweise die abschätzigsten Blicke zuwarfen, weil sie so anders war. Weil sie nicht schön war, weil sie keine Markenklamotten trug, weil sie das Bier aus der Flasche trank. Aber sie schien das so wenig zu bemerken wie mein Sohn, wenn wir Eis essen, während er an einer mathematischen Lösung arbeitet. Dennoch war sie ungeheuer anziehend für einen Mann. Himmel, wenn sie kurze Röcke mit Lederstiefeln im Sommer trug, nackte Beine hatte, ihre Narben nicht versteckte, eine Bluse nur verknotete, ihre Haare mit chinesischen Stäbchen hochsteckte und dann eine Zigarette im Mundwinkel hatte. Wow, ich habe oft von ihr geträumt.«

»Aber was wissen Sie wirklich von ihr?«

»Sind Sie in Eile?«

»Nein«, sagte Christian resigniert.

»Mein damaliger Mitbewohner, Sergio Elazar …«

»Moment, wieso wohnten Sie zusammen?«

»Hm, das ist nicht so leicht zu erklären. Als meine Modelkarriere gerade so durchstartete, las ich eines Tages einen verstörten jungen Spanier von der Straße auf, eine abgerissene Erscheinung. Ich hatte meine erste Wohnung in Louisson gekauft und war oft auf Reisen mit Anfang zwanzig. Sergio war damals vierzehn. Er hatte die schönsten klaren blauen Augen, die ich je in einem Gesicht gesehen hatte. Er tat mir leid, ich wollte ihm helfen, also zog er bei mir ein. Erst schickte ich ihn zur Schule, aber das wollte er nicht. Er fing bald mit den edlen Blumen an, sobald er sechzehn war und arbeiten durfte. Sergio wuchs bei seinem Großvater in den Bergen auf, der ein ziemlich übler Geselle war. Und obwohl er keine Schulbildung hatte, las er viele schlaue Bücher. Er bekam sie von einer Nachbarin seines Großvaters.«

»Platz, bitte.« Estéban schob die Tonschalen an den Rand und platzierte zwischen den Männern eine große Schale mit dunkel geschmortem Lamm, Zwiebeln, Paprika und seiner geheimen Gewürzmischung.

Vicard füllte Christian und dann sich selbst auf und sah Christian erwartungsvoll an, als der den ersten Bissen nahm.

»Perfekt. Selbst die Nonnen im Augustinerkloster kennen es.«

»Ja, jeder in Louisson kennt Estébans Lamm. Mit Sergio kam ich auch oft nachts hierher, wenn ich in der Disco eine Pause hatte und er mit den Blumen durch war und dann …«

»Und dann was?« Christian nahm sein Weinglas, trank aber nicht.

»In diese Bar ging, in der er sehr viel Geld verdiente.«

»Die Fabolousbar«, ergänzte Christian.

»Davon wissen Sie also schon. Gut, hm, also … jedenfalls … Lune und Sergio, diese beiden reagierten irgendwie sehr heftig und ziemlich seltsam aufeinander. Oft konnte ich gar nicht folgen.«

»Was meinen Sie damit?«

»Er traf auf Lune in einer dieser Nachtbars im Hurenviertel, DcD, und war sofort begeistert von ihr. Nicht im Sinne von verliebt – ihre Gleichgültigkeit zog ihn an. In meiner Disco wies er sie einmal darauf hin, dass Frauen in Frankreich kein Bier trinken und schon gar nicht aus der Flasche. Sie lachte ihn aus, und er warf ihr irgendeine Beleidigung an den Kopf. Das führte dazu, dass es immer ein Geplänkel gab, wenn die zwei aufeinandertrafen. Einmal, Lune war um Weihnachten herum ein paar Wochen nicht in der Stadt gewesen, und an einem Sonntag schlenderten Sergio und ich so durch die Straßen, da saß sie am Rand einer Terrasse. Ich grüßte nur, aber Sergio blieb stehen, also auch ich. Statt einer üblichen Begrüßung wie ›Hallo, wie geht 's?‹ sagte er nur: ›Du bist also zurück?‹ Ihre Antwort: ›Es gibt kein Zurück!‹ Bums, hatte Sergio schlechte

Laune, und Lune lächelte. So war es immer mit den beiden. Ein anderes Mal in meiner Disco hat er sie mitten auf der Tanzfläche einfach geküsst, und sie hat es sich gefallen lassen. Es war ein so bizarres Bild, weil sie viel größer war als Sergio, und doch knisterte es sehr deutlich. Und eines Tages landete Lune in meinem Bett.« Vicard trank in Ruhe einen Schluck, spießte ein Stück Lamm auf und hielt auf halbem Weg inne. »Ich war schon auch in Lune verknallt. An diesem Abend arbeitete Sergio in der Fabolousbar. Wir hatten die stillschweigende Vereinbarung: Wenn er dort arbeitete, ließ ich keine Frauen bei uns schlafen.«

»Warum nicht?«, unterbrach ihn Christian.

»Weil er danach oft nicht gut drauf war. Er nahm reichlich Drogen, um das in der Bar aushalten zu können, die Männer, die Befehle, die Bilder, und dann brauchte er Schutz und Geborgenheit. Wir waren nicht schwul, nicht einmal bi, eher wie großer und kleiner Bruder. Aber ich war eingeschlafen und Lune auch. Es war das erste Mal, dass wir miteinander im Bett waren. Plötzlich war Sergio da.« Alain wischte sich über die Augen, als wollte er die Erinnerung verscheuchen. »Es entspann sich ein Dialog zwischen ihnen, dem ich nicht folgen konnte. Lune lag zwischen uns beiden, mit dem Rücken zu mir; ich konnte nur Sergio und seine fiebrigen Augen sehen.«

Christian leerte seinen Teller und wischte ihn mit Brot sauber. »Er hat Lune geschlagen, und Sie haben sie festgehalten.«

»Woher wissen Sie das?«

»Aus Lunes Briefen.«

»Sie hat darüber geschrieben?« Vicard senkte den Blick. »Ja, es war keine Heldentat, dieser Morgen.« Er trank sein Glas leer. »Es war ein schrecklicher Moment, und wenn ich ehrlich bin, weiß ich nicht, was da genau passiert ist. Als ich später an diesem Morgen aufwachte, dachte ich erst, ich hätte es geträumt.

Ein paar Blutstropfen auf dem Kopfkissen und Lunes Spitzenwäsche unter dem Bett sagten mir allerdings, dass es wirklich passiert war. Ich bezog das Bett frisch, warf die Wäsche in den Müll. Wissen Sie …« Vicard hielt inne, füllte die Gläser neu und schob seinen Teller an die Seite. »Ich wusste, es war etwas Schlimmes passiert, so fühlte es sich an, aber durch das, was folgte und wie es zu Ende ging, kann ich bis heute nicht sagen, was das Schlimme an diesem Morgen war.«

»Kaffee?«, rief Estéban von der Theke, und Christian hielt die Hand hoch und hob den Daumen.

»Was passierte dann noch?«

»Lune blieb ein paar Monate oder zumindest ein paar Wochen verschwunden. Sergio suchte sie überall. Er sagte, er habe noch so viele Fragen an sie. Bis es mir eines Tages zu viel wurde, weil er morgens beim Kaffee, später beim Essen, wann immer Gelegenheit war, über Lune sprach. Es nervte mich so, dass ich ihn eines Tages hier bei Estéban hart anging: ›Was willst du eigentlich von dieser Frau?‹ Sergio hatte die Angewohnheit, seinen Zuckerlöffel in den Cognac zu tauchen und dann den im Löffel flüssig werdenden Zucker langsam in den Kaffee tropfen zu lassen. Das tat er an dem Tag auch und sagte dabei: ›Weil ich weiß, dass sie mich verstehen kann. Du hast es nie gekonnt, Alain, du hast es nicht einmal wirklich versucht.‹«

Estéban stellte ihnen den Kaffee hin, Cognac dazu und räumte die leeren Schüsseln und Teller ab.

»Das war sehr köstlich«, sagte Christian anerkennend.

»Weiß ich«, antwortete Estéban und zog ab.

»Das hat mich total verletzt. Jahrelang hatte ich ihm meine Wohnung geöffnet, ihn am Anfang sogar ausgehalten und dann dieser Vorwurf. Nun, kurz darauf, also nach diesem Gespräch mit Sergio, war Lune zurück. Als Sergio sie sah, stellte er sich ihr einfach in den Weg. Sie wollte vorbeigehen. Es war mitten am Nachtmittag, die Terrassen der Restaurants leer wegen der großen Hitze. Lune wollte vorbeigehen. Sergio hielt sie hart am Handgelenk zurück und drehte sie so, dass sie ihm gegenüberstand. ›Rede mit mir!‹, forderte er. ›Nur wenn du mich loslässt, denke ich darüber nach.‹ Das waren ihre üblichen Dialoge. Mal schärfer, mal weniger. Aber immer total aus der Spur, ich meine, wer, bitte, redet so miteinander? Im Juli dann eskalierte es in einer Nacht. Sergio hatte die Blumen früh bei mir abgegeben, es war zu heiß, die meisten im Urlaub, niemand kaufte sie.«

Christian hob die Hand, um Vicard zu unterbrechen. »Sergio hat in der Fabolousbar sehr viel Geld verdient, warum dann die Sache mit den Blumen?« Er schwenkte sein Cognacglas leicht.

»Er sagte, es hält ihn in der Oberwelt. Die Schönheit der Blumen. Sergio verkaufte nur sehr edle und elegante Blumen, sowohl in seinem kleinen Laden als auch, wenn er abends durch die teuren Restaurants und Diskotheken zog. Die Männer, die in die Bar kamen, führten wie er zwei Leben, die helle und die dunkle …«

»… Seite des Mondes«, vollendete Christian den Satz. »Diese Worte scheinen Lune Bernberg zu verfolgen.«

Vicard lachte verhalten. »Ja, es war, als würde Lune immer beides gleichzeitig sein. Vielleicht war sie deshalb so irritierend? Ich konnte mir diese Frage nie beantworten. Jedenfalls war Lune in dieser heißen Nacht auf der Tanzfläche. Sergio ging hin, nahm ihre Hand und zog sie einfach mit sich fort. Warum auch immer Lune es an diesem Tag geschehen ließ, ich habe keine Ahnung. Sie landeten hier, in Estébans Bar, aßen, tranken, und Estéban sagte, sie belauerten sich. Schließlich zerrte Sergio sie an den Ellenbogen auf den Tisch. Kurz darauf, erzählte Estéban, gingen sie. Später in dieser Nacht erfuhr ich, dass er Lune in die Fabolousbar mitnahm.«

Unaufgefordert brachte Estéban neuen Kaffee und stellte eine Flasche Cognac dazu.

»Das Privileg der Stammgäste«, kommentierte Vicard, ehe er fortfuhr: »Es war ein großes Wagnis. Ich meine, Sergio kannte das Hurenviertel auswendig, jeden Keller, jeden Zwischengang, jeden Hausflur, der einen von der einen zur anderen Gasse bringt. Für ihn war es egal, wenn Straßennamen an der einen Stelle verschwanden und an der anderen wieder auftauchten. Sergio hatte seine eigene Orientierung. Sie kennen das Viertel? Man sagt, wer dort die Orientierung verliert, ist verloren. Ich hätte ohne Sergio nie wieder herausgefunden.« Alain Vicard trank einen Schluck. »Es fällt mir schwer, mich an die Fabolousbar zu erinnern. Es ging dort tief runter in die Erde. Gut dreißig Stufen, die nach unten führten. Am Eingang gab es eine große, massige Frau, Eleonora. Sie trug einen riesigen roten Dutt, hatte silbergoldene Fingernägel und löste Kreuzworträtsel. Sie saß am Eingang auf einem Barhocker, hatte den Bildschirm im Blick, ließ nur ein, wen sie kannte. Hinter ihr an der Wand wechselte ständig das Licht mit den einzeln erscheinenden Buchstaben: hellrosa das F, dann wie Meerwasser das A, grün das B, abgelöst von gelben Sternen, die ein O formten und sich wieder zerstreuten. Zwei Schwerter bildeten das L, das O und das U erschienen wieder aus den Sternen, gefolgt von einem blutroten S. Dann verloschen die Buchstaben, und an der Wand erschien das Wort Bar. Die Bar hatte einen schwarzen Fliesenboden, der rot verfugt war.«

»Dafür, dass es Ihnen schwerfällt, sich zu erinnern, wissen Sie noch viele Details.«

Vicard nickte, ließ wieder den Teelöffel mit dem Zucker mit Cognac volllaufen, wartete, bis der Zucker flüssig wurde, und gab diese Mischung dann in den Kaffee.

»Sergio hatte mich einmal mitgenommen. Er wollte, dass

ich weiß, wo er arbeitet. Ich bin ein sehr visueller Mensch, ich liebe schöne Körper, schöne Gesichter, ein muskulöses Pferd. Und die Bilder, die ich dort sah, waren so grausam, dass ich sie nie wieder vergessen konnte. Es ging an Eleonora vorbei durch eine zweite Tür. In einem blauen Glaskasten saß ein Muskelpaket, das bezeichnenderweise den Spitznamen ›Bulle‹ trug. Von diesem Aquarium aus hatte man Zugriff auf alle Räume in Bild und Ton. Es gab fünfzehn Räume, ›Bühnen‹, wie sie es nannten, und zu jeder Bühne fünf bis sieben Séparées, die durch eine dicke Glasscheibe von der Bühne getrennt waren. Es gab Mikrofone, über die man einem maskierten Folterknecht Befehle geben konnte.« Alain Vicard leerte die Tasse. Seine Hand zitterte. »Ich habe das noch nie jemandem erzählt, wissen Sie«, sagte er entschuldigend.

Auf der Terrasse wurden Stühle gerückt, die ersten Gäste verabschiedeten sich.

»Versuchen Sie es bitte weiter«, sagte Christian.

»Ich wusste von Sergio, dass die Bühnen mit einer sehr ausgefeilten Spiegeltechnik versehen waren, die dem Beobachter im Séparée nur die Illusion gaben, was immer er befahl, geschehe wirklich. Die Jungs mussten es halt glaubhaft spielen können, das war die Kunst. Zu jedem Séparée gab es einen Türsteher, der die Typen beaufsichtigte. Manche waren so aufgegeilt, dass sie sich selbst mit einem Messer ritzten oder so, und dann griff der Aufseher ein. Ich meine, ich wusste, Sergio passiert da nichts. Auch wenn ich es nicht glauben konnte, weil es technisch so perfekt gemacht war. Aber das, was die Typen da forderten, davon konnte einem schon schlecht werden.«

»Weiter«, drängte Christian.

Vicard senkte den Blick und sprach so leise, dass Christian sich über den Tisch lehnte, um seine Worte hören zu können.

»Ich wartete also in diesem Séparée. Dann hob sich vor mir lautlos eine Jalousie, gab erst den schwarzen Boden der Bühne meinen Blicken preis, dann den ganzen Raum, hell erleuchtet. In der Mitte stand ein Stuhl. An der Wand hinter dem Stuhl befanden sich verschiedene Geräte. Ein schwarzer Lederstock, ein goldener Dildo, zwei kleine und zwei große Eisenschellen, eine neungliedrige Kette, ein Kabel, an dem ein silberner Stock baumelte, eine afrikanische Maske aus Holz. Sergio betrat den hellen Raum, er war völlig nackt. Sein glatter, unbehaarter Körper wirkte wie der eines vielleicht zwölfjährigen Kindes. Sergio provozierte.

Dann hörte ich die erste Stimme eines Mannes, der nach dem Folterknecht rief. Dieser betrat den Raum, groß, Typ Bodybuilder. Er näherte sich Sergio, umfasste ihn an der Taille, und Sergio stieß einen so schrillen Schrei aus, dass mir das Blut in den Adern gefror. Der Folterknecht hob Sergio hoch, und der zappelte wie verrückt. Der Typ trug Sergio durch den Raum. Er fixierte Sergio mit den Eisenschellen an dem Stuhl. Sergio kämpfte gegen die Eisenringe. Ich konnte es nur aushalten, weil ich mir ständig wiederholte, dass er das alles nur spielte. Der Folterknecht verbeugte sich vor den unsichtbaren Zuschauern. Eine andere Stimme sagte: ›Setz ihn ein wenig unter Strom.‹ Der Folterknecht nahm das Kabel von der Wand, stöpselte es in eine Steckdose und bewegte sich drohend auf den jammernden und um Erbarmen flehenden Sergio zu. ›An seine Brustwarzen‹, forderte ein Mann. Sergio schrie sich die Seele aus dem Leib.«

Vicard nahm sich neuen Cognac, blickte Christian an und fragte: »Wollen Sie wirklich noch mehr wissen?«

Christian setzte sich wieder gerade hin. »Ich glaube, das reicht, um das Prinzip zu verstehen. Das war ja wirklich grausam.«

»Das können Sie wohl sagen! Ich war heilfroh, als Sergio am Ende unversehrt wieder vor mir stand. Es war übrigens perfekt organisiert. Nur ein Kunde nach dem anderen durfte das Séparée verlassen, wurde zum Ausgang gebracht, hatte ein paar Minuten Zeit, um sich zu entfernen. So wurde gewährleistet, dass die Männer einander nicht begegneten.«

»Merde«, sagte Christian aufgebracht, »und dann fahren sie nach Hause und tun so, als wäre nichts gewesen.«

»Nun, Sergio bekam dafür, wie Sie sicher wissen, sehr viel Geld, und er tat es freiwillig. Doch obwohl ihm nichts geschah, brauchte er die Drogen, weil es ihn verfolgte, dass Menschen ihn so quälen wollten. Wir haben danach nie wieder darüber gesprochen. Nur habe ich keine Frauen mehr bei mir übernachten lassen, wenn ich wusste, er arbeitet dort.«

»Was passierte, als er Lune dorthin mitnahm?«, fragte Christian.

Alain seufzte. »Ja, also, er sagte ihr vorher nicht, dass es nur die Spiegel sind. Sie ist in ihrem Séparée ausgerastet, hat sich büschelweise die Haare ausgerissen, sich mehrfach übergeben. Sergio hatte damit nicht gerechnet. Mit Mühe und Not bekam er sie bis oben zur Tür, schleifte sie bis zum Ausgang des Hurenviertels und setzte sie in einem Hauseingang ab. Dann kam er zu mir in die Diskothek. Ich sah, dass irgendwas passiert war, und fragte nach Lune. Nachdem er mir gesagt hatte, was geschehen war und dass sie nur noch wimmerte, gab ich ihm meinen Autoschlüssel und sagte zu ihm: ›Fahr sie wenigstens in ein Krankenhaus. Du kannst sie nicht einfach da sitzen lassen.‹ Er nahm seinen Blumenkorb, den Schlüssel und verschwand mit meinem Auto – für ein paar Wochen.«

»Das Haus in den Bergen?«

»Genau. Aber was da mit den beiden passiert ist, weiß ich nicht. Das kann nur Sergio beantworten. Er kam im August zurück, tat, als sei nichts gewesen, nahm seine Arbeit wieder auf. Nur die mit den Blumen. Und ich hatte das Gefühl, er hielt Ausschau nach Lune.«

»War sie denn da noch in der Stadt?«

»Ich habe sie nicht oft gesehen, ein oder zwei Mal war sie bei mir in der Disco. Jedenfalls kam ich Ende August morgens um sieben von der Arbeit nach Hause, da hatte Sergio sein Zimmer ausgeräumt, den Schlüssel hingelegt, dankte mir für die Zeit und war verschwunden. Seitdem habe ich kein Wort mehr von ihm oder über ihn gehört.«

Christian blickte Vicard lange an. »Ich glaube Ihnen. Die Bar wurde damals ausgehoben. Hat Sergio der Polizei den Tipp gegeben?«

Vicard wiegte den Kopf leicht hin und her. »Nein, das glaube ich nicht. Da war noch so ein junger Spanier, der stand ziemlich unter Drogen und wurde in demselben Jahr von Ihren Kollegen hops genommen. Denn trotz allem waren diese Eleonora, der Bulle und Sancho – das war einer von denen, die die Séparées bewachten – Sergios Freunde, irgendwie seine Familie. Heute denke ich manchmal, viel mehr als ich. Wissen Sie, Inspektor Mirambeau, ich vermisse seine Gesellschaft hin und wieder. Es war schön, mit ihm durch die Straßen zu schlendern, Frauen zu begutachten, essen zu gehen. Ich habe bis heute nicht verstanden, wie diese Freundschaft so einfach, also ohne Streit, ohne Anlass, auseinandergehen konnte.«

Die Terrasse vor dem Lokal hatte sich mittlerweile geleert, und Estéban machte sich hinter seiner Theke zu schaffen. Die Kirchturmuhr des Klosters schlug vier Uhr.

»Na ja, zwei Jahre später habe ich geheiratet. Die Kinder kamen. Ich leite ein Unternehmen. Es geht mir gut. Sind Sie verheiratet?«

»Ja, und ich habe drei Kinder.« Christians Handy vibrierte auf dem Tisch. Er entschuldigte sich und rief die SMS ab. Leon schrieb ihm: »Bin ins Hotel zurückgezogen. Danke für eure Gastfreundschaft und bis bald. PS: Heute ist dein Hochzeitstag.«

»Oh nein, bitte nicht!« Christian ließ sich nach hinten gegen die Stuhllehne fallen. »Heute ist mein Hochzeitstag, und ich habe es vergessen. Die Kinder sind bei den Eltern meiner Frau, und wir wollten ans Meer fahren. Oh je, wie mache ich das wieder gut?«

»Gar nicht. Versuchen Sie es erst gar nicht. Estéban, bringst du uns bitte die Rechnung?«, rief Vicard und sagte zu Christian: »Sie sind selbstverständlich mein Gast.«

Vor der Tür verabschiedeten sie sich. Christian rief bei sich zu Hause an, keine Antwort. Dann rief er auf Jeannes Handy an; dort ging sie ebenfalls nicht dran. »Aha, Madame ist sauer«, sagte er vor sich hin. »Dann lasse ich sie vielleicht noch ein wenig in Ruhe.«

Ein paar Minuten später fand er sich im Garten des Klosters ein.

»Er hat auf Sie gewartet und ich auch!« Die Nonne tauchte wieder hinter dem Brunnen auf. Dr. Jekyll schlief tatsächlich genau dort, wo Christian gesessen hatte.

Christian nahm den kleinen Kater hoch, setzte sich und legte ihn auf seinem Schoß ab. Dr. Jekyll rollte sich neu zusammen und schlief weiter.

»Ich habe meinen Hochzeitstag vergessen. Er ist heute. Vielleicht sollte ich Jekyll mitnehmen.«

Die Nonne lachte. »Oh ja, kleine Tiere bringen die Menschen zum Lachen, rühren sie und vertreiben die düstere Stimmung. Jetzt erzählen Sie schon!«

Christian berichtete, was er von Alain Vicard über Sergios Verschwinden gehört hatte, und resümierte: »Ich glaube ihm. Andererseits ist es seltsam und nicht realistisch, dass eine Freundschaft einfach so zu Ende geht.«

»Na ja, manchmal sterben Pflanzen, weil ein Parasit sie vernichtet, und manchmal, weil ihre Zeit vorüber ist. Das gilt sicher auch für Freundschaften. So, wie Ihre Erzählung klingt, war der schöne Mann dem kleinen Mann ein Helfer, aber kein begleitender Freund. Ist denn diese verschwundene Frau die Freundin des kleinen Mannes geworden?«

»Das, Madame, pardon, Schwester, weiß ich nicht.« Christian stand auf, Jekyll in einer Hand. »Es ist Zeit für mein nächstes Gespräch im Obdachlosenheim des Roten Kreuzes.« Er setzte den Kater auf der Bank ab.

»Oh, dahin begleite ich Sie gern. Ich koche dort manchmal mit den Obdachlosen, und auch wenn ich heute nicht dran bin, so tut meinen Knien sicher ein Spaziergang gut. Und danach gebe ich Ihnen einen Karton, in den Sie Ihr Hochzeitstagsgeschenk packen können. Einverstanden?«

»Habe ich denn eine Wahl?«

»Nein«, sagte Schwester Annegret energisch.

»Verdammt!« Mark Schröder blickte sich in der Lobby des Crowne Plaza um. »Ich weiß, dass ich ihn hier angerufen habe. Zimmer dreihunderteinundzwanzig!«

»Es tut uns sehr leid, aber Monsieur Bernberg ist ausgezogen.«

»Wann?«

»Das dürfen wir Ihnen nicht sagen.«

»Haben Sie ein Zimmer für mich?«

Der Hotelmitarbeiter am Empfang blickte auf seinen Bildschirm und nickte. »Wir hätten noch eine Juniorsuite frei, Monsieur Schröder.«

Mark warf ihm seinen Ausweis hin, nahm sein Smartphone aus der Tasche und rief Martha, Leons Ehefrau, an.

»Nein, er ist nicht mehr hier, und der Typ am Empfang von diesem verdammten Scheißladen will mir nicht einmal sagen, wann er ausgezogen ist.«

»Nun beruhige dich mal, Mark. Vielleicht hat Leon das Hotel nicht gefallen, und er ist gleich gegenüber eingezogen.«

Mark wischte sich den Schweiß von der Stirn. »Hör zu, Martha, nimm morgen früh die erste Flugverbindung nach Louisson, da geht eine Maschine um sechs Uhr zwanzig mit Anschluss in Paris.«

»Warte doch erst einmal ab.«

»Es gibt nichts abzuwarten«, brüllte Mark so laut, dass einige Gäste in der Lobby sich ungehalten zu ihm umdrehten. »Wenn ich morgen zur Polizei gehe, höre ich das Gleiche wie hier«, flüsterte er jetzt, »die werden mir keine Auskunft geben, keine Vermisstenanzeige aufnehmen.«

»Du willst ihnen doch wohl nicht die Wahrheit sagen?«

»Nein, aber zumindest so weit, dass die Polizei ein eigenes Interesse entwickelt, deinen Ehemann zu finden!«

»Ach Mark, ich weiß nicht, ich habe morgen so viele Termine, mit dem Architekten, dem Notar, es passt mir so gar nicht.«

Mark holte tief Luft. »Beweg deinen fetten Arsch hierher! Willst du die Mille oder willst du sie nicht?«

Es klickte am anderen Ende. Mark stöhnte, wählte neu, Martha drückte ihn weg. »Egal, die dumme Kuh wird schon auftauchen«, sagte er, drehte sich um und trat an den Empfangstresen.

Der Hotelmitarbeiter blickte ihn konsterniert an. »Es tut mir sehr leid, Monsieur Schröder«, er hob die Hände, »ein Fehler im Computer, wir sind doch ausgebucht heute.«

Mit einer jähen Geste nahm Mark seinen Ausweis zurück. »Verarschen kann ich mich selbst.«

»Aber nein, bitte, Monsieur Schröder. Direkt nebenan, das

Mariott, ich habe gerade angerufen, die haben noch genau ein Zimmer, und ich habe mir erlaubt, es direkt für Sie zu reservieren.«

Mark nahm seine Tasche vom Boden hoch, in die er in Berlin einfach nur eine Zahnbürste, ein zweites Hemd und seinen Rasierer gepackt hatte, und stampfte zum Ausgang. Dort ließ er die Tasche wieder fallen und fummelte ein Päckchen Zigaretten aus der Innentasche seines Jacketts.

Von links trat der Portier an ihn heran und gab ihm Feuer. »Sie suchen Leon Bernberg?«, flüsterte er auf Deutsch, und Mark verstand sofort.

»Wie viel?«

Der Portier öffnete dezent seine Livree und zeigte Mark Leons Mobiltelefon, leicht an den vielen Aufklebern zu erkennen.

»Wo haben Sie das her?« Mark stand augenblicklich wieder der Schweiß auf der Stirn.

»Sehen Sie da drüben das Café, unter den Arkaden, La Boule? Dort treffen Sie mich um zweiundzwanzig Uhr, dann ist meine Schicht hier zu Ende. Bringen Sie fünfhundert Euro mit, dann sind wir im Geschäft.«

Der Portier trat zurück neben das Eingangsportal und ließ seinen Blick über die Place du Capitol wandern.

Mark nahm seine Tasche, bezog im Mariott sein Zimmer, schrieb Martha eine SMS, bestellte sich Essen aufs Zimmer und schaltete den Pornokanal ein.

Christian fuhr an den Stadtrand nach Hause. Hinten im Auto maunzten Miss Marple, Dr. Jekyll und Maigret in einem geräumigen Karton. Daneben standen ihr Katzenklo sowie eine Tüte mit Spielsachen und Futter für Katzenkinder. Schwester Annegret hatte ihn überzeugt, dass bei drei Kindern auch drei Katzen Sinn machten, damit sich niemand benachteiligt fühlen würde, zumal auf die Weise auch die Katzenkinder beieinander bleiben konnten. Sie hatte zudem einen großen Blumenstrauß aus dem Klostergarten zurechtgemacht und Christian beteuert, dass er damit wirklich bestens gerüstet sei, um Abbitte zu leisten. Er hatte Uldis eine SMS geschrieben, dass er Montag nicht zur Verfügung stehe, er müsse seine Ehe retten.

Christian parkte. Im Haus war alles dunkel. Er musste seinen Schlüssel aus der Tasche nehmen, denn die Haustür, die sonst stets offen blieb, war abgeschlossen. In der Küche stellte er das Katzenklo und die Tüte mit dem Futter und dem Spielzeug ab. Den Karton mit den Katzen und die Blumen behielt er in der Hand.

»Jeanne!«, rief er vorsichtig und machte Licht in der Küche. Der Tisch war verrückt und die Stühle seltsam ineinandergeschoben.

Christian ging weiter. Im Kinderflur war alles ruhig, die Zimmer indes unaufgeräumt, die Betten nicht gemacht. Am Ende des Flurs piepte die Waschmaschine und meldete eine Störung im Wasserzulauf.

Christian rief etwas lauter nach seiner Frau. Keine Antwort. Mit Katzen und Blumen begab er sich auf die Treppe nach oben. Ihr Kleid lag dort. »Jeanne!«

Christian fand sein Arbeitszimmer verschlossen, wie er es am Morgen verlassen hatte. Das Gästezimmer stand offen, und das Bett war zerwühlt. Mit dem Fuß schob er die Tür zu ihrem Schlafzimmer auf.

Jeanne lag nackt unter einem Laken und weinte. Christian legte die Blumen auf das Bett, stellte den Karton ab, sprach leise ihren Namen aus und streichelte über ihren Rücken. Jeanne drehte sich langsam um, setzte sich auf und schaute ihn aus verquollenen Augen an.

»Hast du den ganzen Tag geweint?«

Sie nickte.

»Jeanne, es tut mir so leid, so unendlich leid, dass ich den Tag heute vergessen habe. Und noch etwas habe ich vergessen, dir in letzter Zeit zu sagen …«

»Jetzt nicht, bitte, Christian.«

Er nahm den duftenden, bunten Blumenstrauß und legte ihn ihr auf den Schoß. »Was ist mit deiner Lippe passiert?« Er fuhr sanft mit seinem Finger über ihre Unterlippe.

»Eine Sprudelflasche ist explodiert, und der Verschluss hat mich erwischt.« Immer noch liefen Tränen über ihr Gesicht. »Was ist in dem Karton?«

Christian zog den Karton näher und öffnete ihn ein wenig. Wie erwartet, zeigte sich zuerst das Köpfchen von Dr. Jekyll.

»Oh Gott, ist der süß und noch so winzig.« Jeanne hörte augenblicklich auf zu weinen und streckte ihre Hand nach ihm aus.

Jekyll drückte seinen Kopf gegen ihre Finger, kletterte heraus und tapste auf Jeanne zu. Dann kam der zweite Kopf. Jeanne lachte auf.

»Darf ich vorstellen, das ist Maigret!«, sagte Christian erleichtert. Auch Maigret kletterte heraus, zog es aber vor, erst einmal an das andere Bettende zu gehen und die Szene zu beobachten. Schließlich traute sich auch Miss Marple.

»Christian?« Jeanne legte ihre Hand auf seine. »Wie viele kommen denn da noch?«

»Drei Kinder, drei kleine Katzen, so gibt es keinen Streit. Und unsere alte Katze Minou hat Gesellschaft und kann ihnen zeigen, wie man hier in den Feldern jagt.« Er beugte sich vor, um Jeanne zu küssen, doch sie drehte ihr Gesicht weg.

»Die Lippe tut noch so weh.«

»Sicher.« Er legte seine Hand auf ihren Oberschenkel.

Sie zuckte zusammen. »Tut mir …«

»Es macht nichts, Jeanne, ich habe es nicht anders verdient.«

Jekyll tobte durch das Bett auf Maigret zu, und schnell bildeten die drei ein Knäuel.

»Danke, Christian, die sind wirklich total süß. Wir brauchen aber …«

»Alles dabei, Süße. Katzenfutter für Katzenkinder, Katzentoilette. Wir müssen nur sehen, wo wir die hinstellen, damit die drei sie auch finden.«

Christian sammelte die Katzen wieder ein und setzte sie in den Karton, um sie runterzutragen. In der Tür hielt er kurz inne. »Haben die Kinder die Küche heute Morgen so auf links gezogen?«

Jeanne blickte ihn an und zugleich quasi durch ihn hindurch. »Ich räume gleich auf. Ich dusche, und dann komme ich runter, ja?«

Christian trug die Katzen die Treppe hinunter, stellte das Katzenklo in der Waschküche auf, setzte jeden Kandidaten einmal hinein, so wie die Nonne es ihm gesagt hatte. Er stellte die Waschmaschine aus, öffnete die Tür und holte die nasse Wäsche heraus. In der Küche stellte er Wasser- und Fressnapf auf und füllte sie, rückte Tisch und Stühle wieder an ihren Platz.

Sein Handy meldete die Ankunft einer SMS. Sie war von Uldis: »Okay wegen morgen. Nimm doch Jeanne mit in die Berge. Gruß, Uldis. PS: Staatsanwältin hat schon Bescheid gegeben, wir bekommen morgen früh den Beschluss, Legrand vorzuladen. Habe soeben die Familie auf dem Weingut darüber informiert.«

Als Jeanne mit nassen Haaren, die Blumen in einer Hand, und einem frischen Kleid in der Küche erschien, sagte Christian: »Ich habe mir für morgen frei genommen. Wenn du willst, fahren wir in die Berge.«

Jeanne legte die Blumen in die Spüle, setzte sich auf den

Stuhl ihm gegenüber, zog ein Bein hoch und legte ihren Kopf auf das Knie. »Ich fahre morgen zu meinen Eltern ans Meer und bleibe mit den Kindern dort bis Ende der Woche oder Sonntag. Ich muss einfach ein bisschen nachdenken.«

Christian stand auf, nahm aus dem Weinregal eine Flasche, entkorkte sie, holte zwei Gläser aus dem Wohnzimmer, füllte beide, schob Jeanne eines über den Tisch hin und trank selbst einen Schluck.

»Was ist los, Jeanne? Irgendwas stimmt hier doch nicht.«

»Es ist nichts, ich will nur …«

Christian schlug mit der flachen Hand auf den Tisch. »Jeanne, was ist los?«

»Gestern hat Leon dich gefragt, ob ich deine große Liebe bin, und du hast gezögert und nicht geantwortet.«

»So ein Unsinn«, entgegnete Christian rasch.

»Ich habe auf der Treppe gestanden und zugehört.«

Christian fuhr sich durchs Haar. »Wieso hätte ich Leon auf so eine intime Frage antworten sollen?«

»Weil es die Wahrheit sein sollte. Schon dass du darüber nachdenken musstest, bedeutet ein Nein. Ich habe mich nur nie getraut, dich das zu fragen.«

»Jeanne …« Er brach ab, faltete seine Hände und senkte den Kopf.

»Und was macht diese Lune Bernberg mit dir?«, setzte Jeanne scharf nach. »Was ist an dieser Frau, dass du mich fortstößt und allein schlafen lässt?«

»Es hat nie jemand nach ihr gesucht! Ich bin es ihr einfach schuldig.«

»Du bist niemandem was schuldig, außer deiner Familie!«

Christian richtete sich wieder auf. »Du kannst doch nicht auf eine Frau eifersüchtig sein, die vielleicht nicht einmal mehr am Leben ist.«

»Was ist an dieser Frau?«, wiederholte Jeanne lauernd.

Christian schüttelte den Kopf und stand auf. »Ich habe die Katzen gefüttert, ihnen ihr Klo gezeigt. Ich gehe jetzt nach oben und arbeite noch ein bisschen.« Er nahm sein Glas, sein Mobiltelefon und ging.

Christian setzte sich an seinen Schreibtisch. Immer wieder wanderten seine Augen zu den Fotos von Lune. »Es ist wahr«, murmelte er, »irgendwas empfinde ich für diese unbekannte Frau.« Er nahm sein Handy. »Uldis? Christian hier, störe ich?«

»Nein, warte einen Moment.« Es raschelte und knisterte in der Verbindung. »Ich dachte, du willst deine Ehe retten?«

»Ein anderes Mal. Ich wollte nur sagen, dass ich morgen doch komme.«

»Und deshalb rufst du an?«

»Nein, nicht nur, hör zu ...« Christian berichtete, was er von Alain Vicard gehört hatte, über Lune, über die Fabolousbar, über Sergio Elazar, und endete mit dem Blinden im Obdachlosenasyl des Roten Kreuzes: »... er war an dem Morgen vor dem Krankenhaus, und Sergio wollte Lune dortlassen. Aber nach Sergios Worten wies der Arzt ihn zurecht, man könne nicht einfach seine betrunkene Freundin im Krankenhaus abliefern; er solle ihr viel zu trinken geben, also Wasser. Der Blinde sagte, Sergio habe am ganzen Körper gezittert und offenbar unter Drogen gestanden und Lune habe nicht einmal einen Ausweis bei sich gehabt. Sie saß völlig apathisch auf der Beifahrerseite, es roch aus dem Auto nach Erbrochenem. Sergio hat am Ende selbst geweint und soll gesagt haben: ›Ich glaube, sie ist der erste Mensch, der mit mir fühlt, mit mir leidet, mit mir weint, mit mir um Hilfe rief und sie nie bekam!‹ Der Blinde hat ihm daraufhin damals gesagt: ›Dann lass sie jetzt nicht hier.‹«

»Meine Güte«, sagte Uldis anerkennend. »Das ist wirklich extrem.«

»Ich habe ihn gefragt, wen er gemeint hat, als er zu mir sagte: ›Er darf sie nie finden.‹«

»Und?« Uldis zog das Wort in die Länge.

»Den Mann, der Lune nach Deutschland zurückbringen wollte. In die Klinik.«

»Eine Klinik?«

»Genau. In eine geschlossene psychiatrische Abteilung.«

»Das bedeutet, du suchst nach einer Wahnsinnigen?«

Christian lächelte. »Ja, so kann man es auch sehen. Oder wir fragen uns, wer alles nach ihr gesucht hat. Es kann nichts Offizielles gewesen sein und keiner von der Familie, denn dann wüsste Leon es doch, oder nicht?«

»Hm, das ist alles sehr undurchsichtig. Vielleicht hat ja auch jemand diesen Leon geschickt, um Lune anzulocken? Woher weiß der Blinde, dass da jemand Lune in die Klinik bringen wollte?«

»Nun, die meisten reden in Gegenwart eines blinden Bettlers wie beim Friseur oder früher beim Schuhputzer.«

»Muss ich mir mal für eine verdeckte Ermittlung merken.«

Christian schwieg.

»Bist du noch dran?«

»Ja, es ist ein Puzzle, zu dem immer wieder neue Teile auftauchen. Ich werde mich auf jeden Fall morgen auf den Weg nach Spanien machen.«

»Ja, aber komm erst zur Besprechung, bitte, und fahr dann los.«

Christian legte sein Handy auf den Schreibtisch. Er bemerkte Jeanne, die schräg gegenüber das Gästezimmer aufräumte und das Bett frisch bezog. Als sie danach an seiner Tür vorbeikam, fragte sie: »Möchtest du was essen?«

Er schüttelte den Kopf, und sie ging.

Christian nahm ein Post-it, schrieb: »War er der dritte Mann bei der Vergewaltigung?«, und klebte es auf Sergios Foto. Ein weiteres kam hinzu: »Wer wollte Lune nach Deutschland zurückbringen? War das einer, der auch bei der alten Colombas war?«

Mark Schröder trank bereits den vierten Martini, als er den Portier des Crowne Plaza über die Place du Capitol kommen sah. Mark hatte das Bargeld in der Innentasche seines Jacketts. Er wippte nervös mit dem Fuß.

Der Portier setzte sich neben ihn. »Haben Sie das Geld?« Er sprach ein gutes Deutsch.

»Ja. Zeigen Sie mir das Telefon.«

Der Portier legte das mit Stickern zugeklebte Smartphone auf den Tisch.

»Woher haben Sie das?«

»Das kostet extra.«

»Wie viel?«

»Hundert für die Fundstelle und zweihundert, wenn ich auch den Rest erzähle.«

Mark steckte das Telefon ein und blätterte siebenhundert Euro auf den Tisch, die der Portier rasch einsteckte. Im Gegenzug erfuhr er, dass Leon Bernberg das Telefon weggeworfen hatte, als er am Donnerstag, dem 7. Juni, ausgecheckt hatte. Dass Monsieur Bernberg das Zimmer am Dienstag, dem 5. Juni, demoliert hatte und dann die ganze Nacht und den folgenden Tag verschwunden blieb und erst abends zur Hintertür wieder hereinschlich. Und dass Bernberg sich trotzdem immer noch mit einem Polizisten in der Lobby getroffen habe, auch nach seinem Auszug.

»Und wo ist er jetzt?«, fragte Mark ungeduldig.

Der Portier hob die Hände. »In keinem der guten Häuser. Die habe ich alle gefragt, dort ist er nicht. Die Info hätte auch nochmals extra gekostet.«

»Sie sind ein Halsabschneider!«

»Und Sie ein Schnüffler, das erkenne ich sofort. Guten Abend. Es war mir ein Vergnügen, mit Ihnen Geschäfte zu machen, und viel Glück!« Der Portier stand auf und verschwand in der Menge.

Mark bestellte sich einen weiteren Martini und schrieb Martha eine neue SMS, dass sie kommen müsse, denn sein Französisch sei zu schlecht, um sich hier durchzufragen. Er erwarte sie zum Frühstück im Mariott.

Montag, 11. Juni

Kurz nach acht betrat Christian etwas verspätet den Konferenzraum. Das Team hatte allerdings noch nicht mit der Besprechung angefangen; die meisten waren damit beschäftigt, ihre neuesten Informationen an die Tafel zu schreiben.

»Alles okay?«, frage Uldis, als er zu ihm kam. »Du siehst nicht gut aus!«

»Stress mit Jeanne. Sie ist eifersüchtig.«

»Ich habe es dir ja auch gesagt.«

»Unsinn. Sicher ist Lune eine spannendere Persönlichkeit als viele andere, die ich gesucht und gefunden habe, aber das ist auch schon alles.«

»Uldis«, sagte Zoe, die Gerichtsmedizinerin, »wir sind dann so weit.« Stühle wurden zurechtgerückt, Kaffeebecher gefüllt aus Kannen, die auf dem Konferenztisch verteilt standen.

Uldis fasste zunächst noch einmal beide Fälle zusammen, was wann und wie passiert war, ehe er fortfuhr: »Folgendes steht für heute auf dem Plan: Zecke, du bleibst irgendwie an diesem Prepaidhandy dran, von dem aus sowohl Christian als auch Spiegelberg angerufen wurden. Vielleicht kannst du noch herausfinden, wo der Anrufer sich befand, als er anrief. Zoe und Team, ihr verschafft uns irgendwas Einschlägiges an Spuren von dem toten Mädchen, damit wir eine Vergleichsprobe haben für den Puff, zu dem sie vielleicht gehörte. Gebt das an die Leute, die heute den ganzen Tag das Hurenviertel mit dem Foto des toten Mädchens durchkämmen, und wenn es nur irgendeine Teppichfaser ist. Zwei Leute der Bereitschaft sind bereits unterwegs nach Carcassonne, um Maxime Legrand hierherzubringen; wir haben eine Vorladung für ihn erwirkt. Die Hausdurchsuchung Legrand muss leider noch warten. Ich selbst erwarte Cécile Spiegelberg; sie muss uns noch einiges erklären. Ich werde sie allein verhören. Christian, für dich haben sich ein Mark Schröder und Leons Ehefrau, Martha Bernberg, angemeldet für zehn Uhr, die wollen zu dir. Deshalb bitte ich dich, das Verhör von Cécile Spiegelberg bis dahin zu beobachten und später oder erst morgen nach Spanien zu fahren.«

Christian nickte.

Uldis löste die Besprechung auf und bat, für die abendliche Besprechung auf Abruf zu bleiben.

Uldis' Handy klingelte.

»Ja bitte?«

»Carinne hier.«

»Entschuldigung, müssten wir uns kennen?«

»Carinne du Fleuve, die Schwester von Cécile Spiegelberg.«

»Oh, okay, was kann ich für Sie tun?«

»Es ist ein wenig heikel, kann ich mich auf Ihre Diskretion verlassen?«

»Einen Moment bitte.« Uldis machte Christian ein Zeichen, ihm nach draußen auf den Flur zu folgen. Er zog die Tür zum Konferenzraum hinter sich zu und stellte sein Telefon auf Lautsprecher.

»Madame, bevor ich nicht weiß, worum es geht, kann ich das nicht sehr gut sagen.«

»Um die sexuellen Vorlieben meines Schwagers.«

Christian und Uldis sahen einander an.

»Und was ist damit genau?«

»Nun, meine Schwester bat mich, den Laptop meines Schwagers nach Paris mitzunehmen und zu vernichten. Paul hat manchmal daran zu Hause gearbeitet, ihn allerdings nie ans Netz angeschlossen. Nachdem Sie von der gelöschten Festplatte im Bürocomputer gesprochen hatten, wollte Cécile, dass ich diese hier vernichte, weit weg von Louisson.«

»Und jetzt haben Sie Schuldgefühle?«

»Ja. Ich sitze hier gerade bei einem Fachmann, der den PC komplett plattmachen sollte. Er hat versteckte und verschlüsselte Dateien entdeckt und mich gefragt, ob ich wissen will, was da drin ist.«

»Und?« Uldis zog das Wort wieder in die Länge.

»Wir haben gerade Ihre E-Mail-Adresse eingegeben und die Ihres Kollegen Inspektor Mirambeau. Machen Sie sich bitte selbst ein Bild. Ich kann nicht darüber sprechen.«

»Madame?«

»Ja?«

»Das war sehr mutig von Ihnen. Bitte bringen Sie den Laptop in Paris zur Polizei und sagen Sie denen, sie sollen uns das Teil schicken. Das ist sehr wichtig, haben Sie das verstanden?«

»Ja. Und was ist mit der Diskretion?«

»Ich tue mein Bestes. Es kommt ein wenig auf die Kooperationsbereitschaft Ihrer Schwester an.«

»Fragen Sie sie nach Pauls Vorlieben.« Es klickte, sie hatte aufgelegt.

»Dann auf nach oben und mal schauen, was da so kommt!«, sagte Uldis und drückte auf den Knopf für den Aufzug. »Wer ist dieser Mark Schröder?«

»Bernbergs Anwalt. Seltsam, dass die zu mir wollen und sich nicht lieber mit Bernberg treffen.«

Sie stiegen ein. »Diese Geschichte ist so seltsam, dass mich das nun auch schon nicht mehr wundert.« Der Aufzug ruckte, blieb stehen, und die Türen öffneten sich. »Ich hole frischen Kaffee«, sagte Uldis, »und komme dann zu dir.«

Christian schloss sein Büro auf und sah, dass eine Rattenfalle vor der Tür zum Hinterhof stand. Er öffnete die Tür und ließ frische Luft in das Büro. Kaum war sein PC hochgefahren, trudelten die angekündigten E-Mails ein, jeweils zwei Megabites, insgesamt zwanzig Mal. Da Uldis noch auf sich warten ließ, machte Christian die erste E-Mail auf und klickte den Film im Anhang an. Augenblicklich zuckte er zurück. Hielt den Film an, öffnete den nächsten, noch einen und noch einen.

Uldis schob die Bürotür auf, in den Händen zwei große Tassen mit Kaffee. «Du bist total blass!«

Christian drehte seinen Bildschirm so, dass auch Uldis sehen konnte. Er ließ acht Filme gleichzeitig laufen. In allen acht war Professor Paul Spiegelberg zu erkennen, wie er eine Frau vergewaltigte.

Uldis fasste sich schneller als Christian. »Schick das Zecke rüber, der soll in den Filmen die Zimmer zerlegen, also Tapeten, Boden, alles einzeln, und die Fotos den Kollegen aufs Handy schicken, die im Hurenviertel sind.«

Christian lud die Filme in der Datenbank hoch, sandte Zecke den Link und tippte Uldis' Anweisungen dazu. Dann raufte er sich die Haare. »Ich hätte nie gedacht, dass ich das einmal sagen würde, aber wer immer Spiegelberg den Hals aufgeschlitzt hat, tat gut daran.«

Uldis drehte sich eine Zigarette und trat an die Tür zum Hinterhof. »Ja, ich weiß, was du meinst. Aber Spiegelberg, das darfst du nicht vergessen, hat diesen kranken Scheiß nicht organisiert. Wir müssen die finden, die so etwas anbieten.«

Christian stützte seinen Kopf in die Hände. »Wenn es einer dieser Kellerpuffs ist, in einem der leer stehenden Häuser, finden wir den nie. Wir haben keinen Informanten im Viertel. Warum können wir dieses Viertel nicht einfach plattmachen?«

Uldis lachte. »Schon vergessen? Weil es unter Denkmalschutz steht! Warte mal ab, eines schönen Tages macht die Unesco dieses malerischste Bordellviertel von Europa noch zum Weltkulturerbe.« Er inhalierte tief und stieß den Rauch wieder aus. »Zeig mir noch einmal einen dieser Filme.« Uldis trat hinter Christian. »Der hat selbst gefilmt, da ist ein Stativ im Raum. Er wird die Kamera zum Filmen dort bekommen haben. Aber wie hat er den Film anschließend mitgenommen?«

»USB-Stick«, schlug Christian vor.

»Genau und dann zu Hause auf den PC gespielt. Alles auf dem Stick gelöscht. Die Vorsichtsmaßnahme, weder irgendwas aus dem Internet runterzuladen noch über Internet irgendjemandem Zugriff auf den PC zu ermöglichen, zeigt, wie durchdacht das System war.«

Christian klickte die bedrückenden Filme weg und nahm seinen Kaffee. »Was war dann auf der Festplatte seines Unicomputers, wenn er so vorsichtig war?«

Uldis ging hin und her. »Vielleicht ja etwas ganz anderes. Irgendwas, was Maxime Legrand belastet hätte. Machen wir eines nach dem anderen. Zuerst dieses Bordell aufspüren.«

»Es scheint so perfekt organisiert wie die Fabolousbar vor zehn Jahren. Vielleicht sollten wir mit den Leuten reden, die ihr damals hochgenommen habt?«

Uldis setzte sich Christian gegenüber. »Das ist eine Möglichkeit. Wer immer dich und Spiegelberg in der Nacht angerufen hat, wusste jedenfalls, was Spiegelberg tat. Und wo er war.«

Uldis Handy klingelte. Er ging ran, lauschte und sagte: »Bringt sie in den Verhörraum drei, wir kommen gleich.«

Die Verhörräume befanden sich im Erdgeschoss. Christian und Uldis nahmen die Treppe nach unten, weil der Aufzug blockiert war. Gemeinsam betraten sie das Mithörzimmer hinter dem Spiegel. »Verdammt, das ist wirklich ein Rasseweib«, sagte Uldis anerkennend.

Cécile Spiegelberg hatte die Haare zu einem strengen Knoten zusammengebunden und diesen mit einem hellgelben Tuch umwickelt. Passend dazu trug sie ein ihren Körper umschmeichelndes Seidenkleid in einem etwas dunkleren Gelbton, das gerade eben ihre Knie bedeckte.

»Wie willst du vorgehen?«

»Ganz von vorn«, antwortete Uldis. »Ich will erst einmal wissen, ob sie ihrem Mann für die Nacht von Mittwoch auf Donnerstag ein Alibi gibt.« Er trank die mitgebrachte Tasse Kaffee leer, nahm sich zwei kleine Wasserflaschen und ging hinüber zu Cécile Spiegelberg.

»Guten Morgen, Madame. Wie geht es Ihnen?«

»Den Umständen entsprechend. Ich habe die ganze Nacht mit einer Freundin geredet, so war ich nicht allein, und es tat mir gut.«

»Danke, dass Sie den Weg hierher gefunden haben.«

»Kein Ursache«, antwortete sie kühl, »mich wundert nur der Raum. Ich dachte, ich sollte lediglich meine Aussage unterschreiben?«

Uldis nahm ihr gegenüber Platz und reichte ihr eine der beiden Wasserflaschen. Er rückte sein Stirnband zurecht, blieb ihr die Antwort schuldig und fragte: »Was haben Sie Mittwochabend gemacht?«

Cécile schaute auf ihre Hände in ihrem Schoß. »Was soll das?«

»Antworten Sie bitte. Was haben Sie Mittwochabend gemacht?«

Als sie ihren Kopf wieder hob, liefen Tränen über ihre Wangen. »Wir hatten eine Freundin zum Essen da.«

»Wir?«

Cécile nahm ein Taschentuch aus ihrer Tasche und tupfte ihre Wangen trocken. »Paul und ich.«

»Wie lange blieb die Freundin?«

»Sie blieb über Nacht.«

»Und dann?«

»Ging ich zu Bett.«

»Und Ihr Mann?«

Cécile nahm die Wasserflasche vom Tisch. Ihre Hände zitterten, als sie sie öffnete. »Paul kam kurz darauf ins Bett.« Sie trank einen Schluck.

»Sind Sie da ganz sicher? Ich meine, so sicher, dass Sie es unter Eid aussagen würden? Und diese Freundin auch?«

»Ja.«

Uldis stand auf, drehte seinen Stuhl um hundertachtzig Grad und setzte sich verkehrt herum darauf. Seine großen Hände legte er auf die Tischkante. »Sie haben mich schon einmal belogen, Madame, bezüglich der Uhrzeit und der Anzahl der Anrufe Ihres Mannes.«

»Es geht Sie nichts an, wann und wie oft ich mit meinem Mann geredet habe.«

Uldis schnalzte mit der Zunge. »Sie sind eine wunderschöne, attraktive und kluge Frau. Wären wir nicht hier, würde ich alles daran setzen, Sie zu erobern. Wenigstens für eine Nacht, die hoffentlich sehr lang wäre.«

»Ist es Ihnen erlaubt, so etwas in einem Verhör zu sagen?« Céciles Hautton wurde eine Spur dunkler.

Uldis lächelte. »Das ist kein Verhör, sondern ein Gespräch, und wir sind allein.«

Sie zeigte auf die verspiegelte Wand. »Und da?«

»Ist niemand. Wollen wir nachsehen?«

Cécile schüttelte den Kopf, schlug die Beine übereinander und sah Uldis an.

»Wie kamen Sie darauf, uns zu fragen, ob Pauls Ermordung mit Lune Bernberg zu tun hat? Mir schien das sehr aus der Luft gegriffen dafür, dass diese Frau, wie Sie selbst sagten, seit Jahren in Ihrer Ehe vergessen war!«

Cécile schwieg weiter. Ihre Kiefer mahlten.

»Was waren das für Fotos von Lune Bernberg, die Sie im Schreibtisch Ihres Mannes gefunden haben?«

Sie faltete ihre Hände.

»Was war drauf, dass Sie das Bedürfnis hatten, die Fotos zu verbrennen? Lag es an Lune Bernbergs Attraktivität oder eher an dem, was Ihr Mann mit Lune gemacht hat?«

Cécile legte ihren Kopf in den Nacken und ließ Uldis nicht aus den Augen.

»Was hatte er für Vorlieben, als er sich Ihnen noch zuwandte?«

Sie löste ihre Hände und umfasste die Tischkante.

»Ich stelle es mir schwer vor, mit einem Mann eine Ehe zu führen, der beim Blümchensex mit Ihnen an eine andere Frau und an ganz andere Sachen denkt, die ihn aufgeilen, damit er auch bei Ihnen einen hochbekommt!«

Cécile spuckte ihn an, fegte die Wasserflasche vom Tisch, stieß einen Laut aus, der wie der Warnruf einer Ratte klang, und sprang auf. Uldis war schneller und hielt sie fest. Cécile trommelte mit ihren Fäusten gegen seine Brust und versuchte, sich loszumachen.

»Ganz ruhig«, flüsterte Uldis ihr zu und umschloss ihre Hände mit seinen. »Wir wissen, was Ihr Mann für Vorlieben hatte, und wir wissen auch, welche Verbrechen er begangen hat. Glauben Sie mir, Cécile, Sie haben das weder verdient noch haben Sie es zu verantworten.«

Sie ließ sich schluchzend gegen ihn fallen und versank in seinen Armen. Uldis hielt sie fest und summte leise, bis sie sich beruhigt hatte und aufhörte zu weinen. Dann führte er sie zu ihrem Stuhl zurück, hob die Wasserflasche auf und reichte sie ihr.

»Noch einmal von vorn?«, fragte er mit einem schiefen Lächeln.

Cécile knetete das Papiertaschentuch in ihrem Schoß.

»Es lag am Arztgeheimnis, dass ich nie erfahren habe, warum Paul eine Therapie machte. Ich kannte nur seine Version, dass er eine gewisse Obsession hatte, was Lune Bernberg anging. Ich war jung, ich studierte Psychologie, ich fand es eher spannend. Er kam aus einer guten Familie, ich verliebte mich in ihn.« Sie trank einen Schluck und behielt die Flasche in der Hand. »Wir heirateten, ich wurde kurz darauf schwanger. Weil er mich«, sie seufzte, »sobald er wusste, dass ein Kind unterwegs war, nicht mehr anrührte, vermutete ich, dass er eine Freundin hatte, und durchsuchte seine Sachen. Der Klassiker eben. Leider dringt man dann auch bis nach ganz unten und ganz hinten in einem Schreibtisch vor.« Cécile stellte das Wasser langsam auf den Tisch zurück.

»Was war auf den Fotos zu sehen?«, drängte Uldis.

Sie schlug die Hände vors Gesicht. »Eine Vergewaltigung«, flüsterte sie, »Lune Bernbergs Vergewaltigung.«

Stille breitete sich in dem Raum aus, und Uldis nickte in Richtung der Fensterscheibe, ohne dass Cécile es sah.

Sie legte die Hände zurück in den Schoß. »Ich hatte ein Monster geheiratet. Ich bat meine Schwester, zu mir zu kommen. Ich hatte Angst, ihn allein mit diesen Fotos zu konfrontieren. Es war ein schrecklicher Abend. Paul brach zusammen, weinte entsetzlich. Ich schämte mich, dass ich meine Schwester geholt hatte, und schickte sie weg. Paul gestand unter Tränen, wie Lune mit ihm umgegangen war, wie sie ihm erst schöne

Augen gemacht, ihn glauben gemacht hatte, sie sei perfekt für ihn, und ihn dann wieder und wieder verhöhnt hatte. Paul sagte, er habe nie zuvor so einen Hass auf einen Menschen gehabt und auch danach nie wieder. Lune Bernberg habe das Schlechteste in ihm hervorgeholt.«

Cécile hielt inne, trank nochmals einen Schluck und sah Uldis an. »Verurteilen Sie mich dafür, dass ich ihm geglaubt habe? Geglaubt habe, Lune hätte Schuld?« Sie lachte bitter. »Ich hasse mich selbst dafür. Wie kann eine Frau so etwas über eine andere Frau sagen?«

»Sie wollten Ihre Ehe retten.«

»Danke.« Sie lächelte verzagt. »Aber was für eine Ehe? Und um welchen Preis?«

»Was war auf den Bildern genau zu sehen?«

Cécile schloss die Augen. »Ich kann das nicht.«

Uldis legte über den Tisch hinweg seine Hand auf ihre. »Doch, Sie können.«

Tränen liefen über ihre Wangen, und sie schüttelte den Kopf.

»Könnten Sie es aufschreiben?«

»Ja, das geht.«

Uldis stand auf, verließ den Raum, kam mit einem Block und einem Stift zurück. »Ich lasse Sie allein damit und komme gleich wieder.«

Uldis trat zu Christian an die Scheibe.

»Wie bist du darauf gekommen«, fragte Christian, »sie nach den Fotos zu fragen?«

»Weil sie die Fotos verbrannt hat. Das ist so ziemlich das Endgültigste, was du mit Materie anstellen kannst. Man denkt immer, man handelt spontan, aber das stimmt nicht. Sie hätte sie auch zerschneiden können, einfach in den Müll. Alles hätte etwas anderes ausgesagt.«

»Dieser Satz, dass Lune schuld ist, scheint ihr Credo zu sein. Was immer Lune Bernberg in ihrem Leben passiert ist, sie war in den Augen der anderen schuld. Das muss schrecklich sein.«

»Und du hast dich doch verliebt«, unkte Uldis.

»Unsinn. Was meinst du, was auf den Fotos war? Und wer hat sie gemacht?«

»Das werden wir gleich wissen.«

Christians Handy klingelte, der Empfang meldete, dass Martha Bernberg und ihr Anwalt, Mark Schröder, da seien. Christian bat, sie in den Warteraum zu führen.

»Du kannst gern gehen«, sagte Uldis.

»Nein«, antwortete Christian, »jetzt will ich auch alles wissen. Wären wir je darauf gekommen, dass das alles zusammenhängt, wenn du mich nicht in dein Ermittlungsteam geholt hättest?«

Uldis lachte und schlug ihm auf die Schulter. »Man muss auch mal Glück haben, Kollege.«

Uldis nahm den Block und schlug ihn zu.

»Wollen Sie gar nicht lesen, was ich geschrieben habe?«

»Später. Jetzt würde ich gern noch einmal auf den Anfang unseres Gesprächs zurückkommen. Mittwochabend und Mittwochnacht der vergangenen Woche.«

Cécile legte den Kopf weit in den Nacken und starrte an die Betondecke. »Wenn wir schon einmal aufräumen, fangen wir doch weiter vorn an.« Sie kam mit ihrem Blick zurück. »Seit der Geburt unseres zweiten Sohnes vor vier Jahren lief nichts mehr. Paul blieb hin und wieder in der Stadt. Weil er nicht viel Geld ausgeben wollte, so sagte er, mietete er dann ein Zimmer in einem billigen Hotel, dem Moulin Noir. Kennen Sie das?«

»Nicht direkt.«

»Am Eingang zum Hurenviertel.« Cécile wartete einen Moment. »Am Sonntag vergangener Woche rief Maxime Legrand bei uns zu Hause an. Paul dachte wohl, ich sei mit den Kindern im Garten, und so hörte ich alles mit. Maxime war sehr besorgt, weil die Buschtrommeln ihn informiert hatten, dass jemand bei der Polizei von Louisson nach Lune Bernberg gefragt hatte. Paul versuchte, ihn zu beruhigen, sagte so Sachen wie: ›Es gibt nichts, was die finden können, es gibt keine Beweise.‹ Er lachte hässlich und sagte zu Maxime: ›Meine Frau hat die letzten Beweise vor Jahren verbrannt.‹ Da wusste ich mit absoluter Sicherheit, dass Maxime der zweite Mann auf den Fotos gewesen sein musste. Die Fotos waren dunkel und schlecht belichtet.« Sie atmete zweimal tief ein und wieder aus. »Zum Glück.«

»Wie viele Männer waren auf den Fotos?«

Cécile zeigte auf den Block. Uldis schlug ihn auf, las ein wenig quer und dann laut vor: »›… zwei Männer, einer davon Paul, waren gut zu erkennen. Der zweite war Maxime Legrand. Ein dritter Mann war nur im halben Profil zu sehen. Entweder kniete er, oder er war sehr klein. Sein Gesicht war wie eine Fratze.‹ – Also drei Männer?« Uldis blickte Cécile fragend an.

»Ja. Drei Männer. Kurz nach Maximes Anruf kam noch ein Anruf. Paul verabredete sich mit jemandem für Dienstagabend in der Stadt. Ich kannte die Stimme nicht. Ich lief schnell in den Garten, weil ich nicht wollte, dass Paul auch nur ahnen konnte, dass ich etwas gehört hatte.

Als er dann in den Garten kam, sah er aus, als habe er Fieber. Er sah mich an wie ein ausgehungertes Tier seine Beute. Ich bekam Angst. Seine Augen glühten, er fuhr sich immer wieder wirr mit den Händen über das Gesicht, als wolle er Spinnweben wegwischen. Ich log, dass meine Eltern zu Besuch kommen wollten. Das kühlte ihn ab. Er sagte, er müsse noch arbeiten, ging in mein Arbeitszimmer und schloss ab. Als er später herauskam, schien es ihm besser zu gehen. Der Tag verging, und Paul merkte nicht einmal, dass meine Eltern gar nicht gekommen waren.

Montagmorgen habe ich Paul zuletzt gesehen. Er sagte mir da bereits, dass er bis Freitag in der Stadt bleiben würde. Donnerstagmorgen habe ich zuletzt mit ihm telefoniert. Er wollte immer wieder Abbitte leisten, sich entschuldigen, was er mir angetan hat. Ich würgte die Gespräche immer wieder ab, ich hatte einen Klienten. Später sprachen wir dann miteinander, und er schien wieder normal – soweit man das sagen kann über ein Monster. Wissen Sie«, sie blickte Uldis an, »ich habe Angst, dass in meinen Söhnen auch etwas davon steckt. Dieser Gedanke quält mich seit Tagen.«

Uldis schüttelte den Kopf. »Nein, das dürfen Sie keine Sekunde denken!«

»Nun, Donnerstagabend kam dann eben diese Freundin zu Besuch, eine ehemalige Patientin von mir.«

»Wo war diese Frau, als ich bei Ihnen auftauchte?«

»Sie schlief hinten im Gästehaus, dort hört man die Klingel nicht.« Cécile beugte sich vor. »Ich habe meiner Schwester den PC mitgegeben. Sie sollte ihn zerstören. Rufen Sie sie an; sie wird ihn zurückgeben. Jetzt habe ich alles gesagt, was ich sagen kann.«

Christian wartete, während Uldis Cécile Spiegelberg zu einer der Schreibkräfte brachte, die jetzt die gesamte Aussage schriftlich festhalten und auch die handschriftlichen Notizen einscannen und in die Datenbank einstellen würde.

»Hat sie jetzt die Wahrheit gesagt?«, fragte er, als Uldis wieder zur Tür hereinkam.

»Ich glaube schon. Es hat sie sehr erleichtert, darüber zu sprechen.«

»Und dich mit ihren Ängsten um den Finger zu wickeln. Das letzte Mal, als ich dachte, da sei jemand erleichtert, war ich bei Professor Spiegelberg in der Uni. Aber vielleicht traue ich einfach mir selbst nicht mehr.«

Uldis knuffte ihn. »Eh, es ist immerhin dieselbe Ehe!«

»Danke.« Christian lächelte gequält. »Wir brauchen Zecke, wir müssen herausfinden, wer bei den Spiegelbergs angerufen hat an diesem Sonntag. Und ich wüsste gern von Maxime, warum er Sonntag schon wusste, dass wir Lune Bernberg suchen. Ich habe nur pro forma ihren Namen in der Datenbank abgefragt.«

»Nun, die Familie Legrand hat uns schließlich gezeigt, wie gut sie sich mit der Polizei versteht. Bei irgendwem auf der Polizeiwache von Carcassonne ist ein Fenster aufgepoppt.«

»Ja, du hast wahrscheinlich recht. Du gehst zu Zecke?«, fragte Christian.

Uldis nickte: »Ich kümmere mich drum. Los, quatsch du jetzt mit Madame Bernberg und dem Anwalt, und ich höre mal nach, was die Jungs machen, die Maxime Legrand hierherbringen. Der wird ja sicher wissen, wer der dritte Mann war. – Äh, war das nicht auch ein Film?«

»Ja, Drehbuch von Grahame Greene. – Uldis, ich habe trotzdem das Gefühl, dass irgendwas nicht stimmt an der Aufführung, die Cécile uns gegeben hat.«

Sie traten auf den Flur, wo ihre Wege sich trennten.

Leon betrat die Lobby des Crowne Plaza, wandte sich an die Rezeption und fragte, ob, nachdem er vergangenen Donnerstag ausgecheckt hatte, noch Post für ihn gekommen sei. Mit dem ausgehändigten Umschlag setzte er sich in die hinterste Ecke des Foyers. Dann nahm er sein Mobiltelefon heraus und wählte die Festnetznummer der Mirambeaus.

»Leon? Wo bist du?«, fragte Jeanne atemlos, nachdem er sich gemeldet hatte.

»Was denkst du denn?«

»Ich weiß es nicht, ich kann nicht mehr denken.«

Er hörte sie stoßweise atmen.

»Was ist los, Jeanne?« Er ließ seine Stimme zärtlich klingen.

»Ich ... ich wusste nicht ...«

»Du wusstest nicht, dass auch diese Seite in dir steckt?«, fragte er.

»Ja, ja, ich glaube, so ist es. Ich bin total verwirrt. Ich bin schlecht, ich habe meinen Mann betrogen.«

»Du bereust es also?« Leon spielte mit dem Umschlag auf seinem Schoß.

Jeanne schluchzte.

»Jeder Mensch hat alle Eigenschaften, weißt du, Jeanne, das sagte meine Schwester immer, und ich weiß, dass Lune recht hat.«

»Ich wollte das aber nicht!«

»Du sagst gerade, dass ich schuld daran bin, verstehe ich dich da richtig?«

»Nein. Nur ... wenn du nichts gemacht hättest, dann ... Also, ich hätte den Mut nicht gehabt.«

»Du hättest den Mut dazu nicht gehabt, aber du hast dich dennoch danach gesehnt.«

»Vielleicht«, flüsterte sie.

»Erinnerst du dich an gestern Morgen?«

»Ja«, hauchte sie.

»Und was fühlst du dabei in diesem Moment? Antworte mir, Jeanne!«

»Mir wird heiß.«

»Würdest du es noch einmal tun?«

»Nein, Leon, bitte, das darf nicht passieren.«

»Obwohl du so eine Sehnsucht hast?«

»Nein, es geht nicht, ich fahre gleich zu meinen Eltern, ans Meer.«

»Und wenn ich dich nun bitten würde, hierherzukommen?«

»Das darfst du nicht.«

»Jeanne, du findest mich im Hotel Moulin Noir, Zimmer siebzehn. Ich werde dort bis heute Mittag auf dich warten. Wenn du nicht kommst, fahre ich ab.«

»Wohin willst du fahren, was ist mit deiner Schwester?«

»Ich weiß, wo sie ist. Kommst du, Jeanne?«

Sie legte auf.

»Du wirst kommen«, sagte Leon zu seinem Handy, stellte es auf lautlos und schob es tief in die Seitenritze des Ledersessels, in dem er saß. Er öffnete den Umschlag und entnahm ihm zwei Telegramme. Das erste war von letzter Woche Donnerstag: »Mach dein Scheißhandy an, es ist was passiert. Die Polizei war bei Martha. Die Klinik hat gemeldet, dass du nicht mehr zu den Kontrollen gekommen bist. Du wolltest längst zurück sein! Melde dich! Mark.«

Das zweite war von gestern, Sonntag: »Lieber Leon, bitte melde dich, ich mache mir große Sorgen. Die Klinik hat mit der Polizei geredet. Wenn du nicht auftauchst, erlassen die einen internationalen Haftbefehl. Mark und ich werden dann auch angezeigt, willst du das wirklich? Martha.«

Leon lächelte über die Sorgen der beiden. Er stand auf, ging zum Eingangsportal, zerriss dort die Telegramme in viele kleine Stücke und warf sie in denselben Mülleimer, in dem schon sein Handy gelandet war. Er fühlte die Süße der gewonnenen Freiheit. Niemand, der an ihm herumzerrte. Niemand, der meinte, besser zu wissen, was und wie er es tun sollte. Kein Arzt, der Gutachten über ihn schrieb.

Leon lachte plötzlich aus vollem Herzen, weil er sich daran

erinnerte, wie Mark alles daran gesetzt hat, dass seine Entmündigung aufgehoben wurde. Und jetzt war er hier und konnte entscheiden, was er wollte, Geld abheben und gehen, wohin er wollte.

Es wird Zeit für den letzten Brief, sagte er sich, nickte dem Portier zu, schob seine Hände lässig in die Taschen seiner Cargohose und ging in Richtung Hurenviertel davon, ohne sich noch einmal umzudrehen.

Auf dem Weg zu seinem Hotel kaufte er ein. In einer Bäckerei frisches Brot und kleine Törtchen, beim Metzger Schinken und Salami, des Weiteren Tomaten und Kräuter, ein wenig Käse und eine Flasche Wein. Der Mann an der Rezeption des Moulin Noir knurrte ihn an, dass Picknicken auf dem Zimmer verboten sei, aber Leon warf ihm einen Fünfzig-Euro-Schein hin und ging auf sein Zimmer. Er ließ die Jalousien zur Hälfte herunter, sodass das Licht gedämpft war. Nachdem er den kleinen Tisch gedeckt hatte und seine Tasche gepackt, legte er fünf Gürtel über die Stuhllehne. Schließlich nahm er Lunes letzten Brief heraus, vom September vor zehn Jahren. Es mussten unzählige Seiten sein, so dick, wie der Umschlag sich in seiner Hand anfühlte. Sie hatte ihn damals an die Klinik geschickt. Es war der einzige Brief, den er nie auswendig gelernt hatte, da ihm diese Zeilen vorenthalten wurden, weil man jahrelang fürchtete, ihre Worte und Beschreibungen würden in ihm Gefühle auslösen, die er nicht kontrollieren könnte. So, wie Monique es der Klinik dargestellt hatte: Alles, was Leon je getan hatte, lag an Lune. Doch ein Pfleger hatte Leon gegenüber vor dreizehn Tagen diesen Brief erwähnt, geldgierig genug, um seine Stelle zu riskieren und diesen Brief für Leon zu klauen. Auf dem braunen Umschlag, der mit einem Siegel der Klinik versehen war, stand in Lunes Handschrift: *Der lange Abschied*. Seither hatte Leon den prallen Umschlag mit sich herumgetragen, unfähig, ihn zu öffnen. Aber jetzt, jetzt wollte er ihn lesen, bevor er zu ihr fuhr.

Er fühlte, dass Lune dort in den Bergen war, nur knapp zwei Autostunden von Louisson entfernt, in diesem Ort, den Mirambeau seinem Kollegen am Samstagabend am Telefon genannt hatte, als Leon, von Christian unbemerkt, mit dem Kaffee die Treppe heraufgekommen war. Der Gedanke, dass sie dort mit diesem Spanier war, verursachte Leon Übelkeit. Seine Hand krampfte sich schmerzhaft zusammen.

Leon,

dies ist der letzte Brief an dich, unser endgültiger Abschied. So schreibe ich mit dem Schmerz des Abschieds, der unweigerlich kommen muss, und du wirst mit diesem Schmerz lesen. Ich kann endlich sagen: Ja, es macht mir Angst, was ich in anderen Menschen auslöse. Auch in dir, Zwilling meines Seins. Aber ich will mit meiner Erzählung vorn anfangen, mich herantasten an das grausame Ende unserer Geschichte, damit es mir – und nur mir – möglich ist, mit dem Verstehen den unsäglichen Schmerz zu lindern.

Als der Besuch des Todes vorüber war, dieser hartnäckige Gast in meinem Leben mich verlassen hatte und der Gleichmut zurückgekehrt war, blieb mir die Frage, wem ich einmal diese Seiten an mir zumuten sollte, diese Hässlichkeit. Ich antwortete mir mit einem Schulterzucken. Ein paar Tage verbrachte ich noch mit mir allein, setzte mich in die Sonne, genoss die still dahinfließenden Tage voller Vorfreude, Sergio zu begegnen. Ich verabscheute ihn, wie alle anderen es auch taten, aber zugleich gestand ich mir ein, dass ich mich zum ersten Mal in meinem Leben verliebt hatte. Vielleicht verlieben wir uns immer nur in uns selbst, denn das, was mich anzog an ihm, war das, was ich auch von mir kannte. Dann kam der Freitag, und ich wusste, es war so weit. Ich genoss die ausgedehnte Vorbereitung auf den Abend und verdrängte den Gedanken, das Leben sei von Grund auf absurd, zwecklos und lächerlich. Denn Lebenszeit ist Lebenszeit, und die gilt es zu füllen, die Schönheit des Lebens kennenzulernen.

Ich fuhr zur passenden Stunde in meine Bar und erfuhr als Erstes, dass mein Lieblingskellner nicht mehr dort arbeitete. Es scheint manchmal ärgerlich, dass sich immer alles ändern muss. Bei den guten Dingen fürchtet man das, aber bei den schlechten hofft man darauf, dabei ist die Veränderung nichts anderes als ein Synonym für Leben. Nur am Tod ändert keiner mehr etwas. Ich bekam dennoch meinen Campari und wie immer bezahlt vom Restaurantbesitzer nebenan. Er wird sicher enttäuscht sein, dass ich ihn nie gefragt habe, warum er das tat.

Paul Spiegelberg setzte sich plötzlich mit an meinen Tisch. Ich verspürte den Wunsch, ihn zu verscheuchen wie ein lästiges Insekt, aber die Zwiesprache mit dem Tod macht auch versöhnlich. »Es ist schön, dich wiederzusehen«, schmeichelte er mir. Ich sah in seinen Augen, dass er immer noch davon träumte, mich zu kriegen. Wir bemühten uns um eine redliche Kommunikation. Endlich tauchte Sergio auf. Ich sah ihn aus dem Augenwinkel. Aber er ging vorbei. Paul bat mich, mit ihm essen zu gehen, und so wechselten wir die Terrasse. Als wir das Sorbet zwischen den Hauptgängen bekamen, hatte ich mir gerade eine Zigarette angezündet. Wie aus dem Nichts tauchte Sergio hinter Paul auf und blickte mich auf eine zugleich unsichere und herausfordernde Art an. »Verschwinde, Zwerg, wir wollen deine Blumen nicht«, wagte Paul zu sagen. Augenblicklich versank unser Tisch in einem eisigen Schweigen. Selbst die Leute an den Tischen um uns herum hatten Schwierigkeiten, einfach weiterzureden. Jeder hatte Pauls Worte gehört. Sergio wirkte irgendwie betäubt, er reagierte nicht. Paul merkte, dass er ihn getroffen hatte, und richtete das Wort erneut an Sergio: »Hörst du schlecht?« Sergio reagierte wieder nicht. An den Nachbartischen gab sich niemand mehr Mühe, Konversation zu machen. Alle beobachteten die Szene, und mit ihrem angehaltenen Atem hielten sie irgendwie auch den kleinen Blumenverkäufer fest.

Ich sagte laut: »Paul, Sergio hört vielleicht gut, aber ich höre schlecht! Könntest du das bitte noch einmal wiederholen, was du gerade gesagt hast?« Meine Stimme klang wie Kreide, die über eine Tafel gezogen wird. Die Gesichter der Beobachter wirkten jetzt gequält. Paul beugte sich zu mir, flüsterte: »Was soll das?«, und wagte doch tatsächlich, seine Hand auf meine zu legen. »Ich höre schlecht«, wiederholte ich laut und deutlich, »deshalb bitte ich dich, mir nochmals klar und deutlich zu wiederholen, was du gerade zu Sergio gesagt hast!« Er reagierte nicht, ich lehnte mich zurück, fixierte ihn mit meinem Blick und wiederholte: »Also, ich höre!«

Kann man Mitleidlosigkeit mit Mitleidlosigkeit begegnen, oder bedingen sie einander? Ich weiß es nicht, lieber Leon, aber Pauls Adamsapfel bewegte sich hektisch auf und nieder. Er war wie ein Insekt, dem man mit einer Nadel die Flügel fixiert hat, und jede Bewegung zerreißt es noch mehr. Paul versuchte, durch Stillhalten zu überleben, was erst einmal klug war. »Ich sagte, er soll uns in Ruhe lassen«, flüsterte er so leise, dass die Nachbartische es leider nicht hören konnten. Ich blickte zu Sergio hoch und fragte ihn: »Stimmt das, waren das seine Worte?« Er schüttelte wortlos den Kopf. Ich fixierte Paul erneut und bat: »Wärest du wohl so reizend, mir den genauen Wortlaut zu wiederholen?« Jetzt fing Paul an zu zappeln. »Lune, was soll das? Lass mich damit in Ruhe. Du weißt sehr wohl, was ich gesagt habe!« Er wusste, dass er für seine Worte zahlen musste, und er wehrte sich. »Gut«, sagte ich zu ihm, dann werde ich es für dich wiederholen. Du sagtest: ›Verschwinde, Zwerg, wir wollen deine Blumen nicht!‹ Stimmt's?« Sergio zuckte bei dem Wort ›Zwerg‹, und ich litt mit ihm. »Erstens ist es genau so dümmlich, jemanden wegen seiner Körpergröße zu beleidigen wie wegen seiner Hautfarbe, und zweitens hast du nicht für mich zu entscheiden! Ich bin mit dir in keiner Weise verbunden. Ist das klar, Afrikaner?«

Paul lehnte sich über den Tisch und drohte mir: »Dafür wirst du eines Tages bezahlen, du deutsche Hure!«

Ich stand auf, nahm meine Tasche, drückte meine Zigarette in Pauls halb geschmolzenes Sorbet und ging. Ich ließ mich durch die Straßen treiben, traf ein paar alte Bekannte. In mir war eine große Ruhe, und zu dieser Stunde wusste ich noch nicht, dass es die Ruhe vor dem Sturm war. Als Mitternacht vorüber war und die Hitze in der Stadt ein wenig nachgelassen hatte, spazierte ich zum Sam's. Alain zeigte sich überrascht, gab mir aber gleich ein paar Drinks aus. Ich tanzte lange, es war leer, noch zu früh für die wirklichen Nachtfalter. Vielleicht gegen zwei stand Sergio vor mir. Er gab mir meine Tasche, nahm mich an die Hand und zog mich mit sich. Warum es auf einmal so leicht war, ihm die Führung zu überlassen, kann ich nicht sagen. Wir liefen Hand in Hand quer durch Louisson. Niemand sah uns, und wir sahen niemanden – es war wie ein Laufen im Nebel. Wir stoppten in Estébans Bar, an einem der hinteren Tische. Sergio setzte sich mir gegenüber. Ich studierte seine Züge, die glatte Haut in seinem Gesicht. Seine geöffneten, schlanken Arme legten auf dem Tisch eine Grenze um das kleine Stück Leben, auf das wir uns gerade konzentrierten. Unsere Beine standen unter dem Tisch so, dass seine die meinen umschlossen. Doch wir berührten einander nicht. Ich nahm die ranzig riechende Wärme, die aus dem Gemisch der Sägespäne und des Sandes aufstieg, wahr. Nach dem zweiten Glas wollte ich nicht mehr weitertrinken, doch die Unruhe meiner Hände ließ mich immer wieder zum Glas greifen. Sergio sprach kurz von seinen Eltern, von der Mentalität der Spanier, seiner Zeit in Frankreich, wenig von seinem Leben mit Alain. Ich fühlte, wie er einfach nur weitersprach, damit ich sitzen blieb. Er fragte mich nichts, und ich schwieg, und ich schwieg auch dann noch, als er von dem plötzlichen Tod seiner Eltern und seiner Schwester sprach.

»Du bist eiskalt, dein Gleichmut ist unerträglich! Wie wenig du fühlen kannst! Es ist, als ob du schon lange gestorben wärst«, sagte er plötzlich. Mich trafen diese Worte im Innersten, denn ja, Leon, ich starb viel zu früh. Ich wehrte Sergio ab mit den Worten: »Du langweilst mich!«

Blitzschnell umschloss er mit beiden Händen meine Ellenbogen, bohrte seine Fingernägel in die zarte Haut, die die Knochen umspannte, zerrte mich auf den Tisch, kam mit seinem Gesicht ganz nah an meines und starrte mich an. »Wenn du willst, Prinzessin, werde ich dir eine Bar zeigen, in der du wirklich die dunkle Seite des Mondes sehen wirst. Wenn du dafür nicht zu feige bist.« Ich wich keinen Millimeter zurück, der Reiz war einfach zu groß, zu stark das Verlangen, in Abgründe zu blicken. Ich lächelte ihn an, was Sergio korrekt als Ja deutete. Er ließ mich los, ging an die Theke und zahlte.

»Du bist eine Geschichtensammlerin«, hatte Jaquomo zu mir gesagt, als ich in Italien bei ihm war.

Sergio kam zurück, nahm meine Tasche wie ein Unterpfand, nahm meine Hand und zog mich in die mondlose Nacht hinaus. Ich spürte, wie gehetzt er war, sein Schritt zügig und entschlossen. Die klebrige Wärme, die sich auf unsere Haut legte, bemerkte er anscheinend nicht. Wieder ging es durch viele Gassen, durch Stimmengewirr, durch Gerüche und Gestank. Meine Sinne wurden in diesem Rausch so gefangen, dass ich keine Logik mehr in meinen Gedanken finden konnte. In immer schneller werdendem Tempo zerrte Sergio mich immer tiefer hinein ins Hurenviertel. Wir hatten längst die Stelle passiert, an der ich ihn einmal verloren hatte. Immer schmaler wurden die Gassen, spärlicher das Licht, abgestandener die Luft. Vor einer orangefarbenen Tür kamen wir zum Stehen. Bevor ich Zeit hatte, mich umzusehen, öffnete Sergio die Tür mittels eines Codes. Er zerrte mich hinein, dann neunundzwanzig Stufen hinunter. In den feuchten Modergeruch eines Kellers mischte sich der schwere, sinnliche Geruch von Blüten. Wulstige Blumenkelche standen auf der Theke, vor der Sergio mit mir anhielt. Eine große, fette Frau,

in schwarzes Satin gepresst, den tiefen Einschnitt zwischen den
hängenden Brüsten gleichgültig zeigend, erhob sich trotz ihrer ge-
waltigen Fülle federleicht aus ihrem Sessel. Sie steckte den Stift, mit
dem sie Kreuzworträtsel gelöst hatte, in ihren roten Haarturm und
kratzte sich mit silbrigen Fingernägeln den Haaransatz an der
Stirn. Eleonora hieß sie, grüßte Sergio in seiner Muttersprache und
plauderte vertraut mit ihm. Ich konnte dem Gespräch nicht folgen
und blickte mich um. Wir standen auf schwarzen Fliesen, die rot
verfugt waren. Über der Theke wechselte das Licht mit den einzeln
erscheinenden Buchstaben und schrieb immer wieder das Wort ›Fabolousbar‹. Dieses kuriose Farbenspiel, die große, fette Frau, die Sergio mütterlich tätschelte, das alles war bizarr. Ich hörte dumpfe Geräusche hinter einer weiteren Tür. Mein Herz schlug wild, weil sie
mich an mein Gefängnis erinnerten und die Laute hinter den anderen Türen. Ich will hier weg, dachte ich. Aber Sergio hielt immer
noch mein Handgelenk und auch meine Tasche. Ich legte meine freie
Hand auf seinen Unterarm, drückte ihn sanft. »Ich möchte bitte gehen«, sagte ich und hörte selbst, wie dünn meine Stimme war. »Aber
Prinzessin, ich will dir noch etwas zeigen. Du brauchst keine Angst
zu haben, dir geschieht nichts«, sagte er zu mir und dann etwas auf
Spanisch zu der imposanten Erscheinung unter den bunten Buchstaben, und die schwarze Tür öffnete sich. Sergio zerrte mich hinter
sich her. Lautlos schloss sich die Tür hinter mir, und mich befiel eine
beklemmende Angst.

In einem blauen Glaskasten, der wie ein Aquarium wirkte, saß
ein bulliger Mann, der Sergio zu sich rief: »Sergio, du bist früh dran
und hast einen ungewöhnlichen Gast mitgebracht, aber kein Problem, der Chef ist nicht da heute.« Der Mann zwinkerte mir zu.
»Welches Zimmer?«, fragte Sergio mit einer Routine, die mich wissen
ließ, dass ihm diese Frage lange Gewohnheit war. »Drei oder, wenn
du lieber willst, auch fünf«, antwortete der bläulich gefärbte Bulle.
»Sind zu beiden noch Séparées frei?«, fragte Sergio. Der Bulle schal-

tete durch die Bilder verschiedener Überwachungskameras und nickte. »Dann nehme ich die fünf«, sagte Sergio. »Ist Sancho für die Tür frei?« Eine rote Lampe leuchtete in dem Aquarium auf. »Sancho ist hinten, geht hier durch, da kommen Gäste!« Noch eine Tür. Ich fühlte eine aufkommende Atemnot. Wieder gab Sergio einen Code ein. Ich versuchte, etwas zu sagen, aber kein Wort kam mir über die Lippen.

Wir liefen durch ein blau ausgeleuchtetes Kellergewölbe, zur Rechten der rohe Stein, zur Linken lederbespannte Türen, alle zwei Meter eine. Der Gang machte einen Knick, behielt sein Licht, seine Gliederung. Drei Türen hinter dem Knick öffnete Sergio eine, schob mich vor sich hinein und löste unsanft meine Hand von seinem Unterarm. Wir befanden uns in einem Vorzimmer. Kleine, quadratische Bodenfliesen spiegelten die fünf Strahler der niedrigen Decke zurück und blendeten die Augen. Von diesem kleinem Zimmer ab ging eine Glastür in einen winzigen Raum. Auch dort vermutete ich dickes, schallisolierendes Material unter dem Leder an den Wänden, dazu gab es einen kleinen Tisch aus Marmor, der rötlich schimmerte, und daneben einen blauen Samtsessel.

Die Tür hinter mir öffnete sich, und ich zuckte zusammen. Ein großer, schöner, sehr muskulöser Mann trat ein und beachtete mich gar nicht. »Warum soll ich diese Tür nehmen?« Sergio lächelte den Mann an. »Hör zu, Sancho! Ich will, dass du auf die Frau aufpasst, während ich draußen bin. Egal, was sie macht, sagt oder will, sie bleibt hier, bis ich sie abhole nachher!« Sergio grinste gefährlich bei diesen Worten.

»Was sind das für neue Marotten, Sergio? Wir sind da, um aufzupassen, dass sich die Typen nicht selbst verletzen, aber wer gehen will, kann gehen; ich kann sie nicht festhalten.« Es war so absurd, dass ich gar nicht auf die Idee kam, etwas zu sagen. Da bot Sergio Sancho an: »Ich lasse dir meinen Lohn für diese Nacht gutschreiben«, und der Handel war beschlossen, denn dieser Sancho blickte mich kurz an und macht Sergio ein Zeichen.

303

*Als Sancho weg war, fragte ich: »Was soll das alles?« Sergio trat
ganz nah an mich heran, ich konnte seinen Atem riechen, die Wärme seines Körpers fühlen. Er sagte: »Prinzessin, du wirst dich jetzt
da reinsetzen und dich ganz hervorragend von deiner Langeweile
erholen.« Ich versuchte ihn zur Seite zu schieben, ich wollte gehen,
aber er umfasste mich lachend, in einer hässlichen Weise lachend, an
der Hüfte, schob mich durch die Glastür in den blauen Sessel und
hielt meine Handgelenke auf den Lehnen fest. »Wenn du nicht sitzen willst, mach von mir aus einen Kopfstand, aber du wirst jetzt
hierbleiben!« Er ging.*

*Einen Moment überlegte ich, ob ich versuchen sollte, die Tür wie-
der zu öffnen, aber mir war klar, wie aussichtslos das war. Ich suchte
meine Tasche, ich wollte wenigstens rauchen. Auch die hatte Sergio
an sich genommen. Ich war gefangen in seiner Welt und kein Gast.
Unvermittelt ging vor mir eine Jalousie auf, und der Auftakt zu der
grausamsten Vorführung, die ich je gesehen habe, begann.*

»Madame Bernberg, Monsieur Schröder, es tut mir sehr leid,
dass ich Sie warten lassen musste, aber wir können nicht immer
so, wie wir wollen. Bitte folgen Sie mir in mein Büro.« Christian reichte beiden mit einem gewinnenden Lächeln die Hand,
und sie folgten ihm die Treppe hinunter in sein kleines Büro.

»Bitte, nehmen Sie Platz. Möchten Sie etwas trinken?«

»Ein Glas Wasser wäre sehr angenehm«, sagte Martha Bernberg. »Mein Französisch ist nicht so gut, und unser Anwalt
spricht fast keins.«

»Ich werde selbstverständlich darauf Rücksicht nehmen. Ich
bin sofort wieder da.«

Christian ging in die Küche, holte eine Karaffe und drei Gläser. Im Büro zurück, goss er jedem ein.

»Was kann ich also für Sie tun?«

»Wir suchen meinen Mann.«

»Das ist seltsam, Madame, denn ich habe gestern zuletzt von ihm gehört.«

»Ähm, ja, nur wenn wir anrufen, passiert nichts.«

»Er hat anscheinend sein deutsches Mobiltelefon verloren.« Monsieur Schröder machte eine verächtliche Geste, nahm ein Handy aus der Innentasche seines Jacketts und warf es Christian auf den Schreibtisch.

»Mark hat herausgefunden, dass Leon dieses Telefon am vergangenen Donnerstag bereits in den Müll des Crowne Plaza geworfen hat.«

Christian ließ seine Fingerknöchel knacken. »Woher haben Sie das Telefon und von wem?«

»Ich gebe nichts preis über meine Informanten!« Mark hob die Hände, um seine Worte zu unterstreichen.

»Was wissen Sie noch?«, fragte Christian lauernd.

»Dass Leon am Donnerstag aus dem Crowne Plaza ausgezogen ist. Er hatte bereits ausgecheckt, als Sie sich noch mit ihm dort getroffen haben. Keiner weiß, wo er jetzt wohnt.« Martha Bernberg rümpfte die Nase und trank mit spitzen Fingern einen Schluck aus ihrem Wasserglas. Ihre braunen, halblangen Locken hatte sie sich mit einem Tuch aus dem Gesicht gebunden. Das blassrosa Kleid umschmeichelte ihre füllige Figur. An ihren Finger prangten vier üppige Diamantringe. Sie hielt eine Sonnenbrille in der Hand, wippte mit dem Fuß des übergeschlagenen Beins, und ihre Locken wippten leicht mit.

»Eh bien«, sagte Christian langsam. »Woran liegt es, dass ich eine neue Mobilfunknummer von Monsieur Bernberg habe und Sie nicht?«

Monsieur Schröder sagte etwas auf Deutsch zu Leons Frau, und sie wandte sich an Christian: »Er sagt, Sie werden von Leon manipuliert. Mein Ehemann ist sehr geschickt darin.«

»Mit welchem Ziel manipuliert er mich denn?«

Die beiden tauschten einen Blick und schwiegen.

»Wie kann ich Ihnen denn nun helfen?«, fragte Christian ungeduldig.

»Ich möchte eine Vermisstenanzeige aufgeben.«

»Er ist nicht verschwunden«, beharrte Christian, »er möchte vielleicht nur von Ihnen nicht gefunden werden. Ich habe mit Leon Samstagabend zuletzt gesprochen, und er hat mir gestern eine SMS geschrieben. Es liegt kein Grund vor, ihn als vermisst zu melden.«

Ein schnelles deutsches Wortgefecht folgte, an dessen Ende der Anwalt mit den Fingern schnippte. Auf dem Flur rannten plötzlich Polizisten aufgeregt durcheinander, Befehle wurden gebellt, vor dem Gebäude fuhren die ersten Wagen mit Blaulicht und Sirene los. Als es wieder ruhiger wurde, sagte Martha Bernberg: »Also gut. Mein Mann hat eine hochgradig gefährliche geistige Erkrankung. Er muss regelmäßig Medikamente nehmen, damit er nicht gewalttätig wird. Er ist seit einem halben Jahr aus der Klinik heraus, muss sich aber dort alle drei Tage vorstellen, damit ein Bluttest gemacht wird, der den Medikamentenspiegel überprüft. Das«, sie zögerte, »das ist polizeilich angeordnet. Die Klinik muss es melden, wenn Leon nicht erscheint.«

Christian legte den Kopf schräg. »Und wieso ist er dann seit über einer Woche in Louisson?«

»Weil«, Martha suchte offenbar nach Worten, »weil er sich das gewünscht hatte. Es war auch nur von Freitag bis maximal Dienstag geplant. Er wollte mit seiner schrecklichen Schwester Lune endlich abschließen, sagte er mir, und er wollte es allein tun.« Sie sah Christian mit einem koketten Lächeln an.

»Mir sagte er, es gehe um ein Erbe, und zwar um ein beträchtliches, und zudem um eines, an dem Sie beide«, Christian zeigte von Madame Bernberg zu ihrem Anwalt und wieder zurück, »ein nicht unerhebliches Interesse hätten.«

Martha Bernberg schnappte hörbar nach Luft. »Das ist eine Unverschämtheit! Wir sind hier, weil wir uns um unseren Ehemann und Freund sorgen.«

»Das war nicht meine Aussage, Madame, ich habe nur seine Worte wiedergegeben. Überdies sollten Sie vielleicht wissen, dass es sehr gut möglich ist, dass Lune Bernberg weder verschwunden noch verstorben ist, sondern hier in der Nähe lebt.«

»Oh mein Gott!«, stieß Martha Bernberg hervor und schlug sich die Hand vor den Mund. Ihr Anwalt schüttelte sie sanft an der Schulter, und sie übersetzte offenbar für ihn, woraufhin auch er Christian völlig entsetzt anblickte. Dann redete er hektisch auf sie ein.

»Mark sagt, Lune ist sehr gefährlich für Leon. Sie ist schuld, dass er in der Klinik war. Sie ist überhaupt an allem schuld.«

Christian schwieg einen Moment. »Sehen Sie, Madame, wir haben in dem von Ihrer Schwägerin verlassenen Haus einen Brief gefunden von Monsieur Schröder. Darin schrieb er Lune Bernberg, dass er sie immer noch liebe, alles für sie aufgeben würde, und er bat Lune, wenn schon nicht ihm zuliebe, so doch Leon zuliebe zurückzukehren, weil dieser ohne seine Zwillingsschwester zugrunde gehen würde. Verstehen Sie jetzt, warum ich so skeptisch bin?«

Martha Bernberg sprang von ihrem Platz auf und ohrfeigte ihren Begleiter.

Uldis erschien in der Tür, klopfte an den Rahmen, nickte Martha Bernberg und Mark Schröder zu und gab Christian ein Zeichen, auf den Flur zu kommen.

Christian zog die Bürotür hinter sich zu und trat zu Uldis.

»Wir haben ein Problem! Irgendwer oder er selbst war

schneller: Maxime Legrand hat sich heute Morgen um fünf Uhr das Leben genommen.«

Christian lehnte sich an die Wand. »Das darf überhaupt nicht wahr sein.«

»Ist es aber.«

»Abschiedsbrief?«

»Nekas!«

»Er muss zu Zoe in die Gerichtsmedizin.«

»Sie ist schon unterwegs nach Carcassonne, zum Glück sind wir die nächste Gerichtsmedizin, und bei Selbstmord ist eine Obduktion Pflicht.«

»Was denkst du?«, fragte Christian und sah Uldis von der Seite an. Sie hörten aus dem Büro, dass Martha Bernberg und Mark Schröder vehement stritten.

»Ich denke, da hat jemand nachgeholfen. Ob wir das nachweisen können? Keine Ahnung. Was ist denn da drinnen los?«

Christian informierte Uldis, der breit grinste. »Ich wüsste aber schon gern, wo der Typ die Infos und Bernbergs Mobiltelefon herhat, du nicht?«

»Ja«, Christian lächelte, »ich dachte du gehst einfach mal da rein, blickst finster, redest Deutsch mit ihm und erklärst ihm, wie leicht wir ihn drankriegen wegen Behinderung der Justiz in Frankreich. Ich würde dann jetzt Kaffee holen.«

Uldis rückte sein Stirnband zurecht und ging in Christians Büro.

»Bonjour, Messieurs Dames, ich bin Inspektor Melville, und da ich ein wenig Deutsch kann, bat mich mein Kollege, ihm auszuhelfen.«

Uldis blieb hinter Christians Schreibtisch stehen und zwang damit die beiden, zu ihm hochzusehen. Er beugte sich leicht vor und stützte sich mit seinen großen Händen auf der Schreibtischkante ab. »Monsieur Schröder, ich bin sicher, auch in Deutschland gibt es so ein Gesetz gegen Behinderung der Justiz oder der Ermittlungen.«

»Ja, Inspektor Melville, nur wird gegen Leon Bernberg weder ermittelt, noch sind Sie bereit, ihn zu suchen.«

Uldis blickte den Anwalt lange an, richtete sich wieder zu seiner vollen Größe auf und sagte: »Sicher, das stimmt. Trotzdem sind wir es nicht gewohnt, Informationen, um die wir bitten, nicht zu bekommen. Da sind wir hier in Frankreich vielleicht … hm, wie heißt dieses Wort noch? Zimperlich? Ja, wir sind nicht zimperlich. Madame Bernberg, würden Sie bitte einen Moment auf den Flur gehen?«

Sie erhob sich, aber ihr Anwalt hielt sie am Handgelenk fest. »Schon gut. Ich habe die Information von einem Portier des Crowne Plaza. Er hat daneben gestanden, als Leon sein Telefon weggeworfen hat, und es wieder herausgefischt.«

»Warum sollte Monsieur Bernberg so etwas tun?«

»Damit wir ihn nicht finden können. Hören Sie, Ihr Kollege glaubt uns nicht. Aber Leon steht unter starken Medikamenten. Er muss Lithium nehmen. Wenn er das nicht regelmäßig nimmt, sinkt der Medikamentenspiegel in seinem Blut, und je länger das dauert, desto größer ist die Gefahr, nicht nur für Leon, sondern auch für andere Menschen.«

»Was heißt das genau?«

»Martha, nun sag du doch auch mal was!«

»Mein Mann leidet an einer schizoiden Störung. Er bekommt Halluzinationen und kann sehr gewalttätig werden.«

»Wie gewalttätig?«, fragte Uldis drohend. Madame Bernberg sah ihn bittend von unten an. »Wie gewalttätig?«, wiederholte Uldis.

»Er hat schon Menschen krankenhausreif geschlagen«, flüsterte sie.

»Sie haben ihn trotzdem geheiratet?« Uldis beugte sich wieder hinunter und fixierte Martha Bernberg.

»Man glaubte, eine feste Beziehung, eine Ehe, könnte seinen Zustand positiv beeinflussen.«

»Wie viel?«, fragte Uldis trocken.

»Wie viel was?«

»Wie viel Geld haben Sie für diese Ehe bekommen?«

»Ich liebe Leon!«

»Sicher. Also, wie viel?«

»Das wüsste ich auch gern!«, setzte der Anwalt nach.

»Ich bin gut versorgt«, sagte Martha Bernberg, »daran ist nichts auszusetzen.«

Uldis lachte. »Nein, ist es nicht. So, ich hole jetzt meinen Kollegen wieder herein und besuche später mal den Portier vom Crowne Plaza. War nett, Sie kennenzulernen.«

Uldis verließ den Raum und hielt nach Christian Ausschau. Er fand ihn in der Kaffeeküche, fasste kurz zusammen, was er erfahren hatte, und schloss mit den Worten: »Dein Leon ist ein ganz schönes Früchtchen.«

Christian winkte ab. »Die wollen die Kohle. Wenn wir den Schrieb ausstellen, dass Lune Bernberg vermisst ist seit über zehn Jahren, rollen in Deutschland acht, ich wiederhole, acht Millionen Euro über den Tisch. Leon hat mir gesagt, ihn interessiere das Geld nicht, er will Lune finden, aber diese beiden da in meinem Büro, die wollen an das Geld.«

»Glaubst du ihm?«

»Uldis, ich habe ihn bei mir zu Hause gehabt, er hat mit Jeanne gekocht, mit den Kindern gespielt, ihnen Geschichten erzählt. Ja, natürlich traue ich ihm. Er schrieb mir gestern eine SMS, dass er ins Hotel zurückgezogen ist. Ich habe gerade versucht, ihn zu erreichen, aber er ging nicht dran. Zecke ortet jetzt das französische Handy von Leon. Dann wissen wir ja, wo er ist.«

»Und was machst du mit den beiden da drin? Tu ihnen doch den Gefallen und nimm Leon als vermisst auf. Ich lese jetzt mal die Aussage von Cécile Spiegelberg und fahre am Moulin Noir vorbei, vielleicht finden wir dort noch was von Spiegelberg.«

Resigniert nahm Christian seine Tasse und ging zurück in sein Büro. Mark Schröder telefoniert dort lautstark mit seinem Handy.

»Er bittet gerade Leons Arzt, ein Fax an Sie zu schicken. Der Professor in der Klinik ist sehr wütend.«

Christian setzte sich. »Möchten Sie vielleicht auch einen Kaffee?«

Martha Bernberg schüttelte den Kopf.

»Madame, ich werde jetzt wider besseres Wissen Ihren Mann in die Vermisstenliste eintragen.«

»Gott sei Dank!« Sie ließ sich gegen die Rückenlehne ihres Stuhles fallen. Schröder legte auf und sagte etwas zu ihr, was sie für Christian zusammenfassend übersetzte: »Der Prof schickt es heute Nachmittag.«

»Gut, dann schlage ich vor, Sie sagen mir, wo Sie wohnen, und ich melde mich bei Ihnen, sobald das Fax da ist.«

»Wir sind im Mariott. Hier ist meine Karte.« Martha Bernberg reichte ihre Visitenkarte über den Schreibtisch und erhob sich.

»Zu Ihrer Beruhigung: Wir lassen gerade das französische Handy Ihres Mannes orten. Dann wissen wir auch sicher, wo er steckt.« Christian stand auf, reichte Martha Bernberg die Hand. »Eine Frage habe ich allerdings noch. Wir haben erfahren, dass immer wieder jemand hier in Louisson nach Lune Bernberg gesucht hat, um, so die Gerüchte, sie in die Irrenanstalt zu bringen.«

»Ja«, sagte Martha inbrünstig, »falls Lune noch lebt, gehört sie genau dort auch hin.«

»Können Sie bitte Monsieur Schröder fragen, ob er nach Lune hat suchen lassen?«

»Das ist nicht notwendig. Es war Monique Bernberg, die Mutter der Zwillinge. Sie hat sich immer Sorgen gemacht, dass Lune noch frei herumläuft und weiter Schaden anrichtet.«

»Und doch hat sie Lune acht Millionen vererbt?«

»Das Schizoide liegt in der Familie«, sagte Martha kühl, und dabei ließ Christian es seufzend bewenden.

Leon spürte, wie die Zeilen ihn berührten, und zugleich ahnte er bereits, dass es nicht nur um Lune, sondern auch um ihn ging. Sein Herz schlug wild, seine Hand wurde unbeweglich. Zitternd legte er die Seiten zurück auf den Tisch. Er stand auf, trat ans Fenster, blickte auf die Gasse hinunter.

Gegenüber saßen zwei alte chinesische Frauen. Sie hatten Stühle rausgetragen und eine kleine Kiste, auf der sie Mahjongg spielten. Das Klicken der Steine war hörbar. Weiter links spielten ein paar Jungen Fußball und schossen immer wieder gegen die Wand einer Garage. Die Sonne stand noch nicht hoch genug, sodass die Gasse noch völlig im Schatten lag und kühl war.

Er musste sich einfach beruhigen, er wollte sichergehen, dass er es aushalten konnte und dass er Jeanne nichts tat.

Wenn ich morgen Lune finde, ist ohnehin alles gut, dachte er glücklich und lächelte. Schließlich setzte er sich wieder und las weiter.

Ich sah erst den schwarzen Boden, dann einen ganzen Raum, hell erleuchtet. In der Mitte stand ein Stuhl aus poliertem Chrom mit einem Drahtgeflecht als Sitzfläche. An der Wand hinter dem Stuhl hingen verschiedene Geräte. Es waren sieben. Ein schwarzer Leder-

stock, ein Penis aus Gold, zwei kleine, zwei große Eisenringe, eine neungliedrige Kette, ein Kabel, an dem ein silberner Stock baumelte, eine afrikanische hölzerne Maske. Das Zimmer brannte sich augenblicklich und unauslöschlich in meine Seele ein.

Sergio betrat den hellen Raum, er war nackt. Nie zuvor war mir aufgefallen, was an seiner Erscheinung so störend ist. Aber jetzt, ohne jede korrigierende oder schmeichelnde Kleidung und im gnadenlosen Licht, sah ich die ganz falsche Kombination seiner streitbaren Erscheinung. Der glatte, haarfreie Körper entsprach dem eines vielleicht zwölfjährigen Kindes. Doch die unübersehbare Männlichkeit seines Geschlechts und der große Kopf mit den erwachsenen Gesichtszügen wirkten bizarr im Verhältnis zu dem kindlichen Körper. Ich ekelte mich vor seiner Zurschaustellung, vor der kahlen Nacktheit seiner Erscheinung, aber besonders vor seiner Geschlechtlichkeit, die diesem Körper so unangemessen war.

Sergio lachte aufreizend, es war ein antrainiertes Lachen, und ich hatte trotzdem das Gefühl, es galt auch mir. Er genoss es, mich sehen zu lassen, wer er wirklich war, oder vielmehr, wer er auch war. Er stolzierte durch den Raum, immer lächelnd oder feindselige Grimassen schneidend, die den Betrachter provozieren mussten und, wie mir kurz darauf klar wurde, zum Äußersten einladen sollten. Ich hatte so etwas noch nie gesehen und war zutiefst abgestoßen von seiner Männlichkeit. Dennoch war da meine Neugier, wohin das wohl führen mochte. Dann hörte ich die erste Stimme eines Mannes, der nach dem Folterknecht rief. Ich war verwirrt, woher die Stimme kam, und erfuhr später, dass die Séparées eine Sprechverbindung zu dem Raum hatten. Ohne dass ich sehen konnte, woher, betrat ein großer, starker maskierter Mann, den Raum und verbeugte sich, als sei ein großes Publikum zugegen. Sachte näherte er sich dem stolz wandelnden Sergio, der tat, als spürte er seine Anwesenheit nicht, und dann packte er die nackte Gestalt plötzlich, und Sergio stieß einen schrillen Schrei aus, der meine Nerven blank legte. Sergio *wurde hochgehoben und zappelte wie ein Fisch an der Angel. Ich stolperte in die Abgründe des Geschehens. Ich wollte nicht hinsehen und konnte doch auch nicht wegsehen. Der muskulöse Mann trug Sergio durch den Raum, viel zu nah an meinem Fenster vorbei, und ich begriff, was in den anderen Séparées für Gefühle hochkamen, denn ich hatte sie auch. Dieser kindliche Körper mit seiner maskulinen Geschlechtlichkeit weckte in einem den Wunsch, dieses Bild und damit diesen Menschen zu vernichten. Das Blut rauschte in meinen Ohren, und ich grauste mich vor meinen Gefühlen.*

Sergio wurde auf das Drahtgeflecht des Stuhles gedrängt wie ich Minuten zuvor in den blauen Samt des Sessels, an dem ich klebte. Die massige Hand des muskulösen Mannes drückte den kleinen Mann in den Sitz aus unbequemem Draht, nahm mit der anderen Hand die kleinen und großen Eisenschellen von der Wand und zwang Sergios Handgelenke mit Fesseln an den Stuhl. Sergio schrie, verzweifelt, hilflos, nicht bereit, sich dem Übermaß an Stärke zu ergeben. Er zerrte an seinen Armen, bewegte wild seine Beine, rüttelte, drückte und kämpfte gegen die Eisenringe, und das alles so aussichtslos, für den Betrachter leicht erkennbar. Mich überfiel der Gedanke, dass in den anderen Séparées Erektionen anschwollen. Ich konnte vor meinem inneren Auge sehen, wie sie in lustvoller Erwartung und in dem trügerischen Gefühl, nicht beobachtet zu werden, ihre Hosen öffneten, um im rechten Moment zugreifen zu können. Sie würden die Worte ihrer Macht über den kleinen jungen Mann noch schnell formulieren, bevor der Körper in der maßlosen Anspannung sein Recht forderte und sie ihm mit zwei, drei Handgriffen zu Hilfe kommen würden.

Mein Magen krampfte sich schmerzhaft zusammen. Ich sah dich, Leon, wie du als kleiner Junge der Fliege die Flügel ausgerissen, der Hummel mit einem Skalpell den Pelz abgeschnitten, dem Kaninchen den Atem abgedrückt hast – nie aus Neugier, sondern weil du das Gefühl der Macht gesucht hast.

Leon zuckte zurück. Er legte eine Hand auf die Seiten und wusste nicht mehr, ob er wirklich zu Ende lesen wollte.

Du musst, sagte eine Stimme in ihm, die verdächtig nach Lune klang. Du bist besessen von deiner Schwester, keifte tief in seinen Erinnerungen seine Mutter, das ist alles nie passiert, sie lügt wie immer.

Jahrelang hatten ihm die Ärzte in der Klinik eingeredet, diese Erinnerungen seien Hirngespinste, ihm laut seiner Mutter von Lune eingepflanzt. Es habe nie ein erwürgtes Kaninchen, eine zerschnittene Hummel oder auch eine vergewaltigte Schwester gegeben.

Hier auf diesen Seiten stand genau das Gegenteil, und Leon wusste, dass Lune die Wahrheit sagte.

Du musst weiterlesen, hörte er wieder ihre Stimme.

Leon ging zum Waschbecken und hielt seinen Kopf unter kaltes Wasser, bis es wieder still wurde in ihm. Er trat ans Fenster. Die Mahjongg-Spielerinnen waren mit dem Schatten gewandert und saßen nun in der Mitte der Gasse.

Der Folterknecht verbeugte sich vor den unsichtbaren Betrachtern, ließ seine Muskeln spielen, und da war sie, die erste Stimme: »Setz ihn unter Strom!« Schrill und hysterisch klangen diese Worte. Der Folterknecht gehorchte, ging zu der Wand, nahm das Kabel herunter und bewegte sich drohend auf den jammernden und um Gnade flehenden Sergio zu. »An seine Brustwarzen«, forderte lispelnd, doch unverkennbar die Stimme eines Mannes.

Ich hoffte so sehr für Sergio, sein Peiniger würde der Stimme nicht gehorchen. Doch schon sah ich, wie der offenbar unter Strom stehende Stab Sergio schmerzhaft berührte. Sergio schrie und sank einen Moment vornüber. Ich fühlte so sehr mit ihm! Ich saß still, ich wollte nicht mehr hinsehen. »Noch mal!«, hörte ich dieselbe Lispelstimme fordern. Ich schloss meine Augen und spürte doch in Sergios Schrei erneut den Schmerz. Ich würgte. »Stell ihn an die Wand!«, erklang in meinen Ohren die Forderung einer anderen Männerstimme. Ich blickte hoch, widerwillig, wie unter Zwang. Eine Hand in Sergios Nacken gestemmt, löste der Folterknecht die Eisenringe von dem Stuhl, nicht aber von Sergios Gelenken. Er führte den zappelnden Jungen mit der Hand an seinem Hals zu der Wand, an der die Instrumente hingen. Angekettet stand Sergio dort. Mitleid mit ihm stieg in meiner Seele auf. Seine hilflose Ergebenheit angesichts der übermächtigen Gewalt machte mich weinen, machte mich genauso hilflos wie ihn. Ich fühlte so sehr mit ihm!

Sergios Gesicht wurde zur Wand gedreht, seinem Hinterkopf die afrikanische Maske aufgesetzt, die nun die Zuschauer anblickte.

»Ramm ihm den Goldschwanz hinein!«, forderte die lispelnde Stimme. Ich richtete mich ruckartig auf und bat: »Nein, das kann er nicht tun, bitte das nicht.« Mir wurde schwindelig, ich konnte kaum atmen, und ich zitterte. Ich sprang auf und rüttelte an der Tür, aber sie war fest verschlossen.

Jetzt wusste ich, wovon Sergio an diesem Morgen in Alains Bett geredet hatte. Er wollte diese Männer verstehen, die – eine Hand am Mikrofon, die andere an ihrem Geschlechtsteil – nur das Ziel hatten, zu dem von ihnen verursachten Schmerz den erlösenden Orgasmus zu haben. Ich sah sie vor meinem geistigen Auge, wie sie danach in ihr Ehebett steigen würden, um in tiefer Befriedigung einzuschlafen, um am nächsten Tag wieder brav die Geschäfte des Dorfes, der Stadt, des Staates, der Industrie, des Handels, der Restaurants und Bars zu betreiben. Aber jetzt und hier wollten sie ihre ausnahmsweise einmal uneingeschränkte Macht fühlen, sich daran ergötzen, ihre Willkür keiner Norm beugen. Hier in der Fabolousbar waren und blieben sie unerkannt. Hier spielten sie sich auf als die Herren des kleinen, unangemessen provokanten Jungen, der da jetzt an die Wand gekettet stand und um ihre Gnade flehte. Eine Gnade, die sie nicht gewähren würden, denn er hatte zu wenig Zurückhaltung gezeigt in seinem Auftreten, als dass er jetzt darauf hätte hoffen können.

Der Folterknecht nahm den goldenen Phallus von der Wand und ging zu Sergio, dessen Körper noch entstellter wirkte durch die verzerrt lächelnde Maske über seinem zarten Rücken, dem kleinen, runden Po über den straffen, haarlosen, kurzen Beinen. Es war einfach schrecklich. Ich sah hin, sah weg, wieder hin und wieder weg. Ich starrte auf meine Füße. Ich konnte das nicht mit ansehen, verkrallte meine Hände in meinem Haar. Dann hörte ich Sergios durchdringenden Schrei und sank vornüber und übergab mich.

»Ramm ihn tiefer rein!«, forderte eine knarrende Stimme. Ich presste mein Gesicht auf die Knie, hielt mir die Ohren zu und hörte doch den zweiten markerschütternden Schrei des kleinen Spaniers. Und dann brach sie, meine innere Mauer, errichtet, um meine Vergangenheit sorgsam zu trennen von der Gegenwart, und Sergios Schreie gegen die schmerzhafte Gewalt und Willkür wurden zu meinen. Jedes Jammern, jedes Bitten und Flehen, die Verzweiflung seiner Unterlegenheit traf in mein Innerstes. Da stiegen die Bilder längst in Vergessenheit geratener Erfahrung an die Oberfläche und weckten die alte Not. Ich fiel in eine Trance. Dennoch drangen die tiefste Verletzung kundtuenden Schreie Sergios immer wieder zu mir durch, als kämen sie über meine eigenen Lippen, und ich ertrank in ihnen, denn es waren meine. In Erinnerung an den Schmerz der einst und für immer verletzten Scham. Ich fühlte das innere Zerreißen des kindlichen Körpers und der kindlichen Unschuld. Und da war dein Gesicht hinter dem Fenster, Leon. Der staubige Geschmack der sandigen Straße Spaniens lag wieder auf meiner Zunge; ich malte mit den Fußspitzen Figuren in den Sand, hörte weiter entfernt unsere Eltern streiten. Die fleckige, faltige Hand des alten deutschen Mannes schob sich in meinen Nacken, mich auf das fremde Haus zu. Hinter dem Fenster immer noch dein Gesicht.

Wieder ein Schrei Sergios. »Lass ihn leiden, er hat es verdient, es soll ihm eine Lehre sein!«, rief eine Männerstimme erregt. Immer fester presste ich meine Hände auf die Ohren. Aber meine Erinnerungen stiegen auf wie zornige Geister, die nun allzu fröhlich dem Gefängnis des Vergessens entwichen waren: Monique, wie sie mir mit der Kanne heißen Tees in der Hand droht, damit ich zugebe, dass ich gelogen habe, was diesen hässlichen alten Mann anging, der in Spanien unser Nachbar war. Ich fühlte das Brennen auf meinen Oberschenkeln, sah, wie der Deckel der Kanne sich löste ...

Der Lederstock knallte auf die afrikanische Maske. Ich fasste an meinen Kopf, aber Hände schützen nicht, ich spürte den Schmerz der brechenden Hand. »Du Hure! Was bist du auch hineingegangen, du warst schon als Kind eine Nutte«, schrie unsere Mutter – und wieder eine Tasse, die auf meinem Kopf zerbricht, kochend heißer Tee, die Suppenkelle auf meinem Handrücken, und wieder hörte ich Sergios Schreie, die sich in mir zu erstickten Hilferufen verwandelten, und ich musste mich erneut übergeben.

»Ich muss dich wenigstens bis oben vor die Tür bekommen«, hörte ich Sergios zornige Stimme. Er berührte meine Schulter. »Fass mich nicht an!«, brüllte ich. »Rühr mich nie wieder an!«

»Ich muss dich hier rausbringen!« Er packte mich an der Schulter, richtete mich auf. Ich holte Luft, um ihn abzuwehren; er ohrfeigte mich. »Hör auf, das waren nur die Spiegel!« Er schüttelte mich bei diesen Worten, und ich betastete mit der Hand meine brennende Wange. Er zerrte mich bis oben vor die Tür, zerrte mich ein paar Straßen weit und setzte mich in einen Hauseingang. Meine Tasche stellte er neben mich.

Danach muss ich zwischenzeitlich immer wieder das Bewusstsein verloren haben, denn plötzlich saß ich in einem Auto, ein Arzt fühlte meinen Puls, sagte Sergio, er solle mir viel zu trinken geben. Dann fuhren wir wieder. Ich blieb in diesem Schwebezustand zwischen den Welten, der mich nichts mehr erfassen ließ – nichts von dem, was ist, nichts von dem, was war. Für die klare Wirklichkeit, für das Heute, zu dem das Gestern gehört, war ich noch nicht wieder bereit.

Da erhob sich ein Wind, der in seiner Milde und Frische vom Meer erzählte, einen unpassend schönen Morgen ankündigte. »Ich fahre mit dir in die Berge«, sagte Sergio zu mir, »dort kannst du dich erholen.« Dann sprach er nicht mehr. Er konzentrierte sich auf den Weg, den er gut kannte, doch an diesem Morgen fuhr, so sagte er später, als sei es das erste Mal.

Leon knirschte mit den Zähnen. Auch ihn holten die Erinnerungen ein. Er sah die Straße in Spanien genau vor sich, den roten Staub, der sich bei Wind fein auf alles legte, die Häuser, die Autos, die Wäsche auf der Leine, hörte die Schreie seiner Zwillingsschwester, während er unfähig gewesen war, Hilfe zu holen, gefesselt von dem Geschehen.

Wie konnte ich das vergessen?, fragte er sich, als plötzlich an seine Tür geklopft wurde.

»Hallo, ist da jemand in diesem Zimmer? Hier ist Inspektor Melville, Polizei Louisson, bitte aufmachen.«

Leon brach der Schweiß aus. Dann hörte er den Mann von der Rezeption: »Sie sind im falschen Stockwerk. Eines höher noch, dort hatte Professor Spiegelberg sein Zimmer.«

»Da vorn gleich, Zimmer siebenundzwanzig. Das hat er zur Dauermiete gehabt. Er hat für Juni schon ganz bezahlt, wenn Sie es also ausräumen, würden Sie mir einen Gefallen tun.«

Uldis blieb vor der genannten Zimmertür stehen. »Wieso sollte ich Ihnen einen Gefallen tun?«

Mit einem schmierigen Lächeln öffnete der Mann von der Rezeption des Moulin Noir das Zimmer. »Weil Sie sicher alles Mögliche über Monsieur Spiegelberg wissen wollen, oder täusche ich mich da?«

»Verschwinden Sie!«

Uldis betrat ein sauberes, aufgeräumtes Zimmer. Keine Fotos oder Bilder an den Wänden, ein akkurat gemachtes Bett, im Schrank drei Anzüge und sieben Hemden sowie drei Paar Schuhe. Auf dem Tisch neben dem Bett lag das Buch *Der kleine Prinz* von Antoine de Saint-Exupéry. »Na, Marquis de Sade wäre treffender gewesen«, sagte Uldis. Er hörte jemanden auf dem Gang und ging raus.

»Entschuldigung, wohnen Sie hier schon länger?« Uldis zeigte dem mittelgroßen Mann automatisch seine Polizeimarke.

»Ja, seit ein paar Monaten, warum? Ist etwas passiert?«

»Kannten Sie den Professor, der hier wohnte?«

»Kennen ist sicher ein zu großes Wort.« Der Mann strich sich über die blankpolierte Glatze. »Wir trafen uns hin und wieder auf dem Gang und hielten einen Schwatz, mehr nicht. Mich wunderte ein wenig, dass er hier wohnt. Er sieht nach mehr Geld aus.«

»Hm, ich weiß, was Sie meinen. Und die letzten Tage?«

»Nein, doch, Moment, ja, es war letzten Donnerstag am späten Nachmittag, da hörte ich einen Streit nebenan. Ich glaube, es war eine Frau, aber genau beschwören kann ich das nicht. Nur, dass sie sich sicher kannten, denn sie duzten sich.«

»Konnten Sie ansonsten vielleicht noch irgendein Wort heraushören?«

»Ja, Geld, weil das sehr oft fiel. Es ging um Geld.«

»Und dann?«

»Dann knallte seine Tür, und es war Ruhe.«

»Sie sind nicht auf den Flur gegangen, um nachzusehen?«

»Sehen Sie, hier in solchen Hotels ist man auch deshalb, damit sich keiner um einen kümmert, verstehen Sie?«

Uldis bedankte sich, gab dem Mann seine Karte, falls ihm doch noch etwas einfiel, und ging zurück in das Zimmer. Er drehte dort jeden Teppich um, jedes Duschgel, jeden Stuhl, das gesamte Bettzeug, die Matratze – und fand nichts. »Ein Mensch, der gut darin war, keine Spuren zu hinterlassen«, sagte er zu sich selbst.

Sein Mobiltelefon klingelte, und er ging dran. »Hallo Christian, bist du die Bernbergs und ihre Millionen losgeworden?«

Christian lachte. »Ja, bin ich. Zecke hat mich angerufen. Es wurde am vergangenen Sonntag zweimal vom Festnetz der Legrands aus bei Spiegelberg angerufen.«

»Das ist interessant«, sagte Uldis und fuhr sich über sein unrasiertes Kinn. »Hat Maxime zweimal angerufen, oder hat jemand anders aus dieser vortrefflichen Familie angerufen? Ich glaube, es wird Zeit, dass wir die Polizei von Carcassonne bitten, die Alibis der Familie zu überprüfen.«

»Habe ich gerade gemacht. Und du sollst herkommen. Zoe will uns in der Gerichtsmedizin haben.«

»Bin schon auf dem Weg. Dann erfährst du auch mehr von diesem wunderbaren Hotel hier.«

Uldis trat auf die mittlerweile sonnige Gasse. Es war fast Mittag. Er ging um die Ecke, wo sein Auto geparkt war, stieg ein, fuhr los, an der Gasse vorbei und blickte kurz hinein, stutzte, hielt an, setzte zurück, schüttelte den Kopf und gab Gas.

Wieder klopfte jemand laut an seine Tür. Wieder schreckte Leon zusammen, und ein paar Seiten des Briefs entglitten ihm und fielen zu Boden. Er hielt den Atem an und fragte sich, ob es noch einmal der Polizist war.

»Leon?«, hörte er Jeanne flüstern.

Er sprang auf, prüfte schnell das Zimmer und schloss die Tür auf. Jeanne stand schutzlos vor ihm, blickte ihn ängstlich aus den vom Weinen geröteten Augen an.

»Möchtest du, dass ich dich wegschicke?«

Sie schüttelte den Kopf und legte ihre Hände flach auf seine Brust.

Leon zog sie herein, schloss die Tür und drehte den Schlüssel zwei Mal. Jeanne blieb mitten im Zimmer stehen und wartete.

»Gib mir dein Handy!«

Sie kramte in ihrer Umhängetasche, nahm es heraus und hielt es Leon hin. Er nahm das Handy und entfernte den Akku. »Du fragst dich, warum ich das tue? Damit ich sicher mit dir sein kann. Zieh dich aus.«

Jeanne ließ die dünnen Träger ihres Sommerkleides über die Schultern gleiten. Der weiche Stoff floss an ihrem Körper zu Boden. Sie trug keinen BH. Leon trat zu ihr, biss zart in ihre weichen Lippen und schob sie nach hinten, auf den Stuhl, wo die Gürtel bereitlagen.

Uldis sprang die Stufen zum Kommissariat hoch, rief Christian auf dem Handy an und informierte ihn, dass er in drei Minuten in der Gerichtsmedizin sein würde.

Zoe hatte sie erwartet, der Leichnam von Maxime Legrand lag vollkommen unbedeckt in der Mitte des Sektionsraumes und zeigte den klassischen Y-Schnitt.

»Oh je«, sagte Christian, »so fett und schwabbelig sah er angezogen gar nicht aus.«

»Na ja«, sagte Zoe, fixierte eine ihrer blonden Haarsträhnen und knöpfte ihren Kittel zu. »Wenn man sich so wenig bewegen kann. Er hat eine ziemliche Fettleber, von zu viel Alkohol und Medikamenten und dem Zusammenspiel von beidem. Blutwerte wie ein alter Mann.« Sie schritt um den Leichnam herum und drehte beide Arme so nach außen, dass die Schnitte zu sehen waren. »Er kannte sich aus. Die meisten Selbstmörder machen immer noch den Fehler quer – und nicht längs – zu schneiden.«

Zoe wippte ein paarmal auf den Füßen vor und zurück. »Es gibt allerdings drei Sachen, die mich stutzig gemacht haben, die von Bedeutung sein könnten, aber es vielleicht nicht sind.«

»Nun sag schon«, drängte Uldis.

Zoe zeigte auf beide Schnitte: »Fällt dir was auf?«

Christian ging an Uldis vorbei und sah genau hin. »Die Schnitte sind gleich lang, gleich tief.«

»Genau«, sagte Zoe, »und das ist irritierend. Denn«, sie nahm ein Messer und führte es als Rechtshänderin an ihren linken Unterarm, »mit meiner Schreibhand habe ich in der Regel mehr Kraft.«

»Du darfst nicht vergessen, dass er Rollstuhlfahrer war, er hatte sicher zwei sehr kräftige Hände«, wandte Uldis ein.

»Sicher. Nur, wenn ich auf der einen Seite schon geschnitten habe, setzt der Körper sofort einen Cocktail frei, der das Gehirn so durchwirbelt, dass es dir schwerfallen würde, während aus dem einen Arm bereits das Blut läuft, mit dem blutenden Arm auf der anderen Seite einen Schnitt mit dieser Kraft durchzuführen.«

»Du sagst uns gerade, dass beide Schnitte mit derselben Hand ausgeführt wurden, richtig?«, fragte Christian.

»Genau. Außerdem hat die Kriminaltechnik Legrands blutige Fingerabdrücke auf dem Messer gefunden. Nur haben die ein neues Verfahren, das noch nicht als Beweis gelten würde, aber eine wichtige Information für euch zutage gefördert hat. An unserer Haut ist immer etwas Fett, egal, wie gut wir sie gerade noch abgetrocknet haben. Das bedeutet, unter den blutigen Fingerabdrücken müssten fettige zu finden sein, wenigstens ein Teilabdruck. Die haben das Blut getrocknet und abrieseln lassen. Darunter war alles blitzeblank. Wenn Legrand, wie uns vor Ort versichert wurde, das Messer selbst aus der Küche geholt und in sein Zimmer mitgenommen hätte,

hätte die Kriminaltechnik wenigstens einen Fingerabdruck finden müssen.«

»Aber das ist kein Beweis?« Uldis kratzte sich unter seinem Stirnband.

»Nein, das Verfahren befindet sich noch in der Zulassung.«

»Hast du noch was?«

Zoe lächelte. »Ja, es gab relativ wenig Blut in dem Schlafzimmer. Sein Herz zeigt keine Erkrankung, dennoch muss es bereits sehr langsam geschlagen haben, sodass nicht mehr viel Blut gepumpt wurde. Es gibt einige Stoffe, die zu einer Verlangsamung der Herzfrequenz führen, nicht alle sind nachweisbar. Das würde auch ein Stück weit erklären, also vorausgesetzt, er wurde ermordet, warum es überhaupt keine Abwehrverletzungen gibt.« Sie verschränkte die Arme vor der Brust und sah die Männer herausfordernd an.

»Hausdurchsuchung?« Christian zog eine Augenbraue hoch.

»Wenn ihm ein Stoff verabreicht wurde, ist er jetzt noch im Haus oder im Hausmüll, denn alles lässt sich nicht das Klo hinunterspülen, wie zum Beispiel Verpackungen. Außerdem haben Menschen aus reichen Familien zumeist dieses sichere Gefühl, ihnen könne eh keiner was. Hier«, sie nahm ein Papier von ihrem Schreibtisch, »mein Teil für die Staatsanwältin, und wenn ich mich recht erinnere, habt ihr noch ›Gefahr im Verzug‹ zu bieten.«

Uldis küsste sie auf die Wange. »Danke! Du bist der Hammer.«

»Ich weiß.« Zoe lächelte Uldis an. »Und damit vergisst du die verspäteten Vergleichsproben?«

»Apsolīja!«

»Heißt?«

»Versprochen!«

»Du kannst noch kein Lettisch?«, fragte Christian schmunzelnd.

»Nein, ich war ja noch nicht mit ihm im Bett.«

Uldis lachte. »Nur so eine Idee, Zoe, könntest du den Schnitt an Maximes Armen mit dem Kehlenschnitt von Spiegelberg vergleichen?«

»Verdammt«, sagte Zoe, »daran habe ich nicht gedacht. Dabei könnte es das sein, denn meist, wenn jemandem die Kehle durchgeschnitten wird, steht der Täter hinter dem Opfer. Aber bei Spiegelberg stand der Täter ihm gegenüber. Ich melde mich, sobald ich mehr weiß.«

Die Männer waren schon in der Tür, als sie sagte: »Es gibt noch was.«

Synchron drehten sie sich zu Zoe um. »Bei einer zweiten Analyse der Bisswunden der jungen Frau aus dem Canal du Midi zeigte sich, dass von den insgesamt neunundzwanzig Zahnabdrücken nur zweiundzwanzig zu Spiegelberg gehören. Die anderen sieben sind ein paar Stunden älter oder vielleicht sogar einen Tag.«

Uldis schüttelte resigniert den Kopf. »Das heißt, ihr Leiden hat sehr lange gedauert. Hast du noch ältere Verletzungen gefunden?«

»Nein, glücklicherweise nicht.«

Auf der Treppe nach oben berichtete Uldis, was er im Hotel Moulin Noir gefunden bzw. nicht gefunden hatte. »Es ist immer wieder dasselbe. Die mit der blütensauberen Weste haben den meisten Dreck am Stecken. Sogar *Der kleine Prinz* lag auf seinem Nachttisch. Was mich allerdings stutzig macht, ist, dass es ein Dauerzimmer war.«

»Und davon hat Cécile nichts gesagt. Ich wusste doch, dass an ihrer Geschichte was fehlt.«

»Na, langsam, vielleicht hat sie das gar nicht gewusst. Spiegelberg hat jeden Monat bar bezahlt.«

»Kann sein. Ich habe ihre Aussage gelesen, auch das, was sie aufgeschrieben hat. Schlimm und grausam. Ich habe übrigens eine Datenbankanfrage laufen nach Vergewaltigungen vor zehn Jahren und aktuell in diesem Jahr. Vielleicht gibt es da Ähnlichkeiten.«

Sie waren in der Küche angekommen. Uldis goss beiden eine Tasse voll. »Gute Idee. Vielleicht finden wir so den dritten Mann bei Lune Bernbergs Vergewaltigung. Was ist mit diesem gewalttätigen Spanier?«

Christian wiegte unschlüssig den Kopf. »Spiegelberg hat ihn gehasst. Obwohl«, er trank einen Schluck und verbrannte sich den Mund, »was an Spiegelberg war schon wahr?«

»Ein Nachbar von Spiegelberg in dem Hotel, so ein Typ mit Glatze, meinte, letzte Woche Donnerstag am Nachmittag einen Streit in Spiegelbergs Zimmer gehört zu haben. Er war sich nicht sicher, ob mit einem Mann oder einer Frau.« Uldis rieb sich das Kinn. »Apropos Frau – als ich von dort wegfuhr, meinte ich, Jeanne in der Gasse gesehen zu haben.«

»Das kann nicht sein«, sagte Christian, »sie hat mir vorhin eine SMS geschrieben, dass sie ans Meer gefahren ist zu ihren Eltern und unseren Kindern.«

»Krise?« Uldis machte ein Zeichen, dass sie ins Büro gehen sollten.

»So halb, weiß ich noch nicht. Ich soll sie nicht anrufen, sie will nachdenken.«

In Christians Büro stellten sie alle notwendigen Unterlagen zusammen, um eine Genehmigung für eine Hausdurchsuchung zu bekommen, und Uldis telefonierte mit der Staatsanwältin und brachte sie dazu, mit dem Polizeichef von Louisson zu telefonieren und dem beizubringen, dass sie, und nicht Carcassonne, die Hausdurchsuchung durchführen würden. Außerdem stellte Uldis ein Team aus der Kriminaltechnik zusammen und schickte es los mit der Anweisung, vor dem Tor zu warten und, falls Müllwagen kommen sollten, selbige am Anwesen vorbeizuschicken.

Dann machten sich Christian und Uldis gemeinsam auf den Weg, erst zur Staatsanwältin und dann nach Carcassonne.

Auf halber Strecke klingelte Christians Handy. Da er fuhr, knallte er es in die Freisprechanlage.

»Salut Christian.«

»Salut Zecke, du bist auf laut.« Christian sprach gegen den Geräuschpegel des Autos an, denn sie fuhren mit hoher Geschwindigkeit.

»Hörte schon, ihr besucht die Legrands. Also, Christian, die Mobilnummernortung Leons französischer Handynummer führt zur Place du Capitol, ziemlich genau zum Crowne Plaza.«

Christian lachte. »Na also, dachte ich es mir doch. Danke für den schnellen Dienst.«

»Keine Ursache, ach, und die Kollegen lassen euch grüßen, die Sekretärin von Spiegelberg ist sauber, die hat niemandem eine Telefonnummer gegeben. Sie darf das gar nicht. Aber sie hatte auch keine Anrufe. Diese Handynummer bleibt also ein Rätsel. Leider sind wir nicht in Amerika, wo jedes Prepaidhandy registriert werden muss. Die Nummer gehört zu einem Nummernblock, der einmal im Jahr an den Supermarkt verkauft wird. Da gibt es keine Hoffnung, dass sich irgendwer an irgendwen erinnert. Die verticken die SIM-Karten an der Kasse.«

»Trotzdem danke«, übernahm Uldis. »Wir melden uns.« Er drückte auf aus. »Du hast Leons Handy orten lassen. Sind dir doch Zweifel gekommen?«

»Nein, ich wollte es nur genau wissen.« Christian fummelte die Visitenkarte von Martha Bernberg aus seiner Jacke. »Wählst du die mal an?«

Uldis drückte auf den Tasten herum. Nach drei Freizeichen meldete sie sich. »Bernberg?«

»Madame Bernberg, hier spricht Inspektor Mirambeau. Wir wissen ganz sicher, dass Ihr Gatte in Louisson in einem Hotel ist. Sein französisches Handy wurde dort geortet. Sie müssen sich also keine Sorgen machen und können wieder abreisen.«

»Haben Sie mit ihm gesprochen?«

»Nein, ich weiß, wo er ist, das reicht mir.«

»Ich reise nicht ohne meinen Mann ab! Warten Sie bitte das Fax des Professors ab.« Sie legte auf.

»Eigentlich finde ich ja Frauen gut, die wissen, was sie wollen«, sagte Uldis, »aber diese Martha Bernberg und Joëlle Legrand sind noch mal aus einem ganz anderen Holz geschnitzt.«

Christian blinkte, um die nächste Ausfahrt zu nehmen, und drosselte die Geschwindigkeit. »Ich bin wirklich gespannt, wie die reagieren.«

»Oh ja, ich freue mich schon auf Papa Bernberg, bei allem Respekt, dass wenigstens ein paar in dieser Familie trauern.«

Jeanne ließ sich von Leon streicheln. An ihrem ganzen Körper stellten sich ihre feinen Haare auf, und sie erschauderte. Ihre Hand- und Fußgelenke waren mit den Gürteln am Stuhl festgemacht. Der fünfte Gürtel lag auf ihren nackten Oberschenkeln.

Leon glitt mit seinen Fingern zwischen ihre Schamlippen. Sie stöhnte auf. »Du bist so schön, Jeanne, und so weich.«

»Mach weiter«, flüsterte sie.

»Nein, du musst mir erst zuhören!« Leon nahm den Gürtel von ihren Schenkeln, wickelte ihn um seine rechte Hand und ging an den Tisch zurück. »Dir zuliebe beginne ich noch einmal ganz von vorn. Und wenn wir zu Ende gelesen haben, wirst du dich entscheiden, ob du dann immer noch willst.«

Leon las die ersten Seiten noch einmal und diesmal laut vor. Er beobachtete Jeanne, wie sich erschrocken ihre Augen weiteten, als die Stelle in Spanien kam, wo er als Voyeur hinter dem Fenster Zeuge der Vergewaltigung seiner elfjährigen Schwester wurde. Jeanne atmete schwer. Er gab ihr ein Glas Wein, flößte ihn ihr ein. Er selbst trank nicht, sondern aß nur ein Stück Brot.

»Ab hier ist es jetzt auch für mich neu. Es ist ein Wagnis, Jeanne, und du wirst mit mir gehen.«

Wir fuhren in den Morgen hinein, und ich schlief immer wieder ein. Ich konnte nicht wach bleiben, so gern ich es wollte, denn mit dem Schlaf kamen die Erinnerungen. »Hör doch wenigstens auf zu weinen!«, fuhr Sergio mich an. Dann hielt er an und legte liebevoll seine Jacke unter meinen Kopf und stellte meine Rückenlehne nach hinten, damit ich in den Kurven nicht so hin und her schaukelte, nur gehalten von dem Sicherheitsgurt. Ich sah über mir den hellblauen Himmel. Wir fuhren durch grüne Hügel auf gewaltige Berge zu. Mal schien uns die Sonne blendend in die Augen, dann gleißend auf die Heckscheibe, und dann waren wir wieder ganz im Schatten eines Berges. Die Landschaft war zunächst satt grün, dann wurde sie karg und steinig und zeigte hinter der nächsten Biegung wieder alle Fruchtbarkeit dieses Klimas. Wenig später folgte eine lange gerade Strecke. Wie ich später erfuhr, war das die Grenze. Wie passend für alles, was hinter mir und was vor mir lag. Wir kamen an Wintersportorten vorbei, die völlig ausgestorben waren. Die Skilifte standen fremd und störend an den Hängen. Ich nahm das alles so scharf wahr, als hätte ich Drogen genommen. Es war entweder zu monoton oder zu bunt, zu hell. Wir umfuhren einen weiteren Berg, dann ging es wieder bergab, und da lag es, ein von der Welt vergessenes Dorf. Es war eine lose Ansammlung von Bruchsteinhäusern mit großen Gärten, die in ihrer Fülle zeigten, dass die wenigen, die hier lebten, Gemüse und Obst für den Eigenbedarf anbauten. Vieh lief frei über die Hänge. Dieses kleine Tal, beschützt von den lieblichen Hügeln, drohend eingefasst von den immensen Bergen, schien nicht von dieser Welt zu sein.

Sergio fuhr einen Hügel hinauf. Dort stand ein einzelnes Haus. Er parkte unter einer großen Pinie, stieg aus, streckte sich und verschwand. Ich dämmerte wieder weg. Als ich wieder aufwachte, lag ich auf einem ausgezogenen Sofa in der großen Wohnküche. Eine Treppe führte nach oben. Es roch nach Staub, und mit diesem Geruch kamen die Bilder zurück, und ich versank wieder in den Träumen.

Beim nächsten Aufwachen war ich allein. Ich betastete mein Gesicht; es war rau vom Salz der Tränen. Meine Lippen schmerzten; sie waren aufgesprungen. Unter meinen Nägeln klebten Blut und Haare.

Dann träumte ich von einem langen Messer. Ich ging damit auf Sergio zu, und er blickte mich angstvoll an. Ich wiegte mich summend hin und her. Ich wollte Sergio beruhigen und sagte ihm: »Sieh, *irgendwann müssen wir alle gehen, warum es nicht selbst und für sich entscheiden? Denn letztlich ist doch der Tod unser Freund und befreit uns von allem.«* *Ich wachte auf, weil Sergio laut* »Nein!« *brüllte.*

Er saß mit dem Rücken zu mir auf der Türschwelle. Eine große Frau erschien, und ihr Schatten fiel über Sergio.

Während Uldis dem bereits wartenden Team erklärte, wie sie vorgehen sollten, nahm Christian einen weiteren Anruf von Zecke entgegen.

»Also, du hattest ja um ein paar Hintergundinfos zu den Legrands gebeten. Die sind wirklich sehr sauber, vielleicht eine Spur zu sauber, aber das muss die Polizei in Carcassonne mit sich selbst abmachen. Maxime hatte einige kleine Vorstrafen aus der Zeit, als er noch frei herumlaufen konnte. Joëlle Legrand ist eine ehemalige Lefèvre und hat alles in ihrem Leben mit Auszeichnung abgeschlossen. Die Väter Legrand und Lefèvre haben zusammen gedient, so ist also der Kontakt zustande gekommen. Vor neun Jahren, als Maxime und Joëlle geheiratet haben, gingen eine Million Euro auf ein Treuhandkonto, das ein Notar unter Verwaltung hat. Dieses Geld war für den Fall vorgesehen, dass Maxime die Scheidung einreicht oder stirbt, gültig ab dem fünften Hochzeitstag.«

»Das ist ja mal eine schöne Neuigkeit.«

»Na ja, aber eigentlich braucht sie das Geld nicht. Denn sie ist Lefèvres einziges Kind, und dem gehört die Metzgerei Le bœuf mit dreihundert Filialen in der Region.«

Christian legte den Kopf schräg. »Das bedeutet, Joëlle ist in einer Metzgerei großgeworden. Dann kann sie also mit Messern umgehen.«

»Ja, und zwar auch ohne das. Sie ist eine preisgekrönte Köchin, hat bei Sterneköchen gelernt. Ja, sie sollte mit Messern umgehen können. Aber das kann jede andere Hausfrau auch. Meine zumindest, und zwar beängstigend gut.« Zecke lachte.

»Ja, da hast du recht. Mal sehen, was die Alibis so machen. Ich klammere mich einfach an jeden Strohhalm.«

»Wir klären das schon auf, Christian, keine Sorge. Ach, und ich hacke mich gerade in das Überwachungssystem der Legrands ein, dann kann ich dir auch sagen, wer da in den letzten Wochen so ein und aus gegangen ist.«

»Gut, ich muss jetzt mit rein. Bis später, Zecke.«

Christian beobachtete, wie Uldis' Team auf das Gelände der Legrands strömte und sich auf das große Wohnhaus, die Wirtschaftsgebäude und, mitsamt der Suchhunde, auch auf die Weinberge verteilte.

Als Christian zu ihm aufschloss, klopfte Uldis ihm auf die Schulter und sagte: »Und wir unterhalten uns jetzt einmal mit der lieben Familie. Ich habe sie gebeten, vollzählig im Haus auf uns zu warten. Ich schlage vor, ich rede, weil ich Legrand senior schneller wütend mache, und du achtest auf Blicke und Körpersprache.«

Christian nickte und informierte Uldis auf dem Weg zum Haus über die Neuigkeiten von Zecke.

Dann betraten sie die geräumige Eingangshalle des Hauses. Links stand eine Tür zu einem Raum offen, in dem die drei Legrands warteten. Uldis stellte sich und Christian noch einmal vor. Joëlle Legrand saß gefasst und in einem violetten Twinset mit passenden Schuhen in einem großen Sessel. Zu ihrer Rechten saß Maximes Mutter, Josephine Legrand, die verweinte Augen hatte. Feine Falten um ihre Augen zeigten, dass sie gern lachte. Sie hatte eine stolze, gerade Körperhaltung, auch jetzt. Maximes Vater hingegen stand leicht gekrümmt an die Bücherregale gelehnt, die die gesamten Wände dieses Raumes bedeckten.

»Möchten Sie etwas trinken?«, fragte Madame Legrand senior die Polizisten.

»Nein, das möchten sie ganz sicher nicht«, fuhr Joëlle Legrand ihrer Schwiegermutter über den Mund.

Die zuckte nicht einmal zusammen, sondern lächelte. »JoJo, sei nicht so, diese Herren haben meinen Sohn und deinen Mann nicht umgebracht, das hat Maxime leider selbst gemacht.«

»Danke, wir möchten nichts trinken«, verkürzte Uldis die Diskussion. »Es gibt, so leid es mir tut, den begründeten Verdacht, dass Maxime Legrand ermordet wurde«, sagte er und blickte alle drei Familienangehörigen nacheinander an.

»Und Sie glauben, einer von uns war es?« Joëlle schnippte mit den Fingern.

»Madame«, erwiderte Uldis, »wir glauben nie etwas, wir suchen nach Beweisen und Zusammenhängen.«

»Dass Sie dieses unselige Geständnis aus meinem Sohn herausgepresst haben, das ist ein Zusammenhang, den Sie betrachten sollten«, donnerte Maximes Vater.

Uldis hob beschwichtigend die Hände. »Ihr Sohn hat es absolut freiwillig abgelegt, und wenn ich ehrlich sein darf, verstehe ich auch, warum.«

»Sie verstehen gar nichts!«, bellte der Vater.

»Ihr Sohn hat, bei allem Respekt, die Frau vor zehn Jahren zwar nicht selbst vergewaltigt, aber er hat sie festgehalten.«

»Ein Jungenstreich«, sagte Joëlle, »der heute niemanden mehr interessiert.«

»Lune Bernberg, einer damals achtundzwanzig Jahre alten jungen Frau wurden, während Maxime Legrand sie festhielt, mit Rasierklingen die Schamlippen zerfetzt. Sie wurde anschließend von zwei Männern vergewaltigt, während Ihr wunderbarer Maxime sie festgehalten hat«, brüllte Uldis so laut, dass selbst Christian zusammenzuckte.

Uldis ging auf Joëlle zu. »Was glauben Sie, ob das je wieder heilt? Oder wird sie jedes Mal, wenn ein Mann sich ihr nähert, an die Schnitte erinnert, weil es immer noch weh tut?«

»Es lebt sich ganz gut ohne Sex«, antwortete Joëlle gleichmütig.

»JoJo, bitte, sei ein bisschen verständnisvoll. Ich sorge jetzt mal für Kaffee und Wasser, damit die Gemüter sich wieder abkühlen«, sagte ihre Schwiegermutter und verließ kurz den Raum, um in der Küche entsprechende Anweisungen zu geben. Ein geballtes Schweigen entstand in der Bibliothek. Erst als sie zurückkam, fragte Christian: »JoJo steht wofür?«

»Das geht Sie nichts an«, blaffte Joëlle Legrand.

»Joëlle-Jolie, das ist ihr vollständiger Name.«

»Wir haben«, übernahm Uldis wieder das Wort, »herausgefunden, dass Sie, Madame Joëlle-Jolie Legrand, offenbar ein ansehnliches Sümmchen bekommen haben für die Heirat mit einem Krüppel.«

»Sie sind ein Dreckskerl.« Maximes Vater rang die Hände.

»Das war damals so …«, begann seine Mutter und seufzte.

»Nicht!«, zischte Joëlle.

»Es war so, dass JoJos Vater komplett gegen diese Hochzeit war. Dabei kannten JoJo und Maxime sich schon und waren ein Paar, als Maxime noch laufen konnte. Die Heirat war nichts anders als die Fortsetzung einer Liebe, die einen unbequemen Weg eingeschlagen hatte. JoJos Vater drohte sie zu enterben beziehungsweise alles einer Stiftung zu überschreiben. Wir sahen es als unsere Pflicht, JoJo ein wenig abzusichern, egal, was passieren und wie es ausgehen würde. Wir haben keine Frau für unseren Sohn gekauft, Monsieur.«

Das Hausmädchen kam mit einem großen Tablett mit Kaffee und gekühltem Wasser. Sie stellte es auf Josefine Legrands Anweisung auf den Tisch neben Joëlles Sessel, und Madame Legrand senior machte ihrer Schwiegertochter ein Zeichen, sie möge allen einschenken.

»Sie kommen aus einer Metzgerei, Madame Legrand, da können Sie sicher gut mit Messern umgehen?«, fragte Uldis an Joëlle gewandt.

»Wie nehmen Sie Ihren Kaffee?«, fragte sie zurück. »Mit Milch und Zucker?«

»Ja, bitte.« Er nahm ihr die Tasse ab und betrachtete ihre Hände.

»Ja, ich kann gut mit Messern umgehen, ich schlachte sogar selbst. Sagt das irgendwas?«

Uldis' Mobiltelefon verkündete die Ankunft einer SMS. Sie war von Zoe. »Schnitte könnten von derselben Person sein, aber das würde vor Gericht nicht standhalten.« Er zeigte die SMS Christian.

»Ihr Kaffee, Monsieur Mirambeau?«

»Schwarz bitte.« Christian kräuselte die Stirn. »Sagen Sie mal, wie lange kannten Sie Maxime?«

Uldis machte ihm ein Zeichen, dass er das Gespräch führen wollte, doch Christian schüttelte kaum merklich den Kopf.

»Elf Jahre«, antwortete Josefine Legrand für ihre Schwiegertochter.

»Nannte man Sie damals schon JoJo?«

»Nein, Maxime nannte sie Jolie. Wir haben mit JoJo angefangen, als sie zu uns ins Haus zog«, antwortete Josefine Legrand.

Christian trat ganz nah an Joëlle heran. »Dann haben Sie im September vor elf Jahren Lune Bernberg im Mexicana Maxime vorgestellt?«

Joëlle zuckte mit den Schultern. »Kann schon sein, das ist alles lange her, ich erinnere mich nicht an diese Frau.«

»Das kann ich kaum glauben«, sagte Christian, »selbst die Blinden in der Stadt haben Lune Bernberg bemerkt, und Sie wollen sich nicht an sie erinnern?«

Joëlle Legrand wich seinem Blick aus. Sie stand auf, trat an eines der großen Fenster und blickte auf die Weinberge. »Sie glauben nicht, wie oft ich diesen verdammten Abend bereut habe. Wie oft ich mich gefragt habe, wie wohl alles gekommen wäre, wenn diese Frau nie aufgetaucht wäre, wenn ich nicht so naiv auf sie hereingefallen wäre. Wenn Lune nicht mit Maxime durch die übelsten Spelunken gezogen wäre und sie ihn nicht immer und immer wieder provoziert hätte, alle Seiten seines Wesens zu ergründen.« Sie drehte sich um und sah Christian mit Tränen in den Augen an. »Und es tut mir überhaupt nicht leid, was mit Lune passiert ist. Sie ist und war es selbst schuld!«

»JoJo, sag doch so etwas nicht!«

Joëlle lachte auf. »Aber wenn es doch die Wahrheit ist! Wer sich mit dem Abschaum der Gesellschaft zu Bett legt, sollte sich nicht wundern, wenn er in der Gosse aufwacht, und genau da gehörte Lune Bernberg auch hin.«

»Madame, wo waren Sie in der Nacht vom 7. auf den 8. Juni, also Donnerstag auf Freitag, und vom 9. auf den 10. Juni, also Sonntag auf Montag?«, fragte Uldis.

Joëlle Legrand ging zu ihrem Sessel zurück, nahm Platz und hatte ihre Fassung wiedergewonnen. »Ich war bei Cécile Spiegelberg.«

Christian und Uldis blickten einander überrascht an.

»Ich habe vor ein paar Jahren nach meinen Schwangerschaften eine Depression gehabt und war bei ihr in Therapie. Weder Paul noch Maxime wussten davon. Wir haben uns angefreundet. Und da die Anfahrt sehr lang ist, habe ich meist dort übernachtet, wenn Paul sowieso nicht da war. Sonntag hat sie mich gebeten zu kommen. Verständlicherweise ging es ihr nicht gut. Was dann hier in den frühen Morgenstunden passieren würde, konnte niemand vorhersehen.«

Es klopfte an der Tür der Bibliothek. Ein Polizist in Uniform trat ein und hielt in einer schützenden Plastiktüte die Medikamente von Maxime Legrand. »Die haben wir im Schlafzimmer von Madame Joëlle Legrand gefunden«, sagte er, übergab sie Uldis und ging wieder.

Uldis ließ die Tüte hin und her schaukeln.

»Ich war für seine Medikation zuständig«, sagte Joëlle. »Auch zu seinem Schutz. Mein Mann hat wirklich für seine Untat bezahlt. Jeden einzelnen Tag wurde er daran erinnert. Angefangen damit, dass er morgens aus dem Bett gehoben werden musste, der Blasenkatheter gewechselt und, auch wenn der Schließmuskel noch ganz gut funktionierte, die Windel für den Tag angelegt wurde. Er war manchmal so depressiv, dass es uns sicherer erschien, wenn die Medikamente bei mir liegen. Darüber hinaus gab es eigentlich keinen Grund mehr, sich umzubringen. Er sollte nur den Mund halten, um nicht noch ins Gefängnis zu kommen, ein Jahr vor der Verjährung!«

»Sie haben sich schlau gemacht?«

»Ich überlasse die Dinge ungern dem Zufall, das geht beim Weinbau so wenig wie bei der Viehzucht. Ich habe Maxime, nachdem Sie hier waren, überzeugen können, dass es sinnlos gewesen wäre, jetzt ein Geständnis abzulegen. Wir vereinbarten, dass er das nach der Frist nachholen würde, und er war damit einverstanden.«

Uldis rieb sich das Kinn. »Wissen Sie, wer der dritte Mann bei der Vergewaltigung war?«

Joëlle blickte ihn erstaunt an. »Es gab einen dritten Mann?«

»Es könnte jemand aus der Clique Ihres Mannes gewesen sein.«

Joëlle schüttelte den Kopf. »Vielleicht hat Maxime vor dem dritten Mann Angst gehabt, denn er war sehr beunruhigt.«

»Sie wissen schon, dass Sie mit einer Anzeige wegen Behinderung bei der Ermittlung zu rechnen haben?«

»Ich habe meinen geliebten Ehemann verloren, meine Kinder ihren Vater. Wenn Sie das glücklich macht, tun Sie es, ich werde daran ganz sicher nicht zugrunde gehen.«

Christian machte Uldis ein Zeichen, ob er übernehmen könne, erhielt die Bestätigung und fragte Joëlle: »Wie haben Sie die Freundschaft mit Cécile Spiegelberg geheim halten können?«

»Eine Frau muss nur dafür sorgen, dass ihr Mann nicht argwöhnisch wird.«

»Haben Sie mit Ihrer Freundin über die Vergewaltigung oder die Vorlieben von Monsieur Spiegelberg gesprochen?«

Joëlle Legrand goss sich jetzt selbst einen Kaffee ein. Sie trank ihn schwarz, nahm einen Schluck, setzte die Tasse wieder ab. »Wir hatten beide ein paar sexfreie Jahre, so etwas verbindet. Bezüglich der Vergewaltigung waren und sind wir der Meinung, das ist und bleibt Vergangenheit. Da gab es nichts zu bereden.« Sie strich sich mit der Hand eine blonde Haarsträhne aus dem Gesicht.

»Wenn wir die Filme Ihrer Überwachsungskameras auswerten, finden wir Ihr Alibi dann bestätigt?«

»Mit Sicherheit. Mit Ausnahme der Kamera am Eingangstor; da hat ein Marder das Kabel durchgefressen. Das tote Tier sollten Sie noch im Müll finden. Ich biete Ihnen zur Sicherheit noch die GPS-Daten meines Navigationsgeräts an.« Sie lächelte Christian maliziös an.

Sie fuhren schon eine Weile schweigend, als Christian sagte: »Désolé wegen vorhin, aber ich musste einfach wissen, ob es die Jolie war, von der Leon gesprochen hatte.«

»Schon gut«, erwiderte Uldis, »aber irgendwie bist du besessen von dieser Lune Bernberg.«

Christian klappte die Sonnenblende herunter. »Ja, den Eindruck kann man gewinnen. Trotzdem habe ich das Gefühl, es gehört alles zusammen. Es ist eines aus dem anderen hervorgegangen. Genau so, wie Joëlle Legrand es vorhin gesagt hat. Hätte sie Lune ihrem Freund damals nicht vorgestellt, dann wäre vielleicht nichts von dem, worum wir uns jetzt kümmern, je passiert.«

Uldis drehte sich eine Zigarette. »Ja, es gibt diese Momente, die alles verändern.« Er nahm sein Feuerzeug, drehte das Fenster herunter und zündete die Zigarette an. »Aber diese Joëlle … Entweder ist die total gewieft, oder sie hat eine saubere Weste.« Er inhalierte tief.

Zecke rief auf Christians Handy an. »Du bist auf laut, was gibt es?«

»Die Kollegen haben das Bordell gefunden, in dem Spiegelberg die junge Frau, deren Leiche wir aus dem Canal du Midi gefischt haben, vergewaltigt haben muss.«

»Und warum klingst du dabei so gar nicht zufrieden?«, fragte Uldis argwöhnisch.

Zecke seufzte so überdeutlich, dass Uldis sich die Frage selbst beantworten konnte: »Ausgeräumt?«

»Genau. Gesaugt, gereinigt, eben alles. Wollt ihr noch Spuren sichern?«

»Gäbe es denn welche?«

»An irgendeinem Stück Teppich klebt sicher noch Sperma.«

»Ja, nur wenn wir die Gewalttat da nicht beweisen können, gilt es eben bloß als Bordell. Hast du auch gute Neuigkeiten?«

»Das Überwachungssystem der Legrands habe ich gehakt.«

»Kannst du gerade mal sehen, ob Joëlle Legrand das Anwesen am Donnerstagnachmittag oder -abend verlassen hat und am Sonntagabend auch?«, bat Christian.

»Einen Moment, Jungs!«

Christian und Uldis hörten, wie Zeckes Tastatur klackerte.

»Ja, die haben so ein Programm, das jedem Auto ein Signal zuordnet, und Joëlles schicker Geländewagen ist Donnerstag … ach, sieh einmal an, ich sehe Christian, wie er losfährt, und genau drei Minuten später verlässt Madame das Weingut. Sonntag ist sie erst um neun Uhr abends losgefahren. Zurück kann ich dir nicht sagen – die Kamera am Einfahrtstor wurde gehimmelt.«

»Danke und weitermachen.« Christian legte auf. Uldis schnippte seine Zigarette aus dem Fenster. »Ich muss jetzt erst mal was essen, damit ich wieder denken kann.«

»Ich bin dabei«, sagte Christian, »für mich kocht ja heute keiner.« Er bog von der Route National ab und fuhr auf ein kleines Dorf zu.

Nachdem sie hungrig über die Vorspeise hergefallen waren, überlegten sie, ob Joëlle Legrand an diesem Donnerstag ohnehin mit Cécile Spiegelberg verabredet gewesen war oder ob Pauls oder Christians Besuch auf dem Anwesen an diesem Nachmittag der Auslöser dafür war.

Zoe rief Uldis an, dass man bei dem Medikamentencocktail, den Maxime abends zu sich nahm, um schmerzfrei schlafen zu können, keine weiteren betäubenden Maßnahmen gebraucht hätte, um ihn außer Gefecht zu setzen.

»Wir kriegen sie nicht«, sagte Uldis düster, nachdem er Christian Zoes Informationen übermittelt hatte.

»Du hast mal eine Freundin mitgebracht, das finde ich ordentlich«, sagte die große Frau. Sergio sprach sie mit Rahel an. Sie gab ihm einen Korb mit Gemüse, Obst und Kräutern. »Es ist alles aus deinem Garten, auch wenn er jetzt mir gehört.« Trotz meiner Müdigkeit konnte ich das Wohlwollen in ihrem Blick erkennen.

»Ja, aber es geht ihr nicht gut. Sie hat zu viel getrunken letzte Nacht und will gar nicht wieder wach werden.« Ich hörte gespannt zu.

»In dem Korb ist frische Minze. Koche ihr einen Tee und sieh zu, dass sie viel davon trinkt. Außerdem mach ein paar kalte Umschläge. Den Rest wird der Schlaf schon richten, schlafen hilft immer. Und du, iss mal was Anständiges. Es gefällt mir nicht, dass du so mager bist!« Sie musterte ihn kritisch, legte nochmals ihre alte Hand auf seine Schulter, drückte ihn leicht und ging.

Sergio trug den Korb an mir vorbei. Ich hörte, wie er Wasser aufsetzte. Mir wurde schlecht, und ich übergab mich. Sergio schrie mich an. Es war mir egal. Ich blieb einfach liegen und schlief wieder ein. Beim nächsten Wachwerden bemerkte ich, dass er auf einer Matratze vor der Türschwelle lag. Sein Atem ging gleichmäßig. Ich wusste nicht, ob er wach war oder schlief. Ich selbst lag nackt unter einem sauberen Laken. Sergio sagte mir später, dass er mich ausgezogen und gewaschen hatte, weil er nicht wollte, dass ich in meinem Schweiß und Erbrochenen wach würde. Er sagte mir, er habe geweint, als er die Narben an meinem Körper sah und als er bemerkte, dass meine Gesichtszüge sich durch seine sanften Berührungen entkrampften.

Leons rechte Hand verkrallte sich in den Gürtel. Das Leder knirschte in seiner Hand. Jeanne sah ihn ängstlich an. Er hatte ihr verboten zu sprechen, denn er wollte nichts hören. »Dieser kleine Krüppel, verstehst du, Jeanne, tat all das, was ich nie mit meiner Schwester tun durfte. Er durfte die helle Narbe unter ihrem Herzen, die festen kleinen Brüste, den knabenhaften Körper, ihre langen Beine, die schmale Taille, die Hüftknochen – er durfte das alles berühren, diese ganze Zeit, die er brauchte, um Lune zu säubern.«

Leon widerstand dem Bedürfnis, diese Seiten zu zerknüllen, zu verbrennen, alles ungeschehen zu machen. »Und sie wusste nicht, dass ich, während sie sich in den Bergen bei Sergio erholte, nach Louisson gekommen war, um sie zu suchen. Aus ihren Briefen kannte ich jede Gasse, jede Straße. Ich freundete mich mit Paul Spiegelberg und Maxime Legrand an. Unter anderem Namen und gemeinsam mit ihnen plante ich ... Nein, ich gab ihnen die Idee ein, es zu tun. Mir zu helfen, sodass ich endlich tun konnte, wonach ich mich sehnte, seit ich bewusst fühlen konnte: Lune wie ein Mann zu berühren. Dass sie eines Tages dafür würden sterben müssen, dass sie sich meiner Schwester genähert hatten, das ahnten sie und ich damals nicht.«

Sie hatten in der Teambesprechung alle wieder auf den neuesten Stand gebracht. Zecke versicherte, die Festplatte kreuz und quer gecheckt zu haben, aber es gab nichts wiederherzustellen.

So vorsichtig, wie Spiegelberg mit seinen Filmen umgegangen war, überraschte das niemanden wirklich. Christian versuchte noch einmal, Leon zu erreichen, und als der wieder nicht dranging, bat er Zecke, das Handy nochmals zu orten. Wieder lautete die Antwort: Crowne Plaza.

»Na gut, dann will er vielleicht nicht reden. Ich fahre morgen früh mal vorbei«, sagte Christian zu Uldis.

»Lass uns zusammen hinfahren, die Teambesprechung morgen früh fällt eh aus, es sei denn, wir haben neue Erkenntnisse. Ich hol dich ab, so um acht.«

Als Christian zu Hause ankam, kamen ihm völlig aufgeregt Dr. Jekyll und Miss Marple entgegen. Das dritte Kätzchen, Maigret, fand er im Wäschekorb. Der Geruch des Katzenklos ließ ihn wissen, dass sie es benutzt, und ihr empörtes Miauen, dass sie Hunger hatten. Er fütterte sie, sah ihnen zu, wie sie zu dritt einträchtig nebeneinander fraßen, und fand auf dem Tisch ein Notiz von Jeanne. Christian setzte sich und las: »Lieber Christian, mach dir bitte keine Sorgen, ich brauche wirklich nur ein paar Tage, um mir wieder sicher zu sein, dass du immer noch meine ganz große Liebe bist. Bis Ende der Woche. Genieße die Ruhe im Haus. Jeanne.«

Christian ließ den Zettel auf dem Tisch liegen, nahm sich ein Glas und eine Flasche Wein und begab sich mit beidem in sein Büro. Noch einmal ging er an allen Notizen vorbei, betrachtete die Briefumschläge, die Leon am ersten Tag ins Kommissariat mitgebracht hatte, Lunes Fotos, die Post von Mark, dem Anwalt, der Mutter Monique, von Leon, zuletzt das Gedicht. »Wie hast du das geschafft, dass du in so vielen Leben die Schuldige bist?«, fragte er die lachende Frau in dem Brunnen.

Er setzte sich an den Olivenholzschreibtisch, goss sich Wein ein und begann, die französische Ausgabe von *Der Himmel kennt keine Günstlinge* zu lesen. Dr. Jekyll hangelte sich an seinem Bein nach oben, sprang auf den Schreibtisch und steckte zuerst neugierig seinen Kopf zwischen die Buchseiten, dann legte er sich gemütlich hin, putzte sich ein wenig und schlief ein.

Christian vertiefte sich in diese außergewöhnliche und bittersüße Liebesgeschichte einer todkranken Frau, die das Sanatorium hinter sich lässt, um noch einmal das Leben zu spüren und jeden Tag bewusst so auszukosten, als sei es ihr letzter.

Er las bis in die Nacht hinein, bemerkte nicht, dass auch Maigret und Miss Marple den Schreibtisch erobert hatten, und schlief über dem Buch im Morgengrauen ein, traurig, dass Lilians Geliebter in dem Roman tödlich verunglückte.

Dienstag, 12. Juni

Die Kirchturmuhr am Ende der Gasse schlug ein Uhr morgens. Jeanne schlief immer wieder ein, und Leon ohrfeigte sie vorsichtig, damit sie wieder wach wurde. »Du musst mir zuhören, Jeanne, das ist wichtig.«

»Ich muss zur Toilette, Leon, bitte binde mit los.«

Er blickte sie an, schüttelte den Kopf. Unter dem Waschbecken zog er einen Eimer hervor und ließ etwas Wasser hineinlaufen. »Du kannst da hineinpinkeln.«

»Das kann ich nicht.« Jeanne begann zu weinen.

»Du kannst. Was denkst du, wie oft ich meiner Schwester beim Pinkeln zugeschaut habe.« Er löste die Gürtel und trat ans Fenster. Auf der Straße huschten immer wieder Schatten vorbei. Er dachte an Lunes Beschreibung vom Hurenviertel, in dem die Menschen keine Schatten hatten. Hier, dachte er, kurz vor dem Viertel, gab es nur Schatten.

Er hörte das Plätschern hinter sich und drehte sich um. »Leg dich aufs Bett, du hast genug gesessen.« Jeanne gehorchte. Er fixierte ihre Handgelenke über ihrem Kopf und glitt mit der Gürtelschnalle in seiner rechten Hand über ihre Brust, ihren Bauch und ließ die Hand auf ihren Schamlippen liegen und drückte. Jeanne stöhnte auf.

»Du bist also immer noch bei mir, das ist gut.« Brüsk stand er auf und ging an den Tisch zurück. Er goss sich Wein ein, brach sich ein Stück Brot ab und ließ es einfach wieder fallen. Er nahm Lunes Brief vom Tisch, trat damit ans Fenster und las weiter.

Als wollte sie alle Wut der enttäuschten Hoffnungen der Welt auf einmal entladen, so entlud sich die Spannung der Hitze in diesem Sturm. Der Wind jagte im Zorn den Regen vor sich her, peitschte ihn drohend gegen die Türen und Fenster der Häuser, rüttelte an ihnen und schien Einlass zu fordern. Es beugte der Wind alles, was in der Natur noch jung und biegsam war, zerstörte das Altersstarre mit einer machtvollen Böe, mit der Kraft des reißenden Wassers, mit der brennenden Glut eines Blitzes. Es war, als jagte der Sturm einen Feind durch die Berge. Die plötzlichen Wassermassen und der Wind zogen über das Dorf, zerrten an den Steinen, an den Dächern der Häuser. Ihre Kraft steigerte sich weiter und weiter, um dann schließlich unvermittelt zu erlahmen.

Wir hatten ihm beide gelauscht, diesem Sturm. Ihm folgte das beruhigende Plätschern des Regens, und Sekunden später war es wieder still, und der Vollmond erhellte mit seinem kalten Licht den Wohnraum. Sergio stand auf und kam an mein Bett. Ich stellte mich schlafend, weil ich nicht wusste, was ich tun, was ich sagen sollte. Er gähnte hörbar. Ich roch seinen Körper, seinen Atem. »Du bist so unwirklich«, murmelte er und zog das Laken zurück. Ich fröstelte. »Lune?«, fragte er. Er legte eine Hand auf mein linkes Bein. Sie war warm, und er wiederholte sachte meinen Namen. Ich reagierte nicht. Er blickte auf mich herunter, das spürte ich genauso intensiv wie die weiche Kühle meiner Haut unter seiner warmen Hand. Plötzlich war in mir die Erinnerung, wie schön seine Hände sind. Filigran, ohne weiblich zu wirken. Lange, wohlgeformte Finger mit geraden, gesunden Nägeln. Die Adern spannten ein feines Netz über seine Handrücken zu den starken Handgelenken. An beiden Händen trug er einen geschmackvollen Ring aus Gold. Der eine fasste einen klaren Aquamarin, der andere einen tiefroten Rubin ein. Sergio legte seine zweite Hand auf meine Rippen unterhalb der Brust, als wolle er meinen Herzschlag spüren. Die Fingerspitzen seiner anderen Hand erreichten meinen empfindlichsten Punkt. Er trennte sanft die Lippen meiner Scham, spürte wohl mit der anderen Hand, wie mein Herzschlag schneller wurde, fühlte, dass ich rascher atmete. Die ungewöhnliche Zärtlichkeit seiner Verführung, seine Empfindsamkeit für meinen Rhythmus entsprachen mir nur zu genau. Sergio fand die sensibelste Stelle. Er kreiste darüber, fast berührungslos. Immer nur ein Hauch von Anwesenheit, hatte seine Hingabe an meine Lust keine Grenze. Sergios Hand ruhte, bis meine Atmung wieder tiefer wurde und das Herz seinen Rhythmus wiederfand; dann erinnerte er an die Nähe seiner Hand, glitt in mich, kam zurück mit der salbenden Flüssigkeit, die Finger in die wunderbare Feuchtigkeit getaucht. Er führte meinen Körper in sanften Wellen der Grenze der Lust zu. Dann ließ er beide Hände liegen und wartete. Er küsste meinen Bauchnabel, und ich nutzte die Gelegenheit und grub meine Hand in seine dichten Haare.

»Meine Schwester war normal gewachsen, mein jüngerer Bruder sogar groß. Meine Mutter sagte, ich habe als Kind lange ein seltsames Fieber gehabt«, hörte ich ihn sagen.

»Ist das der Grund, warum du so klein bist?«

Er kniete sich hin, wie damals in Alains Bett, und ich musste seine Haare freigeben. »Was nutzen einem Gründe? Was nutzt es, sie zu wissen, wenn die Folgen jetzt und heute nicht mehr zu ändern sind? Was unterscheidet mich schon von einem Krüppel?« Er stand auf, öffnete die Tür nach draußen, und die frische Luft nach dem Regen roch köstlich. Ich wickelte mich in das Laken und folgte Sergio auf die Terrasse. Er redete einfach weiter: »So wenig, wie ein Bein nachwächst, Augen ihr Licht wiederfinden, taube Ohren wieder hören, so wenig werde ich größer, mein Kopf kleiner«, sinnierte er über seine unabänderliche Erscheinung. »Mein Vater nannte mich immer Zwerg, Gnom, Winzling. Nur selten sagte er einfach meinen Namen.«

»Das tut mir alles wahnsinnig leid.« Ich setzte mich neben ihn auf die Bank und grub meine nackten Zehen in den nadeligen Boden.

»Ich brauche dein Mitleid nicht.«

»Ich bemitleide dich nicht, ich fühle deinen Schmerz. Wie kannst du in dieser Bar arbeiten?«

»Es sind nur Spiegel, nichts passiert wirklich.«

»Das ist vielleicht für deinen Körper weniger schlimm, aber doch nicht für deine Seele!«

»Ich war froh«, fuhr Sergio mit seiner Erzählung fort, »verantwortungsvoll und stolz die Sorge für meinen halsstarrigen Großvater zu übernehmen. Für mich war es eine Chance, zu dem unbekannten Mann zu gehen, dem Vater meiner Mutter, mit dem diese noch vor meiner Geburt gebrochen hatte. Für mein kindliches Gemüt schien das ein Wink Gottes zu sein, um mich aus der quälenden Lage und von den stets verletzenden Worten meines Vaters zu befreien. Die uns Kindern vorgeführte körperliche Überlegenheit meines Vaters gegenüber meiner Mutter wollte ich bei meinem Großvater vergessen und tat es doch nicht. Denn es gelang meinem Großvater, mich einmal im Schlaf zu überraschen. Danach setzte ich kontinuierlich seine Herzmedikamente herunter.«

Ich wollte Sergio jetzt nicht ansehen, aber ich legte meine Hand auf seine. »Du hast ihn umgebracht?«

»Ich nenne es anders: ich habe ihn sterben lassen. Von seiner Rente hatte ich so viel wie möglich an die Seite gelegt. Als er tot war, verschloss ich das Haus und fuhr mit dem Bus in Richtung Frankreich ...«

Und so redeten wir bis in den Morgen. Sergio holte immer wieder neue Sachen aus Rahels Korb. Mit den ersten Sonnenstrahlen, die sich hinter den Bergen zeigten, schliefen wir ein, und ich wachte erst wieder auf, weil Sergio Kaffee mahlte. Er war nackt, und ich konnte wieder das Streitbare seiner Erscheinung erkennen und wollte es doch nicht. Sergio bemerkte meinen Blick, sagte: »Entschuldigung«, und zog sich ein Hemd über. Dann kam er mit einer Tüte Zucker in der Hand auf mich zu. Ich blickte ihn fragend an, sein Gesicht war wieder eine Maske. »Ich will mich nicht mehr entschuldigen«, brüllte er mich an, und gleichzeitig zerplatzte die Tüte in seiner Hand, und der Zucker verteilte sich auf dem Boden und in meinem Bett. »Ich kann es nicht ändern«, brüllte er weiter, »verstehst du das? Ich habe diesen Körper, ich wachse nicht mehr, werde nicht haariger, nicht männlicher, nicht schöner, nur älter! Kannst du das verstehen? Weißt du, was das heißt?«

»Sergio?« erklang von draußen vor dem Haus die Stimme Rahels.

»Sag, dass ich oben noch schlafe«, forderte Sergio von mir und lief die Treppe hinauf. In der geöffneten Tür erschien die große, lichtnehmende Gestalt der alten Rahel, die mir auf Spanisch guten Morgen sagte.

»Ich kann leider kein Spanisch. Bonjour Madame!«

Ich sah ratlos zu der großen alten Frau, deren Augen so hell waren wie Sergios. Mit einem Blick hatte sie die Küche erfasst. »Sergio schläft noch«, sagte ich gehorsam.

In dem Moment begann der Kaffee auf dem Herd zu kochen und überführte mich der Lüge. Mit wallenden Röcken trat Rahel ein, an den Herd und schaltete das Gas aus. Sie stellte eine Tasche auf die Anrichte, und ohne sich umzusehen, fragte sie: »Geht es Ihnen wieder besser?«

»Ja«, antwortete ich unsicher. »Möchten Sie Kaffee?«, fragte Rahel mit sonorer Stimme. »Gern.« Ich klemmte das Laken unter meine Achseln und verteilte damit den Zucker weiter. Mit sicherem Griff nahm Rahel eine Tasse aus dem gelben Schrank neben dem Herd, goss Kaffee hinein und drehte sich zu mir um. »Milch und Zucker?«

»Nur Milch«, bat ich und fand die Situation immer absurder. Diese fremde, alte und immer noch sehr schöne Frau, der Terrakottaboden, der Zucker im Bett, der sonnendurchflutete Raum, die Berge vor der Tür. »Sergio hat sich wirklich Sorgen um Sie gemacht. Er hat es zwar nicht ausdrücklich gesagt, aber er war sehr aufgeregt.«

Mir fiel plötzlich ein, dass ich gar nicht wusste, welcher Tag heute war, und ich fragte sie. Rahel zupfte konzentriert an ihrem Rock und lächelte. »Es ist Montag in den spanischen Pyrenäen, Mademoiselle. Kennen Sie Sergio schon lange?«, fragte sie neugierig.

»Ich kenne Sergio durch seinen Freund Alain.«

Rahel lehnte sich auf dem Stuhl zurück, auf dem sie mir gegenüber Platz genommen hatte, wühlte in einer der zahlreichen Falten ihres Rockes und zog Zigaretten und Streichhölzer hervor. »Das ist ein sehr schöner Mann und ein Freund von Sergio. Rauchen Sie?« Ich nickte, und sie stand auf, gab mir eine Zigarette und Feuer und setzte sich wieder. »Wir mögen Sergio hier sehr gern«, informierte sie mich weiter, »er ist immer sehr hilfsbereit, hat immer ein freundliches Gesicht.«

»Kein Mensch hat immer ein freundliches Gesicht«, wandte ich ein.

»Aha, eine lebenskluge junge Dame also«, spottete sie über mich, aber ich fühlte, dass es dennoch liebevoll war. »Nein, Sie haben recht, kein Mensch hat stets ein freundliches Gesicht, aber es kommt doch darauf an, welches Gesicht wir zeigen. Sehen Sie, Sergio kam als zehnjähriger Junge hierher, um seinen Großvater zu pflegen und ihm zu helfen, weil aus der Familie sonst keiner dazu bereit war. Und Sie können mir glauben, dieser alte Herr war nicht einfach. Launisch, herrisch, undankbar, ein Despot. Wenn jemand ein paar Jahre mit einem alten Mann zusammenleben muss, der die Menschen hasst, nicht lächelt, kein freundliches Wort hat, ist das schon hart. Wenn dieser alte Mann aber auch noch seine Launen nicht zügelt, sondern sie an allem auslässt, was ihm in den Weg kommt, auch wenn es ein Kind ist, dann ist es erstaunlich, wenn aus diesem Kind kein seelischer Krüppel wird, sondern ein warmherziger, hilfsbereiter Mensch.«

Sie ließ die Worte auf mich wirken, und meine erste Reaktion war Spott, aber dann begriff ich, wie unglaublich wunderbar es war, dass sie so über Sergio sprach, denn durch ihre Worte wurde er zum schönsten Mann der Welt. Und trotzdem sagte ich: »Wir haben alle unsere Geschichten zu tragen!«

Rahel rauchte einen Moment schweigend, ehe sie erwiderte: »Ja, auch damit haben Sie recht. Aber macht nicht der Umgang des Einzelnen mit seiner Geschichte erst den guten Menschen?« Sie stand auf, kam zu mir und reichte mir den Aschenbecher. In den Zügen ihres Gesichts erkannte ich, welch hübsches Mädchen, welch reizende junge Frau Rahel einmal war. »Wenn Ihnen etwas passiert, und seien Sie noch so sehr das Opfer der äußeren Umstände, so haben Sie dennoch unzählige Möglichkeiten, damit umzugehen. Und wenn Sie die beste wählen, die vielleicht sogar die unbequemste ist, dann zeichnet Sie das aus. Denn diese Entscheidung treffen Sie allein.«

»Warum erzählen Sie mir das?«, fragte ich.

»Weil ich gemerkt habe, dass meine Achtung für Sergio Ihnen unverständlich ist.«

Dann entließ sie mich, ging zur Tür und sagte noch: »In der Tasche ist Suppe für euch. Gestern ist mir aufgefallen, wie mager Sergio ist. Er muss mal anständig essen. Nicht, dass ich Ihnen nicht zutraue zu kochen, aber Sie waren ja krank und brauchen wohl auch ein wenig Pflege. Wie heißen Sie eigentlich?«

Ich sagte es ihr, und sie war fort. Ich streckte meine Beine aus, unter das Laken mit dem Zucker, der zum Teil auf meiner warmen Haut klebte. Sergio kam wieder, mit einem Handtuch, und zeigte auf die Dusche unter der Treppe. Dort im Waschbecken lagen mein Hemd und mein Rock, meine Unterwäsche. Die Bilder der Fabolousbar stiegen wieder in mir auf, und ich hasste ihn für die Erinnerungen, die nicht nur Gedanken waren, sondern Erlebnisse, eingeprägt fortan, und ich dachte an dich, Leon, dass sie dich und deine Taten ins Vergessen geschickt haben, in der Hoffnung, dass du dann besser leben kannst, aber ich will dir das nicht erlauben. Du sollst dich mit mir erinnern!

»Wovon spricht deine Schwester da?«, fragte Jeanne.

Leon zuckte zusammen. Er ging zu ihr ans Bett und sah sie an. »Das werden wir in dieser Nacht herausfinden, du schöne, verführerische, mutige Jeanne. Weißt du, dass dein Körper mich an Lunes erinnert?« Er fuhr mit seiner linken Hand über ihre nackte Haut. »Sie ist auch so schmal wie du. In der Zeit, als Lune in den Bergen war und mit Sergio kluge Gespräche führte, ging ich mit Maxime und Paul aus, und dann sprachen sie zu mir von Lune. Und meine Zwillingsschwester hat recht, ich hatte das alles vergessen.«

Er schüttelte über sich selbst den Kopf, stand auf, trat wieder ans Fenster und sagte: »Paul und Maxime haben nie erfahren, wer ich wirklich bin; damals nicht und auch jetzt nicht. Ich tauchte als Ludwig Berger Ende Juli auf und verschwand Ende August noch in der Nacht aus Louisson, als wir meine Schwester zu dritt stellten. Ich war mir damals nicht sicher, ob Lune mich erkannt hatte. Ich erinnerte mich nicht, ob sie meinen Namen geschrien hat. Aber bald werde ich es wissen. Bald ist der Morgen da, und dann fahre ich zu ihr, um es zu vollenden.«

Sergio ging in das Dorf hinunter und kaufte ein. Ich wollte nach Frankreich zurück, aber er weigerte sich, mich zu fahren, schlug mir vor, den Bus zu nehmen, der circa eine Stunde Fußweg vom Haus entfernt hielt. Ich hatte das Haus inspiziert, die zwei exakt gleichen Zimmer im oberen Stockwerk. Hatte die frischen Sachen von Rahel in den kleinen Kühlschrank gezwängt und einen Block gefunden. Ich wollte Jaquomo schreiben, aber es ging nicht. Irgendwann fegte ich den Block vom Tisch. Sergio kam zurück, in jeder Hand eine Tüte. Er packte in der Küche sorgfältig alles aus, Gemüse, Lamm. Ich hob den Block vom Boden auf und legte ihn neben mich auf die Bank, nahm Haarnadeln aus meiner Tasche und steckte meine Haare hoch. Wortlos hatte er mir im Vorbeigehen Zigaretten und Streich-

hölzer auf den Tisch gelegt. Ich zündete eine an. In der Küche musste ein Radio sein, ich hörte spanische Musik.

»Sergio?«

»Bitte.«

»Warum willst du, dass ich hierbleibe?« *Ich lehnte mich leicht nach vorn und schnippte die Asche zwischen meine nackten Füße.*

»Das habe ich nie behauptet.«

»Gut. Warum sind dir zwei Stunden Autofahrt lästiger als meine Anwesenheit?«

Er kam raus, lächelte mich an und fragte: »Möchtest du was trinken? Es gibt Cidre, Wein, Bier oder Saft, auch Wasser! Das Wasser hier ist gut, es gibt eine Quelle in der Nähe.«

»Bier!«

Sergio kam zurück mit zwei kleinen Bierflaschen, goss seines in ein Glas. Ich trank aus der Flasche und sah, dass es ihm nicht gefiel. »Du schreibst nicht?«

»Du hast meine Frage noch nicht beantwortet«, *insistierte ich.*

»Mir gefällt der Gedanke, dass du die ganzen sechzig Kilometer läufst.«

»Warum? Was ist daran so unterhaltsam?«

»Um zu sehen, wo deine Sicherheit, deine Souveränität ihre Grenze hat.« *Er trank, ließ mich aber nicht aus den Augen.*

»Ich bin nicht sicher und nicht souverän! Wieso meinen das immer alle? Es stimmt nicht!«

Sergio schnalzte mit der Zunge. »Dein Gang, deine Körperhaltung, dein Lächeln, deine Stimme! Das alles zeigt deine gnadenlose Sicherheit und Unantastbarkeit. Solltest du wirklich unsicher sein, kannst du es gekonnt verbergen. Ich habe dich wirklich von Anfang an in Situationen erlebt, die verunsichernd waren. Nie bist du eine Spur unsicher gewesen.«

»Ich werde unsicher, aber wenn ich unsicher bin, beginne ich zu zählen, das beruhigt!«

»Du tust – was?«

»Ich zähle irgendwas. Dreiundfünfzig Stufen führen zu eurer Wohnung. Zweiunddreißig Kringel hat der Vorhang, der euren Wohnraum von der Küche trennt. Im Wohnraum hängen neun Bilder, zwei von ihm, eines von dir, sechs von weiblichen Models. Auf eurem Wohnzimmertisch lagen sechsundzwanzig Visitenkarten. An jenem Morgen hast du mir zwei Ohrfeigen versetzt, während sechs Mal die Haustür zuschlug.«

Ich unterbrach die Aufzählung und machte dann weiter: »Neunundzwanzig Stufen waren es nach der orangefarbenen Tür und vier Türen, die sich hinter mir schlossen.«

Er beugte sich vor und fragte ungläubig: »Das hilft?«

»Meistens.«

»Warum hast du mit Alain geschlafen?«

»Ich dachte, ich mag ihn.«

»Man kann Gefühle denken?«

»Ob ›man‹ das kann, weiß ich nicht. Ich kann es.«

Das Lächeln zwischen uns war verschwunden.

»Die Arroganz ist dein Hauptmerkmal«, sagte Sergio.

»Du langweilst mich.«

Sergio grinste, zog ein Bein auf den Stuhl. »Dabei bist du auch vermessen, eingebildet, besserwisserisch, altklug, verbohrt und beschränkt.«

»Für dich bin ich also eine Zusammensetzung aus negativen Eigenschaften?« Wir waren wütend aufeinander, und ich konnte nicht sagen, warum es plötzlich so war.

»Du hast doch gesagt, dass wir alle Eigenschaften haben, war es nicht so?« Er starrte mich an und wiederholte mir weiter meine Worte: »Und du sagtest auch, dass wir sie auswählen mit unserer Mitwelt, dass es auf die Eindeutigkeit ankommt, mit der wir etwas zeigen, nicht wahr? Verbessere mich ruhig, sollte ich dich falsch zitieren.« Er lachte, und für mich klang es laut und hässlich.

»*Aber auch ich habe, du wirst es kaum glauben, positive Eigenschaften.*«

»*Mir hast du sie jedenfalls nicht gezeigt.*«

»*Dafür gab es auch zu keiner Zeit einen Grund.*«

»*Huhn oder Ei? Vielleicht hast du angefangen?*«

»*Was habe ich dir gezeigt?*«, *fragte ich und spürte, wie sich alles in mir gegen ihn wehrte, gegen die Person, die er in mir sah. Ich wollte, dass er mich erkannte.*

»*Deine Arroganz im Umgang mit mir. Nicht eine Sekunde hast du dich gefragt, wie es mir dabei geht. Du hast dich zur Schau gestellt in der Disco, dich von vielen Männern anmachen lassen. Du hast dir in Restaurants und Bars wie eine Hure alles bezahlen lassen und nicht ein einziges Mal echtes menschliches Interesse gezeigt.*« *Sergio hatte sich in Wut geredet.*

»*Nenn mich nie wieder Hure*«, *zischte ich.*

»*Wie willst du das sonst nennen? Mit wie vielen Männern hast du geschlafen in den Monaten in Frankreich? Zehn oder zwanzig oder dreißig?*« *Er lachte immer weiter, hell und hässlich.* »*In dieser einen Nacht erst mit Paul und dann mit Maxime oder umgekehrt, bevor du dann wie eine läufige Hündin noch in Alains Bett gekrochen bist.*«

Ich krallte meine Hände um die Tischkante und wollte ihn nur noch verletzten. »*Ich weiß nicht, woher du deine dreckige Fantasie hast, aber der einzige Mann, der mich in all den Monaten in Frankreich angerührt hat, ist dein schöner Freund Alain! Ach nein, mit Ausnahme deiner widerlichen Anmache in der Disco!*«

Sergio fiel, immer noch lachend, gegen die Rücklehne, stützte seine Ellenbogen auf die Lehne und drückte seine Fingerspitzen aneinander. »*Ich hatte nicht das Gefühl, dass du es so widerlich gefunden hast.*«

Ich schnitt ihm das Wort ab: »*Du musst das wahrscheinlich denken und ignorieren, dass man dich allgemein widerlich und absto-*

ßend findet.« Und ich war noch nicht fertig mit meiner Revanche.
»Dich berühren nur irgendwelche Männer, für deren kranke Fanta-
sien dein entstellter Körper gerade recht ist, und auch sie nur, um ihn
zu vernichten. Wer lässt sich schon von dir gerne anfassen?«

»Du!«, brüllte er mich an. »Oder was war das letzte Nacht, als
meine Hände dich überall berührten?«

Ich fühlte die Tischkante in meinen Händen, und ohne zu zögern,
warf ich den Tisch in Sergios Richtung, stand schwungvoll auf und
drückte den Tisch mit aller Kraft gegen Sergio und ihn mit dem
Stuhl in die unwillig nachgebende Brombeerhecke. Er ruderte kurz
mit den Armen, war zu überrascht, um schnell genug zu reagieren.
Ich rannte in die Küche und nahm mir den Autoschlüssel. Aber Ser-
gio befreite sich schneller als gedacht aus den dicken Ranken. Die
Stacheln zerrissen sein Hemd, seine Haut. Er holte mich ein, als ich
die Tür aufmachte, und umfasste mich von hinten. Er schleuderte
mich zur Seite, ohne mich loszulassen. Durch den Schwung stürz-
ten wir beide auf den weichen, nadeligen Boden. Ich hatte den Au-
toschlüssel in der rechten Faust und versuchte mit beiden Fäusten,
Sergios Gesicht zu treffen. Als das misslang, denn Sergio war schnell,
wendig und auch sehr stark, versuchte ich, meine Knie zwischen sei-
ne Beine zu ziehen. Er erwischte meinen linken Arm und drehte ihn
mir auf den Rücken, so lange und so weit, bis ich endlich nachgab
und den Schlüssel fallen ließ.

»Wenn du mich jemals wieder loslässt, bringe ich dich um«, drohte
ich. Sergio ließ meinen Arm los, hatte blitzschnell meine Schulter er-
griffen und drehte mich auf den Rücken. Er kniete, auf mir sitzend,
auf meinen Armen und sah auf mich hinunter. »Es hat dir sogar ge-
fallen! Du hattest einen Orgasmus, ob dir das passt oder nicht. Und
keine Sorge, ich habe nicht mit dir geschlafen! Ich habe dich nur mit
den Händen berührt.«

Ich spuckte ihm ins Gesicht.

»Alle Eigenschaften! Wieso du nicht?«, sagte er.

»*Du machst aus mir ein Wesen, das nur noch Schattenseiten hat. Ein Wesen, das nach Alkohol riecht, wimmert, anstatt zu weinen, arrogant und gefühllos ist, verletzt, kein Mitleid hat! Ich ertrage das nicht, ich ertrage dich nicht! Ich ertrage nicht, wie du mich siehst, was ich in deiner Gegenwart werde!*«

»*Ach, und wie ist das mit dem, was andere in uns sehen? Vielleicht sogar etwas uns selbst Fremdes oder von uns Abgelehntes, Miss Superschlau? Das sind deine Worte!*«

Die Anspannung war vorbei, ich war müde. »*Was sind kluge Worte gegen eine gemachte Erfahrung? Einen Gedanken kann ich vergessen, eine Erfahrung nie!*«

Tränen liefen an meinen Schläfen entlang in die Piniennadeln. Sergio sagte: »*Ich weiß.*«

Ich erinnerte mich an seine Worte, dass er die Einsamkeit seiner Wirklichkeit nicht mehr erträgt, dass er hinter seine Erfahrung nicht zurückkann, so wenig, wie sich ein ausgesprochenes Wort zurücknehmen lässt. Ich zog meine Arme unter seinen Knien weg und nahm seine zerkratzten und blutigen Hände in meine. Ich fühlte mich berührt wie nie. Die mir vertraute Einsamkeit, die mich schon lange nicht mehr schmerzte, trat ausgerechnet vor diesem Menschen zur Seite. Weil ich nicht wissen konnte, wie lange dieses Gefühl zu bleiben gedachte, wollte ich es mir genau einprägen, damit ich es nie wieder vergesse und mich immer daran erinnern kann.

Sergio zog seine Hände aus meinen, legte sie um meine, beugte sich vor und küsste die Lider meiner geschlossenen Augen. Er rollte sich auf die Seite und zog mich mit sich. Alles duftete nach Piniennadeln, die wir zerwühlt hatten. Ich hörte in der Stille Sergios ruhiges, gleichmäßiges Atmen, fühlte, wie warm seine Hände waren, wie fest sie mich hielten, als versprächen sie Sicherheit für ein ganzes Leben. Ich mochte meine Augen nicht öffnen und wünschte mir, dass der Moment eine Ewigkeit dauern würde. Jetzt dem Leben in seiner Wechselhaftigkeit entgleiten, nie wieder wach werden müs-

sen, nie wieder fragen, nie wieder an den ausbleibenden Antworten verzweifeln, nie wieder Angst vor dem Sterben, nie wieder die Feindschaft der Schwäche, keine neuen Erfahrungen mehr, dachte ich. Unwillig öffnete ich die Augen.

»Du denkst zu spürbar«, sagte Sergio. »Sag mir, woran.«

Ich blickte in sein schönes Gesicht und fühlte mich ertappt. »Dass das Leben so sinnlos ist!«

»Und was ist sinnvoll?«

»Wahrscheinlich, dass das Leben so sinnlos ist.«

Sergio lächelte über meine Antwort und forderte: »Du hast die Augen auf, nicht wahr? Mach sie zu!«

»Warum?«

»Damit ich meine öffnen kann.«

»Aber das kannst du auch, wenn meine offen sind.«

»Nein, ich möchte dich ansehen, ohne in deinen Augen etwas lesen zu müssen, was ich nicht lesen will.«

Er beobachtete mich einen Moment und fragte schließlich: »Hast du einen Lebenstraum?«

Ich schüttelte den Kopf.

»Was stellst du dir gerne vor?«

»Dass ich klein, fett, hässlich und pickelig bin und alle mich lieben.«

»Und was willst du dir nie vorstellen?«

Er zog meine Hände auseinander. Ich überlegte.

»Da ich es mir nie vorstelle, weiß ich das nicht.«

»Welche Vorstellung schreckt dich?«

»Es ist kein Bild.«

»Du weißt vielleicht nicht, wie es aussieht, aber du weißt bestimmt, was es ist.« Er strich mit einem Finger über meine Stirn, als wollte er die tiefe Falte zwischen meinen Augen glätten.

»Es ist alt und immer wieder neu. Es ist längst vergangen, aber immer auch heute und liegt unzählig oft in der Zukunft.«

Ich entzog ihm eine Hand und kratzte mich an der Nase; er holte sich die Hand zurück.

»Ist es immer dasselbe?«

»Ja und nein. Es ist immer wieder das Gleiche, aber es zeigt sich jedes Mal in einer anderen Gestalt.«

»Wie lange bleibt es?«

»Solange der Mensch Mensch bleibt.«

Ich öffnete meine Augen, lächelte ihn an und rollte mich auf den Rücken, blinzelte in die bald untergehende Sonne, die vereinzelt ihre Strahlen durch die tiefhängenden Zweige der Pinien blitzen ließ.

»Und du hast keine Hoffnung, dass es einmal anders ist?«

»Doch, aber die Hoffnung liegt irgendwo im Nirgendwo, denn wenn ich ankomme, ist es immer auch schon da. Und so hoffe ich jedes Mal, dass es woanders nicht ist.«

»Und wenn du dann einmal um die Welt gereist bist?«

»Dann werde ich das Nirgendwo erfinden.«

»Gäbe es Menschen wie mich in deinem Nirgendwo?«

Sergio drehte sich auch auf den Rücken.

»Ja, und zwar so viele, dass sie genug sind, um als normal zu gelten. Und eine Schule mit dem Unterrichtsfach ›Lieben lernen‹ und einem Fach ›Denken lernen‹.«

»Und bitte auch ›Gefühle denken lernen‹.«

Ich drehte mich ihm zu, sein Profil war sehr markant, männlich. »Ich muss dir was gestehen! Leider kann auch ich keine Gefühle denken, aber ich könnte es gerne, deshalb gäbe es dieses Unterrichtsfach.«

»Am liebsten würde ich dich nie wieder ansehen, du bist viel schöner, wenn nur du und nicht deine Augen sprechen«, sagte Sergio in den Himmel hinein.

»Aber ich habe diese Augen, und vielleicht sind sie klüger, als ich es bin!«

»Habt ihr mit einem Bären gekämpft?«, erklang plötzlich eine Stimme.

358

Ruckartig setzten wir beide uns auf und blickten erstaunt in Rahels lachendes Gesicht.

»Tut mir leid, wenn ich störe, aber ich wollte sehen, wie es Ihnen geht.« Sie richtete ihren Blick auf mich, dann wieder auf den dornengezeichneten Sergio. »Oder sollte ich das jetzt lieber dich fragen?«

Die Kirchturmuhr schlug die fünfte Stunde, und die Müllleute rollten lärmend die Tonnen an den Anfang der Gasse, wo sie sie in einen wartenden Wagen entleerten, der für diese Gasse zu groß war.

Leon legte den Brief wieder auf den Tisch. Es waren nicht mehr viele Seiten übrig. Jeanne war wieder eingeschlafen, und er hatte sie schlafen lassen. Jetzt holte er unten an der Rezeption frischen Kaffee und bat, für zehn Uhr ein Taxi für ihn zu bestellen, er wolle in die Berge gebracht werden.

Christian wachte auf, weil Dr. Jekyll sich in seinen Haaren verfangen hatte und gerade einen Befreiungsversuch unternahm. Christian reckte seinen schmerzenden Nacken und stand langsam auf, den kleinen Kater auf dem Arm. Über den Feldern lag bereits das Rot des neuen Morgens. Im Garten unter seinem Bürofenster stritten ein paar Spatzen um die Vogeltränke, die sie allerdings als Bad benutzten. Dr. Jekyll schnurrte und miaute im Wechsel. »Ja, ich weiß, dass ihr Hunger habt. Gehen wir runter.«

Die anderen zwei tapsten, auf den Treppenstufen stolpernd, hinter ihm her. Auf dem Küchentisch saß ihre alte Katze, Minou, und beäugte argwöhnisch die neuen Mitbewohner. Christian fütterte alle vier, setzte für sich Kaffee auf und ging duschen.

Leon weckte Jeanne auf. Er löste einen Gürtel, damit sie die Kaffeetasse selbst halten konnte. Sie trank vorsichtig einen Schluck. Ihr Stimme klang rau und heiser, als sie fragte: »Wie lange noch, Leon?« Er lächelte und streichelte über ihre spitzen Knie. »Nicht mehr lange. Für zehn Uhr habe ich mir ein Taxi bestellt. Sucht Christian dich denn gar nicht?«

»Er denkt, ich sei bei meinen Eltern und den Kindern.«

»Und er will nicht wissen, wie es euch geht?«

»Ich bat ihn, nicht anzurufen.«

»Würde er dich lieben, hätte er trotzdem angerufen, weißt du, Jeanne, so einfach ist das. Aber er sucht lieber weiter nach meiner Schwester und versucht, Morde und Selbstmorde aufzuklären.«

Sie weinte. »Du hast mein Telefon ausgeschaltet.«

»Und deine Eltern haben keines bei sich?« Er nahm ihr die Tasse ab, legte ihren Arm zurück an das Bettgestell und zog den Gürtel zu. Seine Hand wanderte über ihren Körper. »Denkst du, er hat sie bereits angerufen?«

Jeanne schüttelte den Kopf und versuchte, sich irgendwie seiner Berührung zu entziehen.

»Bleib einfach ruhig liegen, hörst du?«

Sie nickte. Leon schob ihre Beine auseinander, streichelte über ihre Schamlippen und glitt mit seinen Fingern in sie. Er lachte. »Du bist eben doch so ein bisschen wie meine Schwester. Am Rande des Abgrunds immer noch eine leidenschaftliche Frau. Christian kennt diese Seite an dir nicht, stimmt's?«

»Leon, bitte, hör auf damit.«

»Womit?« Er schob seine Finger tiefer hinein. »Damit?«

»Mit allem«, wimmerte Jeanne, »bitte, mit allem. Ich möchte gehen, ich will zu meinen Kindern, ich will, dass das alles aufhört. Ich kann nicht mehr. Fühlst du denn gar kein Mitleid mit mir?«

Leon zog sich aus, legte sich zu ihr und streichelte sie so lange, bis Jeanne ihn bat, mit ihr zu schlafen.

Danach wusch er sich seinen Schwanz über dem Waschbecken, legte ein Handtuch zwischen Jeannes Beine und sah ihr zu, wie sie weiter weinte. Er blieb nackt, setzte sich an den Tisch, trank jetzt selbst von dem Kaffee und nahm mit einem tiefen Atemzug die letzten Seiten vom Tisch auf.

»Jetzt, liebe Jeanne, werden wir erfahren, wie es ausgegangen ist.«

Wir kochten und aßen gemeinsam mit Rahel. Die Luft war so frisch und herrlich von dem Regen der vergangenen Nacht, ich spürte die Wärme mit allen Sinnen. Die Windlichter auf dem Tisch flackerten bei kleinen Böen, die hin und wieder aus dem Tal kamen. Ich wusste auf einmal, dass ich mein Zuhause gefunden hatte. Ich beobachtete Rahel und Sergio, deren Gesichter durch die unruhig brennenden Kerzen in den schützenden Gläsern erhellt wurden, die ihre Gesichtszüge vertieften. Wir würden in der Welt der Normalen nie bestehen, einer wie der andere nicht. Rahel, die so groß war, mit ihrem üppigen altertümlichen Rock und dem schwarzen Schultertuch, das bunt bestickt war. Sie konnte sechzig oder achtzig oder vielleicht schon über hundert sein, aber sie hatte die Zigarette im Mundwinkel wie ein junges Mädchen, das verwegen wirken will. Sie lachte laut und frei mit Sergio über Witze und Anekdoten, die ich nicht verstand, weil sie Spanisch sprachen. Wir waren die anderen unter anderen, und das fühlte sich ungewohnt an und war so ergreifend, dass ich spürte, wie Tränen in mir hochstiegen.

»Dieses Kind fühlt einfach nichts«, hatte unsere Mutter so gern über mich gesagt. Aber hier war ich, lebendig, glücklich, und mein ganzer Körper war ein einziges Gefühl. Ich glaube, Sergio und ich hatten beide ein bisschen Angst vor dem Moment, da Rahel gehen würde. Furcht, dass sie den entstandenen Zauber mit sich nehmen

könnte. Es war weit nach Mitternacht, als sie mit einer Laterne den Abstieg ins Dorf hinunter antrat. Wir räumten auf, spülten und standen ratlos voreinander. »Ich habe oben beide Zimmer fertigge-macht«, sagte Sergio zu mir, und ich dankte ihm, denn ich wusste nicht, ob ich schon bereit war.

In der Nacht kamen die Träume zurück, aber es waren die alten, aus den Kliniken, wo sie mich festhielten, um mir Medikamente zu spritzen, weil unsere Mutter ihnen so glaubhaft erklärt hatte, dass ich ein Monster bin. Ich sah wieder ihre Gesichter über mir, und die kindliche Verzweiflung schlug über mir zusammen, während ich mich fragte, ob mir je jemand glauben würde, ob je mein Wort gegen ihres bestehen würde.

Ich wachte auf, weil Sergio meine Hände hielt. Er schlüpfte unter meine Decke, bedeckte mich mit seiner Wärme, verführte und lieb-te mich mit jeder Berührung. Das alles ging ganz leicht. Wie eine Feder, die im Wind tanzt, trug es uns beide fort. Es war die erste Liebesnacht meines Lebens.

Leon stieß die Kaffeetasse vom Tisch. Sie flog in die Mitte des Zimmers, kullerte ein wenig hin und her und blieb liegen. Seine rechte Hand knüllte die Seite zusammen – er hatte vergessen, den Gürtel wieder um die Hand zu wickeln. Er brauchte seine ganze Konzentration, um die Finger einen nach dem anderen wieder zu entspannen.

Plötzlich wurde er sich Jeannes Wimmern bewusst. »Hör auf zu jammern!«, fuhr er sie an. Er sprang auf, trat die Tasse quer durch den Raum, und sie zerschellte am Schrank. Er kniete sich auf das Bett und sah auf Jeanne hinunter. »Du musst da-mit aufhören, Jeanne. Sonst kann ich mich nicht konzentrieren, verstehst du das?«

»Leon, ich kann nicht mehr.«

Er öffnete das Schubfach des Nachttischs und holte drei Ra-

sierklingen hervor und legte sie neben Jeanne. Dann drehte er
sich von ihr weg und stützte seinen Kopf in die Hände, denn
die Erinnerungen verließen ihre Schlupfwinkel, schälten sich
aus dem grauen Nebel heraus, gewannen zunehmend an Farbe.
Seine Hand entkrampfte sich. Er wickelte den Gürtel wieder
um sie, damit sie gestreckt blieb, holte den Brief vom Tisch, hob
die verknüllte Seite auf und glättete sie. Er setzte sich, immer
noch nackt, auf die Bettkante, drehte Jeanne weiterhin den Rücken zu und las weiter.

*Zu der Nacht gehörten der Tag davor und der Tag danach und
unzählige Gespräche, in denen wir einander kennenlernten, begegneten. Plötzlich lag die Freiheit nicht in der ewigen Durchreise,
sondern im Dableiben, und das fern von der Welt. Genau hier, auf
diesem winzigen Stück Erde, lag die größtmögliche Freiheit für uns,
weil es die Augen der anderen nicht gab. Nach einigen Wochen, ich
zählte sie nicht, nicht einmal die Sonnenaufgänge, wusste ich, dass
ich noch einmal zurückfahren musste, um mein altes Leben für immer hinter mir zu lassen. Sergio fürchtete, dass ich ihn, wenn ich erst
wieder in Louisson wäre, wieder so sehen würde, wie die anderen
Menschen es taten.*

*Ich gebe zu, es war ein Wagnis, aber das wirkliche Wagnis warst
du, Leon, nur davon wusste ich nichts. Du weißt, dass ich nicht ur-
teile, dass ich noch keine gültige Definition von ›normal‹ gefunden
habe. Dennoch gibt es auch in meinem Leben eine Grenze. Als Her-
rin meiner Welt entscheide ich, was ich erleben will. Die Verletzungen, die du mir zugefügt hast, gingen über alles hinaus, was unsere
Mutter mir je angetan hat.*

*Wir fuhren jedenfalls nach Louisson zurück, um von dem alten
Leben Abschied zu nehmen. Sergio wollte noch einmal Blumen verkaufen und durchs Hurenviertel laufen. Ich wollte der Stadt Adieu
sagen, die mich zu ihm geführt hatte. Und wir wollten wissen, ob*

wir den Schritt wirklich wagten. Wir vereinbarten, so zu tun, als würden wir uns nicht kennen. Es sollte ein Spiel sein. Mein Auto befand sich noch, wo ich es geparkt hatte. Verklebt von den Blüten der Linde, unter der es stand. Ich fuhr an den Stadtrand und blieb ein paar Tage in dem Haus. Ich packte meine Bücher ein, fand Post von dir und Monique und Mark und ließ sie liegen, weil sie nicht mehr zu meinem Leben gehören sollten. Mein Gedicht ohne Adressaten blieb zurück wie die Remarque-Bücher.

Alles war gepackt, wir wollten am folgenden Tag in die Berge zurückfahren. Da schellte das Telefon im Haus. Es war Maxime, er wollte sich mit mir treffen. Ich sagte ihm, dass ich gerade meine Abreise vorbereitete, und er überredete mich, meinen Abschied ein wenig zu feiern. Dass dein teuflischer Plan dahintersteckte, ahnte ich nicht. Ich hatte wohl immer unterschätzt, wie weit deine Besessenheit, dein Wunsch nach Macht ging. Wäre ich nicht so verzaubert gewesen von den Tagen mit Sergio, wäre mir vielleicht aufgefallen, dass Maxime mich noch nie angerufen hatte, um sich mit mir zu verabreden. Wir trafen uns an der Place de la Concorde, und Sergio ging mit seinen Blumen vorbei und blieb nicht bei uns stehen. Später, nach dem Essen und ein paar Drinks, landeten wir im Sam's und tanzten. Und dann schlug Maxime einen letzten Spaziergang an der Garonne vor ...

Um punkt acht Uhr stand Uldis mit dem Wagen bei Christian vor der Tür. »Du siehst unausgeschlafen aus«, begrüßte er Christian, als dieser einstieg.

»Ich habe lange gelesen und bin dann an meinem Schreibtisch eingeschlafen. Haben wir irgendwas Neues?«

Uldis fuhr los. »Nulla. Könntest du dir vorstellen, dass die Frauen sich gegenseitig ein Alibi gegeben haben?«

»Während wer wen ermordet hat?«

»Sie haben beides getan«, wagte Uldis eine These.

Christian schüttelte den Kopf: »Du meinst, Cécile hat Paul umgebracht und Joëlle Maxime?«

»Warum denn nicht? Lass es uns mal durchspielen. Hier«, er zeigte auf die Konsole seines Autos, »da sind ein Kaffee und ein Croissant. Also«, Uldis bog in Richtung Stadtautobahn ab, »Leon Bernberg taucht am 1. Juni in Louisson auf, und du suchst in unserer Datenbank nach Lune Bernberg. In Carcassonne gehen bei irgendeinem der Beamten die Lichter an, und sie informieren die Familie Bernberg, fahren dort vorbei. Das bekommen wir sogar heraus, wenn Zecke die Filme ansieht.«

Uldis schob sein Mobiltelefon in die Freisprechanlage und wählte Zeckes Nummer. »Zecke, ich will, dass du vom 1. bis 12. Juni alle Personen, die auf dem Weingut der Legrands ein und aus gegangen sind, überprüfst. Notfalls ruf dort an, mail die Bilder, und lass dir sagen, um wen es sich dabei handelt.«

»Weißt du ...«

»Wie viel Arbeit das ist? Ja, aber wir brauchen es.«

Uldis legte auf.

»Gut, also weiter: Am Samstag, dem 2. Juni, erfährt die Familie Legrand, dass die Polizei nach Lune Bernberg sucht. Sie wissen nur, dass, aber nicht, warum.«

»Die Legrands werden unruhig«, führte Christian den Gedanken weiter, »und am Sonntag beschließt Maxime, mit Paul Spiegelberg zu sprechen. Spiegelberg wiegelt ab, ist sich sicher, ihm kann niemand was, es gibt keine Beweise, keine Zeugen, außer dem unsichtbaren Dritten und Maxime. Sie vereinbaren, erst einmal abzuwarten. Kurz danach drückt der Kontrollfreak Joëlle die Wahlwiederholungstaste und hat Paul am Apparat. Wahrscheinlich hat sie Maxime belauscht. Oder Paul hat den zweiten Anruf gar nicht angenommen, sondern Cécile. Cécile hat gelogen, sie hat mit Joëlle telefoniert. Und dann?«

Sie hatten mittlerweile die Abfahrt Louisson erreicht. »Dann«, sagte Uldis, »haben alle beschlossen, erst einmal abzuwarten. Auslöser bist du, als du erst bei Spiegelberg in der Uni auftauchst und am selben Tag auf dem Gut der Legrands.«

Christian trank seinen Kaffee aus. »Frauen sind so nicht, die planen. Die wären nicht in der Lage, innerhalb eines Nachmittags einen solchen Plan auszuhecken, Paul Spiegelberg ins Hurenviertel zu locken und ihm die Kehle durchzuschneiden.«

Uldis parkte an der Hintertür des Crowne Plaza. »Das ist ein Schwachpunkt. Aber wenn Cécile die Wahrheit gesagt hat und Paul von Montag an in der Stadt geblieben ist und die Frauen ihm da schon gefolgt sind oder jemanden damit beauftragt haben? Es könnte doch auch sein, dass schon am Sonntag der Anruf, die Erinnerung an Lune Bernberg, so etwas wie ein Auslöser war.«

Sie stiegen aus. Über das Autodach hinweg sagte Christian: »Und er vergewaltigt diese junge Frau, ist wieder drauf wie ein Junkie, und Cécile bemerkt es und will dem endlich ein Ende machen.«

»Oder«, Uldis strich sich übers Kinn, »Paul wollte sich wirklich stellen, es der Polizei erzählen. Will endlich Schluss machen mit seinem kranken Doppelleben. Und du weißt, Frauen, die um ihre gesellschaftliche Stellung fürchten müssen, besonders die, die so weit oben sind wie die zwei, können sehr drastisch sein.«

»Lieber Witwe eines Professors oder Weinbauern als Eheoder Exfrau eines Sexualstraftäters.«

Sie gingen um das Hotel herum, blieben am Fuß der Stufen stehen und nahmen den Portier ins Visier.

»Ist er das?«, fragte Christian.

Uldis prüfte noch einmal Punkt für Punkt. »Die Beschreibung, die Schröder uns gegeben hat, passt.«

Da sie beide in Zivil waren, reagierte der Portier zunächst mit der Frage, ob er ihnen helfen könne, ehe sie sich bedrohlich links und rechts von ihm aufbauten, Christian seine Polizeimarke zeigte und fragte: »Sie dealen mit Informationen über die Gäste des Crowne Plaza? Sie wissen, dass Sie das Ihren Job kosten könnte, richtig?«

»Verstanden«, sagte der Portier leise.

»Gut. Dann erzählen Sie uns nun auch noch einmal, was Sie Monsieur Schröder gesagt haben, aber en détail.« Uldis zog die Brauen zusammen, und sie erfuhren, dass Leon Bernberg tatsächlich schon vergangenen Donnerstag ausgezogen war.

»Und wohin?«, drängte Uldis.

»Keine Ahnung, in keines der großen Häuser! Ich schwöre.« Christian wurde heiß. »Aber warum orten wir dann sein Telefon hier im Haus?«

»Fragen Sie an der Rezeption, mit Polizeimarke werden die Ihnen das schon bestätigen.«

Genau das taten sie. »Ja, Messieurs, er kam gestern noch einmal her, um seine restliche Post abzuholen«, sagte die adrette Empfangsdame.

»Wissen Sie zufällig noch, wo er gesessen hat?«, fragte Christian.

Sie zeigte auf die dunkelste Ecke der Lobby. »Irgendwo dahinten. Wo genau, kann ich nicht sagen. Er wollte nichts trinken und bat, nicht gestört zu werden.«

Christian ging in die Ecke, nahm sein Telefon heraus und wählte Leons Nummer. Kein Klingelton. Er setzte sich auf die Sofas und Sessel und fuhr mit der Hand durch alle Ritzen. Der kalte Schweiß brach ihm aus, als er in dem letzten, hintersten Sessel Leons Prepaidhandy fand. »Merde!«

Uldis sah ihn mitleidig an. »Wie war das mit ›Er war bei mir zu Hause …‹?«

»Ich muss Jeanne anrufen! Sie warnen, falls er wieder auftaucht.«

»Sie ist doch bei ihren Eltern und in Sicherheit.«

Christian wählte trotzdem. Er erreichte nur die Mailbox und hinterließ eine Nachricht. Er verließ mit Uldis das Hotel, blieb noch einmal beim Portier stehen, gab ihm seine Karte und sagte eindringlich: »Wenn Sie ihn sehen oder wissen, wo er ist, rufen Sie mich an, dieser Mann ist gefährlich! Haben Sie das verstanden?«

Der Portier nickte, und Christian und Uldis kehrten zum Wagen zurück.

Uldis fuhr, Christian raufte sich die Haare. »Was hat das alles zu bedeuten? Warum lügt er mich an? Warum zieht er in ein anderes Hotel?«

»Und wieso war er so klug, sein Mobiltelefon dort zu versenken? Und keiner weiß, wo er war, Donnerstagnacht, ehe wir ihn neben Spiegelbergs Leiche – nach diesem angeblichen Rettungsversuch – gefunden haben.«

Sie erreichten das Kommissariat und liefen direkt runter in den Konferenzraum. Während Uldis das Team zusammenrief, ging Christian immer und immer wieder an der Tafel mit den bisherigen Ermittlungsergebnissen entlang.

Zecke erschien als Erster. »Wir haben Folgendes gefunden: Es gab Anfang August vor zehn Jahren drei Vergewaltigungen mit Schnittverletzungen, die allerdings erst fünf, sieben und zwölf Monate später zur Anzeige kamen. Wissend«, er machte eine Pause und sah Uldis und Christian an, »dass die meisten Frauen leider aus Scham die Tat erst viel später zur Anzeige bringen, haben wir gestern Abend von uns aus die Krankenhäuser von Louisson durchtelefoniert, und Dienstagnacht wurde tatsächlich ein junges Mädchen vergewaltigt, und ihr wurden Schnittverletzungen beigebracht. Der Arzt hat versprochen, sie anzurufen, ob wir mit Fotos zur Identifizierung des Täters vorbeikommen können.«

»Die Schramme, mein Gott, die Schramme!« Christian schlug sich mit der flachen Hand vor die Stirn. Mit leerem Blick sah er Uldis an. »Als ich Leon Bernberg am Mittwochabend an der Garonne fand, hatte er auf der linken Wange einen großen Kratzer. Er konnte mir nicht sagen, woher.« Christian setzte sich, verbarg sein Gesicht in den Händen. »Uldis«, sagte er verzweifelt, »Leon Bernberg war der bisher nicht identifizierbare dritte Mann bei Lunes Vergewaltigung!«

Es klopfte. »Hier ist ein Fax für Christian Mirambeau«, sagte die Sekretärin.

Uldis nahm es ihr ab, las und übersetzte. »Ich fass mal zusammen, was der deutsche Professor hier so ausführlich sagt: Leon Bernberg ist hochgradig schizoid. Um ihn in der Spur zu halten, muss sein Medikamentenspiegel, der zum größten Teil aus Lithium besteht, ständig reguliert werden. Ist der Spiegel aus dem Lot, zeigen sich als Erstes Schweißausbrüche, Atemnot, Zittern, verkrampfte Hände.«

»Und dann?«, fragte Christian.

»Wahnvorstellungen und Gewalt mit immer wieder klaren Momenten. Das, was in den E-Mails aus Deutschland wie ein vorübergehender Krankenhausaufenthalt erschien, war in Wirklichkeit ein Aufenthalt in einer Klinik für Dauergestörte. Leon wurde nie zwischendurch entlassen und dem Gutachten des behandelnden Arztes zum Trotz vor zwei Monaten wieder für mündig erklärt. In klaren Phasen ist der Patient sehr charmant, intelligent – mit einem IQ von 142 – und hoch manipulativ.«

Christian saß wie gelähmt da.

Uldis reichte den Bericht Zecke. »Hier! Da ist ein Foto von Leon Bernberg drauf, wenn du das einscannst, solltest du damit einen Vergleich laufen lassen können, ob er bei den Legrands war. Mach! Und gibt eine Fahndung raus.«

Er klopfte Christian ermutigend auf die Schulter. »Wir finden ihn!«

»Wir wissen doch noch nicht einmal, wo er ist!«, rief Christian aus und sprang auf. »Hier«, er zeigte auf die Tafel, »Spiegelbergs Ermordung. Wir wissen nur, dass Leon am Tatort war sowie von einem Tumult. Aber womöglich hat er selbst Spiegelberg dorthin gelockt, vielleicht hat Leon sogar die Nacht davor gemeinsam mit Spiegelberg die junge Frau vergewaltigt und sie anschließend in den Canal du Midi geworfen.« Christian machte eine Pause und atmete schwer. »Und ich habe diesen Mann mit meiner Frau und meinen Kindern allein gelassen.« Er schlug mit der Faust gegen die Tafel.

Es klopfte an Leons Zimmer. »Ihr Taxi ist da.«

»Danke, ich bin sofort unten.« Leon zog sich zu Ende an, prüfte sein Gesicht im Spiegel, legte die letzten Seiten von Lunes Brief auf das Bett. Er löste den Gürtel von seiner rechten Hand, blickte sich noch einmal im Zimmer um, lächelte, öffnete die Tür und schloss sie hinter sich wieder ab. Dann hängte er das Schild »Bitte nicht stören« von außen an die Klinke. Als er unten an der Rezeption vorbeikam, sagte er: »Mein Zimmer heute bitte nicht reinigen, ich habe dort so viele Unterlagen verstreut, ich will nicht, dass die Putzfrau mit dem Staubsauger alles durcheinanderwirbelt.«

Draußen vor dem Moulin Noir setzte Leon seine Sonnenbrille auf. Der Himmel über Louisson war tiefblau. Die nächste Hitzewelle kündigte sich an, und an diesem Morgen war die Temperatur bereits auf achtundzwanzig Grad geklettert. Leon ging bis zum Ende der Gasse, stieg hinten in das wartende Taxi ein und sagte: »Es geht in die spanischen Pyrenäen, nach

Janovas, nicht weit weg von Sarsa de Surta. Hier«, er warf dem
Fahrer eine Rolle mit Geldscheinen auf den Beifahrersitz, »das
sind vierhundert Euro, die sollten für die Hin- und Rückfahrt
reichen und dafür, dass Sie Ihren Funk ausmachen und mich
nicht mit irgendwelchem Smalltalk nerven.«

Der Fahrer nickte mit einem Blick in den Rückspiegel, meldete sich über Funk bei der Zentrale ab und fuhr los.

Christian rieb sich die schmerzende Hand. »Uldis«, rief er aus,
»wenn sie sich kannten, dann ist Leon vielleicht auch in das
Moulin Noir gezogen!«

»Komm, wir fahren direkt hin!«

Sie ließen sich von Zecke das Foto von Leon Bernberg ko-
pieren und verließen mit quietschenden Reifen den Parkplatz
des Kommissariats. In weniger als fünf Minuten kamen sie in
der kleinen Gasse des Moulin Noir an. Uldis hupte zwei Mahjongg-Spielerinnen aus dem Weg. Dann stürmten sie in das
Hotel und staunten nicht schlecht, als Mark Schröder urplötz-
lich vor ihnen stand.

Uldis holte aus, zügelte sich und blieb mit erhobener Faust
stehen. »Was wissen Sie, was wir nicht wissen?«, presste er auf
Deutsch hervor.

»Nur, dass Leon hier ein Zimmer hat. Ich habe es heute
Morgen von dem Portier des Crowne Plaza erfahren. Aber an
der Rezeption sagte man mir, Leon sei vor einer halben Stunde
mit einem Taxi nach Spanien gefahren.«

Uldis übersetzte das für Christian, der wieder aufstöhnte.

»Dann fahren wir da jetzt auch hin, und Sie, Sie Scheißkerl,
kommen mit!« Christian packte den Deutschen am Kragen
und schob ihn aus dem Hotel.

Der Mann an der Rezeption hatte die Szene mit Argwohn
betrachtet. Uldis fummelte ein Klebeschild aus seiner Briefta-

sche und wandte sich an ihn. »Wohnt dieser Mann hier?« Er zeigte ihm das Foto von Leon Bernberg.

»Ja, Zimmer siebzehn.«

»Gut, dann kleben Sie das jetzt auf das Schloss von Zimmer siebzehn, und bis wir wieder hier sind, wird niemand dieses Zimmer öffnen oder anrühren, habe ich mich deutlich genug ausgedrückt? Prima!«

Uldis lief auf die Gasse hinaus, sprang auf den Fahrersitz und fuhr los. Bis zur Autobahn nutzten sie das Blaulicht, dann schalteten sie es ab, denn der Verkehr war spärlich. Schröder telefonierte immer wieder mit Martha Bernberg, deren hysterische Antworten so penetrant aus dem Hörer kamen, dass Christian nach hinten griff, dem Deutschen das Telefon abnahm und es aus dem Fenster schleuderte.

Sie rasten jetzt in halsbrecherischem Tempo in Richtung Spanien und hielten dabei Ausschau nach einem Taxi mit Louissoner Kennzeichen.

Sie hatten die Grenze gerade passiert und die letzten vierzig Kilometer vor sich, als Christians Handy klingelte. Es war die Nummer seines Schwiegervaters. Uldis verlangsamte die Geschwindigkeit, damit Christian nicht so laut sprechen musste.

»Wieso, wo ist Jeanne, ich denke sie ist bei euch? Sie hat mir gestern Mittag eine SMS geschrieben, dass sie zu euch fährt, und zu Hause lag eine entsprechende Notiz.«

»Nein«, sagte sein Schwiegervater, »uns hatte sie gesagt, sie wollte heute Morgen kommen und alles fürs Frühstück mitbringen. Jetzt ist Jeanne schon über eine Stunde überfällig, und sie geht nicht an ihr Handy.«

»Ich melde mich wieder.«

Christian legte auf. Seine Hände zitterten, als er durch seinen Telefonspeicher scrollte, um Zeckes Nummer zu finden.

«Salut Christian, ich hab …

»Halt's Maul, Zecke, das ist ein Notfall: Orte das Handy meiner Frau, die Nummer kommt per SMS. Es ist ein ganz modernes Teil, auch wenn es ausgeschaltet ist, sendet es. Dann, Louissoner Kennzeichen, 21-2-788, das ist das Kennzeichen des Autos, mit dem sie fährt. Gib eine Fahndung raus, und frag alle Unfälle zischen Louisson und Atlantikküste ab, gestern Morgen bis jetzt.«

»Alles klar, ich mache so schnell wie möglich.«

Die Stille im Auto war so geballt, dass jeder der drei Männer flach atmete. Uldis drückte noch einmal auf das Gaspedal. Das letzte Schild sagte ihnen: noch zehn Kilometer. Auf einem langen Stück Straße, das wieder bergab führte, kam ihnen ein Taxi entgegen.

»Da!«, rief Christian.

Uldis schaltete das Blaulicht an, wechselte die Spur, fuhr auf den Mittelstreifen und betätigte die Lichthupe. Als beide Wagen zum Stillstand gekommen waren, sprang Christian als Erster aus dem Auto, riss die Fahrertür des Taxis auf und überfiel den Fahrer mit seinen Fragen.

»Ja, das ist der Typ, den ich gefahren habe.«

»Wo haben Sie ihn abgesetzt, schnell!«

»Keine drei Kilometer von hier, da war ein Weg hoch zu einem Haus. Er wollte aber unten aussteigen.«

»Wie lange ist das her?«

»Na, knapp eine Stunde. Ich war in dem Dorf noch was essen.«

»Hatte er eine Waffe bei sich?«

»Ich habe nichts gesehen.«

»Hier«, Uldis reichte dem Fahrer seine Karte, »melden Sie sich in Louisson auf dem Kommissariat, wir brauchen Ihre Aussage.«

Das Taxi fuhr weiter; Uldis notierte zur Sicherheit das Kennzeichen. »Wie gehen wir jetzt vor, mit dem Zivilisten im Auto?«

»Wir nehmen ihn mit, ganz klar«, erwiderte Christian. »Von uns allen hat dieser Tropf wohl den besten Kontakt zu Leon.«

Sie stiegen wieder ein und fuhren weiter. Nach einer Minute erreichten sie die Abzweigung. Links unter ihnen lag das verschlafene Dorf Janovas. An vielen Häusern waren die Fenster zugenagelt. Uldis fuhr langsam die Auffahrt hoch. Der trockene Boden knirschte unter den Rädern, und die tiefhängenden Pinienzweige kratzen am Auto entlang. Dann wurde zur Linken der Weg wieder frei – eine Wiese fiel zur Hauptstraße hin ab. Dort im Gras sahen sie Leon Bernberg, wie er auf dem Boden kniete und seine Hände fast bis zu den Ellenbogen in der Erde vergraben hatte.

»Liegt da jemand?« flüsterte Christian.

»Nein.« Uldis schüttelte den Kopf, stoppte das Auto und schaltete den Motor aus. »Du gehst mit Schröder zu Bernberg. Ich laufe hoch zum Haus und sehe nach, ob alles in Ordnung ist.« Er drehte sich zu dem Anwalt um und sagte etwas auf Deutsch. Christian sah, wie Schröder hektisch schluckte. Der Anwalt hatte Schweißperlen auf der Stirn, seine Hand rutschte ab, als er den Griff anfasste, um die Autotür zu öffnen.

»Leon?«, rief Christian, kaum hatte auch er den Wagen verlassen, aber Leon reagierte nicht, sondern wiegte sich nur seltsam schwankend hin und her.

Christian machte Schröder ein Zeichen, hinter ihm zu laufen. Sie gingen mit kleinen Schritten die Wiese hinunter und näherten sich Leon seitlich von hinten.

Als sie noch knapp zehn Meter von Bernberg entfernt waren, sah dieser hoch und Christian an. »Bleibt dort stehen! Kommt nicht näher!«

Christian hielt an und blinzelte, um erkennen zu können, was auf dem Stein stand, vor dem Leon kniete.

Lune Bernberg. Und dazu ein Datum.

Es war ihr Grabstein!

Leon zog die Hände aus der Erde. Sie waren blut- und lehmverschmiert. Vor ihm lag ein langes Messer. Christian sah, dass Leon sich beide Pulsadern aufgeschlitzt hatte, das Blut rann an seinen Händen herunter und in die aufgewühlte Erde.

»Lass mich dir helfen, Leon, bitte!«, rief Christian. Er drehte sich zu Schröder um und flüsterte: »Er verliert schnell Blut, wir haben höchstens noch eine oder zwei Minuten Zeit. Sagen Sie was zu ihm!«

»Leon«, Schröders Stimme klang dünn, »bitte, wir wollen dir helfen.«

»Seit acht Jahren liegt sie hier in der Erde.« Leon schluchzte auf, Tränen liefen über seine Wangen. »Und ich war so sicher, sie lebend zu finden.«

Christian bemerkte, dass Leon seine Schuhe ausgezogen und die nackten Zehen auch in die Erde des Grabs seiner Zwillingsschwester gesteckt hatte.

Leons Kopf sank nach vorn und ruckte wieder hoch. Er lachte und wandte sich auf Französisch an seinen Freund, als ginge er davon aus, dieser könne ihn verstehen: »Mark, hast du wirklich geglaubt, ihr könntet Lune besiegen?«

»Was meinst du, was ist denn los? Leon, bitte, komm da weg, und leg das Messer hin.« Die Stimme des Anwalts zitterte.

»All die Jahre habt ihr mich vollgepumpt mit Medikamenten, mich vor mich hin dämmern lassen, bis ich dem Arzt glaubte, ich hätte Wahnvorstellungen. So ging unsere Mutter immer mit den Grausamkeiten unserer Kindheit um. Was immer wir Schlechtes zu berichten hatten – ein Lehrer, der uns schlug, der heiße Tee auf Lunes Beinen –, immer sagte man uns, wir fantasierten. Wir wären irre. Dabei war die einzige Irre unsere Mutter!«

Leons Blick ging zum Haus hoch. Seine Haut schien mit jedem Herzschlag, der das Blut aus seinen Pulsadern trieb, blasser zu werden. »Was macht der Mann da oben?«

»Das ist mein Kollege, der schaut, ob im Haus alles in Ordnung ist.«

»Da oben ist niemand mehr«, sagte Leon, »dort hängt ein Zettel, dass das Haus zum Verkauf steht und man sich an die Bar im Dorf wenden solle.«

Christian versuchte, einen Schritt näher an Leon heranzukommen, aber der hob sofort das Messer, hielt es sich an die Kehle und rief: »Bleib, wo du bist!«

Christians Handy vibrierte. Es war eine SMS von Zecke: »Keine Unfälle, Handy-Ortung läuft noch.«

Uldis kam jetzt zu ihnen hinunter und sagte laut: »Ja, Bernberg hat recht, da oben ist niemand.«

Leon ließ das Messer sinken, streckte den Arm aus und stützte sich an dem Grabstein ab. »Mark, du und Martha, ihr habt auch unserer Mutter geglaubt, dass all das Schreckliche, was ich getan haben sollte, nichts als Wahn war. Ausgeburten meines Geistes. Aber«, er blickte zu den Männern hoch, »das stimmte nicht. Ich hatte es nicht erfunden, ich habe es getan. Alles! Lune hat euch alle ausgetrickst. Sie wusste, der Professor würde ihren Brief nicht vernichten. Es war viel zu reizvoll, die Zeilen einer angeblich schizoiden Zwillingspersönlichkeit immer und immer wieder zu lesen und sich daran aufzugeilen. Lune wusste auch, dass dieser Brief zu mir gelangen würde.«

»Es war bestimmt alles gelogen, sie hat immer gelogen«, sagte Schröder.

»Advokat, du hast jetzt Pause, und bevor ich es vergesse: Denk daran, Martha zu grüßen.« Leon richtete sich wieder auf und seinen Blick auf Christian. »In meinem Hotelzimmer, im Moulin Noir, da liegt der letzte Brief von Lune, der einzige, den ich nicht kannte. Alles, Christian, was darin steht, ist die Wahrheit und nichts als die Wahrheit, so wahr mir Gott helfe. Ich will, dass du dorthin fährst und ihn an dich nimmst. Niemand anders soll das Zimmer vor dir betreten. Versprichst du mir das?«

»Leon, was soll das alles?« Christian wollte einen neuen Versuch machen, Leon näherzukommen, aber das Messer blitzte auf.

»Einen Moment noch, lieber Christian. Eine besonders schöne Briefstelle habe ich heute Morgen auswendig gelernt. Da schrieb Lune: *Ich träumte von einem langen Messer. Ich ging damit auf Sergio zu, und er blickte mich angstvoll an. Ich wiegte mich summend hin und her. Ich wollte Sergio beruhigen und sagte ihm: ›Sieh, irgendwann müssen wir alle gehen, warum es nicht selbst und für sich entscheiden? Denn letztlich ist doch der Tod unser Freund und befreit uns von allem.‹*«

Kaum hatte er das letzte Wort gesprochen, sank Leon nach vorn in den von seinen Händen aufgewühlten Lehm. Christian stürzte zu ihm, drehte Leon auf die Seite und drückte seine Hände auf die Pulsadern. Ein gurgelndes Geräusch drang aus Leons Kehle. Er lächelte, dann starb er. Hinter Christian auf der Wiese übergab sich Mark Schröder so, als müsse er sich die Seele aus dem Leib kotzen.

»Was für eine Geschichte«, sagte Uldis gepresst und holte sein Tabakpäckchen heraus. Er drehte sich langsam eine Zigarette und blickte sich um. »Ich glaube übrigens nicht, dass das Haus zum Verkauf steht. Es ist alles viel zu aufgeräumt, und da oben sind auch frische Reifenspuren.«

Leons Kopf kippte zur Seite. Christian drückte ihm die Augen zu. »Was für ein Leben«, sagte er kopfschüttelnd.

»Und da hinten kommt schon die spanische Polizei, also hat uns irgendwer beobachtet. Wie das auf dem Dorf so ist.«

Christian sprach ein gutes Spanisch und regelte die Formalitäten, während Uldis noch einmal um das Haus herumging und versuchte, die Schlagläden von außen zu öffnen oder unter den Blumentöpfen vor der Tür einen Schlüssel zu finden.

Schließlich kam ein Pfiff von Christian, der winkte, dass sie abfahren würden. Dieses Mal übernahm Christian das Steuer. »Sie bringen uns die Leiche nach Louisson. Übersetzt dem Anwalt bitte mal, dass er den Transport nach Deutschland organisieren muss.«

»So ein wenig verstehe ich auch«, murmelte Schröder, noch ganz blass von dem, was er hatte mitansehen müssen. »Kann ich bitte von Ihrem Telefon aus Martha anrufen?«

Uldis drehte sich zu ihm um. »Wollen Sie ihr das nicht lieber persönlich sagen? Es ist ja immerhin eine gute und eine schlechte Nachricht.«

»Sie sind ein Arschloch.«

Uldis lachte.

Sobald sie die Auffahrt zur Autobahn erreichten und die kurvenreiche Straße hinter sich lassen konnten, gab Christian Gas. Uldis telefonierte zwei Mal ganz kurz mit Zecke und gab ihm sparsame Anweisungen. Er verneinte wiederholt Christians Frage, ob sie Jeanne oder ihr Auto gefunden hatten. Ansonsten redeten sie nicht. Das Radio blieb aus, und Uldis hatte auch den Polizeifunk ausgeschaltet.

Es war kurz nach vier Uhr, als sie nach zwei Stunden die Ausfahrt Louisson erreichten. Da sie ohnehin am Mariott vorbeikamen, ließen sie Mark Schröder dort aussteigen mit der Bitte, er möge am nächsten Tag im Kommissariat seine Aussage machen.

Als Christian kurz darauf in die Gasse des Hotels Moulin Noir einbiegen wollte, war diese gesperrt. Er und Uldis stiegen aus und liefen die letzten Meter. Drei Polizeiwagen und der Spezialwagen der Spurensicherung standen vor dem Hotel.

»Habe ich hier irgendwas verpasst?«, fragte Christian barsch.

»Lass uns bitte hochgehen«, antwortete Uldis.

Christian hielt ihn am Ärmel fest. »Was ist hier los?«

»Ihr ist nichts passiert!«

»Wem?«, brüllte Christian und lief hinter Uldis her in die erste Etage.

Die Spurensicherung machte immer noch Fotos. Auf dem zerwühlten Bett lagen verstreut circa fünfzig Briefseiten, auf dem Nachttisch Rasierklingen. An den Bettpfosten hingen Gürtel. Auf dem Tisch standen Käse, Wein und Kaffee neben einer zerknüllten und wieder geglätteten Briefseite. In der Mitte des Zimmers stand ein roter Plastikeimer, in dem Urin war. Christian erkannte das Kleid, das über dem Stuhl lag, drehte sich zu Uldis um und schlug ihm mit der Faust hart auf die Nase. »Warum hast du mir das nicht gesagt?«, presste er hervor.

Uldis Nase blutete, aber er schlug nicht zurück. »Weil ich schon wusste, dass Jeanne nichts passiert war. Zecke hatte ihr Telefon gefunden und ist hierhergefahren. Dann hat er unser Siegel aufgebrochen und ist rein. Er hat alles richtig gemacht.«

»Wo ist sie jetzt?«

»Sie wollte nach Hause«, sagte Zecke kleinlaut. »Ein Arzt hat sie untersucht. Er hat ihr ein leichtes Beruhigungsmittel gegeben, und Zoe hat sie heimgefahren und ist bei ihr geblieben.«

Christian nahm Zecke grob die Digitalkamera ab und sah die Bilder durch. Er japste, schleuderte die Kamera gegen die Wand.

Uldis hielt ihn am Arm fest. »Es ist scheiße, Christian, ich weiß, und du kannst gern noch einmal zuschlagen, aber das alles hilft jetzt nichts. Deine Frau muss morgen aufs Kommissariat und eine Aussage machen. Sie ist die einzige Person, die bezeugen kann, dass Leon die Morde an Spiegelberg und Legrand begangen hat. Er hat es ihr alles erzählt. Der Rest, sagt Zecke, steht in dem Brief. Auch das mit der Vergewaltigung seiner eigenen Schwester.«

Christian machte sich jäh los und stürmte aus dem Zimmer.

Christians Hände zitterten, als er zu Hause die Tür aufschloss. Zoe saß in der Küche und schaute ihn angstvoll an. Christian sagte nichts, er hielt ihr nur die Tür auf zum Zeichen, dass sie gehen sollte.

Zoe stand auf, blieb kurz neben ihm stehen, hob die Hand, hielt inne und ging, ohne ihn anzusprechen oder ihn zu berühren.

Er schloss die Tür hinter sich. Das Haus war still. Auf dem Küchentisch lag die Packung mit dem Beruhigungsmittel. Christian sah, dass Jeanne gleich fünf Tabletten genommen hatte. Er rief ihren Namen und erhielt keine Antwort.

Jede Stufe einzeln ging er in die obere Etage. Die Tür zu seinem Arbeitszimmer stand offen. Die Fotos von Lune, das Gedicht, alles, was an der Stellwand gehangen hatte, lag zerfetzt auf dem Boden.

Er fand Jeanne im Schlafzimmer. Sie saß in einer Ecke des Bettes, hatte die Beine angezogen und die Arme um die Knie gelegt. Ihre Augen waren verschwollen, ihre Lippen blutig. Auf ihren Füßen lagen die drei kleinen Katzen und schliefen selig. Durch das offene Fenster kam ein lauer Wind, der den Geruch des bald zu erntenden Weizens mit sich brachte. Sie starrte Christian an. Er lehnte sich gegen den Türrahmen.

»Wäre diese Lune doch nie in unser Leben getreten«, sagte Jeanne.

Christian antwortete nicht, er schaute sie regungslos an.

»Bitte, sag etwas, Christian.«

»Hat er dich verge…«

»Nein!«

»Hast du freiwillig mit ihm geschlafen?«

Tränen rollten über ihr Gesicht. Sie nickte.

Epilog

Es war Ende Juni, der zweite Vollmond dieses Monats würde in dieser Nacht am Himmel zu sehen sein. Jeder, der konnte, verließ Louisson, um der zweiten Hexenhitze zu entfliehen. Christian Mirambeau floh nicht, er hatte ein Ziel. Hinten in seinem Auto lag eine Schaufel, und daneben stand ein Picknickkorb für die kleine Reise. Er musste zur Polizei nach San Sebastian, um die Vorgänge zu bestätigen und den Leichnam, der fälschlicherweise dort, und nicht in Louisson, gelandet war, freizugeben.

Christian fuhr durch die Berge. Uldis hatte ihn für verrückt erklärt, als er angekündigt hatte, noch einmal nach Janovas fahren zu wollen, um in dem Grab nach Knochen von Lune Bernberg zu suchen, wenigstens einen, damit Zoe eine Vergleichsprobe machen konnte.

»Du bist ja besessen von dieser Frau!«, hatte Uldis lachend wiederholt.

»Das hat mit Besessenheit nichts zu tun, ich will einfach nur wissen, ob sie wirklich dort begraben ist, und das, ohne den großen Dienstweg einzuschlagen.«

Christian hörte laut Musik und sang mit auf dem Weg durch die Berge und malerischen Täler. Das Wetter wechselte von tiefblauem Himmel zu dunklen schwarzen Wolken, je nach Tal zeigte die Temperatur achtunddreißig Grad und dann wieder nur vierundzwanzig. Als Christian die letzte Abzweigung erreichte, stellte er die Musik aus und ließ das Fenster herunter. Langsam fuhr er die Auffahrt zum Haus hoch, hielt kurz vor dem Haus an und staunte. Dort stand ein kleines blaues Auto unter den Pinien, alle Fenster des Hauses standen offen, und es roch nach Huhn und Rosmarin.

Christian stieg aus, ging ein paar Schritte, und dann stand sie auch schon vor ihm: Lune Bernberg. Ihre Haut war dunkel von der Sonne, ihre Augen leuchteten hell, die langen braunen Haare hingen weit über ihren Rücken und hatten viele ausgeblichene Strähnen. Sie hatte eine Zigarette im Mundwinkel, in der rechten Hand Lauchzwiebeln und in der linken ein Küchenmesser. Sie trug eine kurze Hosen und Gummistiefel.

»Wie sieht's aus, essen Sie mit uns?«

Christian starrte sie verblüfft an und zeigte mit fragend erhobenen Brauen auf den Grabstein unten auf der Wiese.

Sie zuckte mit den Schultern. »Das ist jetzt Leons. Wir haben Namen und Datum schon ersetzt. Immerhin ist dort sein Blut in die Erde geflossen.«

»Sie haben mit mir gerechnet?«

Hinter Lune tauchten erst Sergio und dann Jean-Michel auf, und Christian erkannte erstaunt, dass Sergio identisch war mit dem kleinen Mann mit der Kappe, der vor dem Obdachlosenheim des Roten Kreuzes im Quartier Jean Jaurès gesessen hatte.

»Ich habe meine Wette verloren«, maulte Jean-Michel und grinste.

»Und du auch, Sergio«, sagte Lune gut gelaunt, »ich war nämlich die Einzige, die sicher war, dass Sie noch einmal auftauchen würden. Wie ist es also, Hunger?«

Christian willigte ein, mit ihnen zu essen, saß an dem Tisch mit den Piniennadeln darunter, von dem er in Lunes letztem Brief gelesen hatte, ging durch die Wohnküche und erfuhr, dass Lune und Sergio es damals extra so hatten aussehen lassen, als ob sie spurlos verschwunden wären. Christian hatte recht gehabt – sie wollte nicht gefunden werden.

»Aber irgendwie habe ich immer gewusst, dass Leon mich eines Tages suchen würde. Er konnte nicht aufgeben, er war mein Zwilling. Ich war frei, aber er nicht.«

»Sie wussten vom ersten Tag an, dass Ihr Bruder in Louisson war?«

»Jean-Michel wusste es. Er ist normalerweise der Einzige von uns, der ab und an nach Louisson fährt. Wir hofften, dass Leon wieder abziehen würde. Aber dann kamen Sie ins Spiel«, sie lachte Christian an und legte ihm noch einmal Huhn und Kartoffeln nach, »und suchten und suchten und suchten. Also ging auch Sergio nach Louisson, und ich versteckte mich bei Rahel, und wir machten das Schild an die Tür. Wenn niemand nach einem sucht, ist es leicht, aber wenn jemand sucht, so ausdauernd und hartnäckig wie Sie, dann ist es schwierig.«

»Trauern Sie um Ihren Bruder?«, fragte Christian.

»Teils ja, teils nein. Die Freiheit, die ich hier gefunden habe, gab es für Leon nicht.«

Christian redete noch ein wenig mit Sergio über dieses Tal und den Staudamm, informierte Lune über ihr Erbe, dankte für das Essen, brach auf, und Lune begleitete ihn zum Auto.

»Jean-Michel hat übrigens recht, Sie haben eine ganz besondere Stimme, Lune«, sagte Christian und stieg ein.

Lune stand vor der offenen Wagentür. »Das ist meine Freiheit hier, hier bin ich für niemanden besonders. Können Sie dafür sorgen, dass es so bleibt? Denn dies ist mein Zuhause.«

Christian seufzte und lächelte. »Ich hätte Sie auch gern kennengelernt, Lune.«

»Das war ein anderes Leben«, sagte sie lakonisch.

»Wer ist denn nun wirklich der oder die Verrückte in Ihrer Familie?«

»Wer weiß das schon.« Sie lächelte. »Es kommt immer auf den Standpunkt an, wer die Verrückten gerade sind, oder nicht?«

Leseprobe

Brigitte Pons

Celeste bedeutet Himmelblau
Frank Liebknecht ermittelt

Kein Vogel sang, kein Auto war zu hören, nicht einmal ein ent-
ferntes Flugzeug erfüllte die Luft mit leisem Motorengeräusch.
Vielleicht lag es nur am geschlossenen Fenster, dass die Welt in einer
Lautlosigkeit verharrte, die friedlich hätte wirken können, aber
ganz im Gegenteil in diesem Augenblick etwas ungemein Beängs-
tigendes mit sich brachte.

Wieder einmal fragte sie sich, wann sie den Mann zuletzt ge-
sehen hatte, der hinausgegangen war, hinter die Mauer, auf die
Straße, die am Grundstück vorbei- und nach einer lang gezogenen
Rechtskurve weiter ins nächste Dorf führte.

Sie öffnete den Wasserhahn, der, begleitet von einem dünnen
braunen Rinnsal, nur ein tiefes Röcheln ausstieß, ehe die Rohre in
ein dumpfes Vibrieren verfielen, das sich durchs ganze Haus zog
und den Fußboden erzittern ließ. Eine Weile erfreute sie sich an
den Lauten und der Bewegung, gab sich ihrer tröstlichen Gesell-
schaft hin. Sie legte die Hand an das pulsierende Wasserrohr, strich
beinahe zärtlich darüber, drehte dann den Hahn zu und ging hi-
naus auf den Flur.

Voll Unbehagen zog sie den Kopf zwischen die Schultern, als ihr
Blick die Kellertreppe streifte und weiter zu der Leiter glitt, die aus

einem viereckigen Loch in der Decke ragte. Lange war die Klappe geschlossen gehalten worden, und die Stange mit dem Haken, mit dessen Hilfe sie sich öffnen ließ, hatte im Wandschrank gestanden.

Jedes Mal, wenn sie nach oben kletterte, beschlich sie dieses eigentümliche Gefühl, sie könnte nie wieder hinuntersteigen und wäre gezwungen, oben zu bleiben für alle Zeit, oder würde ganz verschwinden, ohne ein Zeichen zu hinterlassen, dass es sie je gegeben hatte. Dennoch spürte sie den Drang immer wieder, vermochte sich ihm nicht zu entziehen, sosehr sie es auch wünschte.

Das Atmen fiel ihr schwer in der aufgeheizten Luft des Dachbodens, zwischen Erinnerungen, die sie nicht fassen konnte, und verhüllten Möbelstücken, die wie Spukgestalten halb lebendig, halb tot nach ihr zu greifen schienen.

Sonnenschein tropfte wie flüssiger Honig durch das kleine Fenster mit dem verrosteten Metallbügel, das zwischen zwei Sparren klemmte und sich nicht mehr öffnen ließ. Filigrane Staubpartikel tanzten im einfallenden Licht einen stummen Reigen, bald hinauf zur Glasscheibe, dann abwärts zu den hölzernen Dielen. In den Spinnweben am Fenstergriff baumelten Fliegen, wehrlos gefangen, tot wie die einstige Jägerin, die mit eingerollten Beinen noch am eigenen Faden neben ihnen hing.

Ein muffiger Geruch schlich sich aus den alten Schränken, in denen die Vergangenheit eingelagert darauf wartete, wiederaufserstehen zu dürfen.

In einem sinnlosen Anflug von Mitgefühl zerriss sie das Netz, befreite die längst vertrockneten Kreaturen und weinte tränenlos um das vergeudete Dasein.

Rückwärts bewegte sie sich in Richtung der Leiter, stieß den Stuhl um, von dem eine Staubwolke emporstob, berührte dabei versehentlich den Rest des Seils, das vergessen bleiben sollte. Sie hastete die Stiege hinab, rannte blindlings ins Freie, keuchend und getrieben von dem Gefühl, das einzige lebende Wesen zu sein. Überall umgaben sie nur Sterben und Stille, der Atem verflossener Jahre, des Todes und des Verfalls.

Begierig sog sie die frische Luft in ihre Lungen und hustete den Nachgeschmack des Dachbodens aus sich heraus. Endlich, als der Anfall vorüber war, vernahm sie ein tiefes, zunächst leises, dann lauter werdendes Brummen, das jäh verstummte, als ein grün schillernder Käfer auf ihrem Arm landete. Federleicht berührte er ihre Haut und reckte die Fühler zur Sonne. Der unerwartete Kontakt mit diesem lebendigen Geschöpf löste ihre lähmenden Fesseln.

Sie drehte dem Haus den Rücken zu, ließ die Finger durch die Blätter der Hecken gleiten und trat durch das Tor auf die Straße.

Ein Falter erhob sich taumelnd aus einem Gebüsch, und sie folgte seinem Weg, der sie immer weiter fort führte.

Samstag, 16. Juli, Borntal, 11:45 Uhr
– Frank Liebknecht –

Die feuchte Erde verstopfte schon nach wenigen Metern das Profil seiner Schuhe. Zwischen den blühenden Kartoffelpflanzen hindurch bahnte Frank Liebknecht sich einen Weg quer über den Acker den Hügel hinauf. Sein Fahrrad lag hinter ihm im Straßengraben. Bei jedem Schritt klatschte ihm das tropfende Kraut gegen die nackten Waden, und er fragte sich, warum er nicht auch das letzte Stück um den Acker herumgefahren war. Am Feldrand hätte er bequem über die Obstwiese laufen können. Dafür war es jetzt zu spät. Er schob die Sonnenbrille zurecht und wappnete sich innerlich gegen Brunhildes unvermeidlichen taxierenden Blick. Sie musste kein Wort sagen, damit er sich unbeholfen vorkam. Das Hochziehen ihrer Augenbrauen genügte. Dann würde sie vermutlich lächeln, freundlich und ein wenig mitleidig, und dabei den silbergrauen Schopf zur Seite neigen. Er atmete tief durch. Mit den Fingern der linken Hand simulierte er ein paar fetzige Gitarrenriffs zur Beruhigung.

Im Schatten eines Apfelbaums erkannte er Brunhilde, die auf einen Mann einredete. Unmittelbar daneben stand der Streifenwagen. Seine Kollegin hatte keinen Umweg gemacht und keinen Kompromiss und war bis auf wenige Meter herangefahren. Irgendwie hatte die Frau es echt drauf. Frank ließ den letzten Akkord in seinem Kopf ausklingen und schob sich die braunen Locken hinter die Ohren. Von optischer Seriosität war er dennoch meilenweit entfernt.

»Gut, dass du da bist«, empfing ihn Brunhilde Schreiner und sah tatsächlich erleichtert aus. Ihre Augenbrauen bewegten sich nicht. »Das ist Herr Wörner. Er hat mich angerufen.«

Die funktionale Trekkingbekleidung wies Wörner als Profi im Gelände aus, für alle Fälle gerüstet.

»Und das ist mein Kollege Frank Liebknecht.«

»Vielen Dank, dass Sie uns sofort informiert haben.« Frank streckte Wörner die Hand entgegen und sparte sich eine Erklärung für seinen Aufzug. Es war Samstagmittag; dass er gerade nicht im Dienst gewesen war, als Brunhilde ihn zum Einsatz beordert hatte, konnte man sich denken.

»Frau Wörner habe ich in den Streifenwagen gesetzt. Sie ist ein bisschen mitgenommen.« Brunhilde deutete über ihre Schulter, während Wörner Franks Hand kräftig schüttelte. In seinen Augen lag keine Spur von Unbehagen. Offensichtlich brachte ihn nicht einmal der Fund einer Leiche aus der Fassung.

»Mein GPS hat mir gesagt, dass wir hier abkürzen können – wir waren auf dem Weg nach Laudenbach und dann wollten wir an den Main. Tja, und da lag er.«

Frank drehte sich um und folgte dem ausgestreckten Arm mit den Augen. Unweit der Stelle, an der er selbst durch den Kartoffelacker gestapft war, sah er eine unförmige Erhebung zwischen den Furchen, die ihm zuvor nicht aufgefallen war. Fragend schaute er Brunhilde an. »Bist du sicher, dass er tot ist?«

»Mehr als sicher.«

»Da waren schon Viecher dran. Die haben ihn angefressen«, erklärte Wörner unbeeindruckt.

»Doktor Kreiling ist unterwegs, um den Tod offiziell festzustellen.« Brunhilde bedeutete Frank mit Handzeichen, sich selbst ein Bild zu machen.

Doch er blieb neben ihr stehen und schaute hinüber zum Wagen, in dem zusammengesunken Wörners Frau kauerte.

»Zu reanimieren braucht Kreiling den Mann jedenfalls nicht mehr«, fuhr Brunhilde fort. »Herr Wörner, Sie dürfen sich jetzt gerne um Ihre Gattin kümmern. Sie kann Ihren Beistand bestimmt ganz gut brauchen. Sobald es ihr besser geht, können Sie weiterziehen. Ihre Aussage und die Adresse habe ich ja.«

Unschlüssig betrachtete Frank die abgeknickten Kartoffelpflanzen, dann hob er langsam den Zeigefinger. »Moment noch, Herr Wörner. Haben Sie eine Ahnung, wer der Mann ist?«

»Ich? Woher sollte ich den denn kennen? Wir sind ja nicht von hier. Kommen nur manchmal zum Wandern in die Gegend.«

»Haben Sie den Toten angefasst?«

»Nein!« Jetzt klang Wörner zum ersten Mal entsetzt. »Ich fasse doch keine Leiche an.«

»Das heißt, Sie haben ihn genau so gefunden, wie er jetzt daliegt, und nichts verändert?«

Wörner zögerte und schob den Unterkiefer vor und zurück. »Na ja, ich habe nur so mit dem Stock …« Er pikte mit einem seiner Teleskopstöcke in Richtung Boden. »Geschubst habe ich ihn, ob er sich noch bewegt. Und dann umgedreht, auf den Rücken. Vorher hat er auf der Seite gelegen, also halb auf dem Bauch. Aber sonst habe ich nichts gemacht.«

Frank schnaubte verärgert. *Nichts gemacht.* Nur einmal um den Toten herumgetanzt, mit seinen dicken Wanderstiefeln. Und die Lage der Leiche verändert. Damit gab es dann wohl keine Originalspuren mehr, auf die er Rücksicht zu nehmen brauchte.

»Ich musste doch nachsehen, was los ist«, verteidigte sich Wörner.

»Schon in Ordnung.« Brunhilde beschwichtigte ihn freundlich. »Der Mensch hat es ja nicht täglich mit Toten zu tun, nicht wahr? Das ist gar kein Problem. Aber vielleicht bleiben Sie dann doch besser noch einen Moment. Falls meinem Kollegen noch mehr Fragen einfallen.«

Kein Problem. Na klar. Gar kein Problem! Wenn der Kerl nicht mit einem eindeutigen Herzinfarkt zusammengeklappt war, sondern Doktor Kreiling nur den geringsten Zweifel an einem natürlichen Tod äußerte, dann wimmelte es hier in Kürze nur so von Kommissaren der Kriminalpolizei und Mitarbeitern der Spurensicherung aus der Stadt. Und die Landeier hatten mal wieder ganze Arbeit geleistet beim Vernichten von Beweismaterial. Für Brunhilde war das kein Problem. Die stand da lässig drüber, mit einem Schulterzucken. Keine Aufregung wert, die Angelegenheit. Die Kriminalkommissare kamen und gingen auch wieder, so sah sie das Ganze. Sollten sie doch denken, was sie wollten. Nur er schwitzte schon jetzt bei der Vorstellung. Matuschewski würde dabei sein. Und bei seinem Glück auch Neidhard.

»Danke, aber im Augenblick habe ich keine Fragen mehr an Sie, Herr Wörner. Den Toten schau ich mir gleich an. Aber zuerst sehe ich mal nach Ihrer Frau.« Die Aussage eines zweiten Zeugen konnte möglicherweise aufschlussreicher sein, vor allem, wenn er nicht durch den danebenstehenden Ehepartner beeinflusst wurde. Frank joggte die paar Schritte zum Streifenwagen.

»Frau Wörner?«

Die Angesprochene nickte, ihre Unterlippe zitterte, und sie tupfte sich verlegen die Augenwinkel.

Frank stellte sich vor und setzte sich neben sie in der offenen Autotür auf die Trittleiste. »Sie waren dabei, als Ihr Mann die Leiche entdeckte?«

Frau Wörner schluchzte auf, brachte aber kein Wort heraus.

»Und Sie haben sie auch angesehen?«

Frank konnte ein schwaches Nicken erahnen.

»Ich weiß, das ist schwer für Sie, aber es ist wichtig, dass Sie genau überlegen. Ist Ihnen irgendetwas aufgefallen an dem Toten oder in der direkten Umgebung?« Geduldig wartete Frank, bis sie sich einigermaßen unter Kontrolle hatte. »Jede Kleinigkeit kann von Bedeutung sein.«

»Die Augen«, wisperte sie. »Es war so schrecklich, als mein Mann ihn umgedreht hat. Wie er sich bewegt hat, fast lebendig, aber doch irgendwie eher so wie eine Gummipuppe. Und dann habe ich in die Augen gesehen. Und dann nichts mehr. Ich bin weggerannt und habe …« Sie verbarg ihr Gesicht in den Händen und rang verzweifelt nach Atem.

Frank konnte riechen, dass sie sich übergeben hatte.

»Es ist vorbei«, versuchte er sie zu trösten. »Sie müssen das nie wieder sehen. Ich schicke Ihnen Ihren Mann, und dann«, er kramte im Handschuhfach und fand eine Tüte Pfefferminzbonbons, »dann lutschen Sie eines hiervon. Das beruhigt.«

Aufmunternd nickte er ihr zu, ehe er sie allein ließ und sich dem Toten näherte.

Langsam ging Frank neben dem Leichnam in die Hocke. Die Kleidung des Mannes war alt und abgetragen, aber vollständig. Gezielt atmete Frank dreimal in die Körpermitte, ehe er den Toten einer genaueren Betrachtung unterzog. Vielleicht hätte er sich vorher auch ein Pfefferminz gönnen sollen.

Die Augen. Er verstand nun, was Frau Wörner so aus der Fassung gebracht hatte. Sie waren nicht mehr da. Fraßspuren entstellten das ganze Gesicht. Nicht gerade das, was man auf nüchternen Magen sehen wollte. Eine Identifikation durch bloße Betrachtung war somit ausgeschlossen. Auch der Bauch des Mannes wies auf der linken Seite eine große Wunde auf. Unwillkürlich sog Frank die Luft durch die Zähne.

Brunhilde war hinter ihn getreten und schaute ihm über die Schulter. »Alles okay mit dir?«

»Ja. Ja klar.« Er wippte auf den Zehenspitzen auf und ab und federte dann nach oben. »Ist nicht meine erste Leiche. Was machen wir mit Herrn Wörner?«

»Gar nichts, der ist sich selbst Programm genug und genießt die Show.«

Auf Brunhildes Anweisung war Wörner unter dem Apfelbaum stehen geblieben. Von dort aus beobachtete er sie neugierig. Er machte weiterhin keine Anstalten, sich um seine Frau zu kümmern.

»Ich habe vorhin schon mal in die Taschen des Toten geguckt. Ausweis hat er keinen bei sich, aber einen Schlüsselbund. Der kann uns sicher noch weiterhelfen. Jetzt sichern wir zuerst mal den Fundort und sperren weiträumig ab. Komm mit.« Brunhilde holte ihr Handy hervor und ging gemächlich Richtung Wagen. »Auch wenn Kreiling beleidigt sein wird, schätze ich, dass wir nicht mehr auf sein Urteil warten müssen und die Erbacher Kripo gleich anrufen können. Das ist zumindest ein Unfalltod.«

Widerwillig stimmte Frank ihr zu. Es nutzte nichts, das Unvermeidliche hinauszuzögern. Immerhin hatte er noch mit einem kleinen Trumpf aufzuwarten. »Mach das. Ich habe zwar keine Ahnung was passiert ist, aber ich denke, ich weiß, wer unser Toter ist.«

Innerhalb der nächsten halben Stunde trafen nacheinander Doktor Kreiling und eine Handvoll missmutiger Kollegen aus der Kriminalinspektion Odenwald ein, deren Wochenendplanung sich gerade erledigt hatte. Obwohl der Juli viel zu feucht und zu kühl war, nutzte fast jeder das Wochenende zum Grillen und vertrieb sich die bundesligafreie Zeit mit den Spielen der Frauenfußballweltmeisterschaft. Frank hatte zwischenzeitlich den Fundort markiert und dann sein Fahrrad geholt, das nun an einem Baum lehnte. Er stand daneben, als ob es ihm Deckung geben könnte sowie eine Rechtfertigung für seinen Aufzug. Seht her, ich hatte auch frei, genau wie ihr. Obwohl es sich bei dem Rad um ein offizielles Dienstfahrzeug handelte. Beamter des besonderen Bezirksdienstes in der Anlernphase. Der Schutzmann an der Ecke, der Dorfschupo. Das war in den Augen der anderen wahrscheinlich schon lächerlich genug. Warum zum Teufel hatte er im Halbschlaf ausgerechnet die Bermudas mit den hawaiianischen Blumen greifen müssen, um zum Leichenfund auszurücken?

Brunhilde spürte seine Anspannung und boxte ihm aufmunternd gegen die Schulter, während die Ermittler aus ihren Autos kletterten. »Jetzt entspann dich doch. Wir überlassen denen die Drecksarbeit, dann sind sie glücklich. Jedem das, was er verdient. Wir zwei Hübschen sollten uns nicht mit halb verwesten Leichen rumärgern müssen.«

Als höherrangige und dienstältere Beamtin begrüßte sie die Kollegen und übernahm die Kommunikation, während Frank zunächst Herrn Wörner beaufsichtigte, damit dieser niemandem in die Quere kam oder sich ungefragt einmischte.

Doktor Kreiling machte ein saures Gesicht und schnauzte Frank stellvertretend für alle anderen an, als er mit dem Toten fertig war. »Wenn die sowieso mit dem ganz großen Zirkus anreisen, hätten sie auch gleich einen Rechtsmediziner mitbringen können. Wozu braucht ihr dann noch einen alten Mann wie mich?«

Frank verkniff sich die zustimmenden Worte, die ihm auf der Zunge lagen. Noch einer, der lieber sein Verdauungsschläfchen nach dem Mittagessen gehalten hätte, als sich um eine Leiche zu kümmern. Kreiling sollte ohnehin schon längst nicht mehr praktizieren. Alles, was über eine deutlich hörbare Erkältung hinausging, konnte der kurzsichtige Arzt nicht mehr diagnostizieren, geschweige denn behandeln. Aber für viele seiner Patienten war er die einzige Anlaufstelle und der Weg in die nächste Stadt mit dem Bus einfach zu weit. Darum machte Kreiling weiter und erfreute sich großer Beliebtheit.

»Konnten wir doch vorher nicht wissen, Herr Doktor, was da draus wird«, entschuldigte Frank sich halbherzig.

Mühsam schaukelnd setzte Kreiling seinen Weg hangabwärts über die unebene Streuobstwiese fort. Fehlte nur noch, dass der jetzt in eines der tausend Karnickellöcher trat und sich den Fuß verknackste.

Frank fluchte leise und folgte ihm. Mit ein paar schnellen Schritten hatte er Kreiling eingeholt. »Warten Sie, lassen Sie mich die nehmen.« Er griff sich die schwere, altertümliche Arzttasche. »Ich begleite Sie zum Wagen. Und danke noch mal, dass Sie gekommen sind.«

Besorgt verfolgte Frank kurz darauf das Wendemanöver des PS-starken BMW. Aber fahren konnte Kreiling eindeutig besser als laufen.

Dicht neben seinem Ohr hörte er plötzlich Marcel Neidhard flüstern: »Echt cooler Job, muss ich schon sagen. Taschenträger beim Landarzt. Mein Lieb-er-Knecht.«

Tolles Wortspiel. Frank vermied es, Neidhard anzusehen. Er spürte ein Ziehen unterhalb des linken Rippenbogens.

»Mir gefällt es hier«, antwortete er gepresst. Aber seine Stimme klang längst nicht so überzeugt, wie er gehofft hatte.

Brunhilde winkte ihn vom Kartoffelacker aus mit beiden Armen zu sich. Er hob die Hand zur Bestätigung, dass er sie gesehen hatte. »Ja, mir gefällt es hier«, wiederholte er und schaute an sich hinunter zu den bunten hawaiianischen Blüten auf seiner Hose. »Und die coolere Dienstkleidung habe ich auch.« Damit ließ er Neidhard stehen und sprintete quer über die Wiese.

Das Laufen tat ihm gut, befreite ihn für einen kurzen Moment von lästigen Gedanken. Sollte Neidhard sich doch mit der Gammelleiche herumschlagen, wenn ihm das Spaß machte.

»Was gibt es, Frau Schreiner?« An Brunhildes Seite stand der leitende Kommissar, weshalb Frank sie nicht wie sonst mit dem Vornamen ansprach.

»Du hattest eine Idee zu dem Toten, und die möchte Kriminalhauptkommissar Brenner gern hören.«

Brenner hatte sich bei Franks Ankunft umgedreht, lächelte ihn nun an und kniff ein Auge zu. »Moment, ich hab es gleich. Frank, nicht wahr? Aber den Nachnamen hab ich vergessen.«

»Liebknecht«, half Frank weiter und fühlte trotz der freundlichen Begrüßung schon wieder beklemmende Unsicherheit. »Aber Frank ist schon in Ordnung.«

»Wir kennen uns aus Darmstadt. Ich habe dort einige Seminare gehalten«, fügte Brenner zu Brunhilde gewandt hinzu. »Dann lass mal hören. Wer ist der Tote?«

»Na ja, ganz sicher weiß ich es nicht. Aber die Leiche muss schon eine Weile daliegen, nicht erst seit zwei, drei Tagen. Eher zwei bis drei Wochen. Da ist es doch seltsam, dass niemand den Mann früher gefunden hat. Ich weiß, hier am Feld geht kein offizieller Weg durch. Aber dem Bauern hätte der Tote auffallen müssen. Allerdings sieht der Acker aus, als ob sich schon länger keiner mehr darum gekümmert hätte. Zwischen den Pflanzen ist alles voller Unkraut, da hat keiner geharkt.« Er brauchte keinen Spiegel, um zu wissen, dass seine Ohren feuerrot glühten. »Meine Eltern haben auch ein paar Reihen Kartoffeln hinterm Haus; daher weiß ich …« Er unterbrach sich. »Na ja, jedenfalls bin ich deshalb der Meinung, dass der Tote der Bauer selbst sein muss.«

Brenner rieb sich die Nase. »Und warum hat ihn keiner vermisst?«

»Das kann ich erklären«, schaltete Brunhilde sich ein. »Die Felder hier auf der Lichtung gehören alle zum Brettschneiderhof. Das ist der da hinten am Waldrand. Von dort sind es nur noch ein paar Hundert Meter bis zur Grenze nach Bayern. Auf dem Hof lebt nur noch der Theodor. Oder lebte, wenn er das wirklich ist. Und das könnte schon gut sein.«

»Dann sollten wir das doch als Erstes überprüfen. Ich schicke am besten ...«

»Uns«, unterbrach ihn Brunhilde und hob dabei entschuldigend die Achseln. »Schicken Sie uns. Mal angenommen, Theodor ist nicht unser Toter, dann sollten wir ihm auf jeden Fall ein paar Fragen stellen. Aber der Brettschneider ist ein grober Klotz und, ich will es mal wohlwollend formulieren, ein Einsiedler. Mich kennt er, und den Frank hat er wahrscheinlich auch schon im Dorf gesehen. Aber er redet praktisch mit niemandem, und wenn Fremde auf dem Hof auftauchen, macht er gar nicht erst auf.«

Brenner schaute über die Felder in die von Brunhilde angegebene Richtung. Undeutlich erkannte Frank die Umrisse eines Gehöfts, die mit den angrenzenden Bäumen am Hang zu einer dunklen Masse verschmolzen.

»Einverstanden.« Brenner grinste. »Von einem Eremiten aufs Korn genommen zu werden, der ihm am Ende noch den Hofhund auf den Hals hetzt, das ist sicher nicht nach Neidhards Geschmack.«

Minuten später saß Frank neben Brunhilde im Auto, die kräftig aufs Gaspedal trat.

»Na, wie habe ich das gemacht?« Sie feixte. »Die dürfen weiter über den schlammigen Acker kriechen, und wir gucken mal, ob der Brettschneider noch schnauft.« Sie musterte Frank von der Seite. »Spuck's schon aus. Was ist heute los mit dir? Du hast nicht nur zu wenig Schlaf gekriegt, du hast ein Problem mit den Erbacher Kollegen. Wieso?«

Der Streifenwagen krachte durch die Schlaglöcher der schmalen Straße, die sonst nur von landwirtschaftlichen Fahrzeugen genutzt wurde.

»Neidhard kenne ich von der Polizeischule, und mit Matuschewski von der Spurensicherung hatte ich auch schon mal dienstlich zu tun. Reicht es, wenn ich dir sage, das sind Arschlöcher?«

Brunhilde lachte. »Schön, dass du das so präzise formulierst. Ich kenne dich jetzt gute drei Monate, Frank. Wenn du sagst, das sind Arschlöcher, dann glaub ich es. Und zum Stichwort glauben«, sie malte Anführungszeichen in die Luft, ergriff dann aber schnell wieder mit beiden Händen das Lenkrad, »du solltest endlich anfangen, an dich zu glauben. Du hattest sicher deine Gründe, aus Darmstadt wegzugehen. Und mein Nachfolger zu werden, wenn ich in Pension gehe, ist nicht der schlechteste Job. Die Leute hier werden sich schon noch an dich gewöhnen.« Sie tätschelte ihm mütterlich das Bein. »Aber an die Hose gewöhnen sie sich sicher nicht. Und die Locken müssen auch runter, auch wenn du das nicht wahrhaben willst. Vertrau einer Frau, die drei Söhne großgezogen und ihr ganzes Leben hier in der Prärie verbracht hat. Ein Polizist auf dem Dorf braucht einen ordentlichen Haarschnitt. Männlich kurz und keine Strubbellocken. Damit beeindruckst du vielleicht die Mädels, wenn du mit deiner Gitarre klimperst, aber nicht die Bauern rund um Vielbrunn.«

Sie lenkte das Auto auf den Grünstreifen neben der Straße, brachte es mit einem Ruck zum Halten und stieg aus. Den Zündschlüssel ließ sie stecken. Eine Angewohnheit, die Frank nur schwer akzeptieren konnte. Es war nicht zu erwarten, dass sie gleich in halsbrecherischem Tempo eine Verfolgungsjagd starten mussten, die diese Maßnahme notwendig machte.

Er folgte ihr, klappte die Tür zu und legte die Arme auf das Wagendach. »Warum hast du diesen Brettschneider eigentlich noch nie erwähnt?«

Bruni durchschritt zielsicher das fast zwei Meter hohe Holztor. Eine bröckelige Sandsteinmauer umschloss das große Grundstück. »Worauf wartest du?«, rief sie über die Schulter, statt ihm zu antworten.

Man hätte klingeln können, überlegte Frank, ließ die Sache aber auf sich beruhen. Im Vorbeigehen konnte er auch keine Klingel entdecken.

Hinter dem Tor umfing sie grünes Halbdunkel. Frank betrachtete misstrauisch einen Holzverschlag. Doch aus der finsteren Öffnung drang kein Knurren, und die massive Kette bewegte sich nicht. Er trat mit dem Fuß gegen den umgekippten Blechnapf, in dessen Unterseite sich Regenwasser und Blätter gesammelt hatten. Hier war schon ewig kein Hund mehr gefüttert worden. Dennoch schaute er sich nochmals gründlich um.

Mächtige Bäume und Hecken säumten den Hof, um den sich mehrere niedrige Gebäude an den Hang duckten. Auf einem Sandsteinsockel saß das eingeschossige Fachwerkhaus, eingeklemmt und abweisend unter dem dunklen, weit heruntergezogenen Krüppelwalmdach. Nur am Fuß der Steinstufen, die zum Eingang führten, gab es einen sonnenbeschienenen Fleck. Bienen summten. Mehr war nicht zu hören. Frank zuckte zusammen, als Brunhilde plötzlich laut nach Theodor Brettschneider zu rufen begann.

Nichts rührte sich, und sie stiegen die Stufen hinauf. Die Haustür stand weit offen.

»Bist du da, Theodor? Hallo?« Brunhilde klopfte mit der Faust gegen das Holz und lauschte in die Stille. Sie kramte den Schlüsselbund des Toten aus der Hosentasche. Neben drei altmodischen dicken Schlüsseln fand sich nur einer mit einem flachen Bart, den sie probeweise ins Schloss steckte. Er hakte, ließ sich dann aber mühelos drehen.

»Sieht schlecht aus für den guten Theodor«, murmelte sie. »Na, dann lass uns mal reingehen.« Betont laut stampfte sie auf die Holzdielen. »Brettschneider – wo steckst du?«

Die Lampe im Flur funktionierte nicht, sodass der hintere, fensterlose Bereich dunkel blieb. Frank erahnte mehrere Türen und eine Treppe. Rechts hinter dem Eingang lag ein Paar verdreckter Gummistiefel, darüber hing an einem krummen Nagel ein Regenmantel. Als seine Augen sich an das Dämmerlicht gewöhnt hatten, schlüpfte er aus seinen Turnschuhen, die er neben den Stiefeln abstellte, und betrat auf Socken die Wohnküche.

Als Erstes fiel Frank auf, wie ordentlich aufgeräumt der Raum war. Kein Topf auf dem Herd, kein Geschirr in der Spüle, nicht einmal ein benutzter Teller. Er schnupperte, aber da lag keine Spur von Kaffee oder gebratenem Speck in der Luft. Und es war kalt, obwohl an diesem Tag die Temperaturen endlich auf sommerliche Werte gestiegen waren. Auf dem Esstisch vor einer Bank in der Ecke war ein weißes Tischtuch ausgebreitet, mit einem kleinen Strauß welker Wiesenblumen in der Mitte, davor einige ungeöffnete Briefe, die Kante auf Kante übereinandergestapelt lagen.

Vom Essplatz aus konnte er den Weg überblicken, der vom Tor heraufführte, und durch ein zweites Fenster den seitlich neben dem Haus gelegenen Kräutergarten. Mehrere Beete mit schnurgeraden Reihen kleiner Pflanzen.

Von der Küche aus gelangte Frank in ein winziges Bad. Auf dem Waschbeckenrand lag ein unförmiges Stück Kernseife. Darüber hing ein Schränkchen mit einer Zahnbürste, Rasier-

zeug und einigen Medikamentenpackungen, daneben ein ab-
genutztes Handtuch. Einen Spiegel gab es nicht.

»Kommst du mal rüber, Frank?«

Eilig schloss er sich Brunhildes Rundgang an, die ihn vor
einer Schlafkammer erwartete, in der etliche Kleidungsstücke
herumlagen. Sie hatte bereits alle Türen auf dem Flur geöffnet, und da sie nichts weiter sagte, warf Frank zunächst auch
in die anderen Zimmer einen kurzen Blick. Spartanisch schien
ihm der passende Ausdruck für die Möblierung: Bett, Schrank,
Stuhl. Überall das Gleiche, bis auf die verstreute Wäsche.

»Hast du Handschuhe für mich?« Frank kehrte mit einem
verlegenen Grinsen die leeren Taschen seiner Bermudas nach
außen. »Kommt nicht wieder vor. Versprochen.«

Brunhilde hob die Augenbrauen und reichte ihm ein Paar
der dünnen Einmalhandschuhe, die zur Grundausstattung ihrer Dienstausrüstung gehörten. »Wozu brauchst du die?«, fragte sie. »Wir sind fertig. Der Brettschneider ist nicht da, der
Schlüssel passt – du hattest den richtigen Riecher. Ich denke,
wir können die Geschichte getrost an deine Freunde übergeben. Dann tippen wir noch schnell einen Bericht, und das Wochenende kann weitergehen.«

»Ja, schon …« Der Latex legte sich wie eine zweite Haut auf
Franks Finger. »Aber können wir damit noch einen Moment
warten? Ich meine, wenn wir schon da sind, spricht doch nichts
dagegen, dass wir uns auch ein wenig umschauen. Und außerdem sind es nicht meine Freunde.«

»Was glaubst du denn, was du hier finden kannst? Brettschneider war nur etwas sonderbar, sonst nichts.« Sie deutete
auf das ungemachte Bett. »Und schlampig ist er gewesen, so
viel steht fest.«

Frank blickte sie überrascht an, schob sie ein Stück beiseite
und schlüpfte an ihr vorbei ins Zimmer. »Nein, eigentlich eher

nicht. Die Küche sieht jedenfalls aus wie geleckt und alle anderen Zimmer auch.« Er deutete vor sich auf den Boden. »Hier ist irgendein Dreck. Mach doch bitte mal das Licht an.«

Brunhilde betätigte den Kippschalter, aber nichts passierte. Sie klappte den Hebel mehrfach hin und her.

»Kein Strom«, verkündete sie, nachdem sie es auch in den Nebenzimmern probiert hatte.

»Hast du eine Taschenlampe?« Frank kauerte auf allen vieren auf dem Boden und konnte trotzdem nichts erkennen.

»Selbstverständlich, Herr Kommissar. Wie viel Watt hätten Sie denn gern?«

»In Darmstadt hatten wir immer … ach, egal.« Er tupfte vorsichtig mit dem Finger auf die undefinierbare, eingetrocknete Substanz.

»In Darmstadt, aber da bist du nicht mehr, mein Junge. Und ich bin kein wandelnder Kramladen.«

»Entschuldige, Bruni, ich habe es schon kapiert. Hör mal, das könnte durchaus Blut sein.« Er kratzte mit dem Fingernagel über den Fleck und hoffte, dass der Handschuh nicht einriss.

»Lass das! Wenn es wirklich Blut ist, sollen sich die Spezialisten drum kümmern. Das da drüben könnte ein Schuhabdruck sein. Die ziehen dir das Fell über die Ohren, wenn du hier was durcheinanderbringst. Ich rufe die jetzt an.«

»Fünf Minuten, Bruni!«, bettelte Frank und brachte seine Nase ganz nah an den Boden. »Riechen tut's nicht.« Langsam rutschte er vorwärts. »Hier ist noch mehr.« Als er sich umsah, stand Brunhilde direkt hinter ihm. Er kam sich lächerlich vor, wie er da vor ihr herumkroch, den geblümten Hintern in die Luft gereckt. »Siehst du?« Er tippte gegen ein zusammengeknülltes Stück Stoff, und Brunhilde streckte ihm die Hand hin, um ihm aufzuhelfen. Auf seinen nackten Knien zeichnete sich die Maserung der Holzdielen ab.

»Ja, sehe ich. Da neben dem Kissen, das ist ein Hemd, da sind auch Flecken drauf. Und unter dem Fenster liegt noch ein Tuch. Der Tote im Feld hatte eine Verletzung am Bauch. Sieht fast aus, als hätte sich hier jemand selbst verarztet. Spricht also auch dafür, dass es Brettschneider ist. Passt alles zusammen.« Sie behielt Frank fest im Blick, als sie das Handy zückte, um Kriminalhauptkommissar Brenner genau diese Überlegungen umgehend mitzuteilen.

Mit einem kurzen Kopfnicken fügte Frank sich ihrer Entscheidung. Nichts zu machen. Das war nicht ihre Baustelle und auch nicht seine.

»Hallo, Herr Brenner, sieht so aus, als hätten wir einen Treffer …«

Brunis sachliche Erklärung wollte Frank sich nicht anhören. Die Geschichte war gelaufen. Er trollte sich auf den schmalen Flur, den der Abgang zum Keller und eine Leiter zusätzlich verengten. Durch ein dunkles Loch in der Decke führte die Leiter hinauf zum Dachboden. Die höher steigende Sonne schickte bei jedem Windstoß, der draußen die Bäume bewegte, zuckende Reflexe über die Fußmatte vor dem Eingang. Der Luftzug richtete die Haare an Franks Waden und Unterarmen auf. Die offene Tür war ein leuchtendes Rechteck.

Wie in einem Horrorfilm. Wenn er jetzt losrannte, würde die Tür im letzten Augenblick vor seiner Nase zuschlagen, und er wäre gefangen. Er schüttelte sich. Es hatte eindeutig auch etwas Gutes, wenn er sich nicht länger in dieser miefigen Bude herumdrücken musste. Noch drei Stunden bis zum Spiel um den dritten Platz. Frankreich gegen Schweden. Vorher noch ein bisschen Radfahren in der Sonne. Dann ein Bier.

»… Stichverletzung … Unfall? Na ja, könnte … Sollen wir? Okay … nein, wir fassen nichts an … garantiert nicht.« Wortfetzen von Brunis Telefonat drangen zu ihm herüber.

Eine Stichverletzung. Nachdenklich legte Frank die Hand auf seinen Bauch. Der Mann hatte sich wohl kaum freiwillig selbst aufgeschlitzt. Das verdammte Fußballspiel interessierte ihn, wenn er ehrlich war, nicht die Bohne.

Rasch ging er zurück in die Küche und blätterte vorsichtig die Briefe durch. Drei Umschläge vom Stromversorger, der offenbar inzwischen den Saft abgedreht hatte, einer von der Stadtverwaltung und fünfmal Werbung. Die ältesten Briefe waren bereits vier Wochen alt, aber er konnte nicht alle Daten auf den Poststempeln entziffern. »Mist!« Er richtete die Post wieder genauso aus, wie sie zuvor platziert gewesen war. Gelber Blütenstaub rieselte auf das Tischtuch, als er gegen die Stängel in der Vase stieß. In seinem Bauch klopfte es herausfordernd unter der Narbe. Das war nicht die viel beschworene Intuition eines Polizisten, der eine Fährte witterte, da machte er sich keine Illusionen. Eher ein diffuser Cocktail aus Widerwillen, Furcht und Unzufriedenheit. Trotzdem wollte er die Zeit bis zum Eintreffen der Kollegen unbedingt nutzen, um sein Bild von Theodor Brettschneiders Leben zu vervollständigen.

Er ignorierte Brunhildes fragenden Blick und nahm noch einmal die anderen Schlafkammern in Augenschein. Kissen und Decke auf den Betten waren frisch bezogen, als warteten sie darauf, benutzt zu werden. Er wischte über das Fensterbrett. Kein Staub. Doch die Luft schmeckte abgestanden und muffig. Jedes billige Hotelzimmer erschien dagegen wie ein heimeliger Ort voll persönlicher Ausstrahlung. Erst im letzten Raum legte sich Franks Unbehagen etwas. Er lehnte sich mit dem Rücken gegen den Schrank. Ein Hauch von Sommer streifte seine Nase. Woher dieser Eindruck kam, konnte er nicht sagen. Für einen Moment ließ er sich davon einfangen.

Bilder der vergangenen Nacht rauschten ihm durch den Kopf. Die Bar, die Band, laute Musik, Lachen. Eine spontane Jam-Session, in blindem Verständnis gespielt. Ein Groove, wie zuletzt im gemeinsamen Urlaub am Mittelmeer vor ein paar Jahren. Dort hatte es auch so gerochen … In Gedanken ließ er die Finger über die Saiten tanzen. Doch die angeblich so gefühlsechten Handschuhe wehrten sich gegen die schnelle Akkordfolge.

»Wir sollten am Tor warten.« Bruni stand im Türrahmen, als er die Augen öffnete. »Der Feierabend ruft.«

Mit den Schultern drückte Frank sich vom Schrank ab. »Was waren das bloß für Leute?« Die halblaute Frage richtete sich nicht direkt an Bruni. »Haben die überhaupt gelebt?«

»Leben ist relativ.« Sie neigte den Kopf zur Seite. »Und Einstellungssache. Die Familie hat sehr zurückgezogen gelebt; sie waren in keinem Verein, gingen auf kein Fest, auch nicht am Sonntag in die Kirche. Na ja, da wird schnell viel dummes Zeug geredet. Theodors Frau Marie ist schon vor Jahren abgehauen; nicht lange nach dem Tod seines Vaters. Für Marie war hier wohl auch zu wenig Leben. Und Theodors Mutter Johanna hat es im vergangenen Winter erwischt. Ist die Kellertreppe runtergestürzt.« Fröstelnd rieb Brunhilde sich die nackten Unterarme. »Du siehst, viel Leben und vor allem viel Glück gab es wirklich nicht in dem Gemäuer. Und darum brauche ich jetzt frische Luft und Sonne. Hier kann man ja vor lauter Gespenstern kaum atmen.«

Samstag, 16. Juli, Frankfurt, 13:55 Uhr
– Dieter Strobel –

Über die Fanmeile am Frankfurter Mainufer schlenderte ein durchweg gut gelauntes Publikum. Die Musik der verschiedenen Bühnen mischte sich mit dem Lachen von Kindern, dem Kreischen der Teenager und vielfältigen Sprachfetzen. Dieter Strobel machte einen kleinen Bogen um eine Pfütze und hakte die Daumen unterhalb seiner Rot-Kreuz-Weste in den Gürtelschlaufen ein. Am vorletzten Tag der Weltmeisterschaft erwartete er eine ruhige Schicht, ohne besondere Vorkommnisse beim Public Viewing. Zufrieden genoss er den Anblick der vielen weiblichen Fans, die leicht bekleidet dem kühlen und feuchten Wetter trotzten. Gewohnheitsmäßig rüttelte er alle paar Meter an den Absperrgittern an der Uferkante und ließ den Blick erst über das graue Flusswasser und dann über die Sitzplätze und Fressbuden wandern. Alles fest, alles sicher, alles im grünen Bereich.

Eine Wolke aus Popcornduft streifte ihn. Eigentlich hatte er keine Zeit mehr. Aber die anderen Jungs im Sanitätszelt würden sicher auch zugreifen, wenn er einen Eimer mit noch warmem Popcorn auf den Tisch stellte.

Seufzend gab er der Versuchung nach und kramte in seinem Portemonnaie nach den passenden Münzen. Ein Zweieurostück rutschte ihm durch die Finger, plumpste auf den Kies und rollte davon. Das hatte er nun von seiner Gier. Schimpfend folgte Dieter dem Geldstück um den Popcornwagen herum, wo es direkt vor den Füßen eines Mädchens liegen blieb, das an einen Baum gelehnt auf dem Boden saß. Er bückte sich und lächelte verlegen, als er sich aufrichtete. Hoffentlich hatte die Kleine seine unflätigen Flüche nicht gehört.

Sie erwiderte das Lächeln nicht. Ihre Hände lagen gefaltet auf den angewinkelten Knien. Eine einzelne Haarsträhne lugte unter ihrem hellen Kopftuch hervor. Dieter musste sich konzentrieren, damit ihm der Mund nicht offen stehen blieb. Unter seiner Zunge sammelte sich Speichel, und er schluckte hastig. Dann rieb er sich mit der flachen Hand über die Wangen und zog an seinem Kragen, während er mit der anderen Hand das Eurostück umklammerte.

»Hallo«, krächzte er und schalt sich zugleich einen Vollidioten. Es gab keinen Grund, die Kleine so anzustarren, dass sie am Ende noch Angst vor ihm bekam. In ihrem Gesicht konnte er keine Gefühlsregung erkennen. Dennoch wirkte sie verloren. »Ist alles in Ordnung? Geht es dir gut?«

Ihre Augen folgten jeder seiner Bewegungen mit ernsthafter Aufmerksamkeit. Das war kein Kind, sondern eine junge Frau. Und Augen waren das auch nicht. Jedenfalls nicht von dieser Welt.

»Ich bin der Dieter.« Er zupfte an seiner Weste und zeigte ihr den Aufdruck. »Siehst du? Ich bin Sanitäter. Also, wenn ich etwas für dich tun kann …«

Sie fixierte ihn weiter. Stumm. Auf seiner Stirn bildete sich ein feiner Schweißfilm. Er rief sich zur Ordnung. Natürlich waren das Augen. Ganz normale Augen. Nur sehr groß. Und so unglaublich blau, wie er es noch nie gesehen hatte.

Samstag, 16. Juli, Borntal, 14:15 Uhr
– Frank Liebknecht –

Neben einem verblühten Fliederstrauch machte Brunhilde Kriminalhauptkommissar Brenner ordnungsgemäß Meldung über alle Erkenntnisse und Vermutungen, zu denen sie bei ihrer Ortsbegehung gelangt war. Insgeheim zollte Frank ihr dafür Respekt. Sie bewahrte eine tadellose Haltung, während er sich wie ein ausgespuckter Kaugummi vorkam, um den alle einen Bogen machten. Die Spurensicherer schleppten ihre Ausrüstung ins Haus. Er war nutzlos und stand im Weg.

Neidhard klopfte ihm im Vorbeigehen auf den Rücken. »Na, dann wollen wir mal sehen, was du uns an Spuren übrig gelassen hast, Lieb-er-Knecht.«

Brenners Kopf schnellte im selben Moment hoch. »Marcel!«, bellte er, packte Neidhard am Arm und zerrte ihn ein Stück beiseite. Leise, aber eindeutig verärgert zischte er ihm einige Worte zu, die Frank nicht verstehen konnte. Dann wandte Brenner sich mit entschuldigendem Lächeln wieder Brunhilde zu, wirkte jedoch weiter angespannt.

Sie deutete mit dem Kinn Neidhard hinterher und grinste verständnisvoll. »Der Bursche schreit nach der kurzen Führungsleine, was? Hören Sie, wenn Sie uns hier nicht mehr brauchen, Herr Brenner, würde ich gern meinen Bericht schreiben. Dann wartet der schon auf Ihrem Schreibtisch, wenn Sie zurück sind. Sie und Ihre Leute kommen ja wohl alleine klar, oder?«

»Sicher. Gehen wir mal davon aus, dass es sich bei dem Toten um Brettschneider handelt – und die Indizien sprechen ja dafür –, dann sollte das keine allzu große Sache werden. Draußen auf dem Feld deutet nichts auf einen Kampf hin. Und im Haus auch nicht, so wie ich Sie verstanden habe. Dazu das Verbandsmaterial im Schlafzimmer und kein Telefon, mit dem er einen Arzt hätte rufen können … Wenn er sich die Fleischwunde auf dem Hof zugezogen hat, haben wir es vermutlich mit einem Unfall zu tun und nicht mit einem Verbrechen. Dafür sollten sich genügend Beweise finden lassen.«

»So ist es«, bestätigte Brunhilde.

»Klingt für mich nach unglücklichen Umständen, aber das finden wir heraus. Staatsanwalt Kreim müsste auch gleich da sein. Der wollte nur erst noch raus aufs Feld.« Brenner lachte ein wenig gezwungen. »Dem wäre es sicher auch lieber gewesen, wir hätten Fremdeinwirkung gleich ausschließen können. Aber bei dem Zustand der Leiche, da muss einer genauer hinsehen als nur mit dem bloßen Auge, um das zu entscheiden.«

Frank trat unruhig von einem Fuß auf den anderen und vermied es, Bruni anzusehen. »Ich kann noch bleiben«, platzte er heraus. »Mir sind da ein paar Dinge aufgefallen, und ich würde gern …«

»Frank«, unterbrach ihn Brunhilde sanft, aber bestimmt, »ich habe Kommissar Brenner doch alles gesagt. Du fährst mit mir. Ich bringe dich zu deinem Fahrrad.«

Brenner nickte. »Danke trotzdem für das Angebot, Frank. Aber es reicht, wenn *wir* uns das Wochenende um die Ohren schlagen.«

Für einen Augenblick ließ Frank die Schultern hängen und starrte auf seine erdverkrusteten Schuhe. Wenn die Kollegen nur nach der Bestätigung für die Unfalltheorie suchten, dann würden sie vielleicht auch nichts anderes finden. So wie Bruni. Die konnte ja gar nicht schnell genug von hier wegkommen. Er musste wieder in das Haus. Unbedingt.

»Ist Matuschewski schon drin?«, fragte er und drehte sich um. »Nur ganz kurz, ich muss ihn was fragen. Warte nicht auf mich, Bruni.«

Am oberen Ende der Treppe kickte Frank wieder die Schuhe von sich und stürmte durch die Tür.

Matuschewski kommandierte zwei seiner Mitarbeiter in Theodor Brettschneiders Schlafzimmer herum und grunzte nur missmutig in Franks Richtung, als der ihn ansprach.

»Sind das Schuhabdrücke vor dem Bett?«

»Nach erstem Augenschein, ja.«

»Und die Flecken sind Blut?«

»Nach erstem Augenschein, ja.«

»Aber nur hier drin, oder? Auf dem Flur ist nichts, weder Abdrücke noch Blut, richtig?«

»Liebknecht! Ich bin erst seit fünf Minuten an der Hütte dran, was willst du eigentlich?« Matuschewski musterte ihn grimmig. »Warte gefälligst die Analyse ab. Wenn ich alles vorher wüsste, wäre ich Hellseher. Und zieh verdammt noch mal Einwegschuhe über. Das ist möglicherweise ein Tatort, du Anfänger! Ich will nicht überall deine Sockenflusen aufsammeln.« Matuschewski drückte Frank ein paar Überzieher gegen die Brust und wandte sich wieder seiner Arbeit zu. Frank zog die Plastikhüllen an und blieb auf der Schwelle stehen.

»Was denn jetzt noch?« Matuschewski richtete einen Scheinwerfer aus.

»Ist schon jemand im Keller? Und oben auf dem Dachboden? Die Luke steht offen, und ich dachte …«

Brigitte Pons

Celeste bedeutet Himmelblau
Frank Liebknecht ermittelt

Kriminalroman

Wer seine Zunge hütet, bewahrt sein Leben

Vielbrunn im Odenwald. Auf einem Feld wird die Leiche eines Bauern gefunden. Die Behörden gehen von einem tragischen Unfall aus. Doch der junge Polizist vor Ort, Frank Liebknecht, glaubt nicht an einfache Erklärungen. Er recherchiert auf eigene Faust und stößt schnell auf Ungereimtheiten in der Vergangenheit des Toten. Immer tiefer verstrickt er sich in den Fall und gerät in einen Mahlstrom aus Verrat, Mord und fanatischer Verblendung …

Wer Wind sät, wird Sturm ernten … Frank Liebknechts erster Fall!

Band 1 der Serie
352 Seiten, kartoniert mit Klappe
€ 9,99 [D]
ISBN 978-3-8025-9388-8

www.egmont-lyx.de

Saskia Berwein
Todeszeichen
Ein Fall für Leitner und Grohmann

Thriller

Der »Künstler« tötet ohne Skrupel

Mitten im Lemanshainer Wald werden in einem Schlammloch die Überreste einer zerstückelten Frauenleiche gefunden. Bald schon ist klar: Sie ist ein Opfer des »Künstlers« – ein Serienmörder, der Frauen tagelang gefangen hält, sie quält und ihnen bei lebendigem Leibe Bilder in die Haut schneidet, bevor er sie schließlich tötet. Kommissarin Jennifer Leitner und Staatsanwalt Oliver Grohmann ermitteln fieberhaft, um dem grausamen Treiben ein Ende zu setzen …

352 Seiten, kartoniert mit Klappe
€ 9,99 [D]
ISBN 978-3-8025-8981-2

Band 2: Herzenskälte
416 Seiten, kartoniert mit Klappe
€ 9,99 [D]
ISBN 978-3-8025-8982-9

www.egmont-lyx.de

LYX
EGMONT

John Burley
Unschuld des Todes
Thriller

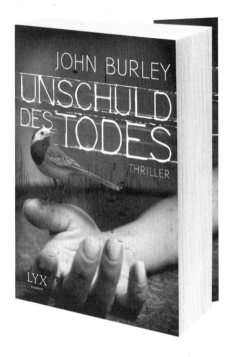

Der Tod ist noch längst nicht das Ende ...

Ben Stevenson lebt mit seiner Frau und zwei Söhnen in einem beschaulichen Städtchen in der Nähe von Detroit. Eines Tages bekommt die Idylle Risse, als ein Jugendlicher in einem Waldstück brutal überfallen und ermordet wird. Die ganze Stadt ist in Aufruhr, und eine fieberhafte Suche nach dem Täter beginnt – doch alle Spuren enden im Nichts. Da wird abermals ein Mädchen angegriffen. Sie überlebt. Aber was die Ermittlungen dann ans Tageslicht bringen, ist schlimmer als jeder Albtraum ...

»Dieses Buch lässt das Blut in den Adern gefrieren. Ein unglaublich intensiver Thriller!« *Alice Lapante*

416 Seiten, kartoniert mit Klappe
€ 9,99 [D]
ISBN 978-3-8025-9373-4

www.egmont-lyx.de

Werde Teil unserer LYX-Community bei Facebook

Unser schnellster Newskanal:
Hier erhältst du die neusten Programm-
hinweise und Veranstaltungstipps

Exklusive Fan-Aktionen:
Regelmäßige Gewinnspiele,
Rätsel und Votings

Finde Gleichgesinnte:
Tausche dich mit anderen Fans über
deine Lieblingsromane aus

JETZT FAN WERDEN BEI:
www.egmont-lyx.de/facebook